U0529842

电影·书

〔英〕大卫·尼克斯 ———— 著　季凌婕 ———— 译

STARTER FOR 10

David Nicholls

恋爱学分

人民文学出版社

著作权合同登记号　图字　01—2017—9263

STARTER FOR TEN BY DAVID NICHOLLS
Copyright© 2003 BY HARTLEIGH LTD
This edition arranged with CURTIS BROWN-U. K.
through BIG APPLE AGENCY, INC. , LABUAN, MALAYSIA.
Simplified Chinese edition copyright：
2018 PEOPLE'S LITERATURE PUBLISHING HOUSE CO. ,LTD
All rights reserved.

图书在版编目(CIP)数据

恋爱学分/(英)大卫・尼克斯著；季凌婕译. —北京：人民文学出版社，2017
(电影・书)
ISBN 978-7-02-013535-6

Ⅰ.①恋… Ⅱ.①大…②季… Ⅲ.①长篇小说—英国—现代 Ⅳ.①I561.45

中国版本图书馆 CIP 数据核字(2017)第 284132 号

责任编辑　陈　黎　马　博
装帧设计　李思安
责任印制　苏文强

出版发行　人民文学出版社
社　　址　北京市朝内大街 166 号
邮政编码　100705
网　　址　http://www.rw-cn.com

印　　刷　三河市鑫金马印装有限公司
经　　销　全国新华书店等

字　　数　295 千字
开　　本　880 毫米×1230 毫米　1/32
印　　张　12.75　插页 1
版　　次　2018 年 6 月北京第 1 版
印　　次　2018 年 6 月第 1 次印刷

书　　号　978-7-02-013535-6
定　　价　49.00 元

如有印装质量问题，请与本社图书销售中心调换。电话：010-65233595

第 一 回 合

> 她非常了解这类人——隐隐约约的抱负、失常的精神①、对于书本以外世界的熟悉……
>
> ——E. M. 福斯特,《霍华德庄园》

---

① 《霍华德庄园》此处的原文为"心智失实"(mental dishonesty),本书原文此处引文为"精神失常"(mental disorder)。

第 一 章

提问:他是罗伯特·达德利的继子,并一度成为伊丽莎白女王一世的最爱,他对女王的仓促叛变以失败告终,于1601年被处决,请问这位贵族是谁?

回答:埃克赛斯。

每个年轻人都有一堆烦心事,这是成长的必经之路。我十六岁那年,生活里最大的烦恼就是,我恐怕再也没法取得像我的普通程度会考①成绩那样优秀、纯粹、崇高而又真实的成就了。

当然,那时我没有到处炫耀这些成绩。我才不会做诸如把文凭裱起来这样的古怪事。我就不说具体分数了,那会显得有点争强好胜,但能取得这样的成绩我真挺满意的;这些学位资格。十六岁,我第一次觉得自己"合格"了。

当然啦,这都是些陈年旧事。我已经十八岁了,自认为面对这种事情也更加冷静、成熟了。这么看来,我的高级程度会考②成绩也就没什么了。况且,认为凭借某种荒唐过时的书面考试不知怎

---

① 普通程度会考(O-level),英国中学毕业生为进入大学预科而参加的考试。
② 高级程度会考(A-level),英国学生完成两年大学预科教育后为进入大学而参加的考试。

么就能测试出智力水平,这观点本身就极不靠谱。话虽如此,我还是取得了兰利街公立高中 1985 年的最好成绩——准确地说,是十五年来的最好成绩——三个 A,一个 B,总共 19 分。好吧,我还是给说出来了,不过我真没觉得这有多重要,我就是随口一提。再说了,比起其他一些品质,像是勇力啦、人气啦、出众的外表、光洁的皮肤、丰富的性生活啦,光是知道一大堆东西可真不值一提。

不过,我爸常说,教育之所以重要,在于它所能提供的机会、能够打开的大门,否则,知识本身,或者仅仅掌握了知识,都只是死胡同一条。就我此刻的处境来说,这话尤其正确:九月下旬的一个周三下午,我坐在一间生产烤面包机的工厂里。

整个假期我都在阿什沃斯电器公司的配送部门工作,我主要负责把烤面包机放进包装盒里,然后这些烤面包机将被运送给零售商。不用说,把烤面包机放进包装盒这活儿没什么技术含量,所以总的来说这几个月都非常无聊,不过好处是时薪有一磅八十五便士,还算不错,还有无限量的面包片任你吃。今天是我最后一天在这上班了,我其实一直留心观察着同事之间有没有悄悄传递欢送卡片,或是集资购买送别礼物,也想知道我们会去哪家酒吧一醉方休。但现在都六点十五分了,我应该可以认为大家都已经下班回家了。

这样也好,反正我也有其他安排了。我收拾好东西,又从文具柜里拿了一把圆珠笔和一卷胶带,就去了码头。我要在那儿跟斯宾赛和托恩碰头。

绍森德码头①足有 2360 码,也就是 2.158 公里长,是世界上

---

① 绍森德,英国埃克塞斯郡的滨海自治市镇。

最长的码头。说实话,也有点太长了,特别是在你拎了很多啤酒的时候。我们带了十二罐狮威啤酒,还有酸甜肉丸、特色炒饭、薯条配咖喱酱——世界各地的美味汇聚一堂。不过,等我们走到码头尽处,啤酒已经变热,而外卖却冷掉了。由于这次聚会意义非常,托恩还扛来了他的手提式录音机,足足有一个小衣柜那么大。不过,说实话,这玩意其实没法爆破贫民窟①,除非你把舒波里尼斯也算在内②。

我们在码头尽处的长椅上坐下,看着太阳缓缓落到汽油精炼厂的背后。这时,录音机里正播着托恩自己转录的《齐柏林精选集》。

"我说,你以后可别变成个傻帽。"托恩说着,打开了一罐啤酒。

"你说什么?"

"他说你以后可别对我们一副大学生做派。"斯宾赛说。

"嗯,可我是大学生啊。我是说,马上就是,所以……"

"不是。我是说你可别变成个呆子,整天趾高气昂,圣诞节回家穿着长袍,满嘴拉丁文,说些什么'我私以为'之类的傻话……"

"哈,托恩。我以后就是准备变成这样呢。"

"千万别。你已经够傻的了,可不能更傻了。"

托恩总是说我"傻",要不就是叫我"娘炮",适应这些话的秘诀就是做一些语言学的调整,把它们想象成友好的称呼,就像有些伴侣互道"亲爱的"一样。托恩刚刚开始在卡瑞斯公司③的仓库上

---

① 手提式录音机的原文是 ghetto-blaster,字面意义即"贫民窟爆破手",因为这种录音机在室外播放时往往声音很大。
② 舒波里尼斯,邵德森自治区域最东边的小镇。
③ 卡瑞斯公司,英国电器数码零售商。

班,并开始发展了个小小的副业——偷拿便携式录音机,比如我们现在正听的这个。齐柏林飞艇乐队①的磁带也是他的。托恩喜欢自称"金属党",听起来要比"摇滚青年"或"重金属乐迷"专业多了。他打扮得也像个金属党,经常穿浅蓝色牛仔衣裤,一头金色卷发光泽闪耀,像个有点女气的维京人。不过,托恩的头发其实是他整个人唯一女性化的地方。毕竟,这可是个沉浸于暴力的男人。要是你晚上跟托恩出去玩,最后能平安回家,没让他把你的头按在冲水马桶里,那就算一个成功的晚上了。

放到《天国阶梯》②这首歌了。

"我们干吗一定要听这该死的嬉皮垃圾,托恩?"斯宾赛说。

"这可是齐柏林,斯宾赛。"

"我知道这是齐柏林。所以我才要你把这该死的玩意关了。"

"但是齐柏林是最牛的。"

"凭什么?你说最牛就最牛了?"

"不,因为他们是一支影响广大的重要乐队。"

"这歌唱的是什么小妖怪,托恩,真是丢人……"

"不是小妖怪……"

"好吧,小精灵。"我说。

"不只是小妖怪和小精灵,这是托尔金,是文学……"

托恩就喜欢这些东西,那种前面带地图的书,封面上画的是身穿铁甲内衣、手持阔剑的又胖又吓人的女人。在理想世界里,托恩是要娶这种女人的。而在绍森德,这种女人倒也比想象的要更容易遇到。

---

① 齐柏林飞艇,英国著名的摇滚乐队。
② 《天国阶梯》("Stairway to Heaven"),齐柏林飞艇乐队的代表作。

"小妖怪和小精灵到底有什么不同？"斯宾赛问。

"不知道。问杰克逊，他才是有文凭的贱人。"

"我也不知道，托恩。"我说。

这首歌里的吉他独奏开始了，斯宾赛皱起了眉头："这玩意还有个完吗？还是要一直这么弹啊弹啊弹啊……"

"这是七分三十二秒的纯粹天才之作。"

"纯粹的折磨。"我说，"为什么我们总要听你选的歌？"

"因为这是我的录音机……"

"是你顺来的。严格来说，它属于卡瑞斯公司。"

"话是没错，但我买了电池……"

"少来，电池也是你顺的……"

"这些不是，这些是我买的。"

"这些电池多少钱？"

"一镑九十八便士。"

"那好，如果我给你六十六便士，咱们能听点像样的吗？"

"什么像样的，比如凯特·布什①？可以，听你的，杰克逊，我们就来点凯特·布什，大家一起好好享受凯特·布什，一起跟着她慢慢跳舞，一起跟着哼哼……"就在我和托恩斗嘴的当儿，斯宾赛弯下腰，若无其事地把《齐柏林飞艇精选》从录音机里弹出来，远远地扔进大海。

"嘿！"托恩大叫一声，把手里的啤酒罐朝斯宾赛扔去，追着他跑向码头远处。至于我，最好还是离打架远一点，托恩常常容易失控，像被战神奥丁附体一样。要是我去插上一脚，结果肯定成了斯宾赛坐在我胳膊上，而托恩冲着我的脸放屁。所以我还是老老实

---

① 凯特·布什（Kate Bush，1958— ），英国知名女歌手，音乐风格独特另类。

实地坐着,喝我的啤酒,远远看着托恩使劲想把斯宾赛的双腿掰过码头栏杆。

尽管还是九月,但晚风里已经带上了一丝潮湿的凉意,有一种夏日将尽的感觉,我真庆幸穿了军风衣出来。我一直很讨厌夏天,讨厌午后的阳光照在电视机屏幕上的样子,讨厌不得不穿短袖和短裤的残酷现实。我不喜欢短袖短裤。要是我一身短打站在药店门外,绝对会有好心人过来在我头上放一枚硬币。

不,我真正期待的是秋天,在去上课的路上踢一脚落叶,和一个姑娘热烈地谈谈玄学派诗人,她穿着黑色紧身羊毛袜,留着路易斯·布鲁克斯①式的短发,名叫艾米丽,或者凯瑟琳,或者弗朗索瓦,或者叫什么都行,然后我们回到她窄小的阁楼房间,在电暖炉前做爱。然后我们要大声朗读T. S.艾略特的诗,听着迈尔斯·戴维斯②,用小酒杯喝点精美的陈年波特酒。反正这就是我想象中的大学体验。我喜欢"体验"这个词,听上去就像是在奥尔顿塔主题乐园里坐一次过山车。

架打完了。托恩正把酸甜肉丸扔向海鸥,以发泄过剩的攻击欲。斯宾赛一边把衬衫塞进裤子里,一边往回走。他在我身旁坐下,又打开一罐啤酒。斯宾赛喝罐装啤酒还真有一套,看着他,你几乎可以想象他是在喝马提尼。

斯宾赛一定会是我最挂念的人。他不去上大学了,尽管他很可能是我见过的人里最聪明的一个,也是最帅、最硬汉、最酷的。当然,这些话我一个字都不会告诉他,这种话说出口才诡异呢。不过也没必要说,他显然已经知道了。他要是真想的话,肯定能考上

---

① 路易斯·布鲁克斯(Louise Brooks,1906—1985),美国女影星,其齐耳短发造型曾掀起一股潮流。
② 麦尔斯·戴维斯(Miles Davis,1926—1991),美国爵士乐演奏家。

大学,但他在考试的时候胡乱糊弄,倒也不是完全故意的,但人人都能看得出他在糊弄。英语必读作品考试的时候,他就坐在我邻座,光看他钢笔的移动轨迹你就能知道他并没有在答题,他在画画。莎士比亚的那道题,他画了《温莎的风流娘儿们》;诗歌那道题,他画了一幅画,取名为"威尔弗雷德·欧文①亲身感受到战壕的恐怖"。我试图跟他对视,以便给他一个"嘿,哥们,别这样"的友好表情,但他一直低着头,画着。一个小时后,他起身走了出去,还冲我眨了眨眼,不是那种高傲的眨眼,反倒眼眶泛红、泪光点点,就像英勇的大兵走向行刑队。

从那以后,他再也没来参加考试。私下里,有人说他"精神崩溃"什么的。斯宾赛这么酷的人才不会精神崩溃呢。就算他真是,那他也会崩溃得很酷。在我看来,杰克·凯鲁亚克那一套存在主义困扰的玩意,在某种程度上来说是没问题的,但要是跟成绩搅在一起,可就不妙了。

"你以后准备怎么办,斯宾赛?"

他眯起眼睛看着我:"什么'怎么办'?"

"你知道,工作之类的。"

"我已经有份工作了。"斯宾赛近来在就业中心定期报到,但同时在A127高速公路的夜间加油站打点零工。

"我知道你有份工作。不过将来……"

斯宾赛远远地望向河口。我有点后悔提出这个话题了。

"布莱恩,我的朋友,你的问题就在于低估了夜间加油站生活的魅力。那里点心应有尽有,还有地图册可以看,能吸各种奇妙的

---

① 威尔弗雷德·欧文(Wilfred Owen,1893—1918),第一次世界大战期间的英国军旅诗人。

废气,还有免费的玻璃酒杯……"他灌下几大口啤酒,想要换个话题。他从短夹克里掏出一盘磁带,里面还有一张手写的卡片:"这是我给你录的。你可以放给大学同学听,假装你也是有品位的人。"

我接过磁带,看到磁带脊上用精致的立体字写着"布莱恩的大学精选"。斯宾赛真是个了不起的艺术家。

"太棒了,斯宾赛,多谢,哥们……"

"得了,杰克逊,不就是市场上买来的六十九便士的磁带嘛,不用这么感激涕零的。"他虽然这么说,但我们都知道灌录一盘九十分钟的磁带得花上足足三个小时的功夫,再加上设计卡片的时间,就更久了,"放来听听吧,趁那个呆子还没回来。"

我把磁带塞进录音机,按下播放键,是柯蒂斯·梅菲尔德[1]的《一路向前》。斯宾赛以前喜欢摩登音乐,但现在兴趣已经转移到复古灵魂乐了;像艾尔·格林和吉尔·斯考特-赫仑那一类的[2]。斯宾赛居然还喜欢爵士乐,简直太酷了。不光是莎黛或是风格委员会这种的[3],而是真正的爵士乐,那种恼人又无聊的玩意。我们坐着听了一会儿。托恩正试图用一把小刀从望远镜的投币箱里弄出点钱来,这把小刀是他在一次学校组织去加莱的旅行中买的。斯宾赛和我望着托恩,就像溺爱的父母看着自己患有行为障碍的孩子一样。

"那你周末会回家吗?"斯宾赛问。

"不一定,或许会吧。但不是每个周末。"

---

[1] 柯蒂斯·梅菲尔德(Curtis Mayfield,1942—1999),美国著名灵魂乐歌手。
[2] 艾尔·格林(Al Green,1946—)和吉尔·斯考特-赫仑(Gil Scott-Heron,1949—2011)都是美国著名灵魂乐歌手。
[3] 莎黛(Sade)和风格委员会(The Style Council)都是英国流行爵士乐队。

"一定要常回来,好吗?要不然就剩我一个人跟野蛮人柯南困在一起了……"斯宾赛冲托恩扬了扬头。托恩正又跑又跳,对着望远镜不停飞踢。

"我们来干个杯吧,怎么样?"我说。

斯宾赛撇了撇嘴:"干杯?为了什么?"

"就是——致未来,之类的。"

斯宾赛叹了口气,用他的啤酒罐碰了碰我的,"致未来,也愿你的皮肤能不再长满痘。"

"滚蛋,斯宾赛。"我说。

"滚蛋,布莱恩。"他说着笑了起来。

我们打开最后几罐啤酒的时候,都有点醉醺醺的了,因此只能躺下来,什么也不说,就静静地听着海浪,还有录音机里奥蒂斯·雷丁①轻唱《尝试温柔一点》,在这晴朗的夏末夜晚,看着满天繁星,我最好的两个朋友在我左右,这一刻我感觉真实的生活终于要开始了,万事都有可能发生。

我希望能听到播放的钢琴奏鸣曲就知道是谁弹的;我想要去听古典音乐会并知道什么时候该鼓掌;我想要"搞懂"现代爵士乐,而不是听起来觉得都跟走了调一样;我想要知道地下丝绒乐队究竟都有谁;我想要全身心地投入"理念的世界",想要明白复杂的经济学,以及人们看上了鲍勃·迪伦什么;我想要有激进但是人道且有见识的政治理想,也想坐在厨房的木头餐桌前展开激烈又理性的辩论,说些"定义你的用词!"或者"你的前提显然是靠不住的"之类的话,然后忽然发现太阳已经升起,我们已经辩论了整晚。我想要能自信地使用"同名的""唯我论""实用主义"这些术

---

① 奥蒂斯·雷丁(Otis Redding,1941—1967),美国知名灵魂乐歌手。

语,想要学会鉴赏优质的葡萄酒、外国酒、单麦芽纯威士忌,而且不会把自己喝成个十足的傻瓜,还要学会品尝奇怪的外国菜,鸻鸟蛋、酿龙虾,以及听起来就不像是能吃的、要不就是我连念都不会念的东西。我想要跟漂亮、精致、让人望而却步的女人在大白天,甚至开着灯做爱,清醒又毫不胆怯。我想要流利地说很多种语言,也许还会一两种已经无人使用的语言。我要随身携带一本皮面小笔记本,上面记着我深刻的思想和观察,偶尔也写下几句诗。而我最想做的就是读书,读那些砖头一样厚的书、那些皮面、薄纸、内附紫色绸带书签的书、那些落满灰尘的便宜二手诗集,那些从国外大学进口的贵得吓人又读不懂的论文集。

在某一刻,我想要有自己的原创思想。我也想要被人喜欢,甚至被爱,不过我还是等等看吧。至于工作,我还不清楚我究竟想要做什么,但得是我能看得上、不让我觉得难受、同时又能保证我衣食无忧的什么事情。而这一切都正是大学教育将要赋予我的。

我们喝光了啤酒,都有些控制不住自己了。托恩把我的鞋子扔进了海里,我只能穿着袜子走回家。

第 二 章

提问:这是鲍威尔和皮斯伯格1948年拍摄的电影,大致根据汉斯·克里斯蒂安·安徒生的童话故事改编,剧中莫伊拉·希勒在蒸汽机车前跳舞至死,请问这部电影是?

回答:《红菱艳》。

跟这条路上的其他房子一样,阿彻路十六号是一栋两层小楼,"两层小楼"是法语"房子"一词的昵称,字面意思是"小屋子"。① 我和我妈就住在这里。如果你想了解一种非常别扭的生活方式,住在两层小楼里的十八岁青年和四十一岁寡妇的组合绝对力拔头筹。今天早上就是个例子。早上八点半,我盖着被子躺在床上,一边听着"早餐秀"节目,一边看着天花板上吊着的几架飞机模型。是的,我早该把它们取下来了,但是自从几年前不知道什么时候开始,它们的感觉从孩子气般的可爱变成了可笑的媚俗,所以我就任由它们挂在那儿。

我妈走进房间,敲了敲门。"早上好,懒虫。今天可是个大日子!"

---

① 法语的房子拼为 maison,这里的"两层小楼"拼为 maisonette。

"你就不能敲门吗,妈?"

"我敲了!"

"你没,你先进来了,然后才敲的门。那可不叫敲门……"

"那又怎样?你又没在干什么坏事,嗯?"她斜着眼瞧我。

"没有,但……"

"别告诉我你那儿还藏着个姑娘,"她掀起被子一角,"出来吧,美人儿,别害羞,我们谈谈。出来,出来,不管你是谁……"

我猛地把被子扯过来盖住头。"我马上就下去……"

"你这儿有股味道,唔,味道真大,你自己能闻到吗?"

"听不见你说什么,妈……"

"男孩就是有味道。你们男孩到底干什么了,弄出这么大味儿来?"

"那我走了不是正好?"

"几点的火车?"

"十二点十五。"

"那你还不起来?喏,送别礼物……"她把一个购物袋扔在被罩上。我打开一看,里面是个透明的塑料圆筒,就是放网球的那种,不过这个圆筒里面放着三个团成球的男士纯棉内裤,红、白、黑,纳粹军旗的颜色。

"妈,你不用……"

"没什么,一点小意思……"

"不是,我是真的希望你没买。"

"别耍小聪明,年轻人。赶紧起床。你还得收拾东西呢。麻烦你开一下窗。"

等她走了,我把圆筒里的内裤倒在被子上,品味着这极其庄严的时刻。因为,说真的,这真的是我妈最后一次给我买内裤了。白色的还行,黑色的看起来倒也耐穿,但是,红色?这是为了要看起来有点猥琐还是怎么的吗?在我看来,红色内裤就意味着"止步"或者"危险"。

不过,出于一种勇于冒险的精神,我下床换上了红色内裤。要是它们像《红舞鞋》故事里那样,最后脱不下来了可怎么办?希望不会。我望着穿衣镜中的自己,腹股沟那里看起来就跟中弹了一样。我套上昨天穿过的裤子,下楼去吃早餐。我的牙齿上还沾着东西,一股酸甜味的口气,昨晚狮威啤酒喝多了,还有一点头晕。吃完我要洗个澡,再收拾行李,然后就走了。真不敢相信我就要离开家了,更不敢相信我妈竟然允许我离家。

不过,当然了,今天最大的挑战就是要在收拾行李、出门、到火车站的整个过程中,都不要听到我妈说:"你爸爸会为你感到骄傲的。"

七月的一个周二晚上,外面天还很亮,为了看清电视屏幕,我们把窗帘放下了一半。我洗完澡,穿着睡裤和睡袍,身上散发着淡淡的滴露沐浴露的味道。我在专心摆弄着放在我面前茶盘上的艾尔菲克斯牌1/72兰卡斯特轰炸机模型。爸爸刚下班回来,喝着一罐苦啤酒,香烟的轻烟缭绕在傍晚的阳光里。

"下面是十分的抢答题。请问,最后一位见证了大规模军事冲突的是哪一任英国君主?"

"乔治五世。"我爸说。

"乔治三世。"剑桥大学耶稣学院的惠勒说。

"回答正确。你们的加分题,首先是一道地理题。"

"懂地理吗,布莱?"

"知道一点儿。"我大胆地说。

"岩石三大主要种类中的哪一种外表呈结晶状,是由熔化的地质冷凝而成的?"

我知道答案,我肯定知道这题的答案。"火山岩!"我说。

"火成岩。"剑桥大学耶稣学院的阿姆斯特朗说。

"回答正确。"

"就差一点。"我爸说。

"请问,含有名为斑晶的较大显晶质的火成岩是什么质地?"

我试着回答:"颗粒状。"

剑桥大学耶稣学院的约翰逊说:"斑状?"

"回答正确。"

"很接近了。"爸爸说。

"《波菲利亚的情人》①这首叙事诗中,主角用他情人的一缕头发勒死了对方……"——等等,这题的答案我真的知道——"请问这是哪位维多利亚时期诗人的作品?"罗伯特·布朗宁。我们上周的英文课上刚学过。是布朗宁。一定是的。

"罗伯特·布朗宁。"我说,尽量不喊出声来。

"罗伯特·布朗宁。"剑桥大学耶稣学院的阿姆斯特朗说。

"回答正确!"演播厅里的观众为剑桥大学耶稣学院的阿姆斯特朗鼓起了掌,但我和我爸都知道这掌声其实是送给我的。

"天哪,布莱,这你竟然都知道?"我爸说。

"恰好知道。"我说。我想回过头去看看他的脸,看看他是不是笑了——他不经常笑,反正下班之后不怎么笑——但我不想表现得太得意扬扬,所以就坐着没动,只是看着阳光中他的身影反映

---

① 上一题答案中的"斑状"的英文是 porphyritic,与"波菲利亚"(Porphyria)一词接近,因此在两道地理题后出现了一道文学题。

在电视屏幕上。他抽了口烟,然后把拿烟的手轻轻放在我的头顶,就像个红衣主教,他用指尖泛黄的修长手指梳理着我的头发,说道:"要是哪天你一不留神,也能去参加节目了。"我笑了笑,觉得自己聪明伶俐,终于也能答出问题了。

当然,在那之后我就自大起来,每道题都试着回答,结果没一题答对的。不过不要紧,因为我答对过那么一次,我知道终有一天我能再次回答正确的。

可以说,我从不会一味追求变幻无常的奇特时尚潮流,我并不是反对时尚,只是目前为止我所经历过的每一次主流青年潮流,没有一个让我感觉对的。归根结底,严酷的现实摆在面前:如果你喜欢凯特·布什、查尔斯·狄更斯、拼字游戏、大卫·阿滕伯勒和《大学挑战赛》,那么在青年潮流方面你也就没有什么选择余地了。

我也不是没尝试过。有一段时间,我总是干瞪眼躺在床上,担心自己可能会走哥特路线,不过我猜那只是某个阶段。再说了,想要成为哥特系男生,基本上就意味着你得打扮成一个贵族吸血鬼,要说有什么东西是我永远不能成功扮演的,那就是贵族吸血鬼。我就是没他们那种颧骨。而且,要做哥特系你就得听那种音乐,简直难以形容。

这基本上就是我和青年文化的唯一交集了。我想我个人的风格品位大概可以说是休闲但又经典的。相比起牛仔裤,我更喜欢皱皱的宽松全棉裤子,牛仔裤的话我喜欢深色而非浅色的。大衣要长款,厚重一点,领子磨旧的。围巾最好带点流苏,黑色或酒红色,是从九月初一直到五月末都必不可少的配饰。鞋必须是薄底的,不能太尖,只有黑色或棕色的鞋才能配牛仔裤,这点很重要。

但是我也勇于尝试,尤其是此刻我有了个机会可以重新打造自己。爸妈的旧行李箱在床上敞开着,我一件件地查看我的新衣服,都是特意留到这个特别的日子才穿的。首先我拿起一件新的厚夹克,布料异常密实,很有分量的一件黑色夹克,真有点像穿了头驴子在身上①。我挺喜欢这件的,给人一种混合了艺术气质和粗重劳作的感觉——"这本雪莱的诗读得差不多了,我得去铺沥青了"。

然后是五件立领衬衫,有白色的也有蓝色的,是我跟托恩以及斯宾赛去伦敦卡纳比街一日游的时候花了一镑九十九便士一件买来的。斯宾赛不喜欢它们,但我觉得很棒,特别是搭配那件我从"帮助长者会"二手店花三镑买来的黑色背心。这件背心我得藏着不让我妈看到,倒不是因为她不喜欢"长者",而是她觉得光顾二手店跟从地上捡吃的通常只有一步之遥。我希望以背心、立领衬衫、圆形眼镜的搭配来打造这样一种形象:一位饱经战火的青年军官,有点口吃,带着一本写满诗歌的笔记本,刚从严酷的前线退下来,现在正在偏远的格洛斯特乡村的农场里干活,以尽到爱国的责任。当地人对他颇有些粗鲁的疑心,但牧师那漂亮又书生气的女儿却暗恋着他,那姑娘支持妇女参政,对反战主义、素食主义以及双性恋也都很感兴趣。这真是一件不错的背心。而且,它可不是二手货,那叫古着。

还有我爸的褐色灯芯绒夹克。我把夹克在床上摊平,小心地把袖子折在胸前。衣服前胸有一块几年前弄上的浅色茶渍,那是我有一次错误地穿它去参加学校迪斯科舞会时沾上的。我知道那看上去有点病态,但我觉得也可以当作是一种善意的表现,一种致

---

① "厚夹克"的英文字面意思是"驴子夹克"。

敬的方式。不过,或许我应该先问过我妈再穿的,她一看见我穿着爸爸的夹克站在穿衣镜前,就放声尖叫,手里的一杯茶朝我泼来。等她回过神来发现是我,就号啕大哭,趴在床上抹了半个小时的眼泪。我对她说,这可真是在我参加派对前给我打气的好方法。等她平静下来,我去了迪斯科舞会,然后跟我在那一周的人生挚爱简妮特·帕克斯有了如下的对话:

我:跳慢步舞吗,简妮特?

简妮特·帕克斯:夹克不错,布莱。

我:谢谢。

简妮特·帕克斯:哪儿来的?

我:我爸的。

简妮特·帕克斯:你爸他不是……死了吗?

我:没错!

简妮特·帕克斯:所以说你穿着你去世老爸的夹克?

我:回答正确。来吧,跳舞吧?

这时简妮特手捂着嘴跑开了,在角落里跟米歇尔·托马斯以及山姆·道伯森小声嘀咕着什么,一边还指指点点的,然后她就跟着斯宾赛·路易斯走了。倒不是说我对这事儿还耿耿于怀什么的。再说,等到了大学,这些陈年旧事都不重要了。除了我,没人会知道这些。到了大学,这也就只是一件挺好的灯芯绒夹克。我把它叠好,放进行李箱。

妈妈走了进来,然后敲了敲门,我赶紧把行李箱合上。不需要爸爸的夹克又一次引她掉泪,她看起来也已经够眼泪汪汪的。她还请了半天假,就为了能抱头痛哭。

"快收拾完了吗?"

"差不多了。"

"要不要再带个炸薯条锅?"

"不用了,没锅我也能过,妈。"

"那你吃什么?"

"除了薯条以外的东西我也能吃,你知道!"

"你吃才怪。"

"那好吧,我可以试着吃别的。无论如何,总还有烤箱可以做薯条。"我扭头看到她差点要笑出来。

"你该走了吧?"虽说火车不会一直等人,但我妈觉得赶火车就像坐飞机出国,得提前四个小时登机。倒不是说我们以前坐过飞机什么的,总之,她没让我去打预防针,已经实属奇迹。

"我再过半个小时就走。"我说。然后是一阵沉默。妈妈嘟囔了几句,但没有大声说出口,也就是说那很有可能就是"你爸会为你骄傲的"之类的话。她想要留着过会儿再说,于是就转身出去了。我坐在行李箱上把它合起来。然后躺在床上,最后一次环视我的房间——要是我会抽烟,这种时候我就该抽一根了。

真不敢相信这一切真的要发生了。独立的成年时代,就是这样的感觉。是不是该有点什么仪式?在某些遥远的非洲部落里,会有连续四天的成年仪式典礼,让人难以置信,仪式包括文身、使用从树蛙身上提取的强烈致幻药物,以及村里的老人在我身上涂猴子血。但在这里,成年仪式就只有三条新内裤,还有把被子塞进垃圾袋里。

下楼后我发现妈妈又给我打了一个包,两个大纸箱里装上了屋里的大部分东西。炸薯条锅肯定也在里面,巧妙地藏在一整套餐具、我从阿什沃斯电器公司顺出来的烤面包机、电水壶、一本《肉馅菜谱大全》、一个装着六条撒了面粉的面包卷和一包面包片的面包罐下面。居然还有芝士擦丝器,她明知道我不吃芝士。"妈,我真的没法儿带这么多东西。"我说。然后,我在这栋童年住宅象征性的最后感人时刻就花费在跟我妈争执我要不要带一个打蛋器上面——是的,没错,会有烤面包炉,没错,我确实需要唱片机以及扬声器。最终的协商结果是,我们把行李限制在一个行李箱、一个背包装着我的音响和书,以及两个装满被子、枕头的垃圾袋的标准,还有好多条抹布,我妈坚持让我带着。

到时候了。我坚决不让我妈陪我走到火车站,因为我莫名觉得这样感觉更加强烈,更有象征意义。我站在门口,我妈进屋取来她的钱包,庄重地把一张十镑纸币塞在我手里,纸币折得很小,像一颗红宝石。

"妈……"

"拿着吧。"

"我不用,真的……"

"拿着。照顾好自己……"

"知道了……"

"时不时记得吃点新鲜水果……"

"我尽量……"

"还有……"终于来了。她深吸一口气,说:"你知道你爸会为你感到骄傲的,对吧?"我在她干裂发皱的嘴唇上快速地吻了一下,然后尽全力一阵小跑奔向火车站。

在火车上,我戴上耳机,听着我为自己特别准备的凯特·布什——我永恒的绝对挚爱——的精选集。这张专辑很棒,但我家没有高保真音响,所以《男人眼中的孩子气》这首歌听到一半的时候有时能听到我妈朝楼上喊,告诉我排骨做好了。我郑重地翻开崭新的斯宾赛的《仙后》一书①,这是我们第一学期要学的。我一向认为自己还挺会读书,观念开放什么的,但这对我来说仍是满纸胡言,所以才看了头十八行,我就把《仙后》放下了,专心听着凯特·布什,看着窗外英国乡村景色飞驰而过,同时摆出一副沉思、深刻,又有趣的样子。座位旁的窗户很大,这个四人对面带桌子的位子里就我一个人,还有一罐可乐和一条"特趣"牌巧克力棒。此刻唯一能够锦上添花的就是要是有个漂亮姑娘过来坐在我的对面,对我说……

"不好意思,我注意到你一直在读《仙后》,你不会是正好要去大学读英文系的吧?"

"哦,是的,确实如此。"我说。

"太棒了! 你不介意我坐过来吧? 我叫艾米丽。话说,凯特·布什的作品你熟悉吗?"

我的回答是那么的成熟高深、彬彬有礼、机智风趣,我们之间迸发出了触手可及的性感火花,火车到站的时候,艾米丽从桌子对面探过身来,羞怯地咬着丰满的下唇,说道:"你瞧,布莱恩,虽然我才刚认识你,而且这话我也从没跟另一个男人说过,不过,也许我们可以去……酒店什么的? 我想我再也无力抵抗了。"我略带倦意地微笑了一下,表示默许,好像在说"怎么每次坐火车我都会遇上这种事",然后牵着她的手朝最近的酒店走去……

但是,先等一下。首先,我这一堆行李可怎么办? 我总不能拎着两个黑色垃圾袋出现在酒店里吧,这怎么行? 还有花销。我暑期打工赚来的钱全部交了住宿费了,而我的助学金要到下周才能

---

① 斯宾赛(Edmund Spence,1552—1599),英国十六世纪著名诗人,其代表作《仙后》是一首长篇幻想寓言诗。

寄来。虽然我从没住过酒店,但也知道那便宜不了——可能得四五十英镑——而且,老实说,那种事我只能坚持个十分钟,幸运的话,最多十五分钟,我可不想一边逼近那心醉神迷的性危机时刻,一边还要为了钱担心。也许艾米丽会提议房费均摊,那我也必须得拒绝,要不然她会觉得我掉价。即便是她坚持要均摊,我也同意了,那么无论事前还是事后,她是肯定要掏出现金来的,这就给这次相遇哀伤而苦乐参半的回忆打了折扣。如果我完事后还要留在酒店,以便充分利用酒店设施,她会不会觉得我很奇怪?"亲爱的艾米丽,我们的爱既美好又莫名令人心碎。那个,你能不能帮我把毛巾放进背包里?"再说了,跟今后还要一起上课的同学一下子就跨到床上去,难道真的是个好主意吗?要是性的紧张关系影响了我们的学业该怎么办?事实上,综合考虑起来,或许这并不是一个好主意。也许我应该等到对艾米丽了解多些,再发展到身体关系。

火车到站了,我竟然感到一丝解脱:还好艾米丽只是我想象出来的虚构人物。

我拖着垃圾袋和行李箱走出火车站,火车站建在山上,能够俯瞰全城。这是我第二次来到这里,上一次是来面试。这虽然不是牛津或剑桥,不过也很好了。重要的是城市里有教堂的**塔尖**。我梦想中的那种。

第 三 章

提问:这是弗朗西斯·霍奇森·伯奈特1886年出版的通俗小说,出版后曾数度被搬上舞台和荧幕,引发了一股男生留长卷发、穿蕾丝领天鹅绒套装的潮流,请问这本书是?

回答:《小少爷方特洛伊》。

我在学校宿舍申请表的"兴趣爱好"一栏里填上:阅读、电影、音乐、戏剧、游泳、羽毛球,社交!

这一串罗列显然不是出于真心,甚至不全是实情。我喜欢"阅读"是真的,但所有人都会填上"阅读"。"电影"和"音乐"也同理。"戏剧"就是说谎了,我讨厌戏剧。我曾经参演过一些剧,但我没怎么看过戏剧演出,除了那种关于交通安全的巡回教育表演,它们虽然表现得热心、生动、华丽,但在审美层面上却没法打动我。但是你必须得假装喜欢戏剧——这是规定。喜欢"游泳"也不完全是真的。我会游泳,不过水平也就跟任何快要淹死的动物都能拨拉么两下一样。我只是觉得我应该填上点跟运动有关的项目。写上"羽毛球"也是同理。我说我喜欢"羽毛球",其实真正的意思是如果有人拿枪指着我的头,以死亡的威胁来强迫我去做运动,而他们又不把拼字游戏算作一项运动的话,那我就会去打羽毛球。我是说,羽毛球能有多难?"社交!"也是一种委婉表达,"孤独与性挫败"才是更准确的说法,不过也更奇怪。顺便说一句,"社交!"这里的感叹号主要是为了表达一种漫不经心、玩世不恭、无所顾忌的生活态度。

好吧,我确实没给宿舍管理处的人提供什么有用的信息,但那也无法解释他们为什么要把我跟乔希以及马库斯安排到一间屋子里住。

里士满公寓在一栋红砖联排房里面,位于陡峭的山顶,距离最近的公交车站也有好几英里远。等我好不容易到了那儿,身上的厚夹克早已被汗湿透了。房子的前门敞开着,门厅里乱堆着纸箱、山地自行车、两支船桨、板球拍和板球护具、滑雪装备、氧气瓶,还有一套潜水服,就跟运动用品店被打劫了一样。我把行李箱扔在地上,带着隐约的不安,穿过这堆运动用品去找我的新室友。

厨房里开着日光灯,设施都是标配的,弥漫着一股漂白粉和酵母的味道。水槽旁站着两个男孩,一个身材高大,金色头发,另一个深色头发、矮胖、牙齿突出、满脸粉刺,他们正用橡胶淋浴软管往空塑料桶里灌水。录音机里大声播放着"膜拜"乐队的《她贩卖庇护所》。我在门口站了一会儿,说着"嗨!""你好",然后金发男孩抬起头,看见我拿着黑色垃圾袋站在那儿。

"哈罗,收垃圾的来了。"

他把音乐声音调小了一点,像条友好的拉布拉多犬一样跳过来,用力地跟我握了握手。我这才意识到这是我第一次跟年龄相仿的人握手。

"布莱恩,对吧?"他说,"我是乔希,他是马库斯。"

马库斯个子很小,长着粉刺,五官都聚集在脸的中央,他戴着一副飞行员眼镜的镜框,但却反而让他看起来开不了飞机。他贼眉鼠眼地上下打量了我一番,吸吸鼻子,又回头鼓弄起塑料垃圾桶了。不过乔希一直说个不停,也不等人回答,声音跟百代新闻短片一模一样。"你是怎么过来的?公共交通?你家人呢?感觉还好吗?你浑身大汗,都湿透了。"

乔希穿着酒红色尖头短靴,米色天鹅绒背心——竟然是一件**天鹅绒**背心——宽松的紫色衬衫,黑色牛仔裤,太紧身了,都能大致看出每颗睾丸的位置。他留着跟托恩一样的发型,女气的维京人,金属党的认证徽章,刚蓄起来的毛茸茸的小胡子让形象更加完整,一副纨绔骑士的模样,看起来简直就跟他弄丢了自己的剑似的。

"桶里是什么?"我问。

"自己酿的啤酒。我们觉得让它越早发酵越好。当然,你想加入也可以,成本我们平分……"

"这个……"

"现在是十镑,酵母、啤酒花、管子、桶,所有这些,但三周后你就可以以每品脱六便士的价格畅饮约克郡传统苦啤酒了。"

"真便宜!"

"马库斯和我就是所谓的私自酿酒者,我们偷偷在宿舍里干点非法勾当,倒是小赚了一笔。但也不小心灌醉过几个走读生。"

"你们以前在一起上学?"

"没错。形影不离,对吧,马库斯?"马库斯吸了吸鼻子,"你高中哪儿的?"

"哦,你们肯定没听说过……"

"说来听听。"

"兰利街?"

没有回应。

"兰利街公立中学?"

还是没有回应。

"绍森德?"我试探地问道,"埃克塞斯?"

"不知道!你说得没错,确实没听说过!我带你去看看你的房间?"

我们穿过一条贴着火灾逃生指南的银灰色走廊,我跟着乔希上楼,马库斯懒洋洋地跟在后面。我们经过他俩的新房间,里面堆满了纸箱和行李箱,不过还是能看出来房间很大。乔希猛地推开走廊尽头的一扇门,门后乍看之下像是监狱号间。

"当——当!希望你别介意,我们在你来之前就分配了房间。"

"哦,这个……"

"抛硬币决定的。我们想尽快整理东西,那什么,早点安定下来。"

"当然!好吧!"我觉得自己被耍了,并决定以后再也不相信穿天鹅绒背心的人了。这时候你得表达自己的立场,但又不能表达得太明显。

"挺小的,对吧?"我说。

"这个嘛,所有房间都挺小的,布莱恩。我们确实是抛硬币的,公平公正。"

"三个人怎么抛硬币?"

沉默。乔希皱着眉头,他的嘴无声地动了动。

"你要是不相信我们,大不了我们再抛一次。"马库斯带着鼻音愤愤地说。

"不,不是不相信你们,只是……"

"那好吧,你就在这儿收拾吧。真高兴你住进来了!"他们小声嘀咕着，跑回去酿啤酒了。

我的住处就跟刚出土的一样。房间不管怎么看都有一种凶案现场的感觉，铁架床上放着单人床垫，同色的板材衣橱和书桌，还有两个仿木纹的塑料小书架。地毯是泥褐色的，看起来就像是用阴毛密密实实地编成的。书桌上方的窗户很脏，望出去下面是几个垃圾桶，还有一个框起来的警示牌：在墙上用蓝丁胶将被处以死刑。无论如何，我以前想住阁楼，现在就住进了阁楼。我想我还是努力适应吧。

我第一件事就是组装好音响，放上了凯特·布什的《永不》，这是她大获全胜的第三张专辑。我把其他唱片都码放在唱机旁边，对于哪张唱片应该放在最前面露出封面，我还自我争论了一番。我尝试了披头士的《左轮手枪》，琼妮·米歇尔的《蓝色》①，戴安娜·罗斯和"至上女声"组合②，艾拉·菲茨杰拉德③，最后才决定要放上崭新的巴赫《勃兰登堡协奏曲》，上面还贴着"悦耳之音"的标签，只要两镑四十九的廉价唱片。

然后我收拾了我的书，在塑料书架上尝试各种不同的排列摆放方法：先按作者姓氏首字母排列，作者姓氏首字母之后再进一步按学科排列，按体裁、国籍、大小，以及最终——最有效的方式——按颜色排列。书架一头是黑色的企鹅经典系列，然后颜色逐渐变浅，另一头是斗牛士出版社的白色系列，色谱中央有两英寸宽的绿

---

① 琼妮·米歇尔（Joni Mitchell，1943—　），加拿大创作歌手和画家，二十世纪七十年代开始大获成功，《蓝色》是她最为著名的专辑之一。
② 至上女声组合（The Supremes），美国女子音乐组合，也是美国最成功的音乐组合之一。戴安娜·罗斯（Diana Ross，1944—　）是组合成员之一，1970年离开组合单飞，其后成就非凡。
③ 艾拉·菲茨杰拉德（Ella Fitzgerald，1917—1996），美国爵士女歌手，被誉为爵士天后。

色,放的是维拉戈出版社的书,我还没来得及读,不过一定会读的。不用说,摆书这事儿可花了我不少时间。我弄完以后,天都黑了。所以我先在书桌上放好了台灯。

接下来,我决定要把我的床变成日式"布团"①。其实我早就想这么干了,但我在家尝试的时候,我妈就笑我。所以我想在这儿再试一次。这张床垫上留有古怪的印渍,潮湿得都快发霉了。我使劲把床垫弄到地上,过程中尽量不让它碰到我的脸。然后,我把铁架床给立了起来,那玩意实在太沉了,我着实费了些劲儿,不过最后还是安安稳稳地把它收到了衣橱后面。当然,这意味着我又少了几英尺宝贵的地面面积,但最终成果还是值得的,营造出了一种极简、沉思的东方气息,只是从英国家居商店买来的色彩鲜艳的红白蓝色条纹被单稍微有点破坏意境。

为了配合布团带来的禅意极简风格,我想枕头上方的墙面装饰就只选些我最喜欢的画作及摄影的明信片拼贴起来吧,作为一种我喜欢的人和事的图片宣言。我躺在床垫上,拿出蓝丁胶;亨利·沃利斯的《查特顿之死》②,米莱的《溺水的奥菲利亚》③,达·芬奇的《圣母与圣婴》,梵高的《星夜》,爱德华·霍珀④的一幅作品,穿着芭蕾舞裙的玛丽莲·梦露表情哀伤地看着照相机,詹姆斯·迪恩穿着一件长大衣在纽约,《毕业生》里的达斯汀·霍夫曼,伍迪·艾伦,一张爸妈在巴特林斯度假村的帆布躺椅上睡着的

---

① 原文为"futon",即日文"布团",日式寝具,相当于中文的"打地铺",此处译文假借日文汉字也写为"布团"。
② 亨利·沃利斯(Henry Wallis,1830—1916),英国前拉斐尔派画家、作家及收藏家。《查特顿之死》(*The Death of Chatterton*)是他最著名的作品。
③ 米莱(Sir John Everett Millais,1829—1896),英国画家,前拉斐尔派创始人之一。《溺水的奥菲利亚》(*Ophelia Drowning*)是他的著名作品之一。
④ 爱德华·霍珀(Edward Hopper,1882—1967),美国著名现实主义画家。

照片,查尔斯·狄更斯,卡尔·马克思,切·格瓦拉,劳伦斯·奥利维尔①扮演的哈姆莱特,萨缪尔·贝克特,安东·契诃夫,高三那年我在《福音》音乐剧中扮演耶稣的照片,杰克·凯鲁亚克,《灵欲春宵》中的伯顿和泰勒,还有一张我、斯宾赛以及托恩的照片,是学校组织去多佛城堡时拍的。斯宾赛摆了个造型,头微微低着,歪向一边,看起来又酷又聪明,还有点不耐烦的样子。托恩跟往常一样,比了个 V 的手势。

最后,我在枕边放了一张我爸的照片,他看上去很瘦,表情有点凶,就像《布莱顿硬糖》里的角色平基一样,只不过他那时是在绍森德海边,一手拿着瓶啤酒,一手夹着香烟,烟在修长的手指间燃烧着。他长着一头黑色卷发,颧骨高高凸起,鼻子修长,穿着一件体面的窄领三粒扣西装,虽然他在面对镜头微笑着,但看起来还是有点让人害怕。这张照片是 1962 年拍的,在我出生之前四年,所以他那时应该跟我现在年纪差不多大。我很喜欢这张照片,但还是有种挥之不去的感觉:如果我爸在他十九岁的某个周六晚上在绍森德码头碰上了十九岁的我,他很有可能会揍我一顿。

有人敲门,我本能地把蓝丁胶藏在身后。我猜可能是乔希来找我给他干活之类的。不过走进来的却是一个留着维京式金发的大块头女人,嘴上有一抹奶黄色的小胡子。

"你怎么样?都还好吗?"男扮女装的乔希说道。

"挺好,挺好。"

"你的床垫怎么在地上?"

"哦,我想试试把它弄成日式布团,试一段时间。"

---

① 劳伦斯·奥利维尔(Laurence Olivier, 1907—1989),英国著名演员、导演及制片人,1948 年凭借《哈姆莱特》一片获得奥斯卡最佳男主角及最佳影片奖。

"日式布团？真的吗？"乔希说着，噘起他涂了口红的嘴唇，就像这是他这辈子听说过的最具异国风味的东西了，这话从一个男扮女装的人嘴里说出来，还真是意味深长，"马库斯，来看看杰克逊的布团！"马库斯戴着一顶黑色尼龙假卷发，穿着曲棍球短裙和抽了丝的长袜，探头进来瞧了一眼房间，鼻子里呼噜一声，然后走了。

"总之，我们现在准备走了——你要不要跟我们一起？"

"那个，是去……？"

"妓女和牧师主题派对，在肯伍德楼。应该很好玩。"

"这，那，也许吧。我只是、我想我还是待在屋里看书吧……"

"哦，别这么磨叽……"

"但我没有什么合适的服装……"

"你总有一件黑衬衫吧？"

"嗯哼。"

"哎，那不就行了。在领子下面粘点儿白色卡纸，齐活儿了。一会儿见。哦，别忘了自酿啤酒的十镑，嗯？啊，对了，你的房间布置很赞……"

第 四 章

提问：两个质子之间的相互作用与它们的分离程度有关，当质子之间的分离分别为 a. 微小的，b. 中等的时，质子间作用名称分别是？

回答：斥力和引力。

作为一个经验丰富、老于世故的人，我知道晚上出去玩之前"给肚子打点底"是很重要的，所以我买了一包薯条和一根英式热狗当晚餐，在去派对的路上边走边吃。半路上下起雨来，趁薯条还没被淋湿变冷之前，我赶紧能吃多少吃多少。马库斯和乔希穿着高跟鞋自信地大步走在前面，对路人投来的阴郁眼神毫不在意。我猜，住在大学城里就免不了要忍受易装的华丽男孩吧。马上就是新生周了，树叶就快变黄，燕子也将南飞，购物街上又要挤满打扮成性感护士的医学院男生了。

半路上，乔希抛给我一个问题。

"你学什么专业的，布莱恩？"

"英文。"

"诗歌啊？我学政治和经济，马库斯学法律。擅长什么运动吗，布莱恩？"

"只玩拼字游戏。"我打趣道。

"拼字游戏可不算运动。"马库斯吸着鼻子说。

"你可没见过我玩拼字游戏的样子。"我灵光一闪地回答道。

不过,他显然并没有觉得好笑,还是阴沉着脸说:"不管你怎么玩,它也不能算运动。"

"对,我知道,我只是……"

"足球?板球?橄榄球?你玩吗?"乔希问道。

"嗯,一个也不玩……"

"这么说,不擅长运动咯?"

"一点也不擅长。"我不禁觉得自己是在接受某个不知名俱乐部的入会资格审核,但没能通过。

"你壁球打得怎么样?我正在找搭档。"

"不怎么样。偶尔打打羽毛球。"

"羽毛球是**女生**玩的。"马库斯说,一边调整了一下他高跟鞋上的皮带。

"曾经出国交流过吗?"乔希问。

"没有……"

"这个暑假去了什么好玩的地方吗?"

"没有……"

"你父母是干什么的?"

"嗯,我妈是沃尔沃斯商店的收银员,我爸是卖双层玻璃的,不过他已经去世了。"乔希捏了一下我的胳膊,说道:"**真是抱歉。**"虽然我不知道他是指我爸去世还是指我妈的工作。

"你父母呢?"

"哦,我爸在外交部,我妈在交通部。"老天,乔希是个保守党。至少如果他父母都是保守党,那么我猜他也是,这玩意有点家传的。至于马库斯,哪怕被我发现他是希特勒青年团的,我也不会感到吃惊。

我们终于到了肯伍德楼。大学开放日那天,有人告诉我集体宿舍又无聊又陈旧,还住满了基督徒,所以我一直尽量避开。实际情况是,宿舍的感觉介于精神病院和一间小型私立学校之间——长长的带回音的走廊,镶木地板,一股湿内裤放在温热暖气上烘干的味道,还有一种某处厕所里正发生着什么可怕的事情的感觉。

远处传来"狄西午夜跑者"乐队音乐的闷响,召唤着我们穿过一条走廊,来到一间装饰着木镶板的大房间里。房间窗户很高,学生们三三两两地聚在一起——其中大约七成打扮成妓女,三成打扮成牧师,而打扮成妓女的人里男女各占一半。那场面不甚美观。魁梧的男生,还有不少女生,都穿着破得很有艺术感的长袜,胸罩里塞着运动袜,像个,呃,妓女一样靠墙站着,墙上挂着的爱德华时期的校长肖像绝望地俯视着屋里的一切。

"啊,对了,布莱,那个,你会不会正好带了十镑……"乔希皱着眉头说道,"……算是自酿啤酒的钱?"

我当然其实是负担不起的,而且那是我妈塞在我手里的十镑,不过,出于一种结交新朋友的热情,我把钱给了他,然后乔希和马库斯就像沙滩上的狗一样一溜烟儿地跑了,剩下我一人去认识更多这样的"终生挚友"。总之,我决定今晚时候尚早,要搭讪还是找牧师而不是妓女比较好。

去临时吧台的路上,有张搁板桌在卖红带啤酒,五十便士一罐,价格合理。于是我在脸上挂起一副"快来找我说话吧"的表情:头脑单纯地闭嘴傻笑,时不时试探性地点点头,再配上期望的眼神。一个瘦高的嬉皮打扮的男生站在一旁等着买酒,带着一副跟我配套的乡下傻帽儿的笑容,难得的是,他脸上的皮肤比我还差。他环顾四周,操着一口伯明翰口音说道:"简直是**太太太疯狂了**,是吧?"

"疯了!"我说,我们都转了转眼睛,好像在说"啧啧,现在的孩子们哪"。他叫克里斯,随后我就得知他也是学英文的。"真巧!"克里斯惊呼,然后开始告诉我他的高级程度会考科目、他在大学统一招生委员会表格里填写的每一项内容、他到目前为止读过的每一本书的情节,最后开始描述他这个暑假环游印度的经历,还是**完全转播**!我喝了三罐红带啤酒,不停地点头,一边还比较着他的皮肤是不是真的比我还差,就这样度过了他直播的日日夜夜。忽然,我听到他说:

"……你知道吗?那段时间我一次卫生纸也没用过。"

"真的?"

"一次都没有。我想我以后也不会再用了。那样更清爽,也更环保。"

"那你怎么……?"

"哦,就用手,还有一桶水。就是这只手!"他猛地把手伸到我面前,"相信我,这样卫生**多**了。"

"不过我好像听你说你一直在得痢疾?"

"啊,是啊,不过那是另外一回事。人人都会得痢疾。"

我决定还是不再深究下去了,就说:"真棒!嗯,干得漂亮……"然后我们又启程了,坐在快要散架的公共汽车的简陋木长椅上从海德拉巴到班加罗尔,行驶到埃勒莫拉山的某处,红带啤酒开始起作用了,我高兴地感觉到我的膀胱满了,真抱歉我得去趟洗手间——"别走开,我马上就回来,就待在**这儿别动**"——我正要走,他一把搂住我的肩膀,举起他的左手放在我面前,传教一般地说道:"别忘了,不要用卫生纸!"我笑了笑,赶紧溜走了。

我回来后,发现他已经走开,松了一口气。我来到木头舞台边上,在一个瘦小利索的姑娘身旁坐下,她既没有打扮成牧师也没有打扮成妓女,而是穿得像个克格勃青年军——一件厚重的黑色大衣,黑色长袜,牛仔短上衣,一顶苏联军帽式的黑色帽子扣在脑后,露出油腻的黑色刘海。我挤出一个"我能坐在这儿吗?"的笑容,她的脸僵硬地微微抽动了一下,回复了一个"不能,走开"的微笑,唇膏没涂匀的深红色嘴唇后面,闪出一口又小又尖、大小一致的白色牙齿。当然,我或许应该就这么走开,不过啤酒让我变得英勇无畏且过分热情,我还是在她身旁坐下了。即使是在《两个部落》这首歌延绵不绝的低音混响里,我也能听见她脸上的肌肉绷紧了。

过了一会儿,我转过脸来看她。她紧张地小口吸着一根手卷烟,同时目不斜视地盯着舞池地板。我有两个选择,要么说话,要么走人。也许我该试试开口。

"好笑的是,其实我真的是个牧师。"

没有回应。

"自从十六岁生日以后,我就再没见过这么多的妓女了。"

还是没有回应。可能她没听见我说了什么。我请她喝一口我的红带啤酒。

"你太客气了。不过,谢谢,不用了。"她拿起她身边的啤酒罐晃了晃。她的声音跟她的脸真是绝配,生硬又尖锐。苏格兰人,我猜是格拉斯哥的。

"那,你扮的是什么角色?"我欢快地说,冲她的衣服点了点头。

"我扮的是个正常人。"她说道,没有一丝笑容。

"你至少可以试一试! 戴个白色立领什么的。"

"也许吧。只不过我是个犹太人。"她喝了一大口自己的啤酒,"说来也有意思,化装舞会在犹太人中间从来就没有真正流行起来。"

"其实,有时候我真希望自己也是犹太人。"我说。然后意识到用这句话作为开场白也真有点大胆。我也不太明白自己为什么要这么说。可能是因为我觉得对于种族、性别、身份这类话题保持坦诚开放的态度很重要,也可能是因为这时我已经有点醉了。

她用一种意大利风格西部片的神情眯起眼睛来瞧了我一会儿,吸着她的手卷烟,像是在考虑这句话是不是带有恶意,然后轻声说:"是吗?"

"真抱歉。我没有种族歧视的意思,我只是想说我崇拜的人很多都是犹太人,所以……"

"噢,我很高兴我们的人得到了你的肯定。你崇拜的都有谁?"

"哦,你知道,爱因斯坦,弗洛伊德,马克思……"

"卡尔·马克思还是格劳乔·马克思①?"

"都是。阿瑟·米勒,兰尼·布鲁斯②,伍迪·艾伦,达斯汀·霍夫曼,菲利普·罗斯③……"

"当然还有耶稣……"

"……斯坦利·库布里克,弗洛伊德,J. D. 塞林格……"

"只是,严格来说塞林格不是犹太人。"

"哦,他是。"

"相信我,他不是。"

---

① 格劳乔·马克思(Julius Henry "Groucho" Marx,1890—1977),美国喜剧演员与电影明星。
② 兰尼·布鲁斯(Lenny Bruce,1925—1966),美国单口喜剧演员及讽刺作家。
③ 菲利普·罗斯(Philip Roth,1933—2018),美国小说家。

"你确定?"

"你知道——我们有种特殊的直觉。"

"但那是个犹太名字。"

"他父亲是犹太人,母亲是天主教徒,所以严格来说他不是犹太人。犹太血统要从母亲那一边算。"

"这我倒不知道。"

"你现在不就知道了?大学教育的第一课。"说完她又继续怒视着地板。舞池里挤满了"妓女",跟着音乐一拐一拐的。真是难堪的场面,就像新发现的一层地狱①,那个女孩以一副洞悉真相的轻蔑神情看着,就像等待着她亲手安装的炸弹爆炸。"上帝啊,你真该来看看这群人。"她拖长了声音疲倦地说,音乐正从《两个部落》切换到《放松》,"弗兰克说:'完完——全全不知道'……"我觉得这里必须要来点厌世的玩世不恭,于是故意大声笑了出来,她转过脸来,微微笑着说:"你知道英国寄宿学校最大的成就是什么吗?就是培养了一代又一代知道怎么调整吊带裤的头发松软的男孩。你们这种人有多少来上大学行李里还带着女装,真了不起。"

你们这种人?

"其实,我上的是公立高中。"我说。

"是么,真棒。你是今晚第六个这么跟我说的人了。这是不是什么诡异的左翼分子搭讪法?还有什么更惊奇的事等着我呢?我们的国家学校系统吗?还是你了不起的学习成绩?"

如果说我还能明白点儿什么,那一定是自己什么时候落败了。我拿起还有四分之三满的啤酒罐,举起来摇了摇,装作它已经空了。"我要去吧台,要我给你带点什么吗,呃……?"

---

① 指的是但丁的《神曲》中描述的地狱。

"丽贝卡。"

"……丽贝卡?"

"不用了。"

"好吧。那,回头见。对了,我叫布莱恩。"

"再见,布莱恩。"

"拜,丽贝卡。"

我本来准备去吧台,但发现嬉皮士克里斯正等在那儿,整只小臂伸进了一大袋薯片里,所以我就朝大厅走去,准备出去走走。

伴随着鲍勃·马利《传奇》专辑的背景声,我穿过装饰着木镶板的走廊,看见最后一批正在跟他们的父母道别的新生。一个女孩在她抽泣的母亲怀里抹着眼泪,她的父亲不耐烦地僵立在旁,手里攥着一小卷钞票。穿着一身黑色、带着显眼牙套的瘦高哥特男孩满脸尴尬,几乎是把他的父母推出房间,以便可以去谈点正事,告诉别人在一切金属和塑料制品背后隐藏着的黑暗复杂的物体。其他新生都在跟隔壁相互自我介绍,把自己的生平和盘托出:专业、出生地、考试成绩、最喜欢的乐队、最惨痛的童年经历。这就像战争电影里,新兵来到营房总要相互传看家乡女友的照片一样,只是这里上演的是一种更为礼貌的、中产阶级的版本。

我在学生会公告栏前停下,一边喝着啤酒一边无聊地浏览着海报:出售一套鼓、呼吁抵制巴克莱银行、已经过期了的社会主义革命党支持矿工的聚会、《潘赞思海盗》试映,我还注意到"自残"乐队和"与脚见面"乐队下周二要在"青蛙与护卫舰"酒吧表演。

就在这时,我看到了它。

公告栏上,一张大红色 A4 影印海报上写着:

> 你的抢答题机会!
>
> 知道苏格拉底和索福克罗斯吗?
>
> 知道小熊星座和李·迈杰斯①吗?
>
> 知道"活在当下"和《人身保护令》②吗?
>
> 觉得自己有能力叫板学霸?
>
> 快来参加《大学挑战赛》面试吧!
>
> 简短(而有趣!)的书面测试
>
> 周五中午一点钟准时开始
>
> 学生会六号会议室
>
> 需要全情投入。懒鬼和笨蛋免谈。
>
> 只接受最优秀的头脑

终于找到了。就是它了。挑战赛。

---

① 小熊星座英文为 Ursa Minor,其中 minor("小")一词与李·迈杰斯(Lee Majors)名字中的 major("大")相对应,故而海报上将两者并立。

② "活在当下"是一句拉丁文格言,原文为 Carpe Diem。《人身保护令》原文为拉丁文 Habeas Corpus。

第 五 章

提问:请问哪位美国黑人艺人一般被认为是"灵魂乐教父",曾自诩是"娱乐界最勤奋的人",以及放克音乐的先锋?

回答:詹姆斯·布朗。

以前,最让我感到震撼的是他们的发型,焦脆的卷发蓬乱得不可思议,仿佛阳光炙烤下的麦浪;额前覆盖着层层顺滑的刘海;络腮胡就跟周日下午茶时段播放的历史剧里的一样。除非剪一个《流行音乐排行榜》中常见的侧分短发,爸爸留其他发型怎么看都像是个面色苍白的怒汉,不过,如果你能有资格参加《大学挑战赛》,那么你也就赢得了想留什么可怕发型都行的权力。他们自己似乎也对此无能为力,好像所有那些不可思议又无法控制的过剩脑力能量就发泄成了一头狂乱的发型。就像疯狂的科学家,人不可能聪明到那个程度还指望着能有易于打理的发型,或者良好的视力,或者自己洗漱穿衣的能力。

还有他们的衣装,那神秘古老的英式猩红色长外衣,还有故意搞怪的钢琴键样式的领带、数不清的家庭手织围巾、阿富汗短上衣。当然了,小孩子总觉得电视里所有人都年龄很大,所以现在想来,他们那时肯定都还很年轻,或者严格来说,按照地球年来算,他们的年龄都还不大。不过就算那时他们真的只有二十岁,看起来也跟六十二岁似的。在他们脸上看不出一点点年轻、活力、健康的痕迹。相反,他们无不显得疲劳、苍白、忧心忡忡,仿佛在跟所有那些知识的重负做殊死搏斗:氚的半衰期、"幕后操纵者"①这个词的词源、首二十个完全数、彼得拉克体十四行诗的押韵规则——这些都要花费不少精力。

当然了,我和爸爸很少能回答对问题,但这不是重点。这不是难题问答,不是为了要对自己所拥有的知识感到得意自满,而是要在那些你一无所知的浩瀚知识面前感到卑微,所以重点是要带着敬畏的心情观看节目,因为在我和爸爸看来,电视上那群奇异的生物确实无所不知。随便问他们什么问题:太阳有多重?为何我们生存于此?宇宙是无限的吗?真正的幸福的秘密是什么?——即使他们不能立刻想出答案,至少还能彼此商量,相互含糊地低声喃喃,然后给出一些猜测的答案,即便并非完全正确,听起来也猜得八九不离十。

参赛者显然都是些不善社交的另类,要不就是形象邋遢、脸上长痘、老处男老处女,或者完全是个怪人,但这些都不重要,重要的是在这么一个地方,这群人确实知道所有这些事情,并且乐于获取这种知识,对它充满了热情,认为那是重要且有价值的,重要的是某天爸爸说如果我真的非常、非常努力,我也有可能到那里去……

"想试试吗?"她说。

我转过身。我发誓她简直美得让我差点拿不住手上的啤酒罐。

---

① 原文为法文 éminence grise。

"想试试吗?"

我觉得自己从来没有跟如此美丽的事物这么接近过。当然了,书中描绘过美,绘画中可能也有,或者某处的风景,就像在波白克岛①的地理考察之旅中所见到的。但是直到现在,我还没有亲身经历过**真正**的美,没有在真实、鲜活、柔软的人类——你可以伸手触碰到的某种东西,至少理论上如此——身上感受过。她实在太美了,看到她时我不禁后退了一步。我胸前的肌肉紧紧收缩,不得不时刻提醒自己要继续呼吸。我知道这听起来有点夸张得过分,但她真的、的确看起来就像年轻金发版的凯特·布什。

"想试试吗?"她说。

"嗯?"我回答道,颇为"妙语连珠"。

"你看起来好像很想试试?"她冲着海报点点头,说道。

快,说点俏皮话。

"哎。"我打趣地说。她同情地冲我笑笑,就像年轻友善的护士微笑着面对象人②。

"那么明天在那儿见啦?"她说完走开了。她穿着化装舞会的裙子,但穿得很妙,透着机智自信,又不失品位。她扮的是法国高级妓女:紧身黑白条纹上衣,黑色弹性芭蕾宽腰带,黑色铅笔裙,渔网式裤袜,还是长袜?到底是长袜还是裤袜?长袜还是裤袜?长袜还是裤袜……

我跟在她身后穿过走廊,始终保持着得体而不具侵犯性的距离,她走路的节奏和姿态,就像梦露在《热情如火》中从蒸气里走

---

① 波白克岛(Isle of Purbeck),英国多赛特郡的一处半岛。
② 象人(Elephant Man),即英国人约瑟夫·凯里·梅里克(Joseph Carey Merrick,1862—1890),因患有严重的身体畸形而被称为"象人",曾被当作人体奇观在英国及欧洲巡回"展出"。

43

出来的那一幕。长袜还是裤袜,长袜还是裤袜。她每路过一间宿舍门口,总有人探出头来跟她打招呼:嗨,哈罗,你好啊,你看起来太棒了。但是她住进这里才八个小时,最多也就一天,她是怎么能认识每一个人的?

然后她走进派对,穿过一群目瞪口呆的牧师,也穿过一小撮站在舞池边上的女孩,那种冷酷又好看,而且打扮得很潮的女孩,她们总能找到同类然后聚在一起。DJ正播放着《堕落的爱》这首歌,房间里的气氛似乎变得更加阴暗,也更加饥渴而颓废了,即使还没达到魏玛共和国时期的柏林的程度,至少也很像东埃克塞斯预科学校排演的《歌厅》①的感觉。我站在暗处观察着。要是我想好好表现一次,我就必须得动动脑筋了,而且还得再多来点儿酒。我去买了今晚的第六罐啤酒,还是第七罐?记不清了,也无所谓。

我买完赶紧回来,怕她已经走了。不过她还在那儿,跟另外三个女孩一起站在舞池边上,嬉笑着,仿佛她们不是今天下午才相识,而是已经认识了一辈子的好友。我脸上摆出一副混合了嘲讽与俏皮、又略加厌倦的表情,心里编了几个故事,用一种漠不关心的姿态向她走去,希望她能捕捉到我的眼神,然后抓住我的胳膊肘对我说:"快把你的一切都告诉我,你这迷人的尤物。"但她没有。所以我决定再从她身边走过。我这么走了大概十四五次,她压根儿就没注意到我。于是我决定采取更直接的方法:走过去站在她身边。

我在她身后站了足足有一首歌的时间,还是"新秩序"乐队的《忧郁星期一》的十二英寸唱片加长版。终于,她的一位新朋友,一个三角脸、薄嘴唇、画着猫眼眼线、留着漂白的金发平头的姑娘

---

① 《歌厅》,1966年在百老汇首演的音乐剧。

捕捉到了我的视线,然后她本能地用手捂住手袋,仿佛以为我要偷谁的钱包似的。我笑了笑,让她放心,然后她疯狂地对着她们那群人使眼色,她可能是发射了什么高频警告信号之类的,终于那群人都转过头来看着我,忽然间金发的凯特·布什就近在眼前,她美丽的脸庞离我只有几英寸远。这次我可是铆足了机智,简洁有力地说:"哈喽!"

这句话不如我预想的那样引起她的注意,因为她只说了句"嗨",就又转过身去了。

"我们刚刚见过,在走廊里?"我慌忙说道。

她一脸茫然。虽然我喝了不少酒,但嘴巴还是沉重得像被粘在了一起,仿佛唾液里掺入了玉米粉,变得黏稠,不过我舔了舔嘴唇,说道:"你问我是不是想试试?《大学挑战赛》?"

"哦,对。"她转过身。她的朋友们都散开了,也许是感觉到了我们之间的火花。我们两人终于单独待在一起了,真是命中注定。

"你说好笑不?我其实*真的*是个牧师。"我说。

"什么?"她凑近了一些,于是我抓住机会把手放在她耳边,抵在她可爱的脑袋上。

"我*真的*是个牧师。"我喊道。

"你真的是?"

"什么?"

"牧师?"

"不,我不是牧师。"

"我还以为你说你是。"

"不,不是……"

"那你刚才说了什么?"

"呃,对,那个,我刚才,说了,我是个牧师。对,不过,我只是,开玩笑。"

"哦,不好意思。我没明白……"

"对了,我叫布莱恩!"别慌……

"你好,布莱恩……"然后她开始四下张望,寻找着她的朋友们。继续说下去,继续……

"怎么样,我看起来像个牧师吗?"我问。

"不好说。有点吧,我想……"

"哦!好吧!嗯,谢了!多谢了!"我假装生气,双手高高地叉在胸前,想逗她笑,来点机智又轻松的玩笑,"牧师,嗯!哎哟,真是多谢你!这么说,你也很像……像真正的……真正的妓女!"

"你说什么?"

她可能没听清我说的话,因为她没笑出来,所以我提高了嗓门:

"妓女!你看起来像妓女!高级妓女,补充一下……"

她冲我笑笑,一个既轻巧又微妙的笑容,几乎带着鄙夷的意味,说道:"不好意思,格雷,我必须得去下洗手间……"

"好的。回见。"话音未落,她已经走了,留下我站在原地,隐约觉得刚才本可以进展得更好一些的。可能她觉得我的话不中听了,虽然我很明显是用一种滑稽的声音说的。不过如果她还不熟悉我平常的声音,她怎么会知道那几句话用的是滑稽的声音?可能她以为我的声音原本就很滑稽?那该死的格雷又是谁?我站在那儿,目送着她往洗手间的方向走去,但是她刚走到舞池边上就停住了,冲着另一个女孩儿耳语,然后两人都笑了。这么说原来她不是要去洗手间。那只是个借口。

然后她开始跳舞。现在房间里播放着"治疗"乐队的《爱之猫》这首歌,她跳得也真有点像只猫,厌倦、淡漠、柔软,仿佛是一种对歌词机智又敏锐的表现。她的一只胳膊不时甩过头顶,就像,嗯,就像猫的尾巴!她真是世界上最棒的舞者!现在她又把两只手放在下巴底下,就像两只小爪子,她就是歌名中的爱之猫,而且她还非常、非常、非常、非常漂亮。这时一个念头涌上我的心头,一个简单、巧妙、机智又万无一失的计划,我真惊讶怎么没早点想到。

跳舞!我要用现代舞的方式追求她。

音乐换了。现在是詹姆斯·布朗的《性机器》,正合我意,说起来我确实有点蠢蠢欲动,感觉就像一部性机器。我把红带啤酒小心地放在地板上,立刻就被人踢翻了。不过没关系,我不在乎。我的计划里不再需要它了。我在舞池边上慢慢做些热身动作,一开始还有点谨慎,不过我真庆幸自己穿的是布洛克皮鞋而不是球鞋,皮鞋的平底在镶木地板上令人满意地滑动着,给我一种放克风格的四肢灵活的感觉。然后,就像在溜冰场上一开始要扶着墙壁前进一样,我小心地慢慢挪进舞池,随着歌曲的律动渐渐靠近她。

她又在和刚才那四个女生一起跳舞,她们围在一起,密实得像个拳头,就跟罗马步兵团抵御外族侵略时组成的那种坚不可破的防御阵一样。猫眼女孩首先发现了我,又发射出她那高频警告信号,金发凯特·布什突破阵形,转过身来也看到了我,四目相对,我接收到了提示,浑身都充满了音乐,以一种我前所未有的劲头跳了起来。

我跳得仿佛生死存亡都在此一举。我诱惑地咬着下唇,这既是露骨的信号,又能帮我集中精神。我直视着她的眼睛,带着挑衅的意味,看她敢不敢一直面对着我不转过头去。但她转头了。所以我又滑步过去,重新进入她的视野,火力全开。我就像穿着红舞鞋一样跳着,忽然想起也许我真说对了,也许就是因为那条内裤,我妈送我的红色内裤。无论如何,我跳得就像詹姆斯·布朗,带着放克和灵魂乐的感觉,还有个"崭新的包"①,我就是娱乐圈最勤奋的人,我就是为了性而特别制造的机器,滑步,转圈,三百六十度、七百二十度,有一次还转了八百一十度,让我搞错了方向,一时分不清哪儿是哪儿,不过没事儿,詹姆斯·布朗正唱道:"快到过门了",于是我就照做了,也不管"过门"到底是在哪儿,在"到过门"的半路上,出于对有组织宗教的正义蔑视,我伸手扯下脖子上的白色卡纸领结,抛向地板,抛在了围绕在我身边的人群中间,他们都在鼓掌、大笑,还带着敬意和赞赏对我指指点点,而我转着圈,俯下身碰到地板,我的针织衫在身后自由飞舞,眼镜片上也蒙了一层水汽,在人群中看不清凯特·布什的脸了,眼角只瞥见那个易怒的黑发犹太女孩,好像叫丽贝卡什么的。不过现在想停下来也太迟了,詹姆斯·布朗正让我晃动我的摇钱树,晃动摇钱树,我思考了一分钟,不知道我的摇钱树到底是什么。我的头脑?不。我的屁股?当然。所以我就尽我所能地扭了起来,像一条湿身狗,把汗水甩向围着我的人。然后,忽然一声喇叭齐响,这首歌结束了,而我也

累。

惨。

了。

我在欢呼的人群中寻找着她的脸,但她肯定已经走了。别担心。最重要的是给她留下了印象。我们的道路会再重叠,明天下午一点,在挑战赛的预选测试中。

房间里开始播放起了颇具讽刺意味的半开玩笑的漫步舞曲,《无心快语》,不过大家都太不屑或是太醉了,没人跳舞。我也觉得该回去睡觉了。我走出房间,在走廊半路进了洗手间。我拉起

---

① 指詹姆斯·布朗的歌曲《爸爸有个崭新的包》。

针织衫的一角把眼镜上糖浆似的汗迹擦掉,以便能在小便池上方的镜子里看清自己的脸。汗水把衬衫粘在了皮肤上,纽扣解开到了肚子那里,额头上的头发乱成一团,全身的血液都涌上脸来,尤其汇聚在粉刺那里,不过,我仍然觉得自己总体上看来还是挺好的。我感觉房间在旋转,小便的时候只好把额头靠在面前的镜子上安静一会儿。洗手间的某个隔间里传出大麻的味道,有两个声音低声笑着,然后是一阵马桶冲水声,两个妓女打扮的人走了出来,一个满脸是汗的女生正整理着她的冰球裙,另一个是个虎背熊腰的橄榄球员妓女。两人的脸上都糊着口红。他们挑衅地看着我,看我敢不敢说些什么不好的话试试,不过,我正因为年轻人那种纯粹又欢快的不管不顾的劲头而感到无限热情、喜爱和兴奋,所以我晕眩地冲他们笑笑,说道:

"好笑的是,我*真的*是个牧师。"

"哦,滚你妈的。"他说。

第 六 章

提问:华兹华斯的作品《序曲,或一位诗人心灵的成长》的第十一卷里有这么一句劝勉的话:"能活在那个黎明,已是幸福……"

回答:"若再加年轻,简直就是天堂!"

作为一个崭新的黎明,今天的黎明同往常也没有什么两样,真令人沮丧。

而且现在都不是黎明了,已经十点二十六分了。我曾以为,在大学第一天我会活力四射地起床,充满智慧,学术干劲十足。但是现在,我仍然跟以前一样:羞愧、自怨、头晕,并隐约觉得不该总是以这种状态起床。

我还挺生气,很明显我睡着的时候有人进来过,在我嘴上贴了毛毡条,还在我头上盖了印章。我觉得活动有点困难,于是就又躺了一会儿,一边默数着这究竟是我连续第几个晚上喝到大醉上床睡觉的,最终得出了一个大概数字:一百零三。要不是因为上次扁桃体发炎,天数还会更多。我思考着,或许我是个酒鬼也说不定。有时候我会觉得需要用这样或那样的身份来界定自己,曾几何时,我考虑过自己会不会是个哥特族、同性恋、犹太人、天主教徒,或者躁郁症患者,也想过我是不是被领养的、心脏上会不会有个洞、有没有凭意念移动物体的超能力,不过最后总是非常遗憾地发现,我不符合以上任何一种情况。事实是,我其实**什么**也不是。我甚至不是个"孤儿",严格来说还不算是,不过目前看来最有可能的还是"酒鬼"。一个每晚醉醺醺地上床睡觉的人,还能有什么别的称呼?然而,酗酒可能还不是世上最糟糕的事。至少我床头墙上明信片里的人有一半都是酒鬼。我认为这其中的秘诀就是,酗酒可以,但不能让它影响到你的行为或是学业。

或者可能是我小说读多了。小说里的酒鬼总是很有魅力,既有趣又迷人,还很深邃,就像塞巴斯蒂安·弗莱特①或是《夜色温柔》中的阿贝·诺思,他们酗酒是出于一种深刻而难以抑制的灵魂的忧伤,或是因为第一次世界大战留下的可怕回忆,而我喝醉只是因为我渴了,我喜欢啤酒的味道,而且因为我实在是个不知道该及时收手的蠢货。毕竟,我不能把酗酒的原因都推到马岛战争②身上吧。

我闻起来肯定也像个酒鬼。还不到二十四个小时,新房间里已经开始有味道了,就是我妈说的那种"男孩"的味道——又暖又咸,有点像手表的背面。这味道哪来的?难道说是我走到哪儿带到哪儿?我在床上坐起来,发现昨晚穿的衬衫就扔在床边地上,仍然被汗水浸得湿透。连我的针织衫都湿了。忽然,我的脑海中闪过一点被压抑的记忆片段,好像是……关于……跳舞?我又躺下来,用被子蒙住头。

---

① 塞巴斯蒂安·弗莱特(Sebastian Flyter),英国作家伊夫林·沃(Evelyn Waugh,1903—1966)的小说《旧地重游》中的主角之一。
② 马岛战争是1982年4月至6月间英国和阿根廷为争夺福兰克群岛(阿根廷方面称为马尔维纳斯群岛)主权而爆发的一场局部战争。

最后，床垫逼得我不得不起来。睡了一个晚上，它似乎被压扁了，躺在上面能感觉到又冷又硬的地板，因此我现在就像是睡在一条巨大的湿毛巾上，还是一条在塑料袋里放了一个星期的湿毛巾。我坐在床垫边缘，膝盖支着下巴，在口袋里翻找钱包。钱包还在，不过里面只剩五镑十八便士了，实在让人担心。我得靠着这些钱撑到下周一，还有三天。昨晚我到底喝了多少啤酒？哦，天哪，又来了，被压抑的记忆，如气泡涌出水面，就像在放满水的浴缸里放了个屁。跳舞，我记得我在一圈人中间跳舞。不过这不大对劲，因为平时我跳舞跳得就跟圣维特①似的，而记忆里围观的人都在笑着，鼓掌叫好。

我记起来了，清晰得可怕的记忆，然后意识到那是嘲讽的**掌声**。

★

学生会的楼是一栋又丑又招摇、布满雨水痕迹的水泥庞然大物，在一排整齐的乔治时期房屋中间突兀地站着，像一颗坏掉的牙齿。大楼的弹簧门吞吐着单个学生或是一小群多年好友，这是新生周的最后一天了，直到周一都没有课。今天也是我们加入社团的日子。

我参加了法语社、电影社、文学社、诗歌社，还加入了全部三份学生杂志的写作组：文学气息的《涂鸦者》、玩世不恭且有点色情的《闲谈》，还有热心社会运动的左翼杂志《署名》。虽然没有照相机，我也加入了暗房社（"加入我们，看看会显现出什么！"）。我还考虑了一下要不要加入女权主义社团，不过在他们的搁板桌前排

---

① 指"圣维特之舞"（Saint Vitus's dance），即西德纳姆舞蹈症（Sydenham's chorea），又称小舞蹈症（minor chorea）、风湿性舞蹈症，患者多为儿童，症状之一表现为手足舞蹈样不自主运动。

队的时候,我被一个长得很像格特鲁德·斯泰因①的人挑衅地怒目而视,然后感觉或许加入女权主义社团是有那么一点用力过猛了。我以前犯过这种错误,在学校组织参观维多利亚和阿尔伯特博物馆的时候,我跟着写有"女"字的标牌走,以为指向的是关于女性社会地位变化的展览,结果发现自己走到了女洗手间。最后我决定还是放弃女权主义社团,因为虽然我是妇女解放运动的坚定支持者,我也不能完全否认我想加入社团只是为了能认识女孩。

我快速穿过满是年轻面容和彩色毛衣的羽毛球社团,以防有人识破我的谎言。然后我朝乔希挥了挥手,他正被一群伙伴围着,排队参加"大块头公子哥儿俱乐部",也不知道那是个什么,总之就是关于滑雪、喝酒、骚扰女生、极端右翼思想的这么个社团。

我也决定不要参加戏剧社了。跟女权主义社团一样,这也是个能跟姑娘们待在一起的好机会,不过麻烦的是这只是个骗你演戏的计策。这个学期戏剧社要排演《查理姑姑》、索福克罗斯的《安提戈涅》,以及《恋马狂》,我知道我只能扮演合唱团的一员,披着破床单、戴着纸壳面具一起喊叫,要不就是《恋马狂》里的呆子之一,整晚都得戴着用衣架做成的马头,穿着紧身连衣裤。嗯,戏剧社,谢谢,不过算了。而且,高中最后一年我在音乐剧《福音》里扮演耶稣,有过在全校同学面前被鞭打并被钉上十字架的经历之后,我真是再也不想靠近舞台了。托恩和斯宾赛当然是从头笑到尾,演到四十鞭刑的时候还高叫着"再来点!再来点!",不过其他人倒是都说我演得很感人。

我觉得我加入这些社团已经够了,于是就在房间里乱晃,寻找

---

① 格特鲁德·斯泰因(Gertrude Stein,1874—1946),美国女性小说家、诗人,后期主要在法国生活,为现代主义文学及艺术的发展做出贡献。

着昨晚的神秘女孩,虽然也不知道我要是见到她会怎么做。肯定不会再跳舞了。我绕着体育场转了两圈,也没见到她的踪影,于是就上楼去找《大学挑战赛》预选测试的房间,确保我没记错房间号和时间。肯定没错了,门上贴着海报:你的抢答题机会,只接受最优秀的头脑。"想试一试?"她昨晚这么说。"那么到时候见了?"她说。她是认真的吗?如果是的,那她在哪儿?不过离开始还有一个小时,我决定还是先回到体育馆,再找找。

下楼的时候,我在楼道里见到了昨晚那个黑发犹太女孩,好像是叫杰西卡?她和一群穿着短夹克、黑色紧身牛仔裤、消瘦苍白的男孩站在一起,正在派发支持社会主义工人党的传单,他们看起来都一脸怒气。出于一种团结精神,我走过去说:"嗨,同志!"

"早啊,舞蹈家。"她慢吞吞地说,没有被我握紧的拳头逗乐,这倒也没错,因为并不好笑。她又继续发传单,"我想舞蹈社大概在那边。"

"哦,天哪,真有那么糟吗?"

"这么说吧,我当时真想让你咬上一支铅笔,以防你把自己的舌头咬下来。"

我自嘲地笑笑,用一种"我真是疯了"的表情摇了摇头,不过她没笑。我说:"那个,生活教会了我两件事,一是喝醉之后一定不要跳舞!!!"……沉默……"那个,我能拿一张传单吗?"

她疑惑地看看我,被我不为人知的内涵所吸引。

"你确定我不是在浪费纸张?"

"当然不会。"

"那你参加了任何政治党派吗?"

"哦,那个,核裁军运动!"

"那不能算是政治党派。"

"你不认为国防政策也是政治问题?"我说,回味着这话的余音。

"政治学就是经济学,就这么纯粹简单。那些专门组织,比如核裁军运动或绿色和平之类的施压组织,确实有着重要作用,但只是说说什么鲸鱼又大又美,或者核毁灭很讨厌之类的话,还不能算是政治立场,只是老生常谈。再说了,在一个真正的社会主义国家里,军队自然就不再有特权……"

"就像在苏联?"我说。

啊哈!

"苏联不是真正的社会主义国家。"

哦……

"那古巴?"我说。

说得好!

"好吧,既然你这么说。就像在古巴。"

唔……

"哦,那古巴没有军队?"我说。

巧妙的反击。

"不算是有,根本不值一提,从国民生产总值上来说是没有的。古巴税收的百分之六用于国防,而美国用了百分之四十。"这肯定是她编出来的,连卡斯特罗也不会知道这些,"如果不是面对美国的持续威胁,古巴连那百分之六也不用花。你晚上睡不着觉的时候会担心古巴入侵吗?"

要是指责她胡编乱造,就有点太小儿科了。因此我只说:"那你还给不给我传单了?"她满脸不情愿地给了我一张。

"如果你觉得这些太坦率了,工党就在那边。① 或者你可以更

---

① 工党,英国一个中间偏左的政党。

彻底点儿,直接加入托利党。"①

她说得很快,我过了一会儿才明白过来,正当我想着要怎么回答,她已经转过身去继续发传单了。我真想把手放在她的肩膀上,把她扳过来,对她说:"别对我转过身去,你这神经质、固执又自以为是的小贱人,我爸爸的工作可以说是让他送了命,所以不要跟我大谈古巴,因为对于他妈的社会不公这种事,我一根小指头都要比你和你那群小资产阶级、艺术学院的男朋友们那些自满而又扬扬自得的身体懂得多。"我差点就要说出口,真的,不过最后我只是说:"你肯定意识到了你们社团的简称就是社(会主义)—社吧!"

她慢慢转过身来,眯起眼睛说:"听着。如果你真的是充满热情地致力于反对撒切尔夫人对这个国家的所作所为,那你就过来。如果你只是想说一箩筐的幼稚笑话和老掉牙的评论,那我觉得我们没你也能过得很好,非常感谢。"

当然,她说的没错。为什么一讲到政治我就变得这么轻率又虚浮?我没有觉得可笑,我想要向她说明这件事,通过适当的理性的成年人对话,不过他们中一个穿着黑色牛仔的消瘦男孩跟"阶级斗争"②组织的人发生了一点冲突,所以我又想了想,还是走开了。

---

① 托利党并非某个具体政党,而是指英国保守党派。
② "阶级斗争",1983年成立的一个英国极左政治团体。

第 七 章

提问:由德国心理学家威廉姆·斯特恩发明的一项具有争议的测量标准,最初算法是用人的心智年龄除以生理年龄,再乘以一百,请问它是?

回答:智商。

我又上楼回到六号会议室,一个瘦高标致的男人正把屋里的桌椅摆成考试时候的样子,有三十张左右,举止间透着一丝指手画脚的官僚气。他明显比我年纪大得多,差不多有二十一二岁了,穿着酒红色的大学运动衫,高个子,标准身材,晒得黝黑,还挺好看的,整整齐齐的泛红金色短发仿佛是用一块塑料铸出来的。我隔着玻璃门看了一会儿。他就像是个宇航员,如果英国也有宇航员的话,或是没有威胁性的玩具士兵。我有点疑惑,好像自己在什么地方见过他……

他瞥见我了,于是我礼貌地探头进去,说道:"不好意思,请问这里是《大学挑战赛》的房……?"

"手放在抢答器上,准备第一道抢答题——认识标牌上的字吗?"

"认识。"

"上面写的什么?"

"六号会议室,一点钟。"

"现在几点?"

"十二点四十五分。"

"那么还有问题吗?"

"没了。"

我在门外坐下。作为考前热身,我默背了一遍历任英国君主、元素周期表、历届美国总统、热力学定律以及太阳系行星,以防万一,这是基本的考试技巧。我又检查了一下,带了铅笔、钢笔、纸巾、一盒薄荷糖,同时等着其他选手出现。十分钟过去了,我仍然是唯一的一个。我只好坐着,一边看着那个男人在讲台前庄重地整理装订着考卷。我猜他肯定是《大学挑战赛》筛选委员会里的高级别人员,此刻正飘飘然地陶醉在这权力之中。我必须要在他面前好好表现,于是,十二点五十八分,我准时站起来,走进会议室。

"现在可以了吗?"

"可以,进来吧。外面还有多少人?"他头也不抬地说。

"好像……没人?"

"没人?"他朝我背后望去,显然信不过我,"哦,浑蛋!又跟1983年一样。"他咂着嘴叹道,坐上讲台,拿起一个笔记板,从上到下地打量我,最后,扫视完我的脸,他把目光定焦在离我的脸十二英寸远的地方,似乎他更喜欢这样。他又悲伤地叹了口气:"哦,好吧,我叫帕特里克。你叫什么?"

"布莱恩·杰克逊。"

"年级?"

"一年级!昨天刚到!"

咂嘴,叹气。"擅长的科目?"

"你是说我的专业?"

"可以这么说。"

"英国文学。"

"老天,又来一个!好吧,起码你这三年生命不会完全白费。"

"不好意思,我……"

"我真想知道,数学家都哪儿去了。还有生化专业的?机械工程专业的?怪不得经济危机了,人人都知道隐喻是个什么东西,但没人会建发电场。"

我笑了,回味着他是不是在开玩笑。他没开玩笑。"我高级程度考试时选的是理科!"我辩解道。

"是吗?什么科目?"

"物理和化学。"

"哎呀,这就对了!挺多才多艺的嘛!牛顿第三运动定律是什么?"

哦,我的朋友,这可难不倒我……

"作用力与反作用力大小相等,方向相反。"我说。

帕特里克的反应也挺"大小相等、方向相反"的,①他不情愿地微微挑了一下眉,然后又继续笔记板上的内容。

"学校?"

"什么?"

"'学——校',砖砌的大楼,里面有老师……"

"我知道你问的是什么,但我不明白你为什么要问这个?"

"好吧。托洛茨基,意见收到。你有笔吧?很好。这是考卷,

---

① 本句中的"反应"与上句中的"反作用力"英文均为 reaction。

我等会儿再跟你说。"我在教室后面找了个位子坐下,这时又进来两个人。"啊,大部队来了。"帕特里克说。

第一位未来队友是个中国女孩,让人眼前一惊,因为好像有只熊猫趴在她背上。近看才发现那不是活的熊猫,而是个设计巧妙的背包!我猜这个背包表现出一种古怪的幽默感,不过,在这个严肃的高级通识测试中,却不一定能带来好运。总之,听她和帕特里克说话,我知道她叫露西·张,二年级,医学专业,那么在某些科学问题方面可能要比我有优势。她英语说得很流利,不过声音很小,带点美国口音。参赛规则上对于外籍队员是怎么规定的?

另一位参赛者是个曼彻斯特人,大块头,大嗓门,穿着橄榄绿的军服,笨重的靴子,皇家空军的蓝色小背包兜在屁股上,背包上用马克笔画了个核裁军运动的标志,颇不协调。帕特里克用一种军士对待下士的态度不情愿但又礼貌地面试了他,然后知道他是政治专业三年级,来自罗奇代尔,叫科林·佩吉特。帕特里克环视了一下房间,点点头。我们都一言不发地等着,玩着笔,在几何学允许的范围内彼此尽可能分散地坐着,又这么等了十到十五分钟,直到肯定不会再有人进来了。她去哪儿了?她说过会来的。不会出什么事了吧?

终于,宇航员帕特里克叹了口气,在讲台后面站起来,说道:"好了,开始吧?我叫帕特里克·沃茨,来自阿什顿安德莱恩,主修经济学,我是今年《大学挑战赛》本校参赛队伍的队长。"……等等,谁选的?……"常看节目的人可能在去年联赛中已经见到我了。"

对了,我就是在那时见过他的。那集我还看得特别仔细,因为我正在填写大学统一招生委员会的表格,想知道这家学校的水准究竟如何。我记得那时我还觉得他们队伍挺弱的。帕特里克显然还无法抹去内心的伤痕,他低头看着地板,说到那件事时满脸羞愧。"当然了,那次的表现并不完美"——如果我没记错,他们第一轮就出局了,而对手并不强——"不过今年我们很有希望,特别是有这么多……年轻有为的……新鲜血液。"

我们三个人环视房间,彼此对视,也望着一排排的空桌子。

"好吧,那么,闲话少说,开始测试。这次是书面考试,有四十道题,涉及的主题广泛,跟节目上我们会遇到的类似。去年我们在科学方面很弱"——他瞟了我一眼——"这次我想确保我们没有太多文科生……"

"参赛队伍是由四人组成,对吧?"那个曼彻斯特人大声说道。

"没错。"

"嗯,如果是那样,那么……我们就是全部队员了啊。"

"呃,对,不过我得确保大家都达到了一定的水平。"

不过科林不肯放手:"为什么?"

"这个嘛,因为如果不这么做……我们还得输。"

"那又如何?"

"呃,如果我们又输了……如果又输了……"帕特里克的嘴巴蠕动着,像快死的鱼的嘴巴一样一张一合,但就是说不出话来。去年在国家电视台上,他就是这么一副表情,一道关于东非湖泊的问题,非常简单,他想回答又答不上来,那时就是这种僵硬的表情,观众席上的每一个人都知道答案,都迫切地想要告诉他,坦噶尼喀湖,坦噶尼喀,你这白痴。

这时门口传来声响,分散了他的注意——只见一群女生的笑脸映在玻璃后,还有压低了声音的哄笑,一阵扭捏之后,她被看不见的手推进了房间,站在那里笑个不停。她看着房间里的四个人,努力恢复平静。

我发誓,有那么一瞬间我觉得大家都差点要站起身来。

"哎呀,对不起,各位!"

她说话有点含糊,站也站不太稳。该不会是喝醉了之后才来参加考试吧?

"不好意思,我太晚了吗?"

帕特里克用手抚了抚他宇航员似的头发,舔舔嘴唇,说道:"一点也不晚。很高兴你来了,呃……?"

"爱丽丝。爱丽丝·哈宾森。"

爱丽丝,爱丽丝,当然了,她当然要叫爱丽丝,还能叫什么其他名字?

"好,爱丽丝,请——坐……"她环视了一下房间,对我笑笑,走过来坐在了我身后的位子上。

★

最开始的几道题还挺简单,基本的几何知识,金雀花王朝,是为了让我们热热身。但我很难专心,因为爱丽丝在我身后不停地吸着鼻子,我转过身去看了她一眼,不出所料,她正红着脸伏在考卷上,努力憋笑憋得身体都微微颤抖。我又转过头来看考卷。

第四题。历史上伊斯坦布尔在被称为君士坦丁堡之前叫什么?

简单。拜占庭。

第五题。氦、氖、氩、氪是四种所谓的"稀有气体",另外两种是什么?

不知道。难道是氪和氢?就写氪和氢。

第六题。爱丽丝·哈宾森身上散发出来的香味的准确成分是什么?为什么让人如此心旷神怡?

某种带有淡淡花香的贵重之物。也许是香奈儿五号?还混合着一点梨牌香皂、"丝卡"牌香烟,以及啤酒的幽微气味……

够了。集中精神。

第六题。撒切尔夫人的选区在哪?

简单。知道答案。不过我身后又传来声音。我转过身,正好与她对视,她做了个鬼脸,做出"对不起"的嘴型,然后像拉拉链似的把嘴拉上。我漫不经心地歪着嘴笑了笑,好像在说:嘿,嗨,没关系,我也没把这太当回事儿,然后又转过来看试卷。必须专心。我往嘴里丢了一颗薄荷糖,用手指按按额头,专心,专心。

第七题。爱丽丝·哈宾森的嘴唇颜色可以被形容为……?

不确定,看不到。可能是莎士比亚十四行诗里某句话。粉色或是珊瑚色或是什么之类的?要不我再看一眼?不,别,别看。专心。低头。

第八、九、十题还可以,不过之后来了一长串难得不像话的数学和物理题。我有点抓耳挠腮了,跳过了一两道实在不懂的题目,不过线粒体那题还是试着回答了下。

"嘿……"

第十五题。细胞质新陈代谢产物的氧化过程所产生的能量转化为三磷酸腺苷……

"嘿……"

她趴在桌上,瞪大了眼睛,想要把紧攥在拳头里的什么东西递给我。我瞧了一眼帕特里克,趁他没注意,把手伸向背后,感觉她把一小片纸塞在我窝起来的手掌中。帕特里克抬起了头,我迅速顺势伸了个懒腰,把胳膊举过头顶。警报解除,我打开小纸条。上面写着:"你奇特的美貌吸引了我。还要多久我才能吻上你的双唇……?"

或者,准确来说,纸条上面的原话是:

嘿,好学生!求助!我太笨了,还有点醉。快把我从一败涂地的耻辱中解救出来。第六、十一、十八,还有二十二题的答案是什么?第四题是拜占庭,对吧?谢了,伙计,我等着呢,来自你后面的笨蛋。爱你~

附注:你要是敢向老师告发,我一定会报复的。

她要我跟她分享我的通识知识,要是这都不算是种诱惑,那我真不知道还有什么能算是了。当然了,考试作弊不是什么好事,要是其他人我才不会管呢,但这次是特殊情况,所以我快速查看那几个问题,在小纸条的反面写着:"第六题是芬奇利,第十一题可能是拉斯金的《威尼斯的石头》,第十八题可能是薛定谔的猫,第二十二题我也不知道,也许是佳吉列夫?对,第四题是拜占庭。"

我把小纸条读了又读。作为一封情书,它还挺无趣的,我想写点儿什么更热切、更撩拨的话,但又不是直接说"你真可爱"的那种,我想了一分钟,深吸一口气,然后写道:"顺便,你欠我个人情!之后一起去喝咖啡?祝好,好学生!"……赶在我改变主意之前,我转过身去把纸条放在她桌上。

第二十三题。须鲸亚目的鲸鱼有种独特的进食结构,称作……?

鲸须。

第二十四题。一种法国诗歌形式,每行十二个音节,重音落在第六个和最后一个音节上,高乃依和莱辛都使用过,它是?

亚历山大体。

第二十五题。心跳加速、出冷汗、感到兴奋,这些通常都是哪种情绪的症状?

喂,低头,专心,这可是挑战赛,记得吗?

第二十五题。十二面体有几个顶点?

嗯,十二……所以是有十二个平面,如果拆开看就是十二乘四,四十八,但还得减去两面共用的顶点,就是,难道是,二十四?为什么是二十四?每个顶点都是三个平面的交汇处?四十八除以三是十六。十六个顶点?不是该有个什么公式来计算这个的吗?要不然我画个图试试?

正当我想要画一个展开的十二面体之际,一个小纸球从我头顶上飞落,快速滚过桌面,在它要从桌边掉下去之前我截住了它,打开,上面写着:"好的。不过你得答应不能跳舞。"

我对自己笑了笑,扮酷没有回头,毕竟我本来就是这样挺酷的一个人。我继续去展开十二面体了。

第 八 章

提问:白热光指的是温度较高的物体发出的光,那么温度较低的物体发出的光称为?

回答:冷发光。

"我还以为不戴项圈你就认不出我了呢!"

"什么?哦,确实,我一开始是没认出来。"她说。

"嗯——爱丽丝!"

"对。"

"漫游仙境的那个?"

"嗯哼。"她说着,眼巴巴地望着出口位置。

我们坐在一家名为"巴黎竞赛"的咖啡馆里①,坐在小小的大理石桌边,这间咖啡馆非常努力地营造出一种法国风味:实木椅子,理查德牌烟灰缸,洛特雷克海报的复制品②,餐单上写着"法式三明治"而不是"火腿芝士吐司片"。这里坐满了穿着黑色高领衫和李维斯501牛仔裤的学生,吃着"法式"炸薯条,彼此凑近,聊天

---

① 巴黎竞赛,可能来自法国著名周刊《巴黎竞赛》。
② 洛特雷克(Henri de Toulouse-Lautrec,1864—1901),法国后印象派画家。

聊得不亦乐乎,他们嘴里喷着香烟,幻想着那是茨冈牌而不是丝卡牌的①。我从没去过法国,但法国真的就像这样吗?

"你的名字就是这么来的吗?爱丽丝漫游仙境?"

"据说是,"她停顿了一下,"你呢?他们为什么叫你加里?"

我考虑了一会儿,试图想出一个关于我为什么叫加里的有趣又好笑的典故,不过觉得还是澄清事实比较简单。

"其实,我叫布莱恩。"

"当然,抱歉,我刚才想说布莱恩。"

"不知道。文学作品里好像没有什么叫布莱恩的。也没什么叫格雷的,既然提到他了。除了《卡拉马佐夫兄弟》里是不是有个叫格雷的?加里、基思和……"

"和布莱恩!布莱恩·卡拉马佐夫!"她说完笑了起来,我也笑了。

今天对我来说是个大日子,不光是因为爱丽丝·哈宾森和我坐在这里,拿我的名字开着玩笑,而且也因为我品尝了人生中的第一杯卡布奇诺咖啡。法国人也常喝卡布奇诺吗?不管怎样,咖啡味道还不错,有点像绍森德码头小咖啡馆里三十五便士一杯的牛奶咖啡,只不过这一杯的液体表面上漂着的不是没完全溶解的苦涩的速溶咖啡粉小球,而是一层深色麝香味的肉桂粉浮渣。是我搞错了。我以为那是巧克力粉,就倒多了,现在它闻上去有点像带着温热牛奶味的腋窝。不过,我转念一想,卡布奇诺或许就像性爱一样,第二次我会更懂得享受它。但这一杯得要八十五便士,我也不确定会不会有下次了。这一点倒也跟性很像。

又来了。性和金钱。不要再想着性和金钱了。特别是钱,真

---

① 茨冈是法国品牌香烟,而丝卡在当时是英国品牌香烟,2007年被日本烟草产业公司收购。

可怕。跟这么一位大美人坐在一起,脑子里居然只想着一杯咖啡的价格。还有性。

"我饿了。"她说,"我们吃午饭吧?来点薯条之类的?"

"没问题!"我说着,看了看菜单。一碗薯条居然要一磅二十五便士?"……我倒也没那么饿,你来一点好了。"

于是她朝一位服务生招招手,那服务生留着和莫里西①一样的额发,很瘦,看样子像个学生。他走过来,在我头顶上跟她打招呼,一个过于友好的"你好!"

"哈罗。今天怎么样?"她说。

"哦,不错。只是不想在这工作。今天要上两轮班!"

"哦,老天。真可怜!"她说着,同情地摸了摸他的胳膊。

"哎,你怎么样?"他说。

"很好,多谢。"

"你今天看起来美极了,如果你不介意我这么说的话。"

"啊,天啊。"爱丽丝说,用手捂住了脸。

该死的。②

"那么,想要点什么?"他说,终于记起了他的本职工作。

"我们想要一碗薯条,怎么样?"

"没问题!"③那男孩④说着,一路小跑冲向厨房,让他们制作那珍贵的、镀金的薯条。

"你怎么认识他的?"他走了之后我问道。

---

① 史蒂芬·帕特里克·莫里西(Steven Patrick Morrissey),摇滚乐队史密斯合唱团主唱。
② 原文为法语 zut alors。
③ 原文为法语 absolument。
④ 原文为法语 garcon。

"谁？那服务生？我不认识他呀。"

"哦。"

一阵沉默。我喝着咖啡，用手背擦掉沾上鼻尖的肉桂粉。

"话说！我不知道没戴项圈你还能不能认出我。"

"这话你已经说过了。"

"是吗？我有时候会这样，说过什么没说什么都搞混了。或者脑子里想的事不自觉就说出口了，如果你明白我的意思……"

"我完全理解。"她说，一把抓住我的小臂，"我也总是搞混事情，要不就是脱口而出……"她这番话真是甜蜜，试图在我们之间找到共同点，虽然我一点儿也不相信她的话，"我发誓，有一半时间我都不知道自己在干什么……"

"我也是。就像那天晚上我跳的舞……"

"啊，没错……"她噘着嘴说，"……那舞……"

"……嗯，真抱歉，那时候我有点喝醉了，说实话。"

"哦，你还好啦，你跳得很棒！"

"怎么可能！"我说，"你知道，我其实很惊讶居然没人想到要我咬住一支铅笔！"

她困惑地看着我："为什么？"

"这个嘛……为了防止我把自己的舌头咬下来？"没有回应，"你知道，就像……癫痫病发作！"

但她还是没有接话，只是慢慢地喝着咖啡。哦，天哪——我可能冒犯她了。也许她认识的人里有癫痫病患者。也许她家族里有癫痫病患者。也许她就是患者……

"你穿着厚夹克不热吗？"她问。这时那个服务生端着精致的薯条回来了，大概有六根，精巧地摆在一只稍大些的鸡蛋杯里。然后服务生笑着在桌边转悠，对自己很满意，想要再跟爱丽丝搭话。

于是我继续说下去。

"那个,如果说到目前为止生活教会了我两件事,那第一件就是喝醉之后千万不要跳舞。"

"第二件呢?"

"不要往气泡水机里灌牛奶。"

她笑了,那个服务生意识到自己已经失败,就走开了。继续说下去,趁热打铁……

"……我也不知道我当时想什么呢,我还以为能做出某种美味的气泡牛奶饮料,不过这种带汽牛奶其实有个名字……"(我停下来喝了口咖啡)"……叫作酸奶!"

有时候我真能让自己作呕,真心的。

于是我们继续说着话,她吃着薯条,从隐形眼镜大小的玻璃碗中沾番茄酱。忽然我觉得这跟T.S.艾略特的《J.阿尔弗瑞德·普鲁弗洛克的情歌》这首诗中描绘的那个消磨在咖啡馆的午后差不多,只不过吃的东西更贵些,"我可有勇气吃一个梨子吗?①这价格当然不行,不……"我得知了更多关于她的信息。她跟我一样,也是独生子女——可能是因为她妈妈的输卵管的问题,但也不确定。她不介意自己是独生女,那只是意味着她要经常与书为伴罢了。她上的是寄宿学校,并非完全政治正确,她知道,不过反正她很喜欢,还是领头的女生。她跟她爸爸关系很密切,她爸爸是给BBC拍艺术纪录片的,假期里让她去那儿实习。她碰到过梅尔文·布莱格②很多次,发现他在现实生活中也确实非常、非常风趣,而且其实还挺性感。当然,她也爱她妈妈,不过母女俩总是吵

---

① 《J.阿尔弗瑞德·普鲁弗洛克的情歌》中的一句。
② 梅尔文·布莱格(Melvyn Bragg,1939—   ),英国主播和作家。

架,可能是因为她们太相像了,她妈妈在"树顶"做兼职,那是一个为贫困儿童建造树屋的慈善组织。

"他们跟父母住在一起不是更好吗?"我说。

"什么?"

"那个,你想想,小孩自己一个人住在树上——肯定挺危险的,对吧?"

"哦,不,不是一直住在树屋里,只是暑假活动。"

"哦,这样。懂了……"

"这些贫困孩子大部分都来自单亲家庭,他们从来没有一家人一起度假过!"哦,天哪,她说的不就是我嘛!"很棒的,如果你明年夏天没什么安排的话,真应该一起来。"我热切地点点头,虽然不太确定她是建议我去帮忙,还是把我当成救助对象。

然后爱丽丝又跟我聊起了她的暑假,一部分时间花在跟那些贫困而且无疑很焦虑的孩子们一起待在树屋里。余下的时间平均分配给了他们家在伦敦、萨福克,以及法国多尔多涅的几处住宅里,然后就是跟学校剧团一起去爱丁堡艺术节表演。

"演的什么?"

"女版的贝托尔特·布莱希特的《四川好人》①。"当然了,很显然她在剧里扮演的是什么角色,不是吗?正是使用"同名"这个词的好时机……

"那么谁演了同名主角……"

"哦,我演的。"她说。是的,没错,当然是你。

"演得?"我问。

"什么?"

---

① 《四川好人》,德国戏剧家布莱希特创作的以中国为背景的戏剧作品。

"好吗?"

"哦,一般吧。不过《苏格兰人报》似乎觉得演得挺好的。你知道这部剧吗?"

"当然知道。"我撒谎了,"上学期我们学校演了布莱希特的《高加索灰阑记》①——停顿,喝口卡布奇诺——"我演灰。"

天哪,我真的是要吐了。

但她笑了,然后开始滔滔不绝地说起表演布莱希特这部作品同名"好人"的要求,我抓住机会,趁眼镜片上还没有蒙上雾气,头一回仔细打量了她清醒时候的样子。她可真是美啊。除了文艺复兴艺术中或是电视上的那些女人,她无疑是我见过的第一位真正好看的美女。学校里,大家都说丽莎·钱伯斯"好看",其实他们指的是"淫荡"。不过爱丽丝是真的很美。奶油色的皮肤上看起来一个毛孔也没有,仿佛被一种皮下组织的冷光从内照亮。我是指"磷光"?还是"荧光"?这两个有什么不同吗?等会儿再查下。反正,她要么就是没有化妆,要么,更有可能的是,妆容巧妙得让人看不出来化了妆,可能除了眼睛周围以外,因为现实中肯定没有人睫毛长成那样吧?然后是那双眼睛,"褐色"这个词太呆滞又太暗淡,不足以准确形容,但我也想不出更好的词了,不过她的双眼又明亮又健康,眼睛很大,能看见带点绿色的整个虹膜。她的嘴唇丰满,草莓色,就像德伯家的苔丝②,不过,感谢上帝,是因为发现自己确实是德伯家的一员而感到快乐的、神智健全的、实现了梦想的苔丝。最妙的是,她的下嘴唇上有道小小的白色凸起伤疤,我猜可能是在童年时代痛苦的摘黑莓事故中造成的。她的头发是蜂蜜色

---

① 《高加索灰阑记》,布莱希特根据中国元杂剧《灰阑记》改编创作的戏剧作品。
② 《德伯家的苔丝》,英国小说家托马斯·哈代的长篇小说,讲述贫女苔丝到富有的远亲德伯家工作,而后的悲惨一生。

的,微卷,从额头梳向脑后,这种发型可能叫作"前拉斐尔派"式。她看起来很——T. S. 艾略特那个词怎么说的来着?——文艺复兴初期①。还是叶慈说的?指的是十四世纪还是十五世纪?回去要把这个词也查一下。记得,查"文艺复兴初期""大马士革""暗褐色""冷光""磷光"和"荧光"。

这时她又讲起昨晚的派对多么糟糕,她遇到的那些讨厌的男人,都是些糟糕、乏味、脖子都没了的玩橄榄球的家伙。她说话的时候身体在椅子上微微前倾,长腿盘在椅子腿上,表示强调时还碰碰我的小臂,直视着我的眼睛,像是在挑战我敢不敢把视线移开。她还有个小动作,就是说话时总是扯一扯小小的银耳钉,暗示着她潜意识里已经被我吸引,或者是因为耳洞有轻微感染。就我而言,我也尝试了一些新的面部表情和动作,其中之一就是身体前倾,手托着下巴,手指张开放在嘴上,偶尔若有所悟地抚摩着下巴。这个动作有以下几个目的:一,让我看起来像是沉浸在深思中;二,比较性感——手指放在嘴唇上是个经典的性感姿势;三,也遮住了我脸上痘痘最多的区域,我嘴角周围一片红肿,看起来就跟嘴角一直淌汤似的。

她又点了一杯卡布奇诺。我盘算着这杯的钱是不是也该我付?没关系。店里不断循环播放着斯蒂芬·格拉佩里和姜戈·莱恩哈特②合作的专辑卡带,跟窗户上有只苍蝇嗡嗡叫一样,我还挺喜欢就这么坐着听听。如果说她真的有什么缺点,当然只是很小的缺点,那就是她似乎对别人的生活不太好奇,反正对我的情况并不好奇。她还不知道我是从哪儿来的,也没问问我父母的情况,她

---

① 文艺复兴初期(Quattrocent)来自意大利语"四百"(quattrocent)或"一千四百"(millequattrocento),意思是十五世纪意大利的文化与艺术事件的总称。
② 斯蒂芬·格拉佩里(Stephane Grappelli)和姜戈·莱恩哈特(Django Reinhardt)都是法国爵士小提琴家。

不知道我姓什么,我也不是百分之百相信她现在知道我不叫格雷了。事实上,自从我们在这儿坐下到现在,她只问了我两个问题——"你穿厚夹克不热吗?"和"你知道那是肉桂粉,对吧?"

忽然,她仿佛洞悉了我的想法,说道:"真抱歉,好像一直是我在说个不停,你不介意吧?"

"怎么会!"

我确实不介意,我只是喜欢和她待在一起,以及让别人看见我和她在一起。她又开始说起她在爱丁堡艺术节上看到的那个了不起的保加利亚马戏团,这正是走神并且算算账单的好时候。八十五便士的卡布奇诺三杯,也就是两镑五十五便士,再加上薯条,哦不,"法式"薯条,一磅二十五,平均每根法式薯条十八便士,现在总共是,二十五加五十五,八十,三镑八十便士,再加上给那个笑得合不拢嘴的服务生的小费,三十,不,就算四十便士,所以总共是四镑二十便士。我口袋里一共有五镑十八便士,这也就意味着直到下周一拿到助学金之前,我只剩八十九便士可以花了。但是,天哪,她太美了。如果她要跟我均摊呢?我应该接受吗?我想让她知道我完全赞成性别平等,但也不想让她以为我很穷,或者更糟的是,很吝啬。而且,即使我们均摊了,我还是只能剩下三镑,周一之前必须得跟乔希要回我妈给我的那十镑,而那就意味着直到圣诞假期之前我都得给他当苦力,帮他清洗板球护具、烤松饼之类的。等等,她在问我什么事。

"你还想再要一杯卡布奇诺吗?"

不!!

"不,不用了。"我说,"要不,我们走吧——去看看成绩结果。我来买单……"我转头找服务生。

"哦,我也出点儿吧。"她说,假装伸手去拿钱包。

"别,真的,我请你……"

"你确定？"

"当然,当然!"我说着,找出四镑二十便士放在桌上,感觉相当豪气。

走出"巴黎竞赛",我才发现天已经快黑了,我们聊了好几个小时,一点也没觉得。聊天的时候,有那么一会儿,我甚至都忘了挑战赛这回事儿。现在我记起来了,我尽量克制自己不要狂奔起来。爱丽丝却很悠闲,于是我们在秋日傍晚的天光里慢悠悠地溜达回学生会。她说:"所以,是谁让你来参加的?"

"什么？挑战赛吗？"

"你是这么叫的吗？挑战赛？"

"难道不是所有人都这么叫吗？哦,我只是觉得这么叫挺好玩的。"我不动声色地撒了个谎,"而且,我家里只有我和我妈,所以想参加《问问一家人》节目都不够人数……"我以为她会接过话头,但她只是说:"是我隔壁宿舍的姑娘们让我来参加的,看我敢不敢。中午在酒吧多喝了几杯,结果居然也觉得这是个好主意了。我想做个演员,或者只要是能出镜的,主持人什么的都行,所以我想这是个能上镜的好机会,不过现在我不太肯定了。这看起来不像是个能直通好莱坞世界的有用跳板,对吧？《大学挑战赛》。老实说,我真希望我没被选上,这样我就能把这件蠢事给整个忘了。"温柔一点,爱丽丝·哈宾森,你正践踏着我的梦想。

"你想过要做演员吗？"她问。

"谁？我吗？天哪,没有,我可不行……"然后,我试探道,"而且,做男演员我长得可不够帅……"

"哦,这话不对。很多男演员也都不帅……"

这倒挺中肯,我想。

我们走向六号会议室外的公告栏,我感觉就像重温普通程度会考成绩放榜的那一刻,那种安静的自信,混合着一点恰到好处的焦虑,明白控制表情是多么重要,不要高兴过头,也不要太自大了。就微笑,会意地点点头,然后走开。

我们走近公告栏,看见露西·张的熊猫背包正趴在她背后盯着成绩。从露西歪头的姿态看来,我猜她的成绩不太好。她转身走开,露出一个略带失望的甜美笑容。看来露西不能跟我们一起去格兰纳达演播间了。真遗憾,她人看起来还挺好的。她匆匆走过的时候,我同情地冲她笑笑,然后继续向公告栏走去。

我看到了成绩公告。

我眨了眨眼,再定睛细看。

《大学挑战赛》选拔结果
1985 年《大学挑战赛》选拔结果如下:

露西·张——89%
科林·佩吉特——72%
爱丽丝·哈宾森——53%
布莱恩·杰克逊——51% ★

本年度参赛队员:帕特里克·沃茨,露西,爱丽丝和科林。第一次练习定于下周二。恭喜每位参赛者!

帕特里克·沃茨

(★若有特别紧急或是有队员出现生命危殆的情况下,布莱恩·杰克逊将成为第一候补)

"哦,天哪,真不敢相信,我竟然被选上了!"爱丽丝尖叫着跳了起来,还捏着我的胳膊。

"嘿,真厉害!"我勉强挤出一个笑容挂在脸上。

"哎,要是没有你告诉我的那几个答案,就该是你入选了,你知道的吧!"她继续尖叫着。嗯,爱丽丝,对,我当然知道。

"我们现在怎么办?去酒吧一醉方休吧?"她问。不过我没钱了,也忽然没了那个心情。

我没被选上,口袋里只剩九十八便士,而且陷入爱情,无可救药。

不是无可救药,是一无是处。

第 二 回 合

"他把奈夫叫作杰克,这个男孩。"①第一局牌还没打完,艾斯黛拉就鄙夷地说。

——查尔斯·狄更斯,《远大前程》

---

① 扑克牌中的 J 以前叫"奈夫"(knaves),后来改为"杰克"(Jack),十九世纪时上流社会仍把 J 叫作"奈夫"。

第 九 章

提问:乔治、安妮、朱利安、蒂米和迪克的故事被称为……?
回答:《五伙伴历险记》①。

我一直期待着,在大学里能做成三件事:献出我的童贞、有人找我去当间谍、参加《大学挑战赛》。第一件事,童贞,在我离开绍森德的两周前就失掉了。多亏了凯伦·阿姆斯特朗的好意,喝醉之后,不情愿地和我在利特伍兹百货商店后巷的垃圾桶旁动手动脚。那次体验其实没什么可说的,我没感觉大地在移动,不过滚轮垃圾桶倒是移动了。事后,我们还争论了一下到底谁"做得完美一些",你也就能想见我那高超的技巧和灵活度了。那个难忘的夏日夜晚,我们往家走去,品尝着事后温热的"马瑞塘"苹果酒的残渣。凯伦不停念叨:"千万别跟人说,千万别跟人说",就像我们刚刚做了什么非常见不得人的事一样。从某种程度上来说,确实也是。

至于为女王殿下的政府做间谍这件事,嗯,就算不考虑我在意识形态方面的保留态度,对于间谍生涯来说,语言能力肯定也是至

---

① 《五伙伴历险记》,英国系列儿童冒险小说。

关重要的。我的法语只有初中水平,虽然得了个 A,不过,要是真的开展谍报活动,我的语言水平也只能允许我渗入,呃,法国小学,努力一把或许也能打入面包店。红色眼镜蛇,我是黑燕子,我拿到了详细的公交车时刻表……

因此唯一可行的就只剩下挑战赛,但现在也被我搞砸了。今晚是第一次练习,我使出浑身解数才说服帕特里克邀请我也参加。他不回我的电话,等我好不容易逮住他,他又说候补队员没有必要参加,因为不会有人被车撞倒的。但是我纠缠不休,他才终于松口。我要是不去的话,就见不到爱丽丝了,我没有什么别的能见到她的方法,除了在她宿舍楼外面游荡之外。

别以为我没考虑过。自从我们上次见面,已经过去了六天,我就再没见过她。我一直留意着周围,在图书馆把座位都巡视一遍,要不就是到戏剧类书架那里可疑地徘徊。跟马库斯和乔希一起去酒吧,他们把我随便介绍给什么詹姆斯、雨果或者杰里米的时候,我也在望着他们身后的门口,期待着她万一走进来。就连课间换教室的路上,我也在四处张望,但完全没有发现她的影子,这大概说明了她的大学生活跟我的很不一样。要不然就是她现在在跟别人约会?也许她已经爱上了某个高颧骨的英俊浑蛋,一位来自尼加拉瓜的流亡诗人、雕塑家,或者其他什么人,整个一周她就没下过床,喝着精美的红酒,大声朗读诗歌。别想了。还是再按下门铃吧。

我怀疑帕特里克是不是故意给了我个错误的地址。我刚想走开,就听见他小跑下楼的声音。

他打开门。"嗨!"我露出一个灿烂的笑容。

"哈罗,布莱恩。"他嘟囔着,好像总是喜欢冲着我脑袋的右边打招呼。我跟着他上了楼梯,朝他的公寓走去。

"今晚大家都会来吗?"我天真地问道。

"会吧。"

"你跟他们都说了?"

"嗯哼。"

"跟爱丽丝也说了?"

他在楼梯上停住脚步,转过身来回头望着我:"你什么意思?"

"就是好奇。"

"别担心。爱丽丝会来。"他仍穿着那件大学运动衫,这多少让我有点困惑。我是说,如果是耶鲁或者哈佛这种学校的衣服,那我还能理解,毕竟还算是时尚的选择。但是为什么要向同校的所有人宣传你也是本校学生这件事呢?难道他担心别人真的会以为他是在假冒本校学生吗?

我们走进他的公寓,房间不大,装饰简单,让人想起东欧社会主义国家的样品间。房间里弥漫着一股热肉馅和洋葱的味道。

"我带了点红酒。"我说。

"我不喝酒。"他说。

"好,好吧。"

"你要用开瓶器吧,我可能有一个,放在什么地方了。要喝点茶吗?还是你直接喝酒?"

"哦,我喝酒!"

"好吧,你可以先在那儿待着,我一会就来。你不抽烟吧?"

"不抽。"

"这里严禁吸烟⋯⋯"

"好,不过我不抽⋯⋯"

"很好,嗯,就在那儿。别乱碰!"大概是因为他已经大学三年级了,而且他父母显然很有钱,帕特里克的居家风格近乎成人:一套真正的家具,不是宿舍配套的那种,很可能是他自己买的,电视、录像机,还有一间没有放床、没有煤气灶,也没有淋浴头的会客室。事实上,他根本不像个学生,所有东西都井井有条,一丝不乱,倒像是僧侣或是极其讲究的连环杀手的房间。他去找开瓶器了,我就在会客室里左看右瞧。书桌前的墙上挂着室内唯一的装饰:一张海报,海报图案是消失在落日下的一串脚印,上面还写着那首关于"基督一直在你身边"的感召诗。虽然,如果去年在演播室里基督一直在他身边的话,那他或许就不该只得了六十五分。

门铃响了,我听见帕特里克跑下楼梯,我就趁机查看了一下他的书架。主要是经济学教科书,按照字母顺序整齐地排列着,还有一本《佳音圣经》①。另一层都是录像带,《巨蟒与圣杯》②、《蓝调兄弟》③,暴露了帕特里克·沃茨轻松的一面。

但是这两卷带子旁边还放着大约二十卷一模一样的家庭录影带,是一整排自己录制的录像带,侧面精细地贴着完美无瑕的白色打印标签。我走上前一步,看清楚标签,不禁倒吸了一口气。标签上写着:

1984年3月3日,纽卡斯尔对萨塞克斯

1984年3月10日,杜伦对莱斯特

1984年3月17日,剑桥国王学院对邓迪

1984年3月23日,剑桥悉尼·萨塞克斯学院对艾克赛特

1984年3月30日,曼城科技大学对利物浦

1984年4月6日,伯明翰对伦敦大学学院

……依次类推,基尔对萨塞克斯,曼彻斯特对谢菲尔德,公开

---

① 《佳音圣经》,美国圣经公会在1976年翻译出版的英语圣经译本。
② 《巨蟒与圣杯》,一部1975年的英国喜剧片。
③ 《蓝调兄弟》,一部1980年的美国音乐喜剧片。

大学对爱丁堡。录像带上面倒扣着一架相框,此刻我就跟《惊魂记》里的马里恩·克兰一样紧张①,但我还是拿起了照片,没错,是帕特里克和班伯·加斯科因②握手的照片,我忽然一阵惶恐,意识到这里就是帕特里克的圣地,我误闯进了疯子的老巢……

"布莱恩,你在找什么?"

我转过身,同时想找件武器防身。帕特里克站在门口,露西·张在他身后往里张望,她的熊猫背包又从她背后往里张望。

"就欣赏欣赏你的照片。"

"好吧,不过能不能请你把它物归原处?"

"当然,当然可以……"

"露西——喝茶吗?"

"好的,谢谢。"

他向我投来一个"别乱翻"的眼神,然后又回到厨房去了。露西坐在佩特里克书桌前的硬靠背椅上,只坐在椅子边缘,怕压坏了熊猫书包。我们安静地坐着,朝对方笑笑,她莫名地小声笑了出来,紧张而清脆的笑声。她身材娇小,整洁,穿着一件非常干净、熨烫平整的白衬衫,最上面的那颗纽扣也扣上了。倒不是很重要,但她其实也挺好看的,虽然发际线低得令人不安,都快要爬下额头蔓延到眉毛那儿了,像略微下滑的假发。

我想说点儿什么,考虑要不要告诉她根据《吉尼斯纪录》"张"是世界上最常见的姓氏。不过我想她应该已经知道了。所以我只说:"嘿,你的成绩真是太厉害了,八十九分!"

"哦,谢谢。你也不错,也很厉害……"

---

① 马里恩·克兰(Marion Crane),希区柯克电影《惊魂记》(Psycho)的女主角。
② 班伯·加斯科因(Bamber Gascoigne),《大学挑战赛》1962至1987年间的主持人。

"……厉害得落选了?"

"嗯……没错,正是!"她又笑了,笑声尖锐清脆,"厉害得落选了!"

出于礼貌,我也笑了,说道:"不过没关系,屡败屡战,下回提高嘛①!"

"塞缪尔·贝克特的话,对吗?"

"没错,"我有点吃惊,"再问一次,你是学什么的?"

"哦,医学二年级。"她说。天哪,她是个天才。我带着十足的敬畏看她奋力卸下那只新奇的背包。

"我喜欢这只熊猫。"我说。

"哦,谢谢!"

"它就从你后背盯着!还是应该说它就从你后'北京'着!"

她不解地看着我。为了解释,我问道:"这是你从家里带来的吗?"

"什么?"

"这是你从家里带来的吗?"

她看起来还是没有理解:"你是说宿舍吗?"

我预感到这个玩笑又要失败了。"不,你的,那个……你本来的家。"

"哦,你是说中国!因为它是只熊猫,对吗?嗯,其实,我是从明尼阿波利斯来的。"

"是,不过原本你是从……"

"明尼阿波利斯……"

---

① "屡败屡战,下次提高",爱尔兰剧作家塞缪尔·贝克特(Samuel Beckett, 1906—1989)的散文集《向更糟进发》(*Worstward Ho*)中的名句。

"那你父母呢,他们是来自……"

"明尼阿波利斯……"

"那他们的父母呢,来自……"

"明尼阿波利斯……"

"当然了,明尼阿波利斯。"她带着完全真诚的善意冲我笑笑,哪怕我显然是个无知的种族主义浑蛋,"王子就是从明尼阿波利斯来的!①"我用放克乐的语调补充道。

"没错!王子就是从那儿来的,"她说,"虽然我从没见过他。"

"哦。"我说。我又搭话道:"那你看《紫雨》②了吗?"

"还没,"她回答,"你,看,了,《紫雨》吗?"

"看了,两遍。"我回答。

"好看吗?"她问。

"一般般啦。"我答道。

"那你还看了两遍!"

"我知道,"我说,然后用美国口音幽默地补充道,"我也不懂!"

然后,谢天谢地,房门打开,大块头科林·佩吉特到了,他手里拎着四瓶"纽卡索"棕啤,还有一个肯德基桶。帕特里克带他进屋,就像首席管家后面跟着个扫烟囱的。在随之而来的尴尬沉默中,我思索着聊天这门技艺的复杂之处。当然了,理想情况是,我希望早上醒来的时候就能拿到我今天要说的所有事情的台词,这样我就可以浏览一遍,然后改写成我自己的话,删掉其中无聊的评论和愚蠢的玩笑。但这显然是不可能的,而另外一个选择——再也不开口说话——肯定也行不通。

---

① 王子(Prince,1958—),二十世纪八十年代美国流行乐代表人物之一,本名普林斯·罗杰·尼尔森(Prince Rogers Nelson)。

② 《紫雨》,王子1984年主演的半自传电影。

所以也许应该把聊天想象成过马路,张嘴之前应该先左右张望一下,仔细琢磨琢磨要说出口的话。如果这意味着我会反应迟缓,或者声音像跨洋电话一样不太自然,如果这意味着我要多花点时间站在(比喻意义上)聊天的马路牙子上,左右张望,那就让它这么样吧,因为我显然不能每次都盲目地闯进车流中,不能一次次这么被撞倒。

幸亏现在不是非说话不可,在等待爱丽丝的当口,帕特里克播放了一卷他珍贵的录像带,是去年的总决赛。我们坐着围观邓迪队的获胜经过,帕特里克喃喃自语地报出答案,科林吃着他的炸鸡,在那十五分钟内,屋里只回荡着两个声音:科林吮吸鸡腿的声音,以及帕特里克在沙发里疯狂地小声嘟囔。

"……卡夫卡……氮……1956年……十二指肠……使诈的问题,以上都不是……巴赫……"

我时不时也会插嘴回答一两个问题,科林也是,他说话时嘴里还塞满了棕色的鸡肉。拉威尔、但丁的《地狱篇》、罗莎·卢森堡、"我来,我见,我征服"——不过显然帕特里克在划定地盘,要让我们看看谁才是老大,他的声音逐渐提高……

"……'忧郁蓝调'乐队……戈雅……伤寒玛丽……以上都是质数……"

虽然我也挺喜欢这个节目的,但还是不禁觉得这也有点太过火了。

"……莱茵河,罗纳河,多瑙河……线粒体……傅科摆……"

这些是他死记硬背才知道的吗?我们应该认为他从来都没看过这一集,还是应该觉得不管怎样他就是知道这些答案?露西·张对此是什么想法?我瞟了她一眼,只见她低着头,闭着眼,可能她有点不舒服吧,或者有点尴尬,可以理解。不过我又注意到她肩膀在微微抖动,原来她是在尽力克制不要笑出声来……

"……《希腊古瓮颂》……波·迪德利……圣巴托罗缪大屠杀……柏林空投……"

就在露西差点要笑出来的时候,楼下的门铃响了,帕特里克起身出去,留下我们三个瞪着面前的电视机。最后,科林首先开口了,他用一种低沉隐秘的声音说道:

"是我想多了,还是那家伙真他妈的疯了?"

爱丽丝一进屋,气氛立马缓和了不少。她穿着大衣,戴着围巾和麂皮手套,浑身上下裹得快喘不过气来了。她环视着房间,跟每个人笑着打招呼。"嗨,布莱!"她热情地说,冲我妩媚地眨眨眼。帕特里克在她身边手忙脚乱的,那个笨蛋,用手梳了梳浅褐色塑料质地的头发,请她坐在他的位置上,又给她倒了一杯我掏钱买来的保加利亚赤霞珠红酒,当成是他自己的一样。爱丽丝问道:"你不介意我抽烟吧?"他说:"当然不!"好像忽然间这就成了个他一开始怎么没想到的好主意一样,然后他四下看看,想找个什么东西当烟灰缸,他发现桌上放着个装小夹子的收纳盒,就毅然决然地把小夹子一股脑儿倒了出来。

爱丽丝挤着坐在我旁边,她的屁股紧紧贴着我的,帕特里克清了清嗓子,向全队发话。

"好了,人都到齐了!'神奇四侠'①!我由衷觉得我们今年会和往年不一样……"

等等——神奇四侠?

"我先说明一下参赛的整个过程……"

---

① 《神奇四侠》,漫威旗下的超级英雄漫画。

我数了数屋子里的人,一、二、三……

"……首先我们要取得上电视参赛的资格……"

为什么不是《著名五人组》?说《著名五人组》也不会把他怎么样。

"那个资格考试是两周以后,虽然不是特别正式,但也不简单,要想闯入电视比赛,我们得时刻做好准备。所以我建议,直到资格赛前,我们四个每周的这个时候都在这里见面,过一些我预先准备的题目,或许再看上一两卷录影带,好保持状态……"

等等——为什么我不能来?我一定得来,要不然就见不到爱丽丝了。我举手提问,但帕特里克正把带子塞进录像机里,没看见我,于是我清清嗓子说道:"呃,帕特里克……?"

"布莱恩?"

"我不用来吗?"

"我觉得不用了,不……"

"完全不用?"

"不用……"

"你觉得没必要吗……?"

"那个,我们只在紧急情况下才需要你。我只是觉得我们四个人作为正式队员能彼此磨合,就再好不过了,你知道,既然我们才是全体正式队员。"

"这么说你不需要我了?"

"不需要。"

"哪怕就是过来,嗯,观摩……"

"不用了,布莱恩……"他按下播放键,"好,这是利兹大学对阵伦敦大学伯贝克学院,两年前的决赛,一场精彩的比赛……"他又坐在沙发上,爱丽丝挤在我俩中间,她的屁股紧挨着我的,我心里盘算起怎么样才能杀了帕特里克·沃茨。

第 十 章

提问:米高梅公司出品的电影的片头,那只咆哮的狮子上方的拉丁文格言是什么意思?

回答:Ars Gratia Artis——为艺术而艺术。

"嗯,就我个人而言,我必须要说我非常讨厌它。我是说,有人认为这是首什么伟大的抒情爱情诗,简直扯淡。这就是位淫荡诗人的诗,某个性挫败的傻瓜喋喋不休地说着什么'时间带翼的马车'①,想要闯入情人的短裤,而且还不能接受被拒绝。它既不抒情也不浪漫,更是没有一丁点儿情欲的味道,反正对女人来说完全没有。"爱丽丝的朋友艾琳——就是那个画着猫眼、漂白金发的姑娘——慢吞吞地说道,"老实说,如果有个男的寄这首诗给我,或者给我读这首诗,我肯定要报警的。难怪他的情人很羞怯,那诗人就是个厌女症患者。"

"你觉得安德鲁·马维尔是厌女症患者?"莫里森教授说道,他懒洋洋地坐在扶手椅里,修长的手指交扣着搭在肚子上。

---

① 出自英国玄学派诗人安德鲁·马维尔(Andrew Marvell,1621—1678)《致羞怯的情人》一诗。

"基本上是的。反正就那首诗来说,他肯定是。"

"那么诗人的声音和诗歌里的声音是一样的咯?"

"为什么会不一样呢?又没有什么迹象表示使用了分离手法?"

"你怎么想的,布莱恩?"

说实话,我正在想着爱丽丝,所以我愣了一秒钟,摸着耳朵拖延时间,好像我的批判性思维能力都藏在耳垂里,我只需要给它们加热就行了。这才是第三堂讨论课,上次我假装自己读过《曼斯菲尔德庄园》,结果就被识破了,其实我只是在电视上看过第一集电视剧的一半而已,所以这次我最好能回答得像样一点儿。我从我的储备库里挑选出了"历史语境"这个词。

"我觉得其实情况更为复杂,特别是如果你把这首诗放在历史语境里看……"艾琳又咂嘴又叹气的,我在讨论课上一开口她就这么干。艾琳显然讨厌我到了骨子里,我也不知道为什么,我总是对她笑眯眯的,除非正是因为这个原因。管他呢。集中精神。"首先,很显然这首诗带有强烈的幽默元素,也故意使用了修辞手法,在这一点上来说,这首诗有点像莎士比亚十四行诗的第一百三十首,'我爱人的眼睛一点也不像太阳'……(说得好!)……只是在这首诗里,诗人的修辞手法让他看起来有点傻——他想要说服爱人臣服于他的那种绝望和那种极端都让他看起来成了个不折不扣的*滑稽人物*。这是一部关于性挫败以及恋爱之耻的喜剧。真正掌握权力的正是诗题中同名的'羞怯的情人',他落空的热情的对象……"

"哎,简直是一派反动沙文主义的胡言乱语。"艾琳打断了我的话,她一直在椅子上扭来扭去,塑料椅子发出的吱吱声也满带怒气,"羞怯的情人可没有什么*权力*,也完全不具有*个性*,她只不过是个密码,一片空白,所表现的仅仅是她的美貌和她对跟诗人上床的抗拒。而且,诗歌的语调显然既不滑稽,也不抒情,反而通篇只见威吓、操控、压迫。"

然后,那个有只脏手的嬉皮士克里斯开口了,我决定暂时让他成为艾琳的靶子。莫里森教授冲我慈父般地笑笑,让我知道他一直都赞同我的意见。我喜欢莫里森教授,但我也很怕他,对于学者来说这或许正是恰当的组合。他看上去有点像大卫·阿滕伯格①,对于学者来说应该也是好事。他常常穿着灯芯绒衣服,戴针织领带,瘦得像根木棍,只是小肚子有些隆起,像是脏衬衫底下绑着个小枕头。你说话的时候,他总是侧耳倾听,头微微歪着,双手修长的手指在嘴巴前面搭成个教堂尖塔的形状,那样子跟电视里的知识分子一模一样。

趁着艾琳又在把克里斯批得体无完肤,而莫里森教授在一边看着的时候,我又小小地走了个神,望着窗外的花园,继续想着爱丽丝。

讨论课结束后,我沿着主街往回走,路上看见那个好像叫丽贝卡的姑娘,还有那群经常和她混在一起的"愤怒青年"。他们正向冷漠的购物者手里塞传单,我考虑了片刻要不要过街。说实话我有点提防着她,特别是自从我们上次说话之后,不过我告诉过自己在大学里要尽量多交新朋友,哪怕他们百般暗示其实并不太喜欢我。

"嗨。"我说。

---

① 大卫·阿滕伯格(David Attenborough,1926—),英国生物学家及电视节目主持人。

"哦,是跳舞皇后呀!你怎么样?"她说,然后递给我一张传单,号召抵制巴克莱银行。

"说实话,我的助学金还存在另一间温情又人道的跨国银行组织里呢!"我说,眼里闪现出深刻又狡黠的讽刺光芒。不过她没看见,又继续发起了传单,喊着:"反对种族隔离!支持抵制运动!不要购买南非商品!对种族隔离说不!……"我感觉自己有点被抵制了,正准备走开,就听见她用稍稍柔和的语气说:"那么,你适应得怎么样?"

"哦,不错。我跟两位鲁伯特先生一起住①,除此之外还不算太糟……"为了迎合她,我特意带上了一点阶级斗争的暗示。不过我猜她可能没听懂,因此正疑惑地看着我。

"他们都叫鲁伯特吗?"

"不,他们叫马库斯和乔希。"

"那鲁伯特是谁?"

"他们、他们就是,那什么——鲁伯特。"不过这话开始有点失去它的锋芒了,我想我是不是应该自愿帮忙发传单。毕竟我对这项事业还挺有热情的,而且我能做到坚决不吃南非水果,就跟我不吃水果的一贯方针一样严格。不过这时丽贝卡收好剩下的传单,交给她的同事:

"嗯,我今天的活儿干完了。再见,托比,再见,鲁伯特……"忽然,也不知道是谁的主意,我们俩就并肩走在街上了,"那,我们现在去哪儿呢?"她问道,双手深深插在黑色乙烯外套的口袋里。

"其实,我正要去市立美术馆。"

---

① 鲁伯特,可能来自英国儿童漫画形象鲁伯特熊,引申义或为自以为是的讨厌公子哥。

"美术馆?"她疑惑地问。

"嗯,我觉得我应该,那个,去看看。"

她皱了皱眉,说道:"好。那咱们就'去看看'!"然后我跟在她身后,走在街上。

啊,那古老而永恒的"去看看美术馆"计划。我早就想试试了,这个计划在绍森德没有条件实现,但是这里有一间像样的美术馆:图书馆般肃静的氛围、大理石长凳、坐在不太舒服的椅子上打盹的保安。我理想中的计划是带爱丽丝来这里约会,不过能跟别人先来次排练也不错,这样我就能事先准备好我的即兴反应了。

我不介意承认我对图像艺术的感受其实非常浅薄。比如,我的水平一般只能指出画中看起来像电视上的谁谁谁。我还需要掌握很多美术馆礼仪——比如在每幅画前应该停留多长时间、发出怎样的声音之类的——不过丽贝卡和我很快就找到了一个舒适宜人的节奏,既不会快得看起来太过肤浅,也不至于慢得把我们俩都无聊死。

我们此刻在十八世纪展厅里"看看",站在某个从没听说过的画家的一幅不是特别出色的画作面前,画中一位庚斯博罗风格的爵士和他的夫人站在树下①。

"这透视真棒!"我说,不过仅从物体近大远小这个方面来引起她的注意力还是有点太小儿科了,因此我决定试试更马克思主义、更社会政治学的方法。

"你看他们的脸! 他们肯定对自己的地位很满意!"

---

① 托马斯·庚斯博罗(Thomas Gainsborough,1727—1788),英国肖像画及风景画家。

"可能吧。"她满不在乎地说。

"你不喜欢艺术吗?"

"我当然喜欢艺术。只是我不觉得无论什么东西只要被装进巨大的镀金画框,我就得摸着下巴,在它前面站上几个小时。我是说,就这玩意儿……"她双手仍然插在外套口袋里,扇着手臂,带起外套的蝙蝠袖,不屑一顾地环视着展厅里的画作,"……游手好闲的贵族正在检视他们靠不义手段得来的粮食之类的肖像画,那些美化了繁重的田间劳作的作品,干净得一尘不染的猪的画像。我是说,看看这个怪物,"——她指向一副斜靠在躺椅上的奶油粉色的丰满裸体肖像——"简直就是为贩奴阶级准备的软色情作品!她的阴毛在哪儿,真是搞笑!你这辈子见过哪个裸体女人是跟她一样的?"我寻思着要不要告诉她我其实还没见过裸体女人,但又不想失去我的艺术鉴赏资格,因此什么也没说,"我是说,这画到底是为谁画的?"

"所以你不同意艺术有其本质上的价值?"

"对,我就是不认为仅仅因为有谁在什么地方决定叫它'艺术',它就有了什么本质价值。就像这幅——根本就是那种小镇保守党俱乐部的墙上经常能见到的垃圾……"

"那,我猜,如果来场革命,你得把这些全烧了……"

"唉哟,你这动不动就把人归类的小习惯还真是讨人喜欢啊……"我跟着她又走进静物展厅,想要把话题从政治上转移开,"'静物'的复数形式是什么?是'多个静物',还是'静物们'?"①

---

① "静物"的英文为 still-life。英文的名词复数形式一般是在单词结尾加 s,但 life 一词的复数为特殊形式 lives,因此这里布莱恩说不知道静物的复数应该将 life 变为复数形式,即 still-lives,还是应该在 still-life 整个词的结尾加 s,即 still-lifes。

我忽然灵光一现，问出这个带有第四台那种睿智风格的问题，不过她没有搭话。

"那么，你是什么政治立场？"她说。

"我嘛，我想我可能是左翼自由人文主义者吧。"

"也就是说什么也不是……"

"嗯，我不觉得……"

"你学什么来着？"

"英文。"

"英文是什么？"

"英语文学。"

"你们现在是这么说了，是吗？那'英文'有什么吸引你的呢？除了那确实很好混成绩以外？"

我选择忽略最后那句点评，直接亮出我的说辞："嗯，其实我那时也不确定想要读什么。我的普通和高级程度会考的涉猎面都挺广的，我考虑过要不要读历史、艺术，或者哪一门理科。至于文学，嗯，基本上文学包含了所有的学科——它既是历史、哲学、政治、性政治学，也是社会学、心理学、语言学和科学。文学是人类对他或她周遭世界的集体反应，所以从某种程度上来说，显然这个反应包含了……"——酝酿一下——"一整套的知识概念、思想、问题……"

等等，等等，等等。坦白说，这番话我也不是第一次说了。我在每一场大学入学面试中都用上了这一小套说辞，虽然没法跟"我们将在海滩上战斗……"①相比，但是通常也能赢得学者们的喜爱，尤其，就像此刻，伴随着频繁甩头发以及强调语气的动作。

---

① "我们将在海滩上战斗"来自英国首相丘吉尔1940年在国会发表的演讲。

我进行到了这段自白最惊天动地的高潮部分:"……就像剧作同名主角哈姆莱特在第二幕第二场中对波洛涅斯说的,一切终究都是关于'文字、文字、文字',我们称之为'文学'的东西其实只是工具,它的最终目的应该是,准确来说,对万物的研究。"

丽贝卡琢磨着这番话,若有所思地点点头:"嗯,我真是有一段时间没听过这么长的一篇屁话了。"她说,然后走开了。

"你这么觉得?"我一边说一边小跑着追上她。

"我是说,干吗不直说你就是想三年就这么闲坐着读读书?至少看起来比较诚实。文学才不会教给你什么'万物'呢,就算可以,也只是最没用、最浅薄、最不切实际的那种。我是说,谁要是以为翻阅一遍《牛奶树下》①就真的能了解政治学或者心理学或者科学了,那纯粹是胡扯。你能想象有人这么跟你说吗?——'哦,张三先生,我现在要取出你的脾脏了,虽然我没怎么学过医,不过别担心,因为我很喜欢读《匹克威克外传》'……"

"哎,医学是特殊情况。"

"那政治学就不是了?历史不是?法律也不是?凭什么?因为它们比较简单?不需要严密的分析?"

"那你不认为小说、诗歌、戏剧可以丰富并提高生活质量吗?"

"我可没说不行,对吧?我肯定它们可以,不过那些三分钟长的流行歌曲也可以啊,但是没人觉得需要花三年时间学习那玩意。"

我相信亚历山大·蒲柏对于这个问题的某些言论能救我于困境,不过我想不起来了,我想用"实用主义"这个词,但又不知道该怎么用。于是我只好说:"仅仅因为某些东西无关实际,不代表它

---

① 诗人狄兰·托马斯的剧作。

就毫无用处。"

丽贝卡对此不屑地撇了撇嘴,我意识到自己真正是进退两难,于是决定另辟蹊径,继续发起攻势。

"那么,你是学什么的,这么有用?"我说。

"法律,二年级。"

"法律!……好吧,嗯,我想法律是还挺有用的。"

"嗯,但愿如此。"

法律就说得通了。我肯定不想跟丽贝卡·爱泼斯坦在法庭上辩论。她会用她的格拉斯哥口音打得你团团转,她会冲你嚷嚷着"定义你的用词!"或者"你的论证显然是靠不住的!"之类的话。事实上,我现在也不想跟她辩论,于是不再说话,我们就这么沉默地走过市立博物馆,走过陈列着化石、古罗马硬币和古代农具的玻璃展柜。我想这就是我第一次体验到激烈的学术争论吧。当然了,在讨论课上我跟艾琳也辩论过一番,但那些只不过像在扳手腕,取决于你能承受多少。但跟丽贝卡争论的感觉就像被人刺中眼睛。不过,这才是我大学的第三周,我肯定会愈发进步的。我心里明白自己是有能力想出一套深刻有力的回复的,只不过得花上个三四天时间。这时,我决定试试能不能换个话题。

"那你之后想干吗?"我问。

"不知道。我们可以去喝一杯,要是你愿意……"

"不,我是说,毕业之后,取得资格之后……"

"取得资格?不知道。或许做些能给人们的生活带来实际改变的什么事吧。我不太确定我是不是想做律师之类的,不过我对移民法很感兴趣。市民咨询局①还不错。但我也可能会转行到政

---

① 市民咨询局,向市民提供免费法律咨询的机构。

治界,或者媒体之类的,帮忙把那帮托利党的浑蛋给赶下台。你呢?"

"哦,可能当老师或者搞研究吧。或者写点什么。"

"你都写些什么?"

"哦,目前还没写什么。"我又试探地加了句,"就写了一点诗。"

"哎哟,真不错。我还不知道你是个诗人呢。"她看了看手表,"好了,我该回去了。"

"你住哪儿?"

"肯伍德公寓,上次那个糟糕的派对就是在那儿。"

"啊,我朋友爱丽丝也住那儿。"

"金发美女爱丽丝?"

"她是美女吗?我没注意。"我想试试一种后女权主义式的古怪幽默,不过丽贝卡只是咂咂嘴,板着脸问道,"你是怎么认识她的?"

"哦,我们都参加了《大学挑战赛》的参赛队……"我说,满不在乎地耸耸肩。丽贝卡的笑声回荡在石头墙壁的博物馆中。

"别开玩笑了!"

"有什么好笑的?"

"没有,没什么。不好意思,还真不知道我这是在跟电视明星说话呢,没别的。那么,你是想证明什么呢?"

"什么意思?"

"嗯,参加这种活动,肯定说明你想证明些什么。"

"我不想证明什么!就是觉得挺有意思。不过反正我们还没取得参赛资格,下周参加选拔赛。"

"巡回赛啊?听起来真是挺男子汉的。就跟你还得穿着防护服什么似的。你是什么位置？中锋？还是后卫……？"

"其实，我是第一候补。"

"哈，这么说，从严格意义来说你还不是正式队员哪。"

"哦，不，我想不是吧。"

"嗯，要是你想让我帮你打断哪个家伙的手指让他按不了抢答器，跟我说一声就行……"我们站在美术馆门外的台阶上，天早已黑下来了，"很高兴跟你聊天……不好意思，我又忘了你的名字。"

"布莱恩。布莱恩·杰克逊。要我送你回去吗？"

"我认识路，我就住那儿，记得吗？再见，杰克逊。"她走下台阶，又停下转过身来说，"杰克逊，当然你想学什么专业就应该学什么专业。对文学的书面理解和鉴赏，或者是艺术方面任何一种形式的努力，对于文明社会来说都是必然且重要的。要不法西斯为什么首先就要烧掉书籍呢？你应该学会更加坚持己见。"然后她转过身，快步跑下楼梯，消失在夜色中。

第十一章

提问：这是一个来自德语的单词，意思是由他人的不幸而来的快乐？

回答：幸灾乐祸（Schadenfreude）。

今天，我终于得到了第一个幸运的机会。大块头科林·佩吉特得了肝炎。

知道这个消息的时候，我正在上一节关于柯勒律治和华兹华斯的《抒情歌谣集》①的课。奥利弗博士滔滔不绝地讲了有一阵儿了，而我一直在试图集中注意力，我真的努力了，但是在我看来，一首抒情歌谣应该跟凯特·布什唱的《男人眼中的孩子气》类似，而这正是我觉得浪漫主义的主要问题所在：他们恰恰不够**浪漫**。你以为浪漫主义会有很多情诗，可以抄在情人节卡片上，但其实总体来说，全都是些关于湖泊啊、古瓮啊、捕水蛭者的诗。

就我在奥利弗博士的课上学到的来看，浪漫派思想主要是关于：1）自然，2）人与自然的关系，3）真理，4）美。但是最能让我产

---

① 柯勒律治（Samuel Taylor Coleridge, 1772—1834）和华兹华斯（William Wordsworth, 1770—1850）都是十九世纪英国浪漫主义诗人，他们合作出版的《抒情歌谣集》（*Lyrical Ballads*）宣告了英国浪漫主义诗歌的诞生。

生共鸣的,其实是关于以下主题的诗歌:a)天哪,你真是太棒了,b)我喜欢你,请跟我约会吧,c)跟你约会真是非常、非常棒,d)为什么你不再跟我约会了？正是因为对这些主题细腻而又深邃的处理,才使得莎士比亚和多恩的诗歌成为英语经典中最感人、最抒情的作品。我正在思考要把我下一篇发人深省的论文的题目定为《论"浪漫"的定义:柯勒律治与多恩诗歌中"抒情"的比较研究》,或类似的什么。忽然,正在这个适当的时机,我看见爱丽丝·哈宾森的脸出现在教室门后。

毫无疑问,所有人都抬头望着她,不过她似乎在指着我的方向,嘴里说些什么。我指了指自己,她急切地点点头,然后蹲下,在A4纸上写了几句,把纸按在门玻璃上。

"布莱恩,我需要你——马上。"纸上写着。

需要我,为了性吗？会吗？大概不会,不过,我显然也没有别的选择,只能出去。所以我尽可能小心地收拾好书和文件,弯腰朝门口溜去。奥利弗博士,以及教室里所有人,都看着我。

"抱歉——我预约了医生。"我说着,手捂住胸口,像是为了强调我随时都有倒地身亡的可能。奥利弗博士似乎对这两种情况都不太在乎,又继续讲起了《抒情歌谣集》。于是我悄悄溜出教室,在走廊里见到了爱丽丝,她的脸涨得通红,满头大汗,气喘吁吁,可爱极了。

"抱歉,抱歉,抱歉,抱歉,抱歉……"她上气不接下气地说。

"没事的,怎么了？"

"我们需要你！今天下午的选拔赛。"

"真的？但帕特里克告诉我不要管……"

"科林来不了了——他得了肝炎。"

"真的假的！"当然,我没有手舞足蹈起来,我毕竟还是挺喜欢科林的,而且是真心为他担心,真的,所以我露出担忧的表情问道,"他还好吧?"

"还好。不是很严重的那种,只是甲肝之类的。他整个人都变黄了,不过他会好起来的,会完全没事的。但这也就是说,你成为正式队员了!即刻生效!"我们跳了一小段激动的胜利舞步,不太过分的那种,然后朝学生会狂奔而去。

总有一些时刻,人类所取得的成就似乎超出了我们对于人类能力的理解范围——例如贝尔尼尼或者米开朗基罗的雕塑、莎士比亚的悲剧或是贝多芬的弦乐四重奏。而今天下午,在空无一人的学生酒吧里,出于某种不能以理性解释的原因——命运,或是运气,上帝的无形之手,或是蒙受天恩——我似乎变得**无所不知**。

"如果腺嘌呤可以与胸腺嘧啶结合,那么胞嘧啶可以结合的是……"

知道。"鸟嘌呤。"

"颁发奥斯卡奖的机构全名是……?"

知道。"美国电影艺术与科学学会。"

"回答正确。苇莺、短翅莺、沼泽苇莺、棕柳莺都是属于莺科的不同种类,它们一般被称为……?"

知道。"莺鸟?"

"回答正确。本名为罗伯塔·琼·安德森的加拿大民谣歌手是……?"

知道。"琼妮·米歇尔。"

"回答正确。"

《大学挑战赛》节目派来一位名叫朱利安的研究员,他二十多岁,说话轻声细语,穿着V领毛衣,打着领带,基本上就是班伯·

加斯科因的替身。他给我们做了场简单直接的问答竞赛——十五分钟内回答四十道题,没有抢答题,可以互相讨论——就是看看我们是不是达到了参加电视比赛的资格。我们当然够格。哦,我们无疑已经达到了那个水平。事实上,我不介意说我们简直是火力全开。

"十二世纪的哪位人物曾先后成为法兰西和英格兰王后,她也是行吟诗人伯纳德·德·梵塔都尔多首诗歌的灵感来源?"

"亚奎丹的埃莉诺。"我说。

"别急,别急——咱们能先请示一下**队长**吗?"帕特里克有点生气地小声说道,"布莱恩,你怎么知道答案的?"

其实,我知道这个是因为凯瑟琳·赫本扮演过埃莉诺,周日下午电视里总会播放那部电影。但我没有告诉他这个原因,我只是睿智地点点头,睁大眼睛说:"我就是……知道。"好像我那可怕的征服世界的通识力量就是一个谜团,连我自己也无法解释。帕特里克面带怀疑地转向露西·张,希望她能提供点信息,但她只是耸耸肩,帕特里克只好说:"亚奎丹的埃莉诺?"

"回答正确。"朱利安说。

有人捏了捏我的胳膊,我看看右边,爱丽丝正冲我笑着,带着毫不掩饰的敬畏之情望着我。这是我**连续**回答正确的第九道题了。我此刻的心情就跟杰西·欧文斯[①]在1936年柏林奥运会上的感受一样。其他人甚至都没有答题的机会,连露西·张也没有,忽然间,对于除了科林·佩吉特以外的每一个人来说,他的肝炎似乎成了一件能够发生的最好的事情,因为我看起来确实无所不知。

"1945年波茨坦会议上决定以哪条纬度线作为朝鲜和韩国的

---

① 杰西·欧文斯(Jesse Owens,1913—1980),美国非洲裔田径运动员,在1936年奥林匹克运动会上取得了四枚金牌的骄人成绩。

大致分界线?"

这题我就不知道了,不过没关系,我们有露西。

"三八线?"

"回答正确。"

问答继续——安达卢西亚。回答正确——1254。回答正确——碳酸钙。回答正确——福特·马多克斯·福特。回答正确——如果这是在电视直播,保准能让全国观众都震惊得连大气都不敢出,从盘里舀起一叉子的派举在嘴边就停住了。但可惜这不是直播,只是在一间充斥着香烟和啤酒味道的空无一人的学生酒吧里,十一月某个湿冷的周二下午三点钟,无人观看,甚至连清洁工都没心思注意,一位清洁工打开吸尘器开始清扫地毯。

"呃,我们能不能……"朱利安小声嘟囔道。

帕特里克"腾"地站起身来,生气地喊道:"不好意思!我们正在做测试呢,限时的!"

"那我早晚也得干活儿啊!"清洁工一边说着,一边继续吸尘。

"这个人……"帕特里克像旧约里的先知一样指着朱利安大声说道,"……是《大学挑战赛》从曼彻斯特总部派来的!"这句话莫名起了作用,那位清洁工关上吸尘器,嘴里嘟囔着,转而清理烟灰缸去了。

问答继续。我不知道魔咒是否会被破除,我们是否还能继续保持高歌猛进的势头。不过我无须担心,因为下一题问的是1939年在萨福克发现的盎格鲁-撒克逊式船葬,那次发现为深入了解古代船葬仪式提供了宝贵的资料。

知道。

"萨顿胡。"①我说。

---

① 萨顿胡,英国萨福克郡附近的庄园,1939年在此发现盎格鲁-撒克逊式墓葬。

"回答正确。"

"墨迹测验。"我说。

"回答正确。"

"上皮组织……"露西说。

"回答正确。"

"乌干达?"帕特里克说。

"不,我觉得是扎伊尔……"我说,帕特里克对于我胆敢挑战他的权威沉下脸来,就像暴君卡里古拉,然后他转身对朱利安肯定地说:"乌干达。"

"回答错误。应该是扎伊尔。"朱利安说,向我投来一个宽慰的微笑。我好像看到帕特里克的眼角不自觉地抽动了一下,不过成熟的我是不会对此感到扬扬得意的,因为毕竟,帕特里克,比赛靠的不是小气的个人得分,而是团队合作,你这笨蛋……

"麻雀。"我说。

"回答正确。"

"a 与 b 对于模 m 同余?"露西小声道。

"回答正确。"

"谷物法。"帕特里克喊着。

"回答正确。"

"托马斯·哈代的《林乡居民》。"我试探地说。

"回答正确。"

"巴斯特·基顿?"爱丽丝不太确定地说。

"不,我觉得是哈罗德·劳埃德。"我客气但坚定地说。

"好吧,哈罗德·劳埃德?"爱丽丝说。

"回答正确。哪位航空工程师于 1937 年去世,在他去世后数年,他最著名的设计成为空中主要力量,在战役……"

107

"R.J.米切尔。"我说。

"什么?"帕特里克说。

"R.J.米切尔,喷火式战斗机的设计者。"我记得经典的1∶12比例的飞机模型盒子上的广告,我知道我是对的,肯定是R.J.米切尔。我确定。不过帕特里克冲我皱着眉头,好像巴不得我是错的。"就是R.J.米切尔,相信我。"

"R.J.米切尔?"他不情愿地说。

"回答正确。"朱利安说,这一次他不禁微笑了。帕特里克眯起眼睛看了看我,露西凑过身来,朝我竖起大拇指,而爱丽丝,哦,爱丽丝摸了摸我的后背,手放在我的腰上,就在我的衬衫从牛仔裤里滑出来的地方。

"好,最后一道题。瑞典化学家乔治·勃兰特于1735年发现了周期表九族元素中的哪种磁性金属,主要用于制造耐热磁性合金?"说实在的,我对元素周期表有点生疏了,这题我真的没什么头绪,不过没关系,因为露西·张又一次给出了答案。

"钴?"她说。

"回答正确。"结束了,我们都松了口气,相互拍拍肩膀,爱丽丝给了我一个拥抱,我感觉背后湿透了一块儿,这才意识到我已经跟赛场上的赛马一样汗流浃背了。

朱利安清了清嗓子说:"好了,你们的最终成绩是四十道题里答对了三十九道,这成绩相当高了,我很高兴地宣布,毫无疑问你们能够参加今年的《大学挑战赛》!"

如果现场有观众的话,肯定早就欢呼雀跃了。

在学生会大楼外,我们都跟和气的朱利安握手,说些祝他回曼彻斯特旅途一切顺利、二月十五号再见、给班伯带好、哈哈之类的话,然后我们站在午后的阳光里,不知道接下来该做些什么。

"那,去喝一杯庆祝一下,怎么样?"我说,希望延长这荣耀的时刻。

"什么?下午四点就去喝?"帕特里克生气地说,就跟我刚刚是在邀请大家到我那里去吸毒狂欢一样。

"我就不去了,抱歉,明天要考试。"露西说。

"我也不去了。"爱丽丝说,大家都没说话,不知道她会不会再给出个什么借口来。

她没再继续,于是我说:"好吧,嗯,我跟你同路,一起走吧。"于是大家就各走各的了。我想要找出一个为什么我要走向跟我宿舍完全不同方向的合理解释。

"嘿,答得漂亮!"她说,我们正穿过通往她宿舍的公园,"你真了不起。"

"哦,嗯,谢谢。你也是。"

"哦,我不行,我就是队里拖后腿的。我一开始能选上也是因为你给了我答案啊。"

"哎,也不尽然。"我说,虽然事实确实如此。

"那,你是怎么知道那些答案的?"

"年轻时没干正事儿啊!"我说,不过她没听懂,所以我又解释道,"我想我就是能记住一些无用的知识,就这么简单。"

"你认为有这样的东西吗?**无用的知识**?"

"嗯……有时候我真希望我没学过织毛衣。"我说,爱丽丝笑了,她显然以为我是在开玩笑,不过也许这样更好,"还有那些流行歌曲的歌词,我有时候觉得,就算不知道那么多流行歌词我也能过得挺好……"

"'让我的苹果上有斑点,但是把鸟和蜜蜂留给我……'"

知道。

"琼妮·米歇尔的《黄色大型出租车》。"我说。

"'从伊维萨岛到诺福克布罗兹……'"

知道。

"大卫·鲍伊的《火星上的生活》。"我说。

"好吧,再来一个,新一点儿的。'她的颧骨像几何,她的双眼像罪恶/《时尚》杂志带给她性启蒙……'"

我当然知道答案,不过我还是装作不知道似的装模作样地演了一下,然后说:"《完美的皮肤》,劳埃德·科尔与'骚动'乐队?"

"天哪,你太太太太太厉害了。"她说,有点怪异地挽起我的胳膊,我们穿过公园,太阳渐渐落山。

"好,该你考我了。别太难……"

我想了一会儿,深吸一口气,说道:

"'昨晚我看见两颗流星/我向它们许愿,不过它们只是卫星/向太空硬件许愿是不对的/我希望、希望、希望你能在意我。'"

她似乎没有发现我的心机,因为她没有立刻呕吐在我身上。嗯,没错,我知道自己应该为此感到羞愧,我确实感到羞愧,真的。但她似乎只是单纯地思考着,想了一会儿,说:"比利·布莱格——《新英格兰》?"

"完全正确。"我说。

"写得真美,是吧?"

"我也觉得。"我们继续走过林荫道,每走过一盏脚边的钠灯,就好像让它闪烁了一下,像是《比利·珍》音乐录影带里被照亮的舞池。我忽然觉得,我们此刻特别像荣科公司自己灌录的电视广告版四碟《情歌精选》封面上的那张黑白照片。① 我们前方有一大

---

① 荣科,一家销售小工具及厨房用具的美国公司。

堆刚落下的枯叶,赤褐色、赭石色、金黄色的一堆,我带着她朝那里走去,说:"嘿,我们来踢一脚落叶吧!"

"最好不要。一般这里都会有狗屎。"她说。

我必须承认,她说得有道理。

过了一会儿,我们就到了肯伍德公寓,她一路上都挽着我的胳膊,这大概说明了些什么,因此我也觉得胆子大了一点,于是说:"嘿,你下周二有什么安排吗?"

也只有像我这样经验丰富的双眼才能在爱丽丝脸上捕捉到一丝稍纵即逝的惊慌,不过也只是一瞬间,所以没关系。她的表情变得古怪,手指敲着下巴说道:"下周……二?我想想……"她说。快,爱丽丝,快找个借口,快点,姑娘,快、快、快……

"那个,是这样,下周二是我十九岁生日。重要的十——九岁!……"我停顿了一会儿,等着她毫无防备地掉进我的陷阱。

"你要开派对!哦,那我当然愿意去……"

"嗯,不是派对。我认识的人不多,还不够搞个派对。不过我想也许我们可以出去……吃个晚餐之类的?"

"就我和你?"她笑着说。那个词是叫"合不拢嘴"吗?

"就我和你……"

"好——"她说,好像这是两个字似的,"好——奥。为什么不呢?对!一定很好玩!一定很有意思!"她说。

会很好玩的。好玩又有意思。我决心一定要做得既好玩又有意思。

第十二章

提问:胎毛、毫毛以及终毛是用来形容人体哪个部分不同生长阶段的术语?

回答:头发/体毛。①

今天是个特殊的日子,不仅仅因为今天是我十九岁的生日,青少年阶段的最后一年,布莱恩·杰克逊生命中令人兴奋的成年及成熟时代的开始,而且今天也是我和爱丽丝·哈宾森二人浪漫晚餐的日子,为了给我、给爱丽丝,也给全世界一份特别的生日礼物,我决定全面改变自己的形象。

老实说,我早该换换形象了。许多伟大的艺术家,比如大卫·鲍伊,或是凯特·布什,他们就经常改变自己的态度或者形象,走在潮流的前端,但我觉得我最近的造型可以说是有点儿一成不变了。当然我不会走极端,不是说我要穿个针织连衣裤,或者尝试海洛因、变成双性恋之类的,我要去剪个头发,不,不只是剪。是**做个发型**。

说实话,发型一直都是受热议的焦点。在兰利街中学,大家总

---

① 原文 hair 既可专指头发,又是体毛的总称。

觉得剪头发就跟用发胶、洗脸或是穿拖鞋一样,是件有点女气的事情。这也就意味着,直到现在,我都还一直顶着这个没任何造型可言的无名发型:发梢胡乱地垂在眼前,或是卷卷地耷拉在领子上,看起来不太卫生,要不就是从耳朵后面龇出来,因此我的脑袋的整个轮廓看来有点像个巨大钟罩,或者,托恩会说,球形门把手。

不过这一切都将要在今天终结,我已经觊觎"卡茨"很久了,那不是小理发店,而是一间同时服务男女顾客的美发沙龙,我喜欢这家店给我的感觉:现代但不先锋,颇有男子气概,干净,还有《容貌》和《i-D》杂志可以看,而不是那些磨得边角卷起、被翻烂的《狂欢》和《梅菲尔》杂志。① 我跟一个叫肖恩的人谈过,他留着平头、戴着耳钉,举止有些男孩子气,他说第二天十点钟可以帮我剪头发。

当然了,这将是一笔巨大开销,不过今早我收到了妈妈寄给我的五镑(塞在一张球星封面的贺卡里——"不要一次用完!"),还有奶奶给我的五镑,可以用来支付今晚的二人浪漫晚餐,所以,当我若无其事,悠闲地走进"卡茨"时(我是他们今天的第一位顾客),真是觉得自己既高贵又时尚。前台有几位员工闲聚在一起,喝咖啡,抽着丝卡烟,我走过去。

"我跟肖恩预约了十点钟,留的名字是杰克逊?"

他们抬头看了看我的衣着和发型,显出一副"不想插手"的表情又集体低下头。只有前台接待小姐走过来看了看预约簿。不过我没见到肖恩。我的新朋友肖恩哪儿去啦?

"肖恩今天没来。"她说。

---

① 《容貌》是一本英国青年时尚文化杂志,而《狂欢》和《梅菲尔》都是英国软色情杂志。

"哦,好吧……"

"尼基可以帮你剪。他是学徒,可以吗?"

我随着她的目光望向角落,一个瘦弱的男孩正漫不经心地清扫着昨晚剪落在地板上的碎发。那就是尼基?他看起来只有六岁。

"*学徒*?"我小声说道。

"他跟肖恩差不多,就是收费便宜点儿。"前台小姐笑嘻嘻地说着,但就算是她也明白这真是碰运气的事儿。

你知道那些西部电影里,每当一队牛仔走进妓院,都是老大首先挑选他最喜欢的妓女,而那里总是有这么一位特别性感、长着美人痣的美女,明显比其他妓女都要诱人,其他人要么太胖、要么太瘦、要么太老、要么装着条假木腿、要么嘴唇上有痣、要么眼睛是玻璃的,倒也难怪牛仔总要挑性感的那位。每到那时,我都不禁要担心其他妓女的感受。我知道嫖妓不对,不过被拒绝的妓女总是那么逆来顺受,她们失望地耸耸肩,回到躺椅上或是什么地方,脸上的神情好像在说,虽然她们不愿意为了金钱跟牛仔来场没有爱意的性,但能被问问总还是好的。学徒尼基就在用这种表情看着我。我不能拒绝尼基,因为他就是那个有条假木腿的妓女。

"我相信尼基可以!"我轻快地说道,尼基耸了耸肩,放下扫把,拿起剪刀,准备给我剪头发。

他们用那种带滤压网的杯子给我倒了一杯咖啡,然后我们开始了我认为可以称之为"磋商"的对话。这对我来说有点不好办,因为我不知道那些发型的名称。我想过要带张照片来,作为视觉辅助,不过要是我带来大卫·鲍伊或是斯汀或是哈里森·福特的照片,①他们准会当面笑话我。

---

① 大卫·鲍伊和斯汀均为英国摇滚歌手,哈里森·福特是美国演员。

"你想怎么剪？一般的？"

"我不知道。什么是一般的？"

"侧背吗？"

不对，应该不是这个——这名称听起来太老气了。"我在想，可能是头顶长一点，左偏分，往后梳，两边和后面稍短。"

"后面剃掉？"

"剃一点点。"

"就像《故园风雨后》里面的一样？"①

"不！"我笑道，其实是在赞同。

"嗯，那像什么？"

冷静。"嗯……"

"……因为你刚刚描述的就是侧背发型。"

"是吗？那好吧，那就侧背。"

"洗头吗？"他问道，一边厌恶地撩起我的一缕头发，就像捡起一张肮脏的纸巾。

洗头要多收钱吗？"不不不，我不用了，谢谢。"

"是学生？"

"对！"

"就知道。"

于是就这么开始了。年轻的尼基其实剪刀用得还挺灵活，尤其考虑到他在给我剪头之前使用的上一把剪刀还是塑料圆头的，过了一会儿他就开始满怀热情地修剪起来了，店里音响正大声播放着《紫雨》。这期间，我坐着翻看《容貌》杂志，假装能理解里面

---

① 《故园风雨后》，1981年英国电视连续剧，改编自伊夫林·沃的同名小说《旧地重游》。

的内容，而且一点也不担心我的头发。哦，当然，一点也不担心，虽然尼基只是个学徒。哪种学徒呢？水管工学徒？电工学徒？车工学徒？我盯着一篇关于滑板的文章，但一个字也看不进去，因此我只能看看时尚大片里的模特，他们都很瘦，男女莫辨，没穿上衣，一副性爱后懒洋洋的样子，都仰着脸冲我冷笑，像是在嘲笑尼基对我的头发动的每一刀。电动剃刀出场了，此刻他正修剪着我脑后的头发。是牧羊人学徒吗？我从《容貌》上抬起头，望向镜中，看起来……其实还挺不错的，干净清新，有型又自然。我看起来还行。说实话，我想这也许就是最适合我、最完美的发型，就是我毕生寻找的发型。尼基，真抱歉我甚至还一度怀疑过你……

但他还没停手。就像你在中学时完成了幅很棒的画作，然后老师就会说："快停下，不然这幅画就要被你给毁了。"——尼基就快毁了我的发型！他给我两边耳朵上方剪的弧度太大了，脑后又修得太高了，这让头顶稍长的头发看起来就像顶假发。修剪草地的学徒？还是屠夫学徒？我真想伸手把电源线从墙上拔下来，但我不能，我只能继续默默看着《容貌》，关于在贝辛斯托克购物中心跳霹雳舞的什么文章，等待着嗡嗡声停下来。

终于，他停手了。"发胶还是发蜡？"他问道。

天哪，胶还是蜡。我不知道。能选"口袋"吗？我从没用过发蜡，于是我选了发蜡。然后他打开一小罐鞋油盒，在手上抹了点像猪油一样的东西，手指在我仅剩的头发上抓来抓去。

显然，我距离"故园"范儿还很远、很远。我看起来更像《1984》里的温斯顿·史密斯，像一只剃了毛的兔子。我看起来骨瘦如柴、眼睛圆睁，跟患了肺病似的，还有点丧失理智。尼基拿来一面镜子，给我照着脑后的样子，电动剃刀所过之处留下了火星表面似的伤疤和疖子，我以前都不知道自己有这么些伤疤，其中一个还在渗着血。

"你觉得怎么样?"尼基问。

"简直完美!"我说。

既然我已经毁了我的发型,那么现在就要来选一间二人浪漫晚餐的餐厅了。仍然没人能教你该怎么选择餐厅,我也从来没有只跟另一个人去过像样的餐厅,一般我都是跟斯宾赛和托恩去咖啡馆、咖喱店以及中餐馆,在这些地方,一顿饭的结束时刻通常不是白兰地酒和精美雪茄,而是托恩大叫"服务员!",所以我只能凭直觉而非经验选择餐厅,不过我会遵守几项基本原则。

首先,不能选咖喱,万一约会往激情的方向发展呢。而且,跟心仪的对象坐在一起,还一边用手在嘴巴前扇风一边说着"我的妈呀,太辣了!",这可就什么吸引力也没有了。其次,最好不要选大商场或者大超市里的餐厅。我曾经请珍妮特·帕克斯在巴兹尔登的英国家用商场里的一家高级餐厅吃饭,那次进展也不怎么样。一般来说,需要自己用托盘端着食物回到座位的情况应当避免。要记住,服务生并不是奢侈品。其三,不要太快做出决定,我在冲动之下告诉爱丽丝要带她去布莱德利酒馆吃饭,那听上去很有品,不过我去看了看菜单,价格实在大大超出了我所能承受的范围,所以我们只能去些物美价廉的地方了。即使算上奶奶给的五镑,我也一共只有十二镑能用于支付双人晚餐,包括酒水,每人的两道菜,以及两人分享的一份甜点。

我一边在城里闲逛,透过餐厅的玻璃窗往里看,一边时刻注意着自己的新发型。我的脸看起来有点担惊受怕的样子,发蜡也感觉有点白花钱,你以为它能帮你打理好发型,但其实只会让刘海紧贴在额头上,像只油光锃亮的海鸥。也许在烛光下看起来会好些,只要发蜡不被烧着。

　　我在城里较为便宜、带点乡村气息的那一区浏览着餐厅,最后选择了一家叫作"卢意奇比萨广场"的传统意大利餐厅。这家店也卖汉堡和肋排,还有炸银鱼,桌上铺着红格桌布,酒瓶里插着蜡烛,红色的熔蜡凝结成火山状,每张桌上都放着免费的面包条和胡椒罐,于是我跟一个红脸膛、指甲很脏的人用杰克逊的名字预订了晚上八点半的两人座位,他可能是,也可能不是店名中的卢意奇。然后我回到了我的小窝。

第 十 三 章

提问：一种蓝色耐磨织物，其名称源自法语"来自尼姆"①；橡胶树的渗出液；蚕丝织物，请说出以上三种物品的名称。

回答：牛仔布；橡胶；丝绸。

我要写一篇关于"约翰·多恩圣十四行诗歌中的自然意象"的论文，但是我都在诗里找了一周了，还是什么自然意象都没找到。

我在书页边角上用铅笔写下的笔记也帮不了我什么忙。我写了一下诸如"天使报喜！""反讽？""参考弗洛伊德""此处反败为胜！"之类的话，但完全忘了它们都是什么意思，因此只好读起了雅克·德里达的《论文字学》。我忽然想到阅读可以分为六个阶段。首先是图画书，然后是插图多过文字的书，然后是文字多过插图的书，然后是除了地图和家庭族谱之外没有插图、但是有大量对话的书，然后是有大段文字而几乎没有对话的书，然后是没有对话、没有叙述、只有大段大段的文字，有脚注、书目、附录，字还非常非常小的书。雅克·德里达的《论文字学》显然就是第六种，从智

---

① 原文为"Serge de Nimes"。

识上来说，我还停留在阅读的第四和第五阶段之间。我读了第一句话，翻了翻书，一张地图或照片或插图都没有，然后我就睡着了。

我醒来时，猛然发现已经下午四点半了，只剩下三个小时能为晚餐收拾打扮。我走进浴室，发现乔希在浴缸里用洗衣粉泡着一堆脏牛仔裤。我只能从蓝色的凉水里把裤子都捞出来，堆在洗手池里，以便能洗个澡。不过，等我进了浴缸之后才发现浴缸里的洗衣粉还没完全弄干净，于是实打实的，我洗了个"棉质/涤纶洗涤程序70华氏度不含酶洗衣粉"的澡。因此，洗澡并没有想象中那么舒适，尤其是我不得不用淋浴头凉水冲洗，以免洗衣粉在身上造成化学灼伤。我照照镜子，发现自己好像有点被染成蓝色了。

我把湿牛仔裤又放回浴缸，然后出于一种正义的复仇精神，我蹑手蹑脚地穿过走廊来到乔希房间门口，确定他不在屋里之后，我溜进房间偷拿了他的阿波利面部磨砂膏，就是那种混入了桃核颗粒的洁面膏，用来磨脸的。我用了一点儿，磨出的泡沫还挺让人满意，不过把它冲掉之后，结果就不太妙了。我看起来就跟穿玻璃窗而出一样，要不就是像是有人拿桃核颗粒使劲磨我的脸。我想这也教给我了个教训，那就是：青春痘是磨不掉的。

现在我脸上的皮肤绷得很紧，笑都不敢笑，害怕一笑脸就要流血，我回到房间，床垫正靠在墙上晾着。我把脏衣服拿开，仔细考虑应该在房间里随意放些什么书，万一爱丽丝要上来"喝杯'咖啡'"，或者更有可能就真的只是上来喝杯咖啡。我选了《共产党宣言》《夜色温柔》《抒情歌谣集》《女太监》①，还有些e. e. 卡明斯的诗，还有多恩的《歌与十四行诗》，万一气氛开始变得迷离，我需

---

① 《女太监》，英国女性主义作家、思想家杰梅茵·格里尔（Germaine Greer）1970年的著名女权主义作品。

要有些情诗在手边。我对《女太监》有点犹豫不决,虽然我希望她认为我的性别政治观念前卫又激进,但我总觉得封面上那个非人形的女性裸体躯干有点太性感了,以前我总得藏着掖着不让我妈看见。

然后我换上了新的黑色内裤,我最好的一条黑色长裤,从名叫"老时光"的古着店新买来的二手晚宴小礼服,我最好的一件白色衬衫,小领结,新的黑色背带。我整理了一下头上那团死海鸥,在脸上拍了一点我爸的"老香料"牌古龙水,古龙水装在白瓷瓶里,已是年代久远,它让我闻起来也有点"老"了,还一股香料味儿,脸上也刺痛极了。然后我翻了翻钱包里的安全套,我一直随身带着它,万一奇迹出现能用得上呢?这只安全套是三只装里的第二只,第一只已经在利特伍兹后巷的垃圾桶那里完成了它辛酸的使命。这第二只在钱包里也已经放了很久,里面的套体都和包装袋粘在一起了,圆圈处的锡箔包装纸也都磨得暗淡,就像某种奇形怪状的拓印图案。不过,我还是喜欢随身带着它,就像有人喜欢带着圣克里斯多福①护身符一样,虽然我今晚能用上它的概率也跟我能背着耶稣假扮的小孩过河的概率一样大。

在去肯伍德公寓的路上,每走差不多一百码我就得停下来,因为背带的夹子不能紧紧夹住黑色长裤的腰带,总是"呼"的一声松开,弹在我的乳头上。

我正在差不多第二十次重新夹好背带,就听见背后有人说:"有人偷了你的泰迪熊吗,塞巴斯蒂安?"

---

① 圣克里斯多福(St Christopher),基督教圣徒,曾背着耶稣假扮的小孩子过河,后来成为旅行者的主保圣人。

"你好啊,丽贝卡,最近怎么样?"

"很好啊,问题是你还好吗?"

"什么意思?"

"嗯,你的头发怎么了?"

"不好看吗?"

"把你搞得跟海因里希·希姆莱①一样。还有,干吗穿着这奇装异服?"

"哎,那个什么,俗话说——人靠衣装……"

"……憋得慌?"

"我今晚跟人约了吃饭,如果你一定要问。"

"哇哦!"

"我们只是柏拉图式的关系。"

"这位幸运女神是谁? 不会是那个爱丽丝·哈宾森吧……"我无辜地仰头望天,"哎哟,真不敢相信。你们这些**男生**,真是太没新意了。老实说,如果想跟洋娃娃玩,干吗不去买一个就好了?"

"什么?"

"没什么。嘿,你还是赶紧的吧,杰克逊,要不可就搭不上船了。"

"你这话什么意思?"

"我只是说那姑娘显然人气很旺,就这个意思。我们住同一个走廊,每天晚上从她房间里溜出来的那些流着口水的浑蛋橄榄球员都能排长队了,人人手里都握着一瓶温热的蓝布卢斯科

---

① 海因里希·希姆莱(Heinrich Himmler,1900—1945),纳粹德国的重要政治头目。

红酒……"

"真的?"

"嗯哼。而且她还经常只戴着胸罩、穿着黑色内裤慢悠悠地走到走廊那头的公共浴室去。至于是为了谁而这么暴露,我就不知道了……"

我把脑海中的画面挥走。"听来你好像不太喜欢她。"

"哎哟,我跟她可不熟——对她们那群人来说,我不够酷,对吧?而且,我觉得她不是那种普通意义上的女孩,如果你明白我的意思。就我个人来说,那种在自己名字的字母O里画笑脸的女孩,我真是没看出哪里好来。不过,嘿,只是个人意见。那么,你要带着可爱的爱丽丝去哪儿吃饭?"

"哦,就是城里那个,卢意奇餐厅?"

"难道肯德基都被订满了吗?"

"你觉得卢意奇不好?"

"怎么会。你肯定是位有品位的老练绅士!我听说那里的芝士、辣椒、洋葱圈半磅汉堡简直好吃死了。期待哪天你也能带我去那儿吃饭,杰克逊。"

她继续往前走着,而我站在原地思考着怎么说点俏皮话。"丽贝卡,"我在背后叫她,她笑着转过身来,"你为什么总是叫我杰克逊?"

"你介意?"

"不是特别介意。就是感觉有点像《格兰奇山》①。"

"噢,抱歉。我是出于爱意。你更喜欢别人叫你'布莱恩'吗?

---

① 《格兰奇山》(Grange Hill),英国电视剧,讲述"格兰奇山"公立学校中学生的故事。

还是叫'布莱'更活泼、更随意一点？或者也许可以叫你'希姆莱先生'……？"

"布莱恩吧。"

"那好吧，就叫布莱恩。玩得开心，布莱恩。长点脑子，布莱恩。沉着冷静，布莱恩……"然后她走向走廊的那一头看不见了，"回见了，布莱恩。"

我赶紧朝爱丽丝的房间走去，有点期待见到排长队的男孩们，不过我走到门口，发现门是关着的。我能听见里面有人说话——我可没把耳朵贴在门上偷听，那是不对的，不过我也站得离门很近，能听得清。

"他要带你去哪儿吃饭？"一个女生的声音说道，谢天谢地。

"可能去布莱德利。"爱丽丝说。

"布莱德利——真够奢侈的。"

"他很有钱吗？"

"不知道。没觉得。"爱丽丝说。

"好吧，一定要十一点钟以前回来，小姐，要不我们会报警找你……"我不想再听下去了，就敲了敲门，门内一阵低语偷笑，然后她来开了门。

她穿着一件低胸深灰色缎面泡泡裙晚礼服，头发梳得很高，再加上高跟鞋，她看起来比平常高了足有两英尺。她的妆也比平时浓些，我第一次见她涂了口红，但还是能看清下唇那个凸起的小伤疤的轮廓。她衣服底下肯定穿了无吊带文胸之类的，因为她的肩膀都露在外面，上半身像是被轻轻地从裙子里挤了出来，还有那曲线曼妙的裸露肌肤，裸露的爱丽丝的肌肤，从缎面上衣里滚动着溢出来。十九世纪的小说里一定会写"胸怀壮阔"，其实现在也可以这么说。她胸怀壮阔。你又在盯着看了，别盯着了，布莱恩。

"哈喽,爱丽丝。"

"哈喽,布莱恩。"

猫眼女孩艾琳和她们中的另一位女孩在爱丽丝身后冲我假笑着。布莱恩,闭上嘴巴。

"你看起来真帅,布莱。"艾琳言不由衷地说。

"谢谢!那,我们走吧?"

"当然。"

她挽起我的胳膊,然后我们走了。

第十四章

提问:由一端含有一个羧基的碳链和与其结合的氢原子组成,这种液态成分最常见形式之一是油酸,请问它是?

回答:脂肪酸。

当然,从政治正确的角度来说,我并不赞成外貌美这个概念。无论男女,仅仅因为基因突变以及某种男权媒体所界定的关于"美"的专断又主观的观念,某些人就应该得到更多的关注、喜爱、人气、尊重或是奉承,在我看来这个观点从根本上来说就是错误而不能接受的。

话虽如此,爱丽丝还是……很美。烛光下的她宛如一幅德·拉图尔①的画作。或者我其实是想说维梅尔②?还是华铎③?她打开菜单的样子说明她知道自己正被人注视着,她肯定也知道自己很美,不过那是一种什么样的感觉呢?不只是瞟一眼,而是被人**注视**,自己什么也不用做,只是被注视着就能带给别人欢乐。虽然

---

① 德·拉图尔(Georges de La Tour,1593—1652),法国画家,画作特点在于利用烛光制造神秘动人的氛围。
② 维梅尔(Vermeer,1632—1675),荷兰画家,擅长中产阶级家庭场景绘画。
③ 华铎(Watteau,1684—1721),法国画家,画中场景华丽高雅。

我此刻注视着她，但我忽然觉得这也不能说是欢乐，更像是一种疼痛，仿佛肚子里隐隐作痛，你希望能摆脱它，但却不能，因为那太诱人了，这么坐着看着她，将她坐着注视着她，深深印入脑海。

自从我认识爱丽丝之后，我就发现别人也会这么盯着她看。我见到帕特里克这么盯着看过，一边还用手梳理着他的头发，他那肥厚愚蠢的宇航员舌头伸在外面。我见到卢意奇也这么盯着，他从爱丽丝裸露的香肩上揭下酒红色的围巾，把我们领到座位上，然后走进弹簧门报告这个消息，于是厨师和洗碗工就都胡乱找些借口出来，就为了看看她。这是一种什么样的感觉？一个字还没说就先被人称赞，每天被对你根本一无所知的人渴望个两三百次？

妈妈看电视的时候，总要对电影明星之类的女人评头论足："她真美啊……"然后用她最接近《旧约》感觉的声音问罪道，"……而且她自己知道。"相比起"丑而自知"，我不知道"美而知"究竟是更好还是更坏，我猜出众的外貌美肯定也是种负担，但无疑是比较轻的那种。

我的目光越过菜单，偷瞄了一眼烛光中爱丽丝的粉色的乳沟，我一直努力不要去看，因为我不想让她感觉自己被物化了。

"还挺好的，对吧？"她说。

我想她是在说餐厅，于是答道："是吗？希望如此。"我必须放低声音，因为我们是餐厅里唯一的顾客，我不想冒犯卢意奇，他正站在缠绕着塑料常青藤的吧台后面忙活着，把玻璃杯擦得油腻腻的，时不时还往我们这儿偷瞟一眼。预订座位似乎也并没有我想象中的那样必要。"我想去布莱德利的，不过那儿都订满了。"我撒了个谎。

"没关系。这儿挺好！"

"有比萨和意大利面，下一页还有汉堡……"

"哦,还有……"装在活页夹里的塑封菜单都粘在一起了,她把菜单一页页撕开。

"或者排骨,如果你喜欢……?"

"哦——好。"

"你再来个开胃菜,要全套的,我来请!"

"嗯,我看看……"

我们又看起了菜单。

哦,天哪。

沉默。

最好说点什么。

"唔嗯。面包条!"

我拿起一根面包条,撕开包装,又打开一小块儿黄油,抹在面包条上。"你知道关于排骨我是怎么想的吗?到底是谁决定他们是'多余'的?① 肯定不是猪!猪不太可能会说:'嗯,我只需要这些肋骨,剩下那些是多余的,拿去吧!把我的肋骨拿去吧!吃掉!把我的肋骨吃了!'"她像看着弱势儿童一样对我笑笑,瞟了一眼我的手,顺着她的目光我才发现自己不知道为什么挥舞起了餐刀。

冷静。

别再胡言乱语了。

把——刀——放——下。

不过,说实话,对于选择卢意奇作为浪漫诱惑的约会地点我渐渐失去了信心。我发现地上原来铺着油毡,不太干净,在踢脚线那里还往上翻卷着。格子桌布原来是塑料的,便于擦拭。而且,虽然卢意奇给我们安排了一个靠里面的浪漫角落,但其实我们离洗手

---

① 排骨的英文是 spare ribs,直译即"多余的肋骨"。

间不远,方便倒是方便,但整个晚上也都能隐约闻见柠檬味厕所清洁剂的刺鼻味道。我有点担心爱丽丝会不会在这里感觉不舒服。她看上去已经开始不太舒服了。她的泡泡裙在身下膨胀,包围着她,好像她就要被裙子给吃掉了。

"点餐吧?"我问。

"这些看起来都很好吃的样子。"她说。不过我不太确定。我们继续研究菜单,菜单摸上去黏黏的,菜名都是白字——相辣肉将①,是这么写的吗?——菜单还分成了几个部分:"一开始吃的!""主要项目!!""哦,还要继续的……!!!"老实说,这些在我看来确实都很好吃,菜色主推油炸、烤肉,以及没有蔬菜。连芝士都是油炸的,而且这家店显然分量很足,菜单上都标明了肉的重量。不过我不禁担心起爱丽丝是不是习惯吃清淡的食物,像豆腐、沙拉以及各种蒸的东西,而且她可能还是那种重质量而不重分量的人。我开始冒汗。浴缸里的洗涤剂让我身上发痒。我低头一看,发现白衬衫的袖口处染上了一小块牛仔布的蓝色。

店里循环播放着可爱多甜筒广告的主题曲,又一阵沉默的深思熟虑之后,我们准备点餐了。我四下望望,想找卢意奇,不过从他的脚步在油毡上发出的声响,我就能听出他正从后面向我走来。爱丽丝要了酿蘑菇和玛格丽塔比萨配沙拉,我要了银鱼、半只烤鸡配薯条,还有免费的小食拼盘。"希望不是鸡的后一半!"我说,爱丽丝非常微妙地笑了笑,坚持让我来选酒。玻璃水瓶里有些散装酒,不过就连我也知道酒不该这么便宜,所以我决定来点瓶装的好起泡酒。香槟实在太贵了,于是我选了蓝布鲁斯科酒。丽贝卡是不是说过她喜欢这个类似的?我不太懂酒,不过我知道吃鸡肉和

---

① 原文为 Chilly Concarny,正确拼写应为 chili con Carne,即香辣肉酱。

鱼要喝白葡萄酒,所以我就点了蓝布鲁斯科比安科起泡白葡萄酒。

等服务生走了,我说:"哦天哪,说错话了!"

"怎么了?"

"嗯,我刚才说要蓝布鲁斯科比安科起泡白葡萄酒,当然'比安科'其实就是白酒的意思!这不是赘述还能是什么!"作为段子,我知道这没法儿跟《帕金森脱口秀》①上的那些比,不过倒也打破了僵局,爱丽丝笑了,我们开始交谈。或者说是她开始滔滔不绝,而我只是聆听、点头、从蜡烛上撕下红色蜡条,把末端烧化,再以奇怪的角度粘回去,同时看着她。她跟往常一样讲起她在林登寄宿学校上学的日子,就是国内那种非常昂贵的社会主义倾向的私立学校之一。说实话,学校生活听起来挺轻松的,一点也不像寄宿学校,倒更像是七年的睡衣派对。根据爱丽丝的描述,林登寄宿学校典型的上课日是这样的:

8:30—9:30,抽烟,烤面包。

9:30—10:30,跟名人子女上床。

10:30—11:30,修建谷仓。

11:30—12:30,朗读 T. S. 艾略特的诗,听克洛斯比②、斯蒂尔思③、纳什④的音乐,拉大提琴。

12:30—13:30,尝试药物/毒品,性生活。

13:30—15:30,双人裸泳。跟海豚游泳。

15:30—16:30,垒石墙。性生活(可选)。

---

① 《帕金森脱口秀》,迈克尔·帕金森主持的一档英国电视脱口秀。
② 克罗斯比(David Crosby,1941—),美国创作歌手。
③ 斯蒂尔斯(Stephen Stills,1945—),美国音乐家。
④ 纳什(Graham Nash,1942—),英国创作歌手。

16:30—17:30,木吉他课。

17:30—18:30,性生活,给睡着的裸体伴侣画炭笔素描。

18:30—4:00,鲍勃·迪伦必修课。

4:00,灭灯,你要是愿意的话。

显然,从政治正确的角度来说,我并不赞成这样的学校,但那听起来真的棒极了。这么多兴奋剂、性,还有没完没了的西蒙和加芬克尔①的歌,你会以为他们根本就没时间学习。不过他们肯定还是干了些正事儿的,因为不管怎么说,爱丽丝考上了大学,虽然我还没问过她高级程度会考成绩。第一次约会还是不问这些为好,但她确实是在读本科学位,虽然只是戏剧专业。也许她从小就长时间地听BBC第四台,那么还是能够下意识地接受些教育的。

我的银鱼上来了,大概三十条小小的银色物体,洗干净放在一片生菜叶上,望着我说:"我们可是为你而死的,你这浑蛋,至少做点有趣的事吧!"于是我拿起一条鱼放进嘴里,把鱼尾巴露在外面,假装自己是一只猫。效果一般。她继续吃着她的酿蘑菇。

"味道怎么样?"

"挺好的!大蒜味很足。今晚可不要拥吻我!"

来了,这种巧妙的警告,就像耳边响起一声警笛,以免我想入非非。我其实早已料到,并没有感到特别惊讶。我应该觉得宽慰,这是个含义模糊的警告,虽然只是稍微有点模糊——不是针对你,布莱恩,而是因为这些*蘑菇*——言下之意就是说如果她点了别的开胃菜,比如油炸卡芒贝尔奶酪,那我们现在应该已经上过床了。

---

① 西蒙和加芬克尔(Simon and Garfunkel)是美国民谣二人组合,由保罗·西蒙和亚特·加芬克尔组成。

"那,你在那儿男朋友多吗?"我随意地问道,小口啃着鱼。

"哦,就一两个。"然后她开始对我和盘托出。

从性政治正确的角度来说,我认为有一点很重要,那就是不能对男人和女人的性经验史有双重标准。爱丽丝·哈宾森当然可以有她频繁的情史和积极的性史,不过,我还是得说,"就一两个"实在是有些误导。等到主菜上来的时候,我已经都记不清那些名字了,不过肯定有个叫鲁弗斯的,他爸爸是个著名的电影导演,他不得不搬去洛杉矶,因为他们之间的爱实在是太黑暗、太强烈了,鬼知道那是什么意思。还有亚力克西斯,是她度假时遇见的希腊渔夫,总是守在他们在伦敦的住处门口,向她求婚,为此他们不得不报警,将他驱逐出境。还有约瑟夫,长得非常好看的爵士乐手,但她不得不跟他分手,因为他总是要她一起吸食海洛因。还有托尼,她父亲的朋友,一个制陶艺人,在苏格兰高地漂亮的小农舍里制作精美绝伦的陶器,对于一个六十二岁的人来说,他在床上的表现也算不错了。不过之后他一直在半夜里打电话给她,最后还试图跳进他的窑里自杀,不过现在没事了。

还有索尔,一个有型又有钱的美国模特,长得帅呆了,而且(小声说)"那里也很大",不过仅凭性这一点是没法维持一段关系的,虽然那确实让人意乱神迷。还有,最令人伤心的是希莱伯尔老师,她的英语老师,他能让她对艾略特的诗感到兴奋,还曾经朗读着《四个四重奏》就让一个女孩高潮了。学《萨勒姆的女巫》[①]的时候,他爱上了爱丽丝,但是变得有点偏执,"最后他精神崩溃了,只能离开。他现在回去跟父母住在一起,在伍尔弗汉普顿。真让人难过,真的,他是个很酷的英语老师"。

---

① 《萨勒姆的女巫》(*The Crucible*),美国剧作家亚瑟·米勒的戏剧作品。

等到她全部说完,我已经半只烤鸡都蘸着烧烤酱下肚了,盘子里只剩下骨架,那残渣看起来就像,嗯,她的某位前男友。她的几乎每一段恋爱都以发疯、偏执和毁灭结束,忽然间我跟凯伦·阿姆斯特朗在利特伍兹后巷垃圾桶上的冒险看起来也少了一些悲剧性的光辉。

"真是奇怪——他们中有多少人结局悲惨啊?"我说。

"没错!很诡异吧?托尼,爸爸的陶匠朋友,跳进窑里的那个,有一次跟我说,在爱情这件事上,我就跟启示录中的四骑士①一样!"

"那你最后有没有,那什么,伤心?"

"我当然伤心,布莱恩。这就是为什么在大学期间我再也不要谈恋爱了。我要专注在我的学业上。"然后她用别扭的美国口音补充道,"我要把自己关进修道院!"

又来了,警笛。她若无其事地把熔化的芝士从比萨上揭下来,缠在食指上,"抱歉,总是我、我、我。你父母是做什么工作的来着?我忘了……"她吮吸着指头说道。

"我母亲在连锁商店工作,父亲去世了。"

她用餐巾擦了擦嘴,吞咽了一下。

"你没跟我说过……"

"没说过吗?"

"没,你肯定没有。"她把手伸过来,搭在我的胳膊上,"布莱恩,我真抱歉。"

"哦,没关系。那是六,不,七年前的事了,我十二岁那年。"

---

① "启示录中的四骑士"出现在圣经《启示录》的第六章,代表瘟疫、战争、饥荒和死亡。

"怎么回事?"

"心脏病。"

"哦,天哪,他那时多大?"

"四十一。"

"肯定很可怕吧。"

"哦,嗯,你懂的。"

她俯过身来,睁大了眼睛,抓住我的手捏了捏,另一只手把裹满烛泪的酒瓶拿开,以便直视着我。

"你介意说说这事吗?"

"不,不介意。"我说,然后开始讲述。

第 十 五 章

提问:李·J.科布、弗雷德里克·马奇,以及达斯汀·霍夫曼都扮演过阿瑟·米勒笔下不幸的威利·罗曼,请问这部完成于1949年的戏剧是?

回答:《推销员之死》。

"我爸爸是推销双层玻璃的,这工作其实挺可笑,是那种大家觉得嘲笑一下也无伤大雅的工作,就跟交通管理员或是税务稽查员或是下水道工人一样。我想这可能是因为,说到底,没人喜欢双层玻璃。我爸肯定不喜欢,反正干了十年之后肯定是不喜欢了。他以前是个军人,就是在那时候认识了我妈然后有了我的。他是最后一批服国民役的人。他还挺喜欢当兵,而且又不知道还能做些什么其他的工作,所以就留在了军队里。我还记得,每当新闻里播报哪里又发生了战争、英国跟苏联关系紧张,或是北爱尔兰爆发冲突之类的,我就开始担心,担心他会被召集走,塞进制服里,拿上一杆枪。不过我现在觉得他其实不是那种士兵,更可能是文化兵什么的。总之,有了我之后,我妈就下定决心要他退伍,因为她受够了总是要搬家的生活,她讨厌西德,我就是在那儿出生的,所以他就回到绍森德,找了个推销双层玻璃的工作,就是这么一回事儿。"

"他工作开心吗?"

"天哪,当然不。我是说,我猜他一开始还挺开心的,但很快就开始厌恶了。他每天要工作很长时间,因为要趁人们在家的时候逮住他们,通常都是一大早、傍晚和晚上,所以一般他回到家时天都已经黑了,就连夏天也是。而且我猜他还得挨家挨户地推销:'打扰了,女士,你考虑过使用双层玻璃吗?这能给你们节省一大笔取暖费用。'说些这样的话。我知道这份工作主要是按销售业绩发工资,所以总是要为了钱操心。以后不管我做什么工作,我都绝对、绝对不要按业绩拿钱。我知道这原本是为了激励销量,但它只会把你的生活搞得一团糟,简直就跟被拿枪指着脑袋一样在工作。我觉得那真是非常罪恶。反正就是这样。不好意思。有点无聊。"

"总之,他讨厌这份工作。当然他从没跟我这么说过,怎么会跟小孩子说这些呢?但他肯定讨厌工作,因为他每天下班回家都很生气,不是大吵大嚷、拳打脚踢的那种生气,而是对一点点小事——玩具没收好啦,浪费食物啦——都怒气冲冲,满脸通红,拳头攥得关节都发白了。我们当然都希望在自己的记忆里,父母总是跟野餐、骑在肩膀上到处走、扔小木棒游戏之类的联系在一起,但是没有人的童年是完美的,而我的记忆大部分都是他和我妈在厨房里吵架,关于钱、工作什么的,他的脸涨得通红,双手一下攥拳、一下松开。"

"真可怕。"

"是吗?嗯,可能我有点夸张了。我记得最多的就是跟他一起看电视,如果在他回来之前我还没有被赶去睡觉的话。我坐在地板上,坐在他两腿之间。都是些问答节目。他喜欢问答节目,也喜欢自然纪录片、大卫·阿滕伯勒、益智类的节目,他总是说教育有多重要,我猜可能是因为他觉得教育能带来幸福生活,能让人远离悲惨,能给你一份不讨厌的工作。"

"那他是怎么,那个……?"

"嗯,具体我也不太清楚。我不想跟我妈打听这事儿,那准会让她崩溃。不过,显然他当时是在外面工作,在某个陌生人的家里,试图向他们说明双层玻璃的好处还是怎么的,然后他就这么……倒下了。就在他们的客厅里。我放学回来正在家看电视,我妈在煮茶,听见有人敲门,然后门厅里传来说话声,我走出去看是怎么回事,门厅里有两位女警察,我妈正缩成一团,跪在地毯上,我一开始还以为是我爸被抓了什么的呢,不过一位女警察说他情况不妙,让妈妈赶紧赶去医院,我就待在邻居家。我妈刚到医院不一会儿,我爸就死了。哦,看啊,酒喝完了,要不要再来一点?再点一瓶?我就一直跟邻居待在一起,第二天早上他们才告诉我。再来一瓶蓝布鲁斯科,哦不,我们还没想好要什么甜点,再等五分钟吧?"

"总之呢,现在回想起来,虽然他那时才四十一岁,我却一点也不惊讶,因为他一直以来就像是个……死结。他也喝酒,我是说喝得很凶,午间休息和下班之后都要去酒吧,你总能闻到他身上有一股啤酒味。他一天要抽大概六十根香烟。我以前还送过他香烟作为**圣诞礼物**,真他妈的。我记不得什么时候看见他不是在吞云吐雾的,甚至有张他和我妈还有我在产科病房里的照片,他也点着烟。就在医院里,烟灰缸和啤酒一边一个地放在我的小床上。愚蠢的家伙!"

"那你当时是什么反应?"

"对他去世这件事的反应?嗯,不清楚。我猜,反应挺古怪的吧。我是说，当然我也哭了什么的，不过他们想让我暂时别上学了，这倒让我有点担心，因为我不喜欢逃课，你大概能看出我以前是怎么个冷血又刻苦的小怪人了吧。老实说，那时我其实更为我妈感到难过，因为她真的很爱我爸，她那时才，好像，三十三岁，我爸是她唯一同床共枕过的人，据我所知，之前和之后都是，她是真的真的很受打击。哦，有人在的时候她还可以撑着，头两周家里显然总是挤满了人——各种牧师、父亲的战友、邻居、我奶奶、叔叔阿姨——所以她总是忙着做三明治、沏茶、给那些从爱尔兰来的奇怪的表兄妹们搭床，也就没什么时间伤心了。不过，几周以后，他们陆陆续续都走了，只剩下我和我妈。那才是最糟糕的时刻，一切都冷静下来，大家离开了，只剩下我们。那是个挺奇怪的组合，正在青春期的男孩和他妈妈，我是说，总能很清楚地感觉到……缺了点儿什么。"

"我觉得，现在回想起来，当时我应该对我妈更好一点的，陪她坐坐什么的。不过我那时候很讨厌每晚坐在客厅里，看着她看《达拉斯》或其他什么节目，然后就忽然大哭起来。那个年纪的孩子，对这种事，对悲伤，嗯，只会觉得……尴尬。应该怎么做？抱抱她吗？说点什么吗？但是一个十二岁的男孩哪知道该说点什么呢？所以，奇怪又可怕的是，我开始憎恨起这一切。我尽量避开她。放学之后就到公立图书馆待着，再从图书馆到我自己房里写作业，我那时总觉得作业不够多。天哪，真是个怪胎。"

"学校里怎么样？"

"哦，还好吧。同情心这种事不太容易发生在十二岁的男孩们身上，反正在我的学校里是这样，也没什么不对的。有人努力了，但你能看出来他们是装的。而且，可耻的是，那时候我关心的并不是，那个，去世的人，不是四十一岁就倒地身亡的我爸，甚至也不是我妈,我想到的只是这对我来说会怎么样。那个词是怎么说的来着？唯我论,还是语法错误,还是什么的？应该是语法错误。①

"我猜这事倒是让大家关注我了,虽然是通过这样可怕的事。可怕又伤感的荣耀:那个父亲去世的男孩。很多以前从没跟我说过话的女生,都走过来分给我一条'奇巧'巧克力,然后拍拍我的背。当然也有人欺负我,有几个孩子笑话我,叫我'巴拿度男孩'②,诸如此类的,这个称呼一点也不机智,因为我妈还在呢。不过我有个好伙伴,斯宾赛,出于某种原因他决定要照顾我,这帮了我大忙。大家都很怕斯宾赛。确实,因为他是个硬气的浑蛋,斯宾赛……"

"你有他的照片吗？"

"斯宾赛？哦,我爸。没有,我钱包里没有。怎么,你觉得我应该有一张吗？"

"也不是。"

"我住处有。如果你到我那儿去,不一定是今晚,那什么,任何时候都……"

"你想念他吗？"

"哦,是的,当然。每时每刻。但也不太容易,因为我们从来都不了解对方,起码没法作为两个成年人互相了解。"

"我相信他一定很爱你。"

"你这么觉得？"

"当然啦。你不这么认为？"

"不知道。我想他可能会觉得我有点怪吧,老实说。"

---

① "唯我论"原文为 Solipsism,"语法错误"原文为 solecism,两词拼写相近,布莱恩想说自己是"唯我论",但还是说成了"语法错误"。

② 巴拿度,英国儿童慈善团体。

"他会为你感到骄傲的。"

"为什么?"

"为很多事。考上大学啦,挑战赛队伍里的明星啦,上电视啦,所有这些……"

"也许吧。还有一件事我至今还会想,也不知道为什么,因为那么想不太理智,严格来说那也不是他们的错,但是我很想见见他的那些老板,那些让他拼命干活然后从中赚钱的人,因为我觉得他们都是些贱人。抱歉,说脏话了。我不知道他们叫什么,也不知道他们现在在哪儿,可能在阿尔加维的某间他妈的豪宅别墅之类的地方。其实就算见到他们我也不知道我该说点什么,因为他们没**做错**什么事,他们只是在做生意,赚点钱,如果我爸不喜欢这份工作他本可以辞职的,骑上车找点别的活儿。哪怕他做了花匠或是小学老师什么的,他也有可能,那什么,走得更早。虽然这不是过失犯罪,也不是矿井事故或是渔船之类的,他只是个推销员而已,但是让人这么讨厌自己的工作也是不对的,我认为那些让他这么卖命工作的人,嗯,我的确认为他们是贱人,我恨他们,每天都恨,不管他们是谁,恨他们带走了……算了。那个,抱歉,失陪一分钟,我需要去下洗手间。"

第 十 六 章

提问：泪腺和泪管主要负责制造及输送什么？
回答：眼泪。

到头来，我们坐得离卫生间这么近倒也成了件好事。

我已经进来有一会儿了。可能太久了。我不想让她觉得我拉肚子什么的，但是我也不想让她看见我哭。无法控制的抽泣作为一种诱惑技巧的价值实在是被高估了。现在她肯定以为我是那种爱哭的男生。可能她现在就在门外，摇着头付账，急着赶回宿舍跟艾琳大吐苦水。"天哪，你肯定不会相信我这一晚上都经历了些什么。他就是那种爱哭的男生……"

有人敲了敲隔间的门，我以为是卢意奇过来看看我是不是从消防出口逃走了，然而传来一个声音……

"布莱恩，你没事吧？"

"哦，嗨，爱丽丝！"

"你在里面还好吗？"

"哦，很好，没事。"

"要不要开下门，亲爱的？"

哦，天哪，她想要跟我一起待在卫生间隔间里。

"开门吧,亲爱的……"

"我真的没事。马上就出来。"等等——"亲爱的"?

"好吧。快点出来,好吗?"

"两分钟。"我大声说,她出去的时候我又补充道,"点甜品吧,要是你想要的话。"

她出去了。我又等了一会儿才走出隔间,照了照镜子。我看起来还不算太糟糕,我猜——眼圈有点红,但鼻涕已经不流了,于是我把领结扯正,理了理刘海,重新夹好背带,然后走了出去,头微微低着,以免被卢意奇看到。我走到桌旁,爱丽丝站起身来,令人惊喜地向我伸出双臂,紧紧地拥抱着我,脸也紧贴在我的脸上。我手足无措,于是也抱住她,身体微微前倾,给她的泡泡裙留出空间,我一只手放在裙子的灰色缎面上,另一只手就搁在她背上,她美丽的背上,就在肉从缎面里涌出来的地方。她在我耳边低语道:"你**真**是个可爱的男人。"我觉得我又要哭了,并非因为我真是个可爱的男人,而是因为我真是个恶心的该死的蠢货,该死的浑蛋,于是我紧紧地闭上眼睛,我们就这么拥抱了一会儿。我再次睁开双眼的时候,看见卢意奇正盯着我们,然后他对我会意地眨眨眼,竖起大拇指。我实在不知道该做出什么反应,于是也给他回了个大拇指,然后立刻觉得自己很卑鄙,因为我也不知道我竖起大拇指究竟是什么意思。

终于,当然了,我的背带弹开了,爱丽丝也松开了拥抱,嘴角朝下地冲我笑笑,就是广告里母亲面对哭个不停的孩子的那种苦笑。我觉得有点不安,于是说:"抱歉,通常我是要到**再**晚一点的时候才开始哭的。"

"我们走吧?"

但我还不想走。"你不想吃点甜品吗?或者咖啡什么的?"

"不用了。"

"他们有泡芙?致命巧克力……?"

"不,真不用了,我吃饱了。"她从泡泡裙的褶皱里拿出一个简直是世界上最小的手袋,准备打开。

"嘿,我来付钱!"我说。

我付了账,最后算下来其实还挺实惠的,感谢我那场取代了甜品的彻底的精神奔溃。然后我们起身离开。

送她回去的路上,我们换了个话题,聊起了读书,说着我们有多讨厌 D. H. 劳伦斯,最喜欢托马斯·哈代的哪部作品,我喜欢《无名的裘德》,她喜欢《远离尘嚣》,这是个宜人的十一月深夜,街道很潮湿,虽然没有下雨,她提议我们走风景好的那条路回去,于是我们大步攀登能够俯览全城的山头,我们的呼吸有点沉重,因为爬山费力,也因为我们一直都在说话。城里汽车呼啸而过的声音渐渐模糊,除了我们的说话声之外,只听见风声掠过树梢以及她的缎面礼服裙沙沙作响。到了半山腰,她挽起我的手臂,轻轻捏了一下,然后把头靠在我的肩膀上。上一个这么做的人还是我妈,在看完我在《福音》中扮演基督后回家的路上。当然了,她刚刚目睹了我被钉上十字架,这总会在一位母亲身上产生一点情感效果。不过我记得即使那时我也觉得这有些奇怪;有些骄傲,也非常尴尬,仿佛我是她的小勇士之类的。爱丽丝挽住我手臂的动作也有些刻意,好像她是从历史剧里学来的一样,不过感觉还不错,我觉得更暖和了,也感觉自己高了两英寸。

我们在山顶的长椅上坐下,她依偎在我身边,我们俩舒服地挤在长椅一角,虽然我能感觉到湿气正浸透我的长裤,也知道裤子会被椅子上的青苔印上条纹,但我完全不在乎。说实话,我不介意我们就永远待在这儿,看着山下的城市,看着被路灯点亮的公路蜿蜒着伸向郊区。

"才想起来,我还没祝你生日快乐呢。"

"哦,没事……"

"不过还是要说,生日快乐……"

"哦,谢谢。你也是。"

"但今天不是我生日。"她说。

"对,当然。不好意思。"

"而且我也没送你什么礼物……"

"没关系。今晚已经是个礼物了。"

我们都不说话了。我想着要不要指出几个星座,就跟电影里一样。我把它们都牢记于心,就是为了这样的时刻;但是今晚云太厚了,于是我又想天是不是已经黑到了让我可以亲吻她的地步,或者她是不是醉到了能让我亲吻她的程度。

"布莱恩,你圣诞节有什么安排?"

"嗯,还不知道……"

"你想不想来住一段时间?"

"住哪儿?"

"跟我住。"

"伦敦?"

"不,我们家在萨福克有个小木屋,你可以来见见露丝和迈克尔。"

"露丝和迈克尔是谁?"

"我父母!"

"哦!嗯,我是很想去,但我不能丢下我妈一个人……"

"当然,那你可以圣诞节之后过来,节礼日①之后怎么样。我

---

① 节礼日(Boxing Day)为12月26日。

父母一般都自己默默待着,所以大部分时间就是你和我一起。"——她还以为得劝说我去——"我们可以闲逛、看书、聊天什么的……"

"好的。"我说。

"太棒啦!那可说好了。我有点冷了,咱们回去吧。"

我们回到她宿舍的时候,已经半夜了。但还有几个人在镶木地板的走廊里轻手轻脚地走动:学霸、失眠者、瘾君子。他们一边说着"哈喽,爱丽丝",一边怀疑地打量着我,不过我不怎么介意。我满脑子都想着我们该怎么告别,想着那一套程序。我们站在她宿舍门口,她说:"我得赶紧睡觉了。明早九点十五分还有课。"

"好吧。是关于……?"

"斯坦尼斯拉夫斯基①与布莱希特,大分歧,问号。"

"对,因为在很多方面他们的差别其实没有那么大,人们总是认为他们的思想相互……"

"那个,布莱恩,我真的该去睡觉了。"

"好的,嗯,谢谢你同意跟我出来。"

"布莱恩,我不是*同意*,我是*愿意*。"她飞快地俯过身来在我耳边吻了一下,很轻快,像出击的眼镜蛇,我的反应没跟上,只来得及在她耳边发出响亮的声音,然后门就关上了,她不见了。

我又一次踏上了碎石车道,往我的宿舍走去。最后结果倒还不坏。我觉得还行。她邀请我去小木屋,大概她现在觉得我"有点特别"了,虽然"有点特别"并不是我预想中的效果。她这样认为的原因,我有点不自在,不过……

---

① 斯坦尼斯拉夫斯基(Konstantin Stanislavski,1863—1938),俄国著名戏剧和表演理论家。

"噢咿,杰克逊!"

我回过头去。

"抱歉,我是说**布莱恩**,布莱恩,在上面……"是丽贝卡,她从二楼的窗户探出身来,穿着一件黑色长T恤,看样子是准备睡觉了。

"进展如何啊,大情圣?"

"哦,那什么,还行吧。"

"所以现在空气中都弥漫着爱情了?"

"不是'爱情',是'好感'。"

"空气中弥漫着'好感'。我猜也是,感觉到了。空气中弥漫着好感。干得漂亮,布莱恩。继续加油,伙计。"

回宿舍的路上,我走进夜间加油站,用崩溃大哭帮我省下的晚餐钱给自己买了条"野餐"巧克力和一罐"力尔特"气泡果味饮料,等我回到里士满公寓,已经快两点钟了。我房间的门上贴着三张手写便条:

7:30,布莱恩——你妈妈来电话了。

10:45,斯宾赛来电话了,说他"无聊得灵魂出窍",他整晚都在加油站,给他打电话。

还有,布莱恩,你能不能不要随便用我的阿波利磨砂膏?

第 十 七 章

提问:为了回到堪萨斯,桃乐斯·盖尔必须要做什么事情?①
回答:敲打鞋跟三次,并想着:"没有什么地方像家一样。"

我到家的时候,妈妈还没下班,我给自己倒了杯茶,躺倒在沙发上,拿起笔在《广播电视时刻表》的特刊上有条不紊地画出我在圣诞节期间想看的节目。我感觉累坏了,很遗憾,那并不是因为学术热情,而是因为乔希和马库斯的自酿啤酒。学期末的几周就这么浑浑噩噩地过去了,全都消磨在陌生人家里人烟稀少的派对上,或是在厨房里跟乔希和马库斯的朋友们玩喝酒游戏,他们都是些魁梧高大的运动型男孩,还有曲棍球队的那些健壮黝黑的女孩们,她们都把衬衫领子立起来,都模仿着法国口音,都来自伦敦周边地区,都有着一头闪亮的金发。我给这种女孩量身创作了个挺妙的玩笑话:她们都是来自"饰以流苏的萨里郡"②,但可惜这话找不着

---

① 桃乐丝·盖尔(Dorothy Gale),美国系列童话故事《绿野仙踪》中的主要角色,被龙卷风从自己在堪萨斯的家中吹到了虚构的奥兹国。
② 原文为"Surrey-with-a-fringe-on-top",可能来自音乐剧《奥克拉荷马》(*Oklahoma!*)中的名曲《饰以流苏的四轮马车》("The Surrey with the Fringe on Top")。在剧中,"饰以流苏的四轮马车"是财富和身份的象征,其中"马车"(surrey)一词又与位于伦敦东南部的萨里郡(Surrey)名称相同。

人说给他听。

总之,无论他们在私立学校里都学到了些什么,在喝酒这件事上他们肯定都是一把好手。我感觉自己就像中毒了一样,郁闷,还营养不良,因此很高兴能回家躺在沙发上看电视。今天下午没有什么好看的节目,只有西部片,我的视线游移到电视机顶上,那里放着我小学时候的照片,就在我爸去世前不久拍的。还有比陈旧的小学照片更让人郁闷、更无趣的东西吗?据说照片里的人比真人看起来要胖五磅,但在这张照片里,重量似乎完全加在了我的青春痘上。我看起来就像中世纪的瘟疫患者,满脸脓肿。我妈看电视时我就在那儿对她摆着张鬼脸,真不知道她为什么非得放这张照片。

这照片太让我郁闷了,我只好关上电视,去厨房烧水,沏点茶。烧水的时候,我望向后院,那是一小块双人床大小的幽暗空地,我爸去世后,我妈为了省事就给铺成了路。茶沏好了,我拎着包上楼进了我的房间。为了节省暖气费,我妈把我房间的暖气给关了,此刻房间里冷如冰窖,我没脱衣服就上床躺下,盯着天花板发呆。不知道为什么,我感觉床变小了,像是儿童床,事实上整个房间都感觉变小了。天晓得为什么,我也没长高变胖,但是,仅仅过了三个月,我已经觉得这像是别人的房间了。房间里都是些孩子的东西,漫画书、窗台上的化石标本、文学课参考书、挂在天花板上的飞机模型积了厚厚的一层灰,还有衣橱里的旧校服衬衫。不知道为什么我有点难过,就想了想爱丽丝,然后睡着了。

我已经很久没跟她说上话了,挑战赛的团队聚会两周前就已经暂停,自那以后她好像被她那个小圈子吞没了,一个紧密又吵闹的小圈子,都是些又酷又漂亮的男生女生,我在学生酒吧里见过他们,要不就是看到他们在城里开车兜风,七八个人嬉笑着挤在她那乌烟瘴气的亮黄色雪铁龙小轿车里,听着吉米·亨德里克斯①,传递红酒喝着,然后一起回到某人的乔治时期风格的公寓里,分享神奇的"药物",一起做爱。事实上,我距离爱丽丝最近的一次是几天前在学生酒吧。我走过去说"嗨",他们一起回了个"嗨",都带着欢快的笑意,但可惜那一桌没有多余的椅子能让我坐下了。而且,爱丽丝还得极其别扭地转过头来跟我说话,在这样一群人边上你所能忍受的时间是有限的,然后就会开始觉得你是不是应该负责把桌上的空瓶收走。当然了,对于这种酷劲十足、洋洋自得的特权小圈子,我只会鄙视它,不过,可惜鄙视之情还没有强烈到让我打消想要加入他们的念头。

但我们还是说了一会儿话,爱丽丝再次跟我确认了小木屋之旅。除了大量的书和一件毛衣之外,我什么也不用带。当我问到要不要带毛巾的时候,她还笑话我:"我们有很多毛巾。"我想,是啊,你们当然有。"等不及了。"她说。"我也是。"我说。不过我的期待是真心的,因为我知道在学校里我无法占有她的大部分时间,有太多杂项干扰,太多有钱有房的瘦高男孩了。但是,等到我们离开学校,只有我和她的时候,我的机会就来了,那是个向她证明我们注定应该在一起的大好机会。

圣诞节一大早,我起床后的第一件事就是吃下一大碗麦片,然后打开电视。大概十点钟,《绿野仙踪》已经开始了,于是我就让它播着,作为我和我妈互相拆礼物时候的背景音。爸爸仿佛也在

---

① 吉米·亨德里克斯(Jimi Hendrix,1942—1970),美国著名吉他手、摇滚歌手、音乐人。

场,就像雅各布·马利的鬼魂①,跟我随身带着的他那张照片上的穿戴一模一样,露出疲倦冷笑的表情,裹着酒红色晨衣,黑发整齐地梳在脑后,脚上套着新拖鞋,抽着我买来包好当作圣诞礼物送给他的那包香烟。

今年妈妈给我买了新的背心,还有我特别说明让她订购的《e.e.卡明斯全集》。我看了看扉页上的价格,涌起一股负罪感,真是太贵了,至少抵她一天的工资,但我感谢了她,亲了亲她的脸颊,然后把我的礼物递给她——香气袭人的"身体小铺"牌的一堆什么东西,装在小柳条篮子里,还有一本二手人人文库版的《荒凉山庄》。

"这又是什么?"

"我最喜欢的狄更斯,非常好看。"

"'荒凉山庄'?听起来说的就是这栋房子。"

这也基本上给今天定下了基调,非常的,狄更斯。

戴斯叔叔也过来跟我们一起吃圣诞午餐。几年前,戴斯叔叔的妻子跟一个同事小伙子跑了,他自己又没什么亲戚,所以妈妈每年都请他来吃圣诞午餐。虽然他不是我的亲叔叔,而只是住在三个门牌号以外的家伙,但他自己就是觉得他有权利揉揉我的头发,把我当成十二岁小孩一样跟我说话。

"你怎么样,嗯,聪明鬼?"他用儿童节目的语气说道。

"很好,谢谢,戴斯叔叔。"

"真见鬼,大学里没教你怎么用梳子吗?"他说着,又揉乱了我的头发,"看看你这样子!"——揉啊,揉啊,揉啊——我忽然觉得,这话从一个四十五岁、满头卷发、胡子像是从地毯样品上剪下来的

---

① 雅各布·马利(Jacob Marley),狄更斯小说《圣诞颂歌》中的虚构人物。

一样的男人嘴里说出来,还真是意味深长。不过我什么也没说,因为妈妈不喜欢我跟戴斯叔叔顶嘴。我只能不好意思地扭动着身体,至少他今年没从我耳朵后面变出个五十便士的硬币来,我已经觉得很幸运了。

妈妈朝门口探了探头,说:"小椰菜好了。"一股温热的叶绿素气息飘来,证实了她的预警,我觉得有点恶心,还能够尝到塞在大牙间的麦片的味道。她进了厨房,戴斯叔叔和我就坐着看声音调小了的《绿野仙踪》。

"真见鬼,怎么又是这烂玩意!"戴斯叔叔说,"每年圣诞节都是,见鬼的《绿野仙踪》。"

"你以为他们应该找点其他东西来播,对吧?"我说。然后戴斯叔叔问起了大学的情况。

"那,你每天具体都干了些什么?"这倒是个好问题,我想,我也问过自己好几次。

"很多事啊,上课、读书、写论文这种的。"

"就这些?真见鬼——也还行吧……!"

换个话题。"你呢,戴斯叔叔,生意怎么样?"

"哦,有点冷清,布莱,最近有点冷清……"戴斯叔叔是做建筑装修的——温室、门廊、露台——至少在他离婚以及经济衰退之前是干这行的。但现在,小货车只能无所事事地停在他家门口,大多数时间,戴斯叔叔就在拆掉引擎,再组装起来,组装得不太对劲,就又拆掉。"好像大家在经济衰退期间都不太想要扩建。确实挺奢侈,门廊啦温室啦……"他用手指捋了捋胡子,忧伤地盯着《绿野仙踪》里那些有点烦人的背后长翅膀的猴子,我感觉自己明知他生意不好还问他是不对的。看了一会儿飞翔的猴子,他回过神来,有点费劲地尽量挺直腰板坐着,拍了拍手:"哎,来喝一杯怎么样?

毕竟圣诞节了。你想来点什么,布莱?"然后不怀好意地加了一句,"除了小椰菜!"

我瞟了一眼壁炉上的钟,十一点五十五分。"请给我一罐啤酒,戴斯叔叔。"他就跟在自己家似的冲进厨房。

我们在厨房里伴着广播二台的节目吃午餐的时候,我决定宣布那个重大新闻。

"顺便说一句——我有事要宣布……"

妈妈停止咀嚼。"什么事?"

"上学期在学校里发生了一些事……"

"哦,天哪,布莱恩……"妈妈说着,手捂着嘴巴。

"别担心,不是什么坏事……"

她瞟了一眼戴斯叔叔,然后紧张地说:"继续……"

"嗯,我要参加《大学挑战赛》了!"

"啥,电视上那玩意?"戴斯叔叔说。

"没错!我入选参赛队了!"

然后妈妈开始止不住地大笑起来,一边看着戴斯叔叔,他也在笑着。"恭喜了,布莱,"他说着,放下餐刀,举起揉头发的那只手,"真是个好消息,真棒……"

"天哪,吓我一跳,"妈妈说,她喝了一大口酒,手放在胸前平复着心跳。

"怎么,你以为我要说什么?"

"嗯,老实说,亲爱的,我以为你要告诉我你是同性恋!"她说着,又笑了起来,一边看着戴斯叔叔,他也笑了,笑得那么用力,我都不禁担心他会被椰菜给呛住。

下午,吃完火鸡之后,戴斯叔叔倒了一大杯威士忌,点上一根细长的雪茄烟,妈妈点了一根乐富门,我们就在焦糖色的烟雾里看着《流行音乐排行榜》节目。每当镜头转向穿得很少的和声歌手时,戴斯叔叔就要发出很大声的噪音,妈妈也放纵地大笑,在他腰上拍着,她井井有条地吃着一大盒传统酒心巧克力,先咬掉瓶子造型的巧克力的盖子,然后让各种不同的酒心流进嘴里,像个讲究的酒鬼。这是妈妈饮酒习惯怪异的新进展,我不知道那究竟是什么意思,但也不想被拉下,于是继续喝着四罐装的啤酒。由于我是个年轻的爵士乐迷,且紧跟流行音乐潮流,因此在《他们知道这是圣诞节吗?》的影片环节帮忙认出了一些不太为人熟悉的乐手。我们看了女王演讲,然后戴斯叔叔去街那头看望他的母亲,不过保证六点钟会回来跟我们吃点剩饭,跟往年一样玩玩没完没了的大富翁游戏,戴斯叔叔每次都赢,因为每次他都自己提议要当银行家并且贪污。

然后,在天还没完全黑下来之前,妈妈和我穿上大衣出门。妈妈挽着我的胳膊走到大概一英里以外的墓地去给爸爸的墓上放上鲜花。湿冷的空气让她更不开心了,我得低下头才能听清她的话,她身上散发着一股鼠尾草、洋葱和添万利酒的味道。

跟往常一样,我陪妈妈站了一会儿,说些墓碑看起来还挺好的之类的话,然后走到一边,等妈妈自己跟爸爸说话。等待的时候没有本书读总是让我不太自在,于是我就认起鸟来,但是只看见白嘴鸦和喜鹊(鸦科的)、欧洲八哥(学名紫翅椋鸟)以及麻雀(学名家麻雀)。我思考着为什么墓地总是吸引这些可怜又病态的鸟。大概过了十分钟,妈妈说完了话,轻轻摸了摸墓碑,低着头走开,又挽起我的胳膊,一言不发,直到她把呼吸调整到能正常说话为止。天已经黑了,但有几个附近的孩子正骑着圣诞节收到的崭新小轮车在墓碑之间穿梭,他们经常一个急刹车,表演着俯身打滑的绝技,扬起地上的碎石子。妈妈仍然眼眶湿润,酒心巧克力让她有点醉醺醺的,她对这种行为很气愤,就冲那群孩子们喊着——"你们不应该这么做,不应该在墓地里这样,放尊重一点行吗?"——其中一个孩子亮出反 V 字手势①,笑着骑车经过,大声回答道——"滚开,关你屁事,愚蠢的老女人。"我感觉妈妈又哭出来了,我忽然无名火起,想要追上他,抓着他衣服背后的帽子把人从新车上一把拽下来,膝盖压在他背上,把那丑恶的蠢脸深深按进石子地里,看看他要多久才笑不出来。然后,忽然之间,我希望自己能远远地离开这一切,就安静地躺在某个人身边,在温暖的床上沉沉睡去。

---

① 一种侮辱的手势。

第 十 八 章

提问：哪种有机化合物种类的通式为 R–OH，其中 R 代表由碳和氢组成的烷基，OH 代表一个或多个羟基？

回答：醇。

"黑暗王子"是专门面向未到饮酒年龄的顾客的酒吧。上学的时候，我们管它叫"托儿所"，酒吧老板的逻辑是，懂得把校服领带巧妙地藏在口袋里的人，也就到了能喝酒的年纪了。每到周五下午，酒吧就像《格兰其山》①里的场景，挤得连书包都放不下。

但是在假期中间，就很难想象还有什么能喝一杯的地方会比这里更荒凉了。屋里黑黢黢的，简陋潮湿，有点像坐在某人的肾里，但是在过去的五年中，不知道从什么时候开始，节礼日那天我们都会在这里碰面，渐渐成了一种传统，而传统是神圣的，所以我们又来了。我、托恩、斯宾赛，坐在血块颜色的塑料卡座里，这是九月之后我们第一次见面。对于这次见面我有点忐忑不安，不过斯宾赛似乎真的很高兴见到我。托恩也是，还用他自己独特的方式来表达，主要就是用他的指头关节在我头顶上蹭来蹭去。

---

① 《格兰其山》，1978 年开播的校园背景英剧。

"你的头发是他妈怎么回事?"

"什么意思?"

"怎么这么蓬,嗯?"托恩从耳后托起我的脑袋,像闻甜瓜一样地闻了闻,"你用了摩丝?"

"没,我可没用什么摩丝。"其实,我还是用了一点儿的。

"这种发型叫什么?"

"这叫'故园风雨'头。"斯宾赛说。

"这叫侧背发型。你的发型叫什么,托恩?"

"没名字,它就是它。你最近都喝什么?——茶色波特酒?半干雪利酒?甜白酒?……"我还没脱下厚夹克,就开始了。

"我要一品脱啤酒,托恩。"

"特色啤酒?"

"好吧,特色啤酒。"

"特色啤酒"就是上层加了金酒的啤酒。这里的酒吧老板鼓励试验和创新,带有一种出于教育目的的宽容,不管你点了多么恶心的组合,他都不会眨一下眼睛。而且,按照"黑暗王子"的标准来看,金酒加啤酒算是很成年人的选择了。任何尝起来没有椰子、薄荷或是茴香味道的东西都被认为是有格调的。

这是我自从十二岁以来和斯宾赛分开最久的一次,我很担心,害怕会出现尴尬的沉默。但还是无法避免。沉默。斯宾赛把杯垫抛向空中又接住,试图填满这沉默。我则拿起火柴盒,看看背面有没有什么东西可以读一读的。

"哎,我记得你说过周末会回来?"终于,他开口了。

"嗯,我是准备回来的,不过后来有点忙。"

"忙,好吧。"

"圣诞节怎么样?"我问。

"没什么特别的。跟去年一样,跟明年也一样。你呢?"

"哦,那什么,一样。"托恩拿着三杯特色啤酒回来了,"那……有什么新闻吗?"我问。

"什么'新闻'?"斯宾赛说。

"我是说,工作方面……"

"什么工作?"他问道,眨了下眼。据我所知,斯宾赛还在向就业指导中心定期报道,干着拿现金的夜班活儿。

"在加油站的……?"

"嗯,我们现在有个很有意思的免费酒杯套装促销活动,还引起不小的骚动呢,四星汽油第二天就提价了,也是挺激动的。总之,自从吃到那块全巧克力的奇巧饼干之后,我就再没有这么兴奋过了。哦,还有上周有群大学生没付钱就开车跑了……"

"你去追他们了吧。"托恩含糊不清地说。

"嗯,没,托尼。我没去追。因为他们开车,我只有双脚。再说了,我一小时只拿一磅八十便士,要我追上去,他们付给我的钱可得比这个高多了。"

"你怎么知道他们是大学生?"我自愿上钩地问道。

"嗯,首先,他们穿得都很差。长围巾,小圆眼镜,糟糕的发型……"他不怀好意地冲托恩笑笑,然后转向我,"你的视力怎么样,布莱?"这是他和托恩之间永不过时的笑话,他们认为我谎报了自己的视力,就是为了能戴上眼镜。

"还好,谢了,斯宾赛。"我决定要去买点儿薯条。

在去吧台的路上,我脑海里忽然闪过走到酒吧门口然后离开的念头。我很爱斯宾赛和托恩,特别是斯宾赛,我想他们也爱我,虽然天晓得我们是绝对不会说出爱这个字本身的,起码清醒的时候不会。我十八岁生日那天,斯宾赛和托恩曾把我赤身裸体地绑在绍森德码头的尽头,还强喂我泻药,所以我们之间存在着一种不按常规方式表达的爱意。

等我回到卡座,他们正聊着托恩的性生活,于是我知道接下来的一个小时左右都没我什么事了。女服务生、理发师、老师、学校好友的姐妹甚至是母亲,似乎没人能抗拒托恩的北欧魅力。名单长得看不见头,细节极其露骨,过了一会儿,我都觉得自己需要洗个澡。但很显然他就是有某种魅力,托恩,某种并非敏感、温柔或体贴的魅力——还是想象他在事后用手指关节使劲在伴侣头上摩擦的场景更容易些。我很好奇托恩的性生活是否安全,但没问出口,我怀疑他会觉得只有弱者才过安全的性生活,就像安全带和防撞头盔也是为弱者准备的。哪怕托恩被抛出飞机,他还是会觉得降落伞是给弱者用的。

"你怎么样,布莱恩?有什么行动?"

"没什么。"这听起来有点无力,所以我又满不在乎地补充道,"有个姑娘,爱丽丝,她邀请我明天去她家的小木屋,嗯……"

"她的小木屋?"斯宾赛说,"她是做什么的?挤奶工?"

"那什么,就是一栋房子,在乡下,她父母……"

"那你要'上'她吗?"托恩说。

"我们之间是柏拉图式的。"

"柏拉图,什么意思?"斯宾赛说,虽然他明知道是什么意思。

"就是说那姑娘不会让他'上'她。"托恩说。

"我不会'上'她,因为我不想'上'她,起码现在还不想。如果我想,我也能。"

"虽然最近的情况显示这是不可能的。"斯宾赛说。

托恩似乎觉得这事有趣极了,我只好再次撤退,再去买一些金酒加啤酒。我走出座位的时候脚步有点不稳,我知道酒劲开始上来了。"黑暗王子"也敏锐地察觉到这几天大家的零花钱都不太够用,因此酒也卖得极为便宜,三个年轻人都喝到了语无伦次、气盛好斗、情绪激动、暴力倾向的阶段,居然才花了不到十镑。

等我回到座位,斯宾赛问我:"那么,你每天其实都在干些什么?"

"说话,读书,上课,讨论。"

"这都不是什么正经工作,对吧?"

"不是工作。是**体验**。"

"好吧,嗯,我在'社会大学'里也挺好的,多谢。"托恩说。

"我也申请了'社会大学',但还没有拿到成绩。"斯宾赛说。

"你不是第一次这么说了,对吧?"我说。

"当然不是。那,政治方面怎么样?"这问题就像是小木棍戳了一下。

"政治怎么了?"

"最近参加了什么有意思的游行吗?"

"一两个吧。"

"关于什么的?"托恩问。

这时候正确的做法应该是换个话题,但我不想为了让日子好过一点就非得在自己的政治理念上让步,于是我就跟他们说了。

"种族隔离……"

"反对还是支持?"斯宾赛问。

"……国家医疗制度,同性恋权益……"

托恩立马抓住这一点:"哪个浑蛋想要剥夺你的权益?"

"不是**我的**权益,是托利党议会想要阻止学校以正面的方式描述同性恋,这是立法上的恐同症……"

"他们是这么做的吗?"斯宾赛说。

"谁?"

"学校。我不记得咱们学校里有谁这样教过。"

"嗯,没有,他们没有,但……"

"那干吗这么大动静?"

"是啊,我是说,你不用教也能变成个同性恋。"托恩说。

"嗯,是,没错,托恩,说得很有道理……"

"哎,我觉得这真是个丑闻。"斯宾赛带着假装生气的嘲讽说道,"我觉得学校必须得教教这个,每周二下午,高级同志理论……"

"抱歉,老师,我没带我的课'弯'(外)作业……"

"高'基'(级)考试!……"

我们都憋足了劲儿要再想出一个笑话来,但想不出来,于是斯宾赛说:"嗯,我觉得你在某些重要的事情上抗争,还是很好的,真的。跟我们大家都有关系。就像你加入核裁军运动,从那以后发生过核灾难吗?没有!"

托恩摇晃着站起来:"哎,还是要一样的?"

"这次不要加金酒了,托恩。"我说,虽然明知他还是会加的。

托恩走开后,我和斯宾赛坐在那里,把空的薯片包装袋叠成小三角形,心里明白这次聚会还没到结束的时候。金酒让我脾气暴躁,闷闷不乐,如果老友相见却一直在取笑对方,那么出来见面还有什么意义?终于,我说:"那你会抗议些什么,斯宾赛?"

"不知道。你的发型?"

"讲真的。"

"相信我,我是认真的……"

"但是说真的,肯定有些事是你想要抗争的。"

"不知道。很多事。不过可能不包括同性恋权益……"

"不光是同性恋权益,还有其他事呢,能影响到你的事情,比如福利国家削减开支啦,削减救济金啦,失业率啦……"

"哎,真谢谢你了,布莱恩,哥们儿,真高兴看到你为我的权益抗争,那我就等着多拿钱了。"

我无言以对。我试图用一种哥们儿间的语气说些缓和的话:"嘿,明年你来我那儿玩吧!"

"去接受职业辅导吗?"

"不,就是,那什么,来玩玩……"通常这时我就该把话题转移到性或者电影或者电视或者其他什么事情上去了,不过我没有,我说,"为什么不再试一次高级会考?"

"呃……因为我不想考……?"

"但这太可惜了……"

"可惜?去你的**可惜**!三年时间都花在读诗和乱搞上面,**那才叫可惜**。"

"但你也不一定要读文学啊,可以读点别的,好找工作的……"

"我们能换个话题吗,布莱恩?"

"好吧……"

"……我在卫生社会部听他妈的职业建议已经听够了,我可不想节礼日在他妈的酒吧里还得听……"

"好的好的。我们换个话题。"我抛出了橄榄枝,"去玩问答机吗?"

"当然,问答机。"

"黑暗王子"置办了那种新型的电脑问答机,我们把刚买来的酒小心地放在机器顶上。

"谁在电视剧《警花拍档》里扮演卡格尼……?"

"C——莎伦·格蕾丝。"我说。

正确。

"特拉法加海战发生在……"

"B——1805年。"我说。

"诺维奇城足球俱乐部的绰号是……?"

"A——金丝雀。"托恩说。

正确。

或许现在是说起挑战赛的好时机……

"达夫洛斯①制造了什么?"

"A——达立克②。"我说。

正确。

"以下哪位的本姓是斯齐克格鲁伯?"

"B——希特勒。"我说。

正确。

我可以就在闲谈间随意提起:"对了,我跟你们说过没有?我要去参加《大学挑战赛》了!"

"哪位美国人是单届奥运会获得最多金牌的人?"

"D——马克·斯皮茨。"托恩说。

正确。

"那个啊,《大学挑战赛》,就电视上那个……?"也许他们不会笑话我。也许他们会觉得这挺有趣的——真棒,布莱——毕竟我们是老朋友了……

"再答对一道题,我们就能赢两镑!"

---

① 达夫洛斯(Davros),英国科幻电视剧《神秘博士》中的角色。
② 达立克(Daleks),《神秘博士》中由达夫洛斯创造的外星电子改造种族。

"好的,注意了啊……"

我一定要跟他们说挑战赛的事……

"《星球大战》一共获得几项奥斯卡奖提名?"

"B——四项。"我说。

"D——零。"托恩说。

"我肯定是四项。"我说。

"不可能。这题有迷惑性,《星球大战》一项也没拿到……"

"不是获奖,是提名……"

"提名也没有,相信我,斯宾赛……"

"是四项,斯宾赛,我发誓,B——四……"

我们都用恳求的眼神看着斯宾赛:"选我,我,别选他,我是对的,我发誓,选我,两镑在此一举。"太好了,他选了我的答案,他相信我,他按下了 B 键。

错误。正确答案是 D——十项。

"我说什么来着!"托恩喊道。

"你也说错了!"我回敬道。

"你这浑蛋。"托恩说。

"你才是浑蛋。"我说。

"你们俩都是浑蛋!"斯宾赛说。

"你才是浑蛋,浑蛋。"托恩说。

"不,哥们儿,是你,你才是浑蛋。"斯宾赛说。我决定最终还是不要告诉他们挑战赛的事了吧。

第四品脱的金酒加啤酒让我们都变得有点多愁善感,开始怀念起六个月前的事,我们就这么坐着,充满柔情地追忆起那些我们并不喜欢的人,回想着那些我们并没有享受到的乐子,还说起体育老师克拉克女士是不是个女同性恋,巴里·普林格尔到底有多胖,然后,终于,终于,酒吧要关门了。

我们走出"黑暗王子",外面开始下雨了。斯宾赛提议不如去曼哈顿夜总会,不过我们还不至于醉到**那个**地步。托恩偷了一台新的录像机准备在圣诞节期间用,想要第八十九遍重温《十三号星期五》①,但我实在太沮丧,也确实醉了,就决定往相反的方向回家去。

"新年你还在这儿吗?"托恩说。

"应该不在了。我要去爱丽丝家。"

"好吧,哥们儿,那再见了。"他拍拍我的背,然后摇摇晃晃地走开了。

但斯宾赛走过来拥抱了我,他的呼吸里带着金酒加啤酒的味道,在我耳边喷着湿气说道:"听着,你小子布莱恩,你真的是我的哥们儿,最好的哥们儿,你能出去上学当然很好,见见不同的人,经历各种体验,新想法,去住小木屋,一切一切,但是答应我一件事,好吗?"他又凑近了些,"答应我不要变成一个十足的傻瓜。"

---

① 《十三号星期五》,美国经典恐怖片。

第 十 九 章

提问:如果一度灼伤是指伤及表皮,那么伤及皮下组织的灼伤称为?

回答:三度灼伤。

无论我今后的人生将是多么了无新意、平庸无趣,我的皮肤也会一直让我"惊喜连连",这是一定的。

孩童时期,我们的皮肤只是一层均质的粉色外罩,光滑、细致、无味、健康。然后有一天,你会在初中生物课本上看到显微镜下的横断面图片——毛囊、皮脂腺、皮下脂肪,然后忽然意识到原来有那么多地方可能出现问题。而问题也确实出现了。从十三岁开始,我的皮肤就一直上演着经久不衰的医疗剧,斑点、伤疤、毛发倒生,从耳后小心翼翼阻塞起来的毛孔,到脸部正中位置的鼻尖上红得发亮的疖子,造型各异,此起彼伏。为了反击,我尝试过各种遮盖战术,但我试过的所有自然色的面霜都呈现出一种白化病似的粉红色,实际效果总是让那些斑点更加引人注目,就像用记号笔圈出来了似的。

青春期的时候,我倒是没有特别在意这回事。嗯,我当然也在意,不过我把它当成是成长的必经过程,虽然不太开心,但也无法避免。但我现在都十九岁了,怎么说也是个成年人了,我开始为此感到困扰。今天早上,当我穿着晨袍站在一百瓦灯泡的强光底下时,就看起来特别糟糕:我感觉鼻子和额头上正往外渗出金酒加啤酒和花生油,还有些看不见的东西,皮下有块花生大小的硬物,用手一按还会移动。于是我决定祭出撒手锏:收敛剂。我看到包装背面写着"警告:可能漂白织物",然后脑内闪过一丝犹豫:能在沙发上烧出个洞来的东西可能不太适合用在脸上。不过我还是用了。然后我又用滴露洗了一遍脸,希望能好点儿。洗完脸以后,浴室里弥漫着一股医院的味道。但至少我的脸感觉紧绷又光滑,就跟我被绑在汽车引擎盖上跟车一起给洗了一遍似的。

有人敲门,妈妈走了进来,手里拿着刚熨好的我最好的一件复古亚麻衬衫,还有一个锡纸包。

"这里有点腌肉和火鸡,带给你的朋友。"

"我觉得他们吃的都准备好了,妈。而且,他们都是素食主义者。"

"这是白肉……"

"我觉得这不是颜色的问题,妈……"

"那你到了那边吃什么?"

"他们吃什么我就吃什么!"

"啊,蔬菜啊?"

"没错!"

"你十五年来哪里吃过一根蔬菜!没得软骨病可真是奇迹。"

"软骨病是缺维生素 D_2,妈,坏血病才是缺维生素 C,不吃新鲜水果引起的。"

"那你要带点水果吗?"

"不,真不用,妈,我没事,不要水果也不要肉。"

"你还是带着吧,火车上吃。你不带走放着也是坏了。"对于我妈来说,圣诞节的真正意义就在于冷肉,我只得放弃抵抗,从她手里接过锡纸包,差不多跟颗人头一样重。她跟着我走进卧室,像位慈爱的海关职员,确保我真的把肉放进了行李,她没让我带甘蓝我已经很幸运了。

她在我床上坐下,把我的衬衫叠整齐。

"我真搞不懂你为什么要穿这些可怕的旧衣服……"

"也许是因为我喜欢?"

"装老……"

"我可没批评你的穿着……"

"平角短裤!你什么时候开始穿起平角短裤了?"

"自从我自己买短裤开始……"

"现在不流行三角短裤了?"

"我怎么知道,妈……"

"我以为你更喜欢那种纯棉的……"

"我都穿。看情况……"

"什么情况?"

"妈!……"

"你要在你女朋友那儿待多久?"

"不知道。三天?可能四天。她不是我女朋友。"

"那你还回来吗?"

"不回了。我应该直接回学校了,妈。"也不知道为什么,我开始说"学校",可能因为"大学"还是听起来有点太傲慢了。

"那你不在家过新年了?"

"应该不了。"

"要跟她一起?"

"我想是吧。"我希望如此。

"哦,真可惜……"她用一种圣徒似的口吻说道,此刻的关键就是不要看她的眼睛,我低头收拾行李,"那你之后还回来吗?"

"来不及回了。我还有功课要做。"

"你在这里也可以做……"

"真的来不及了……"

"我不会打扰你的……"

"我要看的书这儿没有,妈……"

"那你肯定不回来过新年了?"

"应该不回了,妈。"从我背后传来一声叹息,悲恸欲绝,我已经做好了回过头就看见她倒在卧室地板上身亡的准备。我有点不耐烦,于是说道:"你反正也是跟戴斯叔叔出去一醉方休,我们也不是总能见到面……"

"我知道。只不过这是你第一次不在家过新年。我只是不喜欢一个人在屋子里自言自语……"

"嗯,总有一天是会这样的,妈。"但我们都在想着同一件事,那件事真不该发生,不该这样发生,还没到那个时候。我们沉默了一会儿,然后我说:"我要换衣服了,妈,你可不可以……?"

她叹了口气,从床上站起来。

"又不是没见过。"

她上一次"见过"也时隔不远。1985 年的新年,我喝得酩酊大醉回家,吐在了自己床上。还好我只是模糊记得是我妈早上把我扶到浴室,用淋浴喷头给我把身上的保乐力加酒、啤酒以及消化了一半的鸡肉薯条冲掉。也就只是十二个月之前。她之后再没提起过,我真想认为也许这一切从没发生过,但我很肯定它确实发生过。

有时候我觉得全世界的精神病学家加起来还是不够多……

我在门口跟妈妈吻别的时候,她的精神振奋了些,虽然她仍在试图塞食物给我。我拒绝了一根面包、一升黑刺李酒、一包甜果派、二百五十毫升超高温消毒的淡奶油、五磅重的一袋土豆、一包佳发蛋糕、一瓶薄荷味的糖霜以及一瓶两升装的葵花籽油,每一句"不用了"都像一把刀插在了她的肩胛骨之间。既然伤害已经造成,我也就走了,一路拖着行李头也不回,以免看到她哭出来。在去火车站的路上,我在取款机上取了五镑,又在小店里买了点酒,准备带给哈宾森一家。我想买点像样的,于是最后挥霍了三镑买了一瓶自带醒酒瓶的。

第 二 十 章

提问：一个社会经济学术语，本意是指十一世纪法国城镇中身份介于农民和地主之间的工匠阶层，请问这个术语是？

回答：资产阶级。

坐在绍森德开出的火车上，我望着窗外潮湿空荡的街道，只有几家店铺开门营业，带着一种心不在焉、爱理不理的态度。节礼日和新年之间的四天注定是一年中最长最难熬的四天，就像延长了的假周日。不过我最讨厌的还是八月银行假期①。我已做好了准备，会在某个八月银行假期的下午大概两点半钟死去。死于晚期空虚症。

我在申菲尔德转车，午饭只有一罐"葡萄适"饮料、一包土豆圈以及一条"特趣"巧克力，在大风中的报摊上买的。然后，上车前我只来得及在车站卫生间里查看一下我的脸愈合得怎么样了。

火车离开郊区开往萨福克的时候，雨变成了雪。在绍森德几乎见不到这样的雪，街灯、河口空气以及集中供暖都让绍森德的雪

---

① 银行假期，英国的一种公共假期，英格兰将八月的最后一个周一定为八月银行假期。

片变得像湿冷的头皮屑一样,而这里,在夕阳下的田野上,雪花看起来密实洁净得不可思议。我第五次尝试阅读埃兹拉·庞德的《诗章》第一页,但一个词也没看懂,只好放弃,欣赏起风景来。还有十分钟就要到站了,我穿上大衣,戴起围巾,在车窗玻璃上照了照自己的映像。领子要翻起来还是放下去?我想要打造一种格雷厄姆·格林笔下的《黑狱亡魂》①的形象,结果却成了"超声波"乐队②音乐录影带里的样子。

还有五分钟,我开始练习见到爱丽丝时该说些什么。我上一次这么紧张,还是在《福音》里扮演耶稣基督脱掉上衣被钉上十字架的时候。我都不会正常地笑了,不露齿地歪嘴笑让我看起来像个中风患者,但一旦张嘴,我的牙齿则又黑又黄,像一袋拼字图块。一辈子只吃水果和蔬菜给了爱丽丝·哈宾森一口好牙。我想象着她的牙医看到她嘴里那样纯粹、洁净、雪白的盛况,激动地哭了。

火车进站了,爱丽丝等在月台的另一端,大雪纷飞,她缩在一件看起来很昂贵的黑色大衣里,大衣很长,都快拖到地上了。她的脸也藏在一条灰色羊毛围巾后面,我想知道她把三角琴放哪儿了③。她见到我,用几乎小跑一样的步伐快步走来,她的脸在我的视野里渐渐清晰,我发现她先是微微笑着,然后转而大笑。离开了学校,就像下了班,她的皮肤更白,嘴唇更红,整个人也变得更加柔软温暖了。她拥抱了我,说她想念我、我能来她真是太高兴了、我们肯定会玩得很开心,在那个瞬间我感受到了完美的幸福,在这个雪中的火车站,和爱丽丝在一起。直到我看见她身后还站着一个

---

① 《黑狱亡魂》(*The Third Man*),1949 年的英国黑暗电影,由著名小说家格雷厄姆·格林担任编剧。
② "超声波"(Ultravox),英国新浪潮乐队。
③ 三角琴,传统俄罗斯乐器,这里是说爱丽丝穿戴严实,像在严寒的俄罗斯。

黝黑、英俊、沉郁的男人，我猜那是爱丽丝的父亲。穿着油布夹克的希斯克利夫。

要是我戴了帽子，我一准儿对他行脱帽礼了，但我只是向他伸出了手。最近我在尝试多与人握手，我觉得这是成年男人的必备技能。但哈宾森先生只是打量着我，仿佛我的行为落伍得就像来自十八世纪，像屈膝礼什么的。最后他还是伸出手跟我握了握，那力度让我明白他要是愿意，完全能够捏碎我的头骨。然后他转身走开了。

我拖着行李朝停车场的绿色路虎走去，爱丽丝走在前面，胳膊勾在她父亲的脖子上，就像那是她的男朋友一样。如果我也把胳膊这么搭在我妈的脖子上，她一定会去找社工。不过哈宾森先生好像对此习以为常了，他揽着爱丽丝的腰，把她搂在自己身边。我快步跟上他们。

"布莱恩是我们队里的秘密武器。他就是那个我说过的天才男孩。"爱丽丝说。

"嗯，我可不敢说自己是**天才**。"我说。

"对，我**敢说**你一定不是。"哈宾森先生说。

汽车行驶在乡间小道上，我坐在后排，身边是一堆泥泞的胶靴、运动鞋，还有湿乎乎的地形测量局地图。爱丽丝喋喋不休地说着她参加的每一次派对、见过的每一位老友，我仔细听她说的每一个字，探听其中有没有情敌出现。也许是某个性感的年轻演员，或是身材健美的雕刻家，马克斯、杰克或瑟奇之类的。不过至少目前看来还没有构成威胁的人物出现，也可能是她在父亲面前自动隐瞒了这些。不过也不太可能。我觉得爱丽丝是那种在父母面前跟在朋友面前表现一致的怪人。

哈宾森先生一边听着，一边沉默地开着车，无声发射出一种微妙的带有敌意的微波,他块头很大,我琢磨着为什么给BBC二台拍摄艺术纪录片的人会有砖瓦匠一样的身形。他的毛发也很浓密,是那种每天要剃两次须的人,但显然非常聪明。他就像是由狼抚养长大的,而且还是一头懂得良好大学教育的价值的狼。作为一位父亲,他看起来也实在是太年轻、太英俊、太潇洒了,好像家庭生活只是他在亨德里克斯音乐会和迷幻剂之旅的间隙悄悄溜出来做的事情。

终于我们到了黑鸟木屋。这里可不能算是"木屋"。别墅高大美观,是那种能在里面"闲逛"的房子,包括几座改造过的谷仓和农舍,整座小村子都几乎成了哈宾森家族的乡间别墅。奢华的房屋富丽堂皇,但又没有任何政治上令人不快的贵族联想。别墅映衬在雪中,像一张栩栩如生的圣诞贺卡。烟囱里甚至还冒着烟,一切看起来都极具十九世纪乡村气息,除了跑车、爱丽丝的雪铁龙,以及用帆布罩着的由牛棚改造的游泳池。事实上,一切农业劳作的痕迹早已被消抹干净,就连狗也看起来很中产阶级,两只拉布拉多犬跳上跳下,好像在说"真高兴见到你,快告诉我们你的一切"。就算告诉我说它们拥有皇家音乐考试的钢琴四级资格,我也不会吃惊。

"这是明格斯和科尔特兰。"爱丽丝说。

"哈罗,明格斯,科尔特兰。"我们走过院子的时候,两条狗在礼节上表现得稍微有失检点,它们开始嗅我行李里的冷肉。我只好把包抱在怀里。

"你觉得怎么样?"

"真好看。比我想得要大一些。"

"这是我爸妈在六十年代花了好像五个几尼买来的。进来见见露丝。"我愣了一秒钟,才想起露丝是她妈妈。有一句沙文主义的俗话,说女人嫁人后都会变得和她们的妈妈一样,不过如果是爱丽丝的妈妈,我并不介意。不是说爱丽丝会嫁给我还是怎么,但哈宾森夫人实在是太美了。我们走进厨房——铜和橡木盖成的拱顶谷仓,看见她正站在水槽边,听着广播剧《阿彻一家》①,有那么一瞬间,我以为正在削胡萝卜的是朱莉·克里斯蒂②。她个子不高,蓝眼睛周围有些柔和的皱纹,一头柔软的金色卷发。我踏着石板地面走上前去,像个小锡兵一样伸出胳膊,我下定决心坚持要跟别人握手。

"你就是我经常听说的那个布莱恩啊。"她笑着说道,用她沾着泥巴的双手摇了摇我的指尖,又朝我笑笑,那一刻让我忽然想起自己九岁时喜欢过的一位老师。

"很高兴见到您,哈宾森太太。"我听起来还真像九岁孩子。

"哦,请别叫我哈宾森太太,都把我叫老了。叫我露丝。"

她俯身亲吻我脸颊的时候,我下意识地舔了舔嘴唇,于是在她脸颊上留下了湿润的痕迹,还发出过于夸张的响声,似乎都能听到石板地面传来的回音。我看见自己的唾液在她眼睛下方闪闪发光。她假装整理头发,用手背小心地擦掉还没干透的唾液。然后哈宾森先生忽然出现在我们中间,得体地亲吻了她的另一边面颊,干净的那边。

"那么我又该怎么称呼你呢,哈宾森先生?"我愉快地问道。

"就叫我哈宾森先生。"

"迈克尔!别这么刻薄。"露丝说。

"……或者阁下,你可以叫我阁下……"

"别理他。"爱丽丝说。

---

① 《阿彻一家》,1951 年开播的英国长寿广播剧。
② 朱莉·克里斯蒂(Julie Christie,1941—　),英国著名女演员。

"我带了点酒。"我从包里拽出瓶子递给他。哈宾森先生看着酒瓶,那神情就像我刚刚递给他的是一瓶我自己的尿液。

"哦,太感谢了,布莱恩!欢迎你再来!"露丝说。哈宾森先生看起来对这个主意不是那么确定。

"来吧,我带你看看你的房间。"爱丽丝说着挽起我的胳膊,带我上楼,哈宾森夫妇在我背后小声说着话。

在阿彻路的小房子里,如果你站在楼梯中段左右的地方,稍稍仰起头,就能看见屋子里的每一间房的内部。但黑鸟别墅完全不是这样,它实在太大了。我的房间是爱丽丝以前的卧室,顶层,似乎是在别墅的东翼。房间里有古老的橡木横梁,一面墙上挂满了爱丽丝童年时期的放大照片:穿着花围裙在做司康饼、穿着背带裤摘蓝莓、在学校的《第十二夜》中饰演奥莉维娅、画着小胡子的剧照——我猜是在演《四川好人》、在化装舞会上穿着黑色垃圾袋扮成不太像的朋克摇滚歌手,还对着镜头一本正经地比着反 V 字手势。还有一张她父母二十来岁时候的宝丽来照片,是最早拥有口袋沙发的那批人,穿着情侣绣花背心,抽着不知道是不是香烟的东西,看起来就像"佛利伍麦克"①乐队的一员。书架上的童书表明爱丽丝曾是海雀图书②的忠实粉丝:朵贝·杨森③、阿斯特丽德·林格伦④、埃利希·克斯特纳⑤、埃尔热⑥、戈西尼⑦、优德佐⑧、

---

① "佛利伍麦克"(Fleetwood Mac),老牌摇滚乐团,成立于 1967 年。
② 海雀图书,英国出版集团企鹅图书的儿童分支。
③ 朵贝·杨森(Tove Jansson,1914—2001),芬兰作家及插画家。
④ 阿斯特丽德·林格伦(Astrid Lindgren,1907—2002),瑞典著名童书作家。
⑤ 埃利希·克斯特纳(Eric Kastner,1899—1974),德国作家、诗人、编剧。
⑥ 埃尔热(Herge),原名乔治·波斯贝·勒米(Georges Presper Remi,1907—1983),比利时漫画家,《丁丁历险记》作者。
⑦ 戈西尼(René Goscinny,1926—1977),法国著名漫画家。
⑧ 优德佐(Albert Uderzo,1927—),法国著名漫画家。

圣-艾克苏佩里①——全世界的儿童文学都在这里了——不过,一本翻烂了的平装本《蕾丝》②也有点突兀地位列其中。还有一本她参加高级程度会考的乌菲兹美术馆圣母像的艺术拼贴,以及剪下来的史努比连环画。还有一些装裱起来的证书:一千米游泳、双簧管六级、钢琴八级。我的房间简直就是关于爱丽丝·哈宾森的国家博物馆。我不知道她怎么会以为我在这里还能睡得着。

"你在这里可以吧?"她说。

"哦,我想我能对付。"她望着我浏览她的照片,没有露出一丝尴尬或假意的谦虚。仿佛在说,这就是我的生活记录——挺好的吧? 四岁的她符合你对一个四岁小孩的所有期望,十四岁的她也还不错,谢天谢地。

"不用找我的日记了,我都藏起来了。如果你觉得冷——你应该会觉得冷——衣橱里有毯子。来,我帮你整理行李吧。今晚你打算干什么?"

"哦,不知道,打发时间。电视里会播《热情如火》。"

"对不起,没有电视。"

"没有?"

"爸爸不让看电视。"

"但他是个拍电视节目的!"

"我们在伦敦的家里有电视,但他觉得在乡下就不应该有电视。你在想什么?"

"哦,我只是在想——三处房子,一台电视。大多数人家都是反过来的。"

---

① 圣-艾克苏佩里(Saint-Exupéry,1900—1944),法国画家,飞行员,《小王子》的作者。
② 《蕾丝》,英国小说家雪莉·康兰(Shirley Conran)创作的情色小说。

"别说得跟《社会主义工人报》似的,布莱恩,没别人在听。平角裤,呃?"她拿起我的内裤,身边的空气激荡起一种情色的震颤,我真庆幸妈妈帮我把它们都熨过了,"我还以为你是穿三角裤的。"我还在思考她这么说到底是好还是不好,就听见爱丽丝尖叫道:"哦天哪,这是……?"

她发现了我包里的混合肉类锡纸包裹。我试图从她手里夺过来。

"哦,是我妈装进包里的……"

"让我看看……"

"没什么,真的。"

"走私货!"她扯开包装,"肉?你自己偷偷带了肉来?"

"我妈担心我蛋白质摄入不足。"

"那给我一点——我想要。"她拎起一片煮熟的惨白培根,但掉在了床上,"唔嗯,有点干了。"

"这是我妈的特别做法。把培根煮一晚上,切片,放在暖气片上烤干,再用吹风机吹干,大功告成。"

"可别让露丝发现,她可受不了。黑鸟庄园严格禁止肉类出现。"

"那明格斯和科尔特兰吃什么?"

"跟我们一样,吃蔬菜,什锦粥、米饭、意大利面……"他们给狗吃*意大利面*,"那是什么?"

"给你的圣诞节礼物。"我拿出礼品包装的黑胶唱片,"是个网球拍。"

专辑上还贴着一张背面印有夏卡尔浪漫画作的贺卡,她瞟了一眼。我在祝福语上苦思冥想,几易其稿,下足了功夫,最终定下情感动人的这么一句:"致爱丽丝,我最好的新朋友,永远爱你的,布莱恩。"我最满意插入"特别"一词来表现"最好的朋友/恋人"双重含义的那份自嘲式幽默,同时又不会削弱情感的真诚度,不过,她其实根本没费心读这句话,就拆开了礼物包装。

"琼妮·米歇尔!《蓝色》!"

"哦,糟糕,你已经有这张了,对吧?"

"只有大概六张吧。不过你选得很好。我爱琼妮。我甚至是听着琼妮·米歇尔献出我的初夜的。"

"不是《黄色出租车》吧,我猜?"

"是《求爱与求婚》……"——我应该猜到的——"你呢?"

"我的初夜?不太记得了。不是肖邦的《葬礼进行曲》就是杰夫·洛夫及乐团《大战争主题曲》。可能是《轰炸鲁尔水坝记进行曲》吧。紧接是着一阵诡异的沉默。"

她笑着把专辑还给我。"抱歉。你还留着收据吗?"

"应该还留着。你想让我换成点什么特定的东西吗?"

"给我个惊喜。但不要凯特·布什。你慢慢收拾吧。"

"什么时候下午茶?"

"半小时后吃晚饭。"临走前她又拥抱了我一下,"真高兴你来了。我保证这一定会很有意思的。"

她走后,我把熨好的复古衬衫挂在木质衣架上,享受着在这里长久住下的感觉。如果我能抓住机会,表现得好,我应该能在这儿一直住到元旦那天,甚至二号、三号,都有可能……

我打开衣橱的门,差点以为能看到纳尼亚的世界。

到头来,蛋白质已经是我最不需要担心的。晚餐是烤果仁卷。① 我听说过这道菜,总觉得是个笑话,不过现在它就摆在我眼

---

① 烤果仁卷,传统圣诞节素食,由果仁、谷物等制成。

前,一份颗粒口感的温热糕点,顶上铺着熔化的素食芝士,这是我第一次以酒吧小食之外的形式吃坚果。它躺在我盘子里,就像一堆蚯蚓粪。我想知道两条狗在吃什么?

"果仁卷怎么样,布莱恩?"

"太好吃了,谢谢,露丝。"我不知从哪儿学到,经常叫别人的名字是礼貌的做法——"是的,露丝;不,露丝;很好,露丝"——不过我觉得这让我听起来有点像乌利亚·希普①。最好还是来点幽默。"这还是我头一次吃非酒吧零食的坚果。"

"闭上你那愚蠢丑陋的嘴,不准你用肮脏粗俗的手接近我美丽的女儿,油腔滑调的小浑蛋。"哈宾森先生说道。嗯,他并没有真的说出口,但他的脸色就是这个意思。

露丝只是用手理理头发,笑着问:"西葫芦吃得惯吗?"

"当然!"其实我这辈子从没吃过西葫芦,不过为了强调我的热情,我又舀了满满一叉子这种湿乎乎、水答答的圆片放进嘴里,然后傻笑着。跟所有绿色蔬菜一样,它尝起来没什么味道,只是煮熟的纤维素。不过为了讨好露丝,我只能克制自己不要揉着肚子哼哼唧唧。我喝了口酒,冲掉这一股水草味儿。桌上没看见我带来的酒,我想它已经被带到外面枪毙了吧。要不就是给狗配意大利面吃了,还有蒜香面包。我喝的酒却是热热的,跟糖浆似的,感觉应该用五毫升的塑料小勺一口口喂着喝。

"你第一次来萨福克吗,布莱恩?"

"以前来过一次。假期来登山的!"

"是吗?不过,这里不都是平原吗?"露丝说。

---

① 乌利亚·希普(Uriah Heep),狄更斯小说《大卫·科波菲尔》中的人物,伪君子,常常自谦"卑贱"。

"我被骗了！"

哈宾森先生从鼻子里重重地呼了口气。

"我没明白。是谁跟你说……？"露丝说。

"布莱恩在**开玩笑**，妈。"爱丽丝说。

"哦，我懂了。当然！"

显然我不该再抖机灵、扮幽默了，不过也没想到还能有什么其他选择。爱丽丝好像觉得该帮帮我，于是转身把手搭在我的胳膊上："说起真正好笑的事，布莱恩，你真该昨天就来的。"

"是吗，昨天发生了什么？"

露丝脸红了："哦，爱丽丝，你能别跟人说吗？"

"告诉他没事。"哈宾森先生低声说。

"但那也**太尴尬**了……"

"跟我说说！"我说，凑着热闹。

"感觉太蠢了。"露丝说。

"嗯……"爱丽丝说，"……我们节礼日那天通常会请些朋友来，昨天也是。在玩'看手势猜字谜'游戏的时候，轮到我了，我想让妈妈猜《去年在马里昂巴德》这部电影，结果她**太**兴奋**太**疯狂了，**拼命**喊出来，把她的套子都震飞了，正落在我们隔壁邻居的酒杯里！"

大家都笑了，就连哈宾森先生也笑了，气氛非常诙谐、成熟、好笑、没大没小，于是我说："你是说那时你没穿内衣吗？！"

大家都安静下来。

"你说……什么？"露丝说。

"你的'套子'，飞出来，它怎么能……穿过……内裤？"

哈宾森先生放下刀叉，咽下嘴里的食物，脸转向我，说道："事实上,布莱恩,我想爱丽丝说的是她妈妈的牙套①。"

过了一会儿,我们都回房间睡觉了。

我正在浴室里用冷水浇着脸,听见爱丽丝敲门。

"等一下。"我说,虽然不知道为什么要她等。我穿戴整齐,一时之间我也不能对我的外貌做些什么改变,除了在头上裹一条毛巾。

我打开门,爱丽丝走进来,小心地关上门,严肃地慢慢说道:"你介不介意我跟你说一些事情——非常私人的事情?"

"说吧!"我心里盘算了一下,觉得有三分之一的概率她今晚要跟我上床。

"嗯……用绒布毛巾这么用力擦脸其实是不对的,你会出血,然后传播感染……"

"哦……"

"你还会留疤的。"

"好……吧……"

"那,你用热水洗了毛巾吗?"

"嗯,没有……"

"因为绒布毛巾本身可能就是问题所在……"

"好吧,嗯……"

"要是我,我就不用绒布毛巾。绒布上肯定布满细菌,就用水和无添加的香皂就行……"怎么才能结束这场对话呢?"……也不一定要用粗糙的药用肥皂,因为一般那种肥皂的收敛效果太强

---

① 爱丽丝一开始用的词是"cap"(套、帽),布莱恩可能把它想成了"女用避孕套"(cervical cap)。

了……"这甚至都不是对话,我只能等着她说完,"……你也不该用收敛的面霜,那些只是短期有效,长期用只会让皮脂腺更活跃……"这时我偷偷望向浴室窗户,想着要不要从那里跳出去。爱丽丝肯定注意到了我的反应,于是说道:"抱歉。你不介意我说这些吧?"

"不介意。不过你懂得真多。如果'护肤'也能成为《大学挑战赛》中的一项,那我们就开心了。"

"哦,我让你不开心了,是吗?"

"没有,我只是觉得已经对痘痘无能为力了。肯定是青春期到了!荷尔蒙什么的。很快有一天我就会对女孩感兴趣的!"爱丽丝纵容地笑了笑,想要给我一个姐妹式的晚安吻,她的目光在我脸上逡巡片刻,寻找着安全着陆的地方。

后来,我颤抖地仰面躺在床上,等着脸上的水变干,不让血沾到枕头上。我仔细思考着明天的战略,深思熟虑了一阵之后,决定我的战略就是不要再表现得这么愚蠢了。虽然那并不容易,但是让她见识到真正的我还是非常重要的。问题是,对于是否真存在那个睿智、机灵、有趣、和善、勇敢的真正的我,我开始怀疑这想法其实有点像是谬误。就像喜马拉雅雪人,如果没人见过它的真面目,那么凭什么相信它是存在的呢?

第二十一章

提问：法律术语，意为要求当事人上庭或面对陪审团，拉丁文为"habeas corpus"，它的译文是……？

回答：人身保护令。

第二天早上醒来的时候，我感觉冷极了，一瞬间甚至以为是哈宾森先生半夜里把我移到屋外去了。为什么越是奢华的人家里就越冷？不光是冷，还很脏；狗毛、落满灰尘的书、泥泞的靴子、冰箱散发着馊牛奶、烂芝士，还有腐败的自种蔬菜的味道。我敢说哈宾森家的冰箱里就放着表层土壤。说不定他们夏天还得给它割草。不过也许这才是真实的中上阶层的状况，又冷又脏，还一副自信满满的样子。此外，每间卧室里都装有小洗脸池。我用冰水洗了洗脸，把《蕾丝》放回书架，然后下楼。

嵌入式音响正大声播放着第四电台，爱丽丝躺在沙发上看书，身上盖着条蓝色彼得狗①图案的毯子。

"早上好！"我说。

"嗨。"她小声答道，一心都扑在书上。

---

① BBC播出的儿童节目中的形象。

我在狗旁边坐下。

"在读什么呢?"我用一种轻快的语调说道,她给我看了看封面,"《百年孤独》——听起来说的就是我的性生活!"

"睡得好吗?"她终于意识到我一时半会儿还不会走开,于是问道。

"好得惊人,谢谢。"

"冷吗?"

"哦,有点。"

"那是因为你已经习惯集中供暖了。这对你很不好,集中供暖,让感觉都麻木了……"

似乎是为了证明她的观点,哈宾森先生若无其事地慢悠悠地走过客厅。身上一丝不挂。

"早安!"他裸着身子说。

"早安!"即使我一直在盯着壁炉上方,我也能很明显感觉到他若不是毛发很重,就是穿了一件黑色马海毛的连体服。

"壶里有茶吗,爱丽丝?"他赤裸着问。

"自便。"

然后他在爱丽丝身旁弯下身子,弯下腰,自己倒了杯茶,大步上楼去了,一步跨三级台阶。等到终于能够放心看了,我问:"那个,这是,很,正常,的吗?"

"什么"

"你爸光着身子。"

"当然。"

"哦。"

"没把你吓坏吧?"她眯起眼睛说。

"嗯,这个……"

"你肯定见过你爸裸体的样子。"

"嗯,他去世之后就没有了。"

"对,当然,抱歉,我忘了。不过在他去世以前,你肯定见过他裸体的样子。"

"呃,也许吧。但我不想记住他那个样子。"

"那你母亲呢?"

"天哪,当然没见过!所以说你在你爸面前也会裸体吗?"

"也只有在我们做爱的时候,"爱丽丝说着,然后咂了咂舌,翻了个白眼,"当然,我们都裸体。毕竟我们是一家人啊。天哪,你看起来可真是吓坏了,是吗?说实话,布莱恩,就算你注定是个三观正确的人,你也实在是太古板了。"那一刻我瞥见了她女班长的派头,不怀好意,高高在上,她刚刚真的是说我古板吗?"嗯,别担心,布莱恩,有客人在的时候我还是会穿好衣服的。"

"哦,请别迁就我,别为了我……"爱丽丝知道我在得寸进尺,挖苦地笑了笑,"我是说,我能适应。"

"唔。我可不知道这是不是真话?"爱丽丝舔舔指尖,翻了一页书。

早餐是自己做的面包片,颜色、重量、质地、味道都和重壤土一样。厨房里也在播放着第四电台。据我观察,每个房间都在播着第四电台,而且显然是不会关上了,就像《一九八四》里的电幕一样。我们一边嚼着食物,一边听着电台,爱丽丝吃饭的时候也一直在看书。我已经觉得凄惨了。部分是因为我成了自 1971 年以来第一个被称为"古板"的人,但主要还是因为她提到我爸让我很难过。她怎么能"忘了"? 我在别人面前谈论他的方式,让我自己都觉得鄙夷。我相信,他要是知道这就是他到后来的命运,肯定乐坏了:成了自己儿子的油滑的俏皮话或是醉后自怜独白的原材料。

我的寻找真我的尝试进展艰难,而我甚至都还没刷牙呢。

然后我们在雪地里散步了很久。我觉得,东盎格利亚的乡村景致不应该说是壮观,而是很惊人,有点后核时代的意思,而且不管你走多远,景色看起来都差不多,这让散步的意义打了折扣,不过至少还算一致。而且终于可以不听第四电台了,还挺让人精神一振的。爱丽丝挽着我,让我几乎忘了积雪正侵蚀着我的新麂皮靴。

上了大学以后,我发现大家都愿意谈论同样的五个主要话题:1)"高级考试成绩",2)"精神崩溃/饮食紊乱",3)"全额助学金",4)"没去牛剑为什么真的让我松了口气",5)"最喜欢的书",我和爱丽丝就聊起了最后这个话题。

"我以前最爱读的流行书是《安妮日记》。我小时候真想变为安妮。当然结局不要像她,只是那种住在阁楼里的简单生活:读书,写日记,爱上隔壁阁楼那个苍白敏感的犹太男孩。听起来可能有点不太正常,是不是?"

"有点。"

"我想可能所有女孩在某个年龄都会经历这么一个阶段,割伤自己啦,呕吐啦,同性恋关系啦。"

"你还试过同性恋?"我用尖锐的声音随意问道。

"嗯,在寄宿学校,你或多或少都必须得这样,这是必修课之一,同性恋、法语和英式篮球。"

"那,你是怎么……做的?"

"你想知道?"嗯,当然想,"没什么。我就是把脚指头伸进去了一下。"

"嗯,可能你就是这一步做错了!"她苦笑了一下,"抱歉。后来——怎么了?"

"还是不太适合我,我猜。我还是太喜欢跟男人做爱了。我想念那'进入'感。"我们又走了一会儿,"你呢?"

"我?哦,我也想念'进入'感。"

"我是认真的,布莱恩。"她说,戴着手套给了我一拳,"你试过吗?"

"试过什么?"

"嗯,我猜你跟男人做过吧。"

"没有!"

"真的?"

"当然没有。你怎么会这么想?"

"我就是猜你应该有过。"

"你觉得我娘娘腔?"我问,声音又尖锐了起来。

"不,不是娘娘腔。而且,娘娘腔也并不是同性恋的表现……"

"嗯,当然不是。"

"……这也不是什么**不好**的事。"

"对,当然不是。只是你这话说得跟我以前一个朋友一样,没别的。"

"嗯,表白心迹的时候,说话过火了一些啊①。"

换个话题。我很想把对话再转回到她的同性恋经历上,不过又隐约想起她刚刚说了什么"割伤自己"。我或许应该接上那个话头。

"那自残……是怎么回事?"

"什么自残?"

---

① 原文为"methinks the lady doth protest too much",来自《哈姆莱特》,意为对某件事否定得太过分,反而让人怀疑是真的,欲盖弥彰。

"你刚才说你以前割伤自己?"

"哦,只是偶尔。是一种求救的呐喊,我想大家是这么说的。或者更准确来说,一种渴求关注的呐喊,我在学校里有点抑郁、有点孤单,就这样。"

"大开眼界。"我说。

"真的?这就让你惊讶了?"

"我只是想不到你还能有什么好抑郁的。"

"你真的不应该再把我想成是镶金的还是什么的了,布莱恩,就跟我是某种完美生物似的。完全不是这样。"

但在那个午后,她依然完美。

散步回来快走到家的时候,我们还在门口草地上欢乐地打了场雪仗,这次跟我以前打过的雪仗都不同,没人会在雪球里包上狗屎或是碎玻璃渣。甚至都说不上是雪"仗",就是有点亢奋的小打小闹,一种有意识的起哄,就像在拍电影,最好还得用黑白摄像机。然后我们走进房间,坐在壁炉前的沙发上烤火。爱丽丝播放了几张她最喜欢的专辑,很多里基·李·琼斯、齐柏林飞艇、多诺万、鲍勃·迪伦——虽然1982年她才十六岁,但爱丽丝身上明显带有1971年的气息。我看着她伴着吉米·亨德里克斯的《跨城交通》在屋里跳来跳去,然后,她跳得上气不接下气,没力气再每三分钟换一次唱片,她就放上一张艾拉·菲茨杰拉德的单曲唱片,我们躺在沙发上,读各自的书,时不时偷瞟对方一眼,想说话的时候才说话,就像音乐剧《歌厅》里的麦克·约克和丽萨·明尼利那样。神奇的是,整个下午,我居然都没说一句愚蠢、炫耀、假正经、无趣或是自怜的话,我没有打碎或者洒掉什么东西,也没有冒犯任何人,没发牢骚,也没抱怨,说话的时候也没有老是摸头发或是揪脸皮。

事实上，我几乎表现出了我所能达到的最好状态，这样即使不算令人着迷，至少也是很让人喜欢的。大概四点钟，爱丽丝懒洋洋地靠过来，把头枕在我腿上睡着了。至少在那一刻，她看起来真的十分完美。我们正听到《蓝色》专辑的 B 面第五首歌，琼妮正唱着"我最后一次见到理查德是 68 年在底特律，他告诉我所有浪漫故事的结果都一样，某个昏暗的咖啡馆里嬉笑、烂醉、无聊的某人……"唱片播完了，房间里一片寂静，只听见木柴在噼啪燃烧，我就这么一动不动地坐着，看着睡梦中的她。她的嘴微微张开，我的大腿上能感觉到她温热的呼吸，我发现自己正盯着她下唇上那个凸起的疤痕，红唇上白色的一点，抑制不住地想要用拇指摸摸它，但又不想惊醒她，于是我就这么看着，看着，看着，看着。不过最后我不得不叫醒她，因为我担心她的脑袋摆在我腿上的重量和温暖会让我把持不住，如果你懂我的意思——面对现实吧，没人会愿意以那种方式被惊醒，会愿意让那个贴着耳朵。

后来，令人难以置信的是，事情越来越往好的方向发展。她父母晚上出门了，到某人在绍斯沃德改造的工厂里继续吃蔬菜，因此晚上只有我和爱丽丝两人独处。我们站在厨房里大杯灌下金汤力，我耻于承认自己正自娱自乐地把这幻想成是我们两人在这里同居。我们把屋里的灯都关了，在烛光下玩拼字游戏，使劲想看清字母，最后我赢了，其实赢得还挺多，但我表现得非常谦虚大度。碰巧地，我拼出了"狡猾"（foxed）以及"惊奇"（amazed）这样的词而得了三倍分数。

晚餐是炒糙米饭，那玩意看上去和尝起来都像炒的是簸箕里的垃圾，但如果酱油加得够多，还是能吃的。而且，等到我们吃上饭的时候，都已经醉得不行了，我们话不对题地说着、笑着、跟着老妮娜·西蒙的歌在客厅里乱舞，试试穿着袜子能在打蜡的木地板上滑出多远。我们傻笑着瘫倒成一团,爱丽丝忽然拉起我的手,淘气地笑着说:"你想上楼去吗?"

我的心跳到了嗓子眼。

"嗯,看情况。楼上有什么?"我说,狡猾又惊讶地说。

"跟我上去看看。"然后她手脚并用地走上楼梯,一边回头喊着,"你的卧室,两分钟后——带上酒!"

集中精神。集中精神。

我走向厨房水槽,把水里泡着的锅移开,拧开冷水龙头冲了把脸,半是为了清醒,半是为了证实我没在做梦。然后我拿上酒瓶,用指尖颤颤地捏着两个半满的杯子,跟着她上了楼。但爱丽丝不在我房间里,于是我冲去洗脸池快速地刷了个牙,同时注意听她的脚步声,以免被她发现,免得她以为我理所当然认为会发生什么。一听到她从走廊走近房间,我就赶紧漱了漱口,吐掉水,关掉头顶上的灯,装作满不在乎地上了床,等着。

"来——了!"

她站在门口,高举双臂,像赢了奥斯卡奖。不过我不知道她要我看什么。她的胸部吗?虽然这不太可能,但我猜她是不是穿了什么特别的内衣。然后我看到她一手拿着瑞兹拉烟纸,一手拿着一个保鲜膜的小袋子。

"你拿的什么?"

"大麻,伙计,邪恶的大麻。我们不能在楼下抽——迈克尔就跟嗅探犬一样灵敏。波西米亚式的老爸也是有限度的。"她从书架上抓起一本理查·斯凯瑞的《忙忙碌碌镇》①,用书垫着开始

---

① 《忙忙碌碌镇》,美国绘本作家理查·斯凯瑞(Richard Scarry)绘制的经典启蒙童书。

卷烟。

"那你妈呢?"

"哦,这就是我妈给我弄来的,从村里一个怪人那里。我还能说什么!家庭主妇的堕落。她也得想办法打发时间啊,我猜。这家伙真棒。特别……棒!"上帝保佑,她说话时还带上了西印度群岛的口音,牙买加-奥尔德堡,我第一次真的被她弄尴尬了,"真是有劲儿的大麻,伙计,叶子……"快别这样,爱丽丝,别再这样。她点燃了烟,深深吸了一口,让烟停留在肺中,眼睛向上翻着,然后噘起嘴,对着纸糊灯罩吐出烟圈。我想知道大麻有没有催情效果。

爱丽丝用一只眼睛慵懒地看着我,把烟递过来,像是交给我了个挑战。那确实也是挑战。

"该你了,布莱。"

"其实,我想我抽不来,爱丽丝。"

"怎么？你不想爽一下吗,布莱?"

她觉得这非常、非常可笑,笑得头都撞到床头板上了。我说:"不,我想试试。只是,我不会抽烟,连一般的烟也不会抽,我特没用,我不会深吸,反正不咳嗽一通是不行的。"其实,抽烟是我想要在大学里做的事情之一,就像读《堂吉诃德》、留胡子、学吹中音萨克斯这些,但我还没来得及下手。

"你真是个怪人,我得说,布莱恩·杰克逊。"她忽然非常严肃地说道,"你怎么能不会抽烟！抽烟估计是我最擅长的事情了。也许是第二擅长的……"她说着,冲我眨了眨另一只慵懒的眼睛。大麻肯定有催情效果！"好吧,我们来尝试点刺激的。不过首先,来点音乐!"她跌跌撞撞地走向笨重扁平的儿童录音机,上面还用涂改液写着"爱丽丝"的字样。她在旧书桌的抽屉里胡乱翻出一盘磁带,塞进录音机,按下播放键。我觉得是布莱恩·康特唱的

《青蛙先生求婚记》。

"哇——童年回忆啊!"她说道,"这首歌就是我的童年。我太他妈喜欢这首歌了!你呢?好吧,过来,年轻人,坐直了……"我们面对面跪在床上,她把脸凑近,离我的脸只有几英寸。

"来,把你的手放这儿……"她拎起我双手的手腕,放到我背后,"……噘起嘴唇,像这样。"她的嘴只有几英寸远,我都能闻到她呼吸里酱油和生姜的甜味。然后她伸手按住我的两颊,让我的嘴高高噘起。

"青蛙先生去求婚,他骑着马,啊哈……"

"好了,布莱恩·杰克逊先生,你马上要接受的,叫作回气,不,不是你想的那样,别冲动。现在我要把烟吹进你嘴里,你就深吸进去,让烟留在肺里,不准咳嗽,听懂了吗?我不准你咳嗽!你得憋住呼吸,能憋多久就憋多久,然后才能呼出来,明白了吗?"

"完全明白。"

"好吧,开始了!"

她手指夹着烟,深深地吸了一口,然后笑着挑起眉毛,好像在说:"准备好了吗?"我点点头,准备好了。她把嘴唇凑近,几公分、几毫米,还不止如此,碰到了我的嘴唇,然后她呼气,我就吸入,在当时的情况下,这是很自然的反应,真希望我们就永远保持在这一瞬间。

"青蛙先生去求婚,他骑着马,

佩着宝剑拿着枪,

青蛙先生去求婚,他骑着马,啊哈……"

终于,我等到感觉肺都快炸了,才敢呼气,她往后一倒,问道:"觉得怎样?"

我一学会该怎么张嘴,就说:"还好!"

"什么感觉?"

"不是很强烈。"

"再来一次?"

哦,天啊,当然,爱丽丝,再来吗?简直别无他求……

"好的好的,来吧……"

"你确定?这玩意还是劲儿挺大的。"

"确定,爱丽丝,相信我。我能行。"

等我苏醒过来,爱丽丝已经走了,我发现自己躺在被子底下,《青蛙先生求婚记》还在播着,磁带设置了自动翻面。我不知道自己失去意识了多久,我按下停止键,到处找我的旅行闹钟,半夜一点半。忽然我口渴得要命,谢天谢地床边还放着半瓶提神的红酒,于是我坐起身来,差不多把酒都喝完了。我查看了一下爱丽丝让我睡下之前是不是把我的裤子脱了,然后发现她并没有。但我已经醉得不知是该高兴还是失望了。

而且,我满脑子都在想着吃的。我这辈子就没有这么饿过,饿得感觉连西葫芦都是那么诱人。然后我想起,感谢上帝,我带了冷肉来,哦祝福你妈妈。我从行李里翻出锡纸包裹,把一片煮培根上的肥肉条撕下来,把瘦肉塞进嘴里。不错,不过好像缺了点儿什么。面包。我想吃三明治。必须得有面包。

走路不像记忆中那么容易了,走下楼梯看起来更是不可能完成的任务。我不想开灯,但屋里真是漆黑一片,我只好扶着墙,脚步踉跄地走过走廊,下楼来到厨房。时间被拉长了,这段路程就像走了几天才到,不过我最终还是到达厨房,接着又投入到生理机能上极具挑战性的任务中去——从自制全麦面包里切出两片面包片来。我最终做出的三明治在大小、重量以及口感上来说都跟家用砖块一样,不过也管不了那么多了,里面还有肉泥。我在桌前坐下,先给自己倒了一点牛奶,让面包吃起来不那么硬,但牛奶已经凝固分层了,我正想去水槽吐掉嘴里的牛奶,就看见楼梯灯亮了,楼梯上也传来嘎吱响声。

也许是爱丽丝!也许我们可以继续刚才的事情。但不是她。是哈宾森妇人。露丝。她一丝不挂。我把凝固的牛奶咽了下去。

当然,我应该立刻说点什么,随意说些"哈罗,露丝!"之类不带性联想的话。但是大麻和酒让我意识模糊、头脑混乱,我不想让一个裸体女人在半夜两点钟对着我尖叫,于是我就安静地坐在那儿,盼着她赶紧走开。她打开冰箱门,弯下腰,白色的冰箱灯和弯腰的动作让她的裸体更加清晰。仔细观察就能发现她其实还是穿了一双灰色厚袜子的,这让她的裸体显出一种健康的燕麦质感,就像《性爱圣经》里的一幅素描画,在被大麻弄得神志不清的状况下,我发现自己在思考到底有没有"阴质"①这个词。她在找什么?怎么这么久?我觉得她"在她那个年纪还是挺好看的",不过我其实从没见过女性裸体,没有在现实中这么从头到脚地看过,只是这一点那一点地见过,而且我见过的都还没到二十岁,所以在这个问题上我不是专家。不过,我觉得这场景也不是没有一种老套的情色意味,除了我腿上那包温热的腌猪肉有点煞风景。忽然,我担心她会闻到肉味,就想不出声地把锡纸包好,锡纸发出窸窸窣窣的声音,就像雷声回荡在厨房里。

"哦,天哪! 布莱恩!"

"哈罗,哈宾森太太!"我欢快地说。我以为她会用胳膊遮一遮赤裸的身体,但她倒好像觉得没有这个必要,只是漫不经心地拿

---

① 原文为"pubicy",即"阴部的"(pubic)的名词形式,为作者自造词。

过一条"国民托管组织"①的毛巾,像纱笼一样围在腰上,"西幸赫斯特"②这几个字就搭在她的大腿上。

"哦,亲爱的,希望没吓着你。"她说。

"哦,没有……"

"不过我猜你以前应该也已经见过无数裸体女人了吧。"

"说出来会吓坏你,哈宾森太太。"

"跟你说过了,叫我露丝。哈宾森太太听起来太老了!"

我们沉默了片刻。我想说点什么以扭转这尴尬别扭的局面,然后想到了一个完美的办法。

我用美国口音说:"你是在试图引诱我吗,哈宾森太太?!"

我刚才说了什么?……

"你说什么?"

别再说了……

"你是在试图引诱我吗,哈宾森太太?!"我说。

快点,解释,解释……

"你知道……就像罗宾森太太?"我解释道。

露丝茫然地看着我:"罗宾森太太是谁?"

"这是《毕业生》里面的一句台词……"③

"嗯,我可以告诉你,布莱恩,我一点也不想引诱你……"

"我知道,知道,我也不想被你引诱……"

"好,嗯,那就好……"

"我不是说我觉得你没什么*魅力*……"

"你说什么?"

---

① 靠捐款保护名胜古迹的民间组织。
② 西幸赫斯特城堡花园,英国著名花园之一。
③ 电影《毕业生》中,大学毕业生本杰明被罗宾森夫人勾引。

"下面是他妈的怎么回事?"一个声音问道,然后又一个人影大步走下楼梯,肌肉发达的双腿,宽广的胸膛——肌肉发达的赤裸的双腿和宽广的胸膛,是哈宾森先生。他的两腿之间像是夹着一把收起的雨伞,仔细看才发现是阴茎。我真是实在不知道该往哪儿看了。为了不看露丝的私处,我的目光似乎只能移到哈宾森先生的私处,忽然厨房里好像很难找到一处看不见私处的地方。最后我只能盯着灶台上方的天花板,集中精神,集中,集中。

"没什么,迈克尔。我就是下楼来找点喝的,布莱恩也在这,没别的……"为什么她听起来这么做贼心虚?她是想让我被灭口吗?

"你们刚才说什么?"

哦,老天哪,他听到我说的话了。我死定了。

"没说什么!布莱恩吓了我一跳,就这样……"

哈宾森先生和他的阴茎看起来都将信将疑,我这才意识到他并没有用手遮住它,而是拿在手里,一丝荒唐的恐惧闪过我的脑海,我以为他要拿它来打我。

"小声点,行吗?露丝,上床去!"他咚咚咚地上楼去了,手里拿着"收起的雨伞"。露丝显然非常尴尬,她拿起挂在灶台边钩子上的塑料围裙,没好气地穿上。我把桌上的肉屑扫进锡纸包,塞进放餐具的抽屉里。

然后她走到桌前,小声说:"我想我们最好谁都不要再提这事了,好吗,布莱恩?"

"好的。但我想说我刚才说的真的是台词……"

"都别提了,行吗?就当从来没发生过……"她盯着我的脸,"布莱恩,你还好吗?"

"当然!"

"你看起来有点萎靡。"

"哦,我一直就是这样的,露丝!"

她看了看我面前的玻璃杯。

"这是牛奶?"

"嗯哼。"

"你一直在喝?"

"好像是的,露丝。"

"我就是在找这个,布莱恩。"

"抱歉"——她伸手拿起杯子——"如果是我的话,我可不会喝这个。"

"为什么?"

"变质了,都凝固了,真是恶心……"

她拿起这杯凝固的牛奶,闻了闻,抿了一小口,然后用嫌弃的眼神看着我:"都成了豆奶了,布莱恩。"

黑鸟庄园的某个角落传来歇斯底里的笑声,一阵可怕而疯狂的咯咯笑声,某个可怜堕落的孩子的笑声,过了一会儿我才意识到那笑声是我发出的。

第二天早上醒来,和往常一样,我又陷入了"感觉自己应该感到羞愧,但过了三秒钟才记起羞愧的原因"的情况,我哀号了一声,是真的大声哀号出来了,就像有人跳到了我胸脯上。我看了看表,十一点半,我觉得自己刚刚从昏迷中醒来。

我又躺了一会儿,想要找出一个解决这件事情的最好方案。最好的办法就是自杀,但次优方案是不断卑躬屈膝地求饶和自嘲,于是我起身换上衣服,想要赶紧做个了断。这时有人敲门。

是爱丽丝,她看起来很清醒,这样最好。她知道自己的妈妈曾一丝不挂并且以为我试图诱惑她吗?

"哈罗,睡美人……"她小声说。

"爱丽丝,昨晚的事我真的非常、非常抱歉……"

"哦,天,没事,没什么,不用在意……"她显然不知道发生了什么,"那个,布莱恩,出了点儿事,我必须得到伯恩茅斯去……"她坐在床边,仿佛要哭出来了。

"怎么了,什么事?"

"我奶奶,她昨天夜里在楼梯上摔跤了,现在在医院,臀部骨折,我们都得去探望她……"

"哦,天哪,爱丽丝……"

"爸妈已经走了,但我也得赶紧过去,恐怕新年是没法儿一起过了。"

"哦,没关系,我查查时刻表……"

"查好了。四十五分钟后有趟火车去伦敦,我送你到车站,可以吗?"

然后我开始收拾行李,像紧急疏散一样把书和衣服一股脑儿塞进包里,十分钟后我们已经坐进了路虎,爱丽丝开车。她在方向盘后面看起来特别小巧,就像仙蒂娃娃在驾驶机动部队越野车。过了一晚上,积雪化成了一摊摊灰色的肮脏烂泥,我们好像开得太快了,营造出一种焦急紧张的氛围。

"我今天头好痛。"我说。

"我也是。"她回答。

这两句对话间车已经在乡间公路上驶出了两百码。

"我昨晚在厨房撞见你父母了。"我漫不经心地说。

"哦,是吗?!"

又是两百码。

"他们跟你说了吗?"

"没说什么。怎么?"

"没什么。"看起来我安全了。当然我不是因为哈宾森奶奶摔跤而感到高兴,但至少她转移了大家的注意力。

到了车站,离开车还有十五分钟。她帮我把行李搬到空荡荡的月台上。

"我真抱歉你没法在这儿待到新年。"

"哦,没事啦。代我向哈宾森奶奶问好。"为什么问好?我从没见过那位老妇人,真是的,"很抱歉昨晚我嗨过量了。"

"没关系,真的。那个,我就不等你上车了,你不介意吧。我真的得走了……"我们拥抱了一下,但没有亲吻,她就走了。

大概下午茶的时候,我到家了,自己开门进屋。妈妈正穿着运动服躺在客厅的沙发上看《智力爆破》节目①,音量调到最大,肚子上放着烟灰缸,面前的茶几上有一盒花街巧克力太妃糖和一瓶添万利酒。她一见我进屋,就坐起身来,把添万利塞在靠垫底下,不过发现酒杯还放在桌上,就用双手捂住想要瞒天过海,假装那只是一小杯可可饮料之类的。

"你回来了!"

"是的,妈,我知道……"

"我选'P',鲍勃……"

"怎么回事?"

"爱丽丝的奶奶臀部骨折了。"

"怎么会这样?"

---

① 原文 *Blockbusters*,一档美国益智游戏节目。

"我把她推下楼梯了。"

"别,说真的。"

"我也不清楚,妈。"

"制造火柴的主要化学元素是哪个以'P'开头的单词?"

"真可怜。她没事吗?"

"我怎么知道? 我又不是主治医生。答案是磷①。"

"回答正确。"

"什么?"妈妈问。

"电视里的问题!"我不耐烦地说。

"我选'H',鲍勃……"

"你怎么了,布莱?"

"没怎么!"

"哪位名字以 H 开头的人以他的名字命名了……"

"吵架了? 跟你女朋……"

"她不是我女朋友!"

"好吧,能不能别喊着说!"

"现在就喝酒,早了点儿吧,母亲?"

然后我转身跑上楼,觉得自己卑鄙又刻薄。那一声暴躁又讨厌的"母亲"是怎么回事? 我从来没称呼过她"母亲"。我走进房间,摔上门,躺在床上,戴起耳机听《狮心》磁带,那是凯特·布什好听到惊人的第二张专辑,A 面第一首歌,《蓝色交响乐》。几乎同时,我忽然想起好像有点什么事不大对劲。

那包冷肉。

我昨晚把冷肉放在厨房抽屉里了。我没有哈宾森家在伯恩茅

---

① 磷的英文是 Phosphorus。

斯的电话,于是决定给庄园打电话,留条信息等爱丽丝回来听。电话响了四声,转到自动答录机,我正想着要怎么说,忽然那头有人接起了电话。

"喂……?"

"哦,喂,是……露丝吗?"

"你是哪位?"

"布莱恩,爱丽丝的朋友?"

"哦,你好,布莱恩。请等一下。"

电话里传来一阵窸窣的响声,她把手捂在听筒上,说了几句听不清的话,然后爱丽丝来了。

"哈罗,布莱恩?"

"嗨!你还在庄园?"

"对,我们在这儿。"

"我还以为你们去了伯恩茅斯呢……"

"我们本来是去了,但……之后发现奶奶感觉好多了,所以我们就开车回来了。我们也刚到家,其实。"

"好吧。那她没事了吧?"

"她很好!"

"没有骨折?"

"没有,就是有点擦伤,还有,呃,受了点惊吓。"

"太好了,我真高兴。嗯,不是说我高兴她受了惊吓,当然不是,我是说我很高兴没有那么严重……"

沉默。

"那……"

"我就是想说,我把……呃……那个,冷肉,留在你们家了。"

"知道了。那……肉在哪?"

"厨房餐桌的抽屉里。"

"哦,好的。我去拿。"

"也许可以等你妈妈不在的时候?"

"当然。"

"那……明年学校见了,嗯?"

"好的。明年见!"然后她挂上了电话,我呆呆地站在走廊,手里拿着话筒,目光空虚。

我听见客厅电视里的声音。

"哪位名字以K开头的人发现了描述行星围绕太阳运动的三大定律?"

"约翰内斯·开普勒。"我自言自语道。

"回答正确!"

我现在完全不知道怎么办了。

第二十二章

提问:一种日本诗歌形式,起源于短歌,包含17个字音,按照5—7—5的顺序排列,请问它是?

回答:俳句。

丽贝卡·爱泼斯坦的反应就是大笑。她躺在我位于里士满公寓的床垫上,笑个不停,带着残忍的欢乐踢着她的马丁靴。

"有**那么**好笑嘛,丽贝卡。"

"哦,是的,相信我,有那么好笑。"

我放弃了,走过去换了张唱片。

"不好意思,杰克逊,只是一想到他们都躲在小木棚子里等你离开……"她又开始笑得停不下来,我只好去乔希的房间再拿点自酿啤酒。

我在家跟妈妈待了十八个小时,然后就决定回学校。我再一次告诉她我需要图书馆里的某些专业书,她耸了耸肩,半信半疑。十点钟,我再一次站在门口,拒绝她的杂货。

在回学校的火车上,我的情绪渐渐恢复了一点。新年一个人在宿舍过又怎样?我可以做点功课,读书,散步,音乐想放多大声就放多大声。明天,新年前夜,我要反抗那个认为新年就应该出去喝醉玩乐的荒唐传统。我就是要待在宿舍,不玩。我仍会喝醉,但我要读书,在十一点五十八分的时候睡去。让他们见识见识,我对自己说,虽然也不知道"他们"到底是谁。

不过,一回到宿舍,我就发现自己真是大错特错。刚打开前门,乔希和马库斯的自酿约克郡苦啤酒的那一股温热的酵母味道就扑面而来,就像整栋房子冲着我打了个嗝,我走进乔希的房间,发现暖气开到了最大,旁边的塑料桶里正嘶嘶响地冒着泡,我打开窗户,散一散这股消化道的气味。

显然还没有人回来。正如我所愿,但要面对这么空荡的房子,我可能还没做好心理准备。我决定先去街角的小超市,下午五点四十五分,正是买减价食物的最好时机。

购买减价食物绝不可掉以轻心。压瘪了的罐装食物一般来说都还算安全,但生"鲜"食物,老实说就是"雷区"了。根据经验,降价的幅度一般是与食用危险系数成正比的,因此诀窍就是要买那些既省了钱又不会让你胃痉挛的东西;一磅重的炖牛排只减了十便士,不太值得冒险,但是一只整鸡只卖二十五便士又绝对是自找麻烦。牛肉和鸡肉一般又要比猪肉和鱼类安全些。过期猪肉可不是闹着玩儿的,但老牛肉你至少可以自欺地认为它不是"过期"了,只是风干了。这也适用于各种重口味食物:不是"坏了",只是"辣"。因此,从各个方面来说咖喱都是减价食品中的经典。

在小超市里,我跟一位留着萨帕塔小胡子的老妇人在冷柜前警惕地盯着对方。圣诞节刚过,冷柜里剩下很多有毒的火鸡,还有一条羊腿,看起来就像要爬出冷柜、自己走回农场去一样。总的来说,这次购物比较令人失望,我决定买一盒便宜了七十五便士的脱水维斯塔咖喱,一罐作为放纵享受的香蕉味雀巢奶昔粉,还有一品脱牛奶。

不过兴奋的感觉稍瞬即逝。等我回到家,冲了点奶昔粉,烧上水,把明黄色咖喱粉倒进小锅煮好,然后吃掉,我觉得自己就像鲁滨孙·克罗索。房子很空,外面还下着雨,乔希的便携电视被他锁在衣橱里了,很快我就明白,所谓我生命中最好的年华不会出现了。

振作起来。得干点什么。

我从乔希房间的铜罐子里偷了点儿硬币,放在走廊里的付费电话机上。

我考虑过打给在派对上认识的一个叫文斯的人,不过又不想跟另外一个男人坐在酒吧里。而且我也没有他的电话号码,不记得他姓什么、住在哪儿,他的情况我其实一无所知。露西·张回明尼安纳波利斯去了,而且她觉得我是个种族主义者。科林·佩吉特的肝炎还没好。我差点就要打给帕特里克了,然后才记起我根本不喜欢他。最后,我决定打给丽贝卡·爱泼斯坦。因为她是学法律的,而法律是门真正的学科,她很有可能正在用功。

她住在肯伍德,跟爱丽丝住同一个走廊,所以我有她们的电话号码。电话响了大概二十声,一个格拉斯哥口音的人接起了电话。

"哈罗,是丽贝卡吗?"

"……是的?"

"我是布莱恩。"

没有回答。

"布莱恩·杰克逊?"我试探道。

"我知道哪个布莱恩。你怎么回来了?"

"太无聊了,没别的。"

"天哪,我也是。"停顿了一阵。

"所以……？"

"所以我就想，你今晚有什么安排？"

"我的安排就是等着你打电话来啊。这是约会吗？"她说，就像在问"这是狗屎吗？"

"老天，不，我就想问问你想不想去看电影什么的。艺术剧院要放映帕索里尼的《马太福音》①……"

"或者，我们可以去看点什么好玩的……"

"ABC剧院的《七个毕业生》？"

"是帕索里尼的《七个毕业生》吗？"

"奥迪安电影院的《回到未来》？"

"你到底多大年纪？……"

"ABC的《魔茧》……"

"求你了……"

"你可真不愿尝试啊，嗯？"

"我知道。很吓人，对吧？你能受得了吗，布莱恩？"

"应该吧。那，你想干什么呢？"

"你那儿有酒吗？"

"有十二加仑。不过都是自己酿的。"

"哎哟，我可不挑。你住里士满公寓？"

"对。"

"好的，半小时之后见。"

她挂了电话。我忽然有点不知所措。

四十分钟后，她坐在我的床上，喝着自酿啤酒，嘲笑我。她穿

---

① 帕索里尼（Pier Paolo Pasolini, 1922—1975），意大利艺术电影导演。

着跟平时一样的"制服",其实还真挺像制服的,黑色马丁靴,蓝黑色迷你牛仔裙下是黑色的厚裤袜,黑色V领毛衣外面穿着黑色军服式样的束腰塑胶大衣,我还从没见过她把大衣脱掉。她的黑色短发上涂了黑白牌润发油,显得很光亮,黑色鸭舌帽前露出泛着油光的短留海。事实上,她这一身似乎都意在表现出一种繁重手工劳作的悠久传统,真是非常奇怪,因为我记得她母亲是陶瓷艺术家,而她父亲是儿科医生。丽贝卡对于传统女性观念的唯一妥协之处就是那厚厚一层油亮的猩红色唇膏以及大量的睫毛膏,这让她看起来既迷人又吓人,就像巴德-迈因霍夫帮①的好莱坞分部。她就连抽烟都很像电影明星,贝蒂·戴维斯或其他什么人,虽然是个自己卷烟抽的电影明星。老实说,她今晚看起来要比平时好看,我有点担心她甚至特意打扮了一下。

等她终于停下来不笑时,我说:"嗯,很高兴你觉得我的性生活这么好笑,丽贝卡。"

"有性才能叫性生活好吧?"

"而且她说的可能是真的。"

"是呀,布莱恩,我肯定她说的是真的。我告诉过你她是个贱人,对吧?别这么一本正经,你也觉得这很好笑,要不你也不会告诉我了。"她抽着卷烟,把烟灰弹在床垫的一边,"总之,你也是活该。"

"为什么?"

"你知道为什么。资产阶级浑蛋。自称是社会主义者,到头来还是跟这学校里其他趋炎附势的人一样,早就翻过身来求着所谓的上流阶级来挠你的肚子……"

---

① 巴德-迈因霍夫帮,又称红军派,是德国一支左翼恐怖主义组织。

"不是这样的!"

"就是。柜子里的托利党!……"

"阶级叛徒!……"

"势利小人!……"

"准雅皮士!能不能把你的马丁靴从我的被子上拿开?"

"怕我玷污了这精美的织物啊?"

不过她还是把脚移开了,然后挪过来坐在我身边,用装着热啤酒的杯子碰了碰我的,作为和解。

"你的床架怎么在衣橱后面?"她问。

"我想,那什么,做个布团。"

"布团,呃?嗯,说实话吧,布莱恩,床垫在地上并不能变成布团。"

"真像一句俳句。"我说。

"俳句有几个音节?"

我知道答案。"十七个,5—7—5 排列。"

她想了一秒钟,然后说:

床垫在地上

也不能变成布团

肯定会有味

……她继续喝酒,时不时拿掉粘在唇膏上的黄金维吉尼亚烟丝,那姿态又随意又慵懒又酷,我发现自己一直扭头盯着她的嘴唇,等着她再做一次同样的动作。然后她发现了我的目光,我脱口而出:"那你圣诞节过得怎么样?"

"我们犹太人不过圣诞节,是我们杀了基督,记得吗?"

"那……那个……叫什么来着……逾越节过得怎么样?"

"是光明节。我们也不过那个。对于某个要代表我们学校参加《大学挑战赛》的人来说,布莱恩·杰克逊,你可真是无知得惊人啊。我到底要告诉你多少次,我们是社会主义非正统反犹太复国主义的格拉斯哥犹太人。"

"听起来挺无趣的。"

"相信我,是很无趣。要不我怎么会现在跟你在一起?"

我想要试试犹太幽默。

"不过,管它圣不圣诞节的呢①!"

"什么?"

"没什么。"

她仔细地打量了我一会儿,然后微微笑着……

"反犹分子。"

我也对她笑笑。忽然我觉得自己非常喜欢丽贝卡·爱泼斯坦,想要来一个试探性的友好表示。有办法了。

"倒提醒我了,这个送给你的! 光明节快乐!"

是爱丽丝不想要的那张琼妮·米歇尔的专辑。我找不到收据了。丽贝卡疑惑地看着我:"给我的?"

"嗯哼。"

"你确定?"她问道,就像东欧检查站的卫兵怀疑我拿着的是假护照。

"当然!"

她拎起专辑,撕掉包装纸的一角:"琼妮·米歇尔?"

"嗯哼。你知道她?"

---

① 原文为"Christmas Schmistmas",其中"schm"来自犹太人说的意第绪语中的词根,用于与其他单词结合表示蔑视、否定之意。

"知道她的歌。"

"那你已经有这张了?"

"不,没有。有点不好意思承认我还没有。"

"嗯,我给你放来听听吧……"

我从她手里拿过专辑,走到播放器旁边,拿出播放器里"惊惧之泪"的专辑,放上《蓝色》,B面,第四首歌,《一整箱的你》,无疑是唱片历史上最动听的情歌之一。我们安静地听完头一段主歌和副歌,我问:"哎,你觉得怎么样?"

"我觉得把我的月经都唱出来了。"

"你不喜欢吗?"

"嗯,老实说,真不是我的风格,布莱恩。"

"你会慢慢喜欢上的。"

"嗯……"她半信半疑道,"这么说,你是琼妮的粉丝咯?"

"算是吧。其实,我更喜欢凯特·布什。"

"嗯——看出来了。"

"怎么?"

"因为,布莱恩,你就是《目光里有孩子气的男人》啊。"她说,一边偷笑着喝了口啤酒。

"那你最近在听些什么?"

"很多啊。'杜鲁提军团'乐队、马文·盖伊①、'极地双子星'乐队②、一些早期的布鲁斯、马迪·沃特斯③、'痉挛'乐队④、贝西·史

---

① 马文·盖伊(Marvin Gaye,1939—1984),美国歌手。
② "极地双子星"乐队(The Cocteau Twins),苏格兰乐队。
③ 马迪·沃特斯(Muddy Water,1913—1983),原名 McKinley Morganfield,美国布鲁斯音乐人。
④ "痉挛"乐队(The Cramps),美国车库朋克乐队。

密斯①、'欢乐分队'乐队②、'纽约玩偶'乐队③、斯莱和斯通一家④,还有一些电影原声。我要给你做张合集,看看能不能让你戒掉这些烂音乐。你瞧,你得格外小心那些创作歌手,布莱恩。偶尔听听还是可以的,但是如果这种东西听得太多,你会长出发育不全的胸部的。"

"哎,如果不想要这份礼物,直说就好……"我说,站起身来想去换唱片。

"不!不,我要。相信我会慢慢喜欢上它的。多谢了,布莱恩。真是个好基督徒。"

我又在她身边坐下,我们沉默地坐了一会儿。然后她抓起我的手,使劲捏了捏,说:"说真的——谢谢。"

十分钟后,我们躺在床上,不知怎么的我的那只手好像就这么伸进了她的胸罩里。

有人说个人的也是政治的,丽贝卡·爱泼斯坦的吻也跟她的政治理念一样,同样激进、直接、毫不妥协。我仰面躺着,她把我的头按进枕头里,她的门牙摩擦着我的,而我决定"以牙还牙",也回敬了同样的力度,迟早会把我们俩的牙釉质都给磨掉。啤酒和液化气暖气的热浪让我有点晕眩,甚至有点惊慌,不过也很好玩,就像以前上学时打群架的感觉。厚厚的唇膏液在我们嘴巴周围形成了一层气闸,最后她把嘴唇移开的时候,我几乎在等着听"叭"的一声,就像动画片里从某人脸上拔下个皮搋子一样。

---

① 贝西·史密斯(Bessie Smith,1894—1937),美国著名蓝调女歌手。
② "欢乐分队"乐队(Joy Division),英国著名摇滚乐队。
③ "纽约玩偶"乐队(New York Dolls),美国硬摇滚乐队。
④ 斯莱和斯通一家(Sly and the Family Stone),美国乐队。

"还好吗?"她问。唇膏在她嘴边糊开,就像吃了覆盆子。

"还好。"我说,然后她又来了。她嘴里带着一种混合了啤酒酵母、黄金维吉尼亚烟丝以及唇膏油状物的香气。至于我自己,我不禁担心起刚才吃的维斯塔咖喱。我要不要假装上厕所,然后去刷个牙呢?不过那样她就会*知道*我为了她而刷牙了,我不想这么老套。那么难道糟糕的口气在某种程度上就*不老套*了吗?大概也不是,但是如果我刷了牙,她也许会以为我想要她也去刷牙,这我倒是不想。其实我还挺喜欢烟草的味道,那种间接吸烟的感觉。最好就这么继续吧。但应该怎么继续?我像个操作木偶的腹语艺人一样把手伸向她背后。但她还穿着那件束腰外套,等我的手移过腰带,才发现她的毛衣下摆紧紧地塞在裤子里,所以我尝试了另一条线路,从她的领口进入。我得扭着胳膊,还要把手往后弯成正确的角度,就像全世界最笨拙的扒手,不过最后终于还是到达了。她的胸罩是黑色的,有花边,还带点衬垫,这倒让我有些没想到,一时间我琢磨起这个胸罩的政治含义。为什么要有衬里?这有点不像丽贝卡的作风啊?为什么就连她也觉得有必要迎合男性定义的传统女性特质观念?为什么她要被迫塑造一个其实现实生活中没有女人能够达到的传统意义上的"性感"身材——或许除了爱丽丝·哈宾森?

忽然,她从热吻中挣脱出来,我以为她会问我到底想干什么。但她只是小声说:"布莱恩?"

"什么?"

"有件事我得告诉你。刚才我说我'来了',我没开玩笑。"

"没关系。我也'来了'。"

她疑惑地看着我:"我觉得你是也不会的,布莱。"

"不,真的,我确实是。也许看起来不像,但我真的……"

她沉下脸看着我:"你'来'大姨妈了?"

"啥?哦,明白了。没有,抱歉,我以为你是说你……你懂的……"

"懂什么?"

"'来那个?'"

"'来那个'是什么?"

我想了一下。"是个俗语?"我试探道。但我已经把手从她胸罩里拿出来,再也回不去了。她坐在床边,拉了拉裤袜,查看了一下我有没有把她的毛衣撕破。这事儿就算吹了。

"或许这终究不是个好主意。"

"老实说,我不会介意。"

"这话是什么意思?"

"我是说我不介意你的大姨妈。"

"哦,好吧,我真高兴你不会介意,杰克逊。多好啊,因为这事儿我也拿它没办法,对吧?"

"抱歉,但我真不知道该说些什么。"

"我猜爱丽丝·哈宾森甚至都不来例假吧……"

"什么?"

"她可能雇人来做这件事……"

"等等,这事跟爱丽丝·哈宾森有什么关系?"

"没有关系!"

她转过脸来,好像要冲我发火,但忽然又笑了起来,至少是微微笑了起来:"你最好把脸上的唇膏擦干净。看起来像个小丑……"我用被子的一角擦了擦嘴,听见她小声嘟囔,"你就是个该死的小丑。"

"我又怎么了!"

"你知道怎么了。"

"嘿,是你先提起的。"

"提起什么?"

"提起,那什么,爱丽丝。"

"哦,天,拜托,杰克逊……"

"就因为你先提到她我才说起她的……"

"不过你一直都在想着她,对吧?"

"不,当然没有!"我说。但我是在想着。丽贝卡盯着我的眼睛看了很久,洞悉了事实真相。然后她转过头去。

"这太蠢了。"她轻声说,用手腕按着眼睛,"我有点醉了。我想我该走了。"之前我可能还不太确定,但现在我不希望她走,我爬到她面前,想要再次吻她。她别过脸去。

"干吗一定要走?"

"我不……不知道——刚才那一切。我们忘了吧?"

"哦,好吧。好的。嗯。我希望你别走,但如果你真想走的话……"

"我想。我觉得我想走。"她站起身来,拉上外套,走出房间,撇下我自己想着我这次又做错了什么。我是说,除了通常那些蠢事之外。我跟着她下楼来到走廊,她奋力越过挡在走廊上的横七竖八的自行车。

"好极了——该死的裤袜也给划破了……"

"至少让我送你回去吧。"

"不用了,谢谢。"

"没关系的……"

"不用了。"

"你不该自己走回去……"

"我没事……"

"真的,我一定要……"

她忽然转过身来,指着我厉声说:"我一定**不让**你送!听明白了?"我们都给这严厉劲儿吓了一跳,我甚至可能还往后退了一步。我们看着彼此,想知道发生了什么,终于,她说:"而且,你该上床去了,你'来了',记得吗?"她打开门,"我们永远不要再谈这件事了,行吗?也别告诉别人。特别是别告诉爱丽丝——该死的——哈宾森。能做到吗?"

"当然不说。我干吗要跟爱丽丝说……?"

但她已经走下楼梯,头也不回地跑进夜色中。

第 三 回 合

"抱歉。"圣巴斯蒂安说,"我那天下午态度有点差。布莱兹海德庄园总是会让我这样。"

——伊夫林·沃,《旧地重游》

第二十三章

提问：横纹、心、平滑是哪种组织的三种形态？
回答：肌肉。

新年计划
1. 多花些时间研究诗歌。如果我真的认为诗歌既是一种文学形式，同时也是赚点外快的方式，那就得好好钻研；如果我想要发现自己独特的声音，更得如此。记住，T. S. 艾略特是在银行工作期间写出了《四个四重奏》的，所以没有时间不是理由。
2. 不要再挤脸上的皮肤了，特别是跟人说话的时候。如果说科学教会了我们什么的话，那就是挤脸只会传播感染，留下疤痕。别碰它，双手找点别的事做，学学抽烟之类的。记住——没人想要亲吻一张流血的脸。
3. 要淡定。面对爱丽丝时要冷静沉着——她会因此更尊重你的。
4. 长点儿肌肉。

以上这些是我在新年前夜十点四十五分写下的。我那时候已经醉醺醺的了,所以字迹有些潦草。二十分钟后我睡着了,度过了一个不同寻常的糟糕得难以置信的晚上,以此藐视了认为我们应该在新年前夜玩得尽兴的老套陈腐的观念。

我的庆祝活动是在晚上八点三十五分开始的,那时我在厨房抽屉里找到一把螺丝刀,撬开了乔希的衣橱门,拿出他的便携电视,坐下来看电视台播放的詹姆斯·邦德电影,加入了老年寡妇、精神病人以及所有新年前夜还宅在家中的人类大集体。不过我喝得越多,就越是想念父亲和爱丽丝,这两个人在我脑海中奇怪地混在了一起,所以等到特工007挫败了斯卡拉孟加想要毁灭地球的邪恶计划,我的生理和情绪都已经崩溃,成为了世界历史上第一个看《金枪人》看哭了的人——可能除了布里特·埃卡兰①以外。然后我重新振作起来,写下了这些新年计划。

而现在,两周之后,计划仍然有效。没错,我是还没开始真正钻研诗歌,不过我会的,等我有了时间。我没怎么挤脸了,面对爱丽丝也非常淡定,主要是因为我再也没有见过她,没听到她的消息,也不知道她到底在哪儿。事实上,自从这学期开学以后,我在社交活动方面还颇为平静。《旧地重游》中,查尔斯的表兄警告他说,大学第二学期主要都花在避开你在第一学期里遇到的所有不想再见到的人上面,我开始怀疑自己在现实中就是那"不想见到"的人中的一员。

说回新年计划。最后一条需要稍做说明。我觉得练出一两块肌肉对我来说没什么坏处,而且,不,这并不是说我就接受了广告媒体所谓的迷人或"男性气概"这些肤浅且基于性别的观念,也不

---

① 布里特·埃卡兰(Britt Ekland, 1942—),瑞典女演员、歌手,007系列电影《金枪人》中的"邦德女郎"。

是因为有人开始欺负我，至少不是直接欺负我。我只是觉得我该告别这种患肺病的模样了。而且，自从上学以来，我就一直认为一个人要不就聪明、要不就身材健美，两者相互排斥，但其实没有理由一个人不能两者兼得。比如说，帕特里克·沃茨就很聪明，身材也非常非常棒，虽然他性格上确实有些问题。或者，《霹雳钻》里的达斯汀·霍夫曼是个更好的例子，他就既健美又聪明，而且还正直，是那种抱着一堆从图书馆借出的书还能跑五英里的人。又或者，一个现实中的例子，爱丽丝·哈宾森。爱丽丝·哈宾森真是年轻健康得惊人，而且很有智慧。或者说我最后一次见到她时她还是这样的。那是两周又三天之前。感觉好像已经过去了好几年了。

别担心。我会把所有那些精力都升华为健身的热情。我全身心投入了严格的加拿大皇家空军每日训练计划，包括把脚塞到衣橱下面——不过首先要确保衣橱不会倒在我身上——然后做八个仰卧起坐，再来四个俯卧撑。这看起来还不错，但我总觉得这并非严格意义上的彻底的全身锻炼，我想我还需要点别的，就决定用圣诞节的零花钱买点重量装备。

我按报纸上的标准吃了顿健康营养的早餐：一条巧克力谷物棒和一升纯菠萝汁，以童军行进式（跑三十秒、走三十秒）的节奏向市中心进发，然后我忽然感觉市中心简直远在天边，尤其是穿着厚外套和牛仔裤跑步的时候。但我没有停下脚步，一边不时打着菠萝果汁味的嗝，一边沿着住宅区的街道前行，圣诞树的架子就随意扔在街边，清洁工也不愿意处理。不一会儿我就岔气了，说明我可能需要加强心血管健康，不过那方面可以等等再说。我的首要任务是增加块头，提升肌肉线条。我不想变得跟拳击或举重运动员一样结实，只想达到体操运动员的体型，玩双杠的那种。如果我在某个阶段出现健壮过头的苗头,我就会收手的。

名为"运动!"的商店刚开门不久我就到了,满身大汗。这可能是我人生中第二次走进运动用品店,在此之前都是我妈给我买运动套装。我颇有点紧张,就像要走进色情用品店什么的。店里散发着一股男生试衣间的味道,店长身上尤其明显,他看起来跟我差不多大,矮壮,矫健,朝我走来的样子就像他要用湿毛巾打我一样。

"想要什么,伙计?"

"随便看看,谢谢!"我用一种比平时稍微低沉一点儿的声音说道。我在店里随意浏览,用专家的眼光打量着羽毛球拍,然后若无其事地走到摆放哑铃的位置。就是这儿了,有两副,重型铁制成,可调节重量,能让我逐渐增加重量,直到变成阿多尼斯①那样就可以了。哑铃也没有什么好研究的,所以一旦我确定——没错,哑铃很重,是铁制而不是刷成灰色的聚乙烯,而且——好的,12.99镑,刚好能买得起,我就朝店员举了举哑铃示意。直到我付完现金,店员把哑铃装进结实的袋子,我拎着袋子走出店门的时候,我才意识到自己犯了一个非常基本的逻辑错误,那就是:我拿不回去。

回程的最初二十五码,我告诉自己,如果我走得够快,塑料袋太勒手的时候就换手的话,还是有可能能拿回去的。不过,在沃尔沃斯商店门口,不可避免的事情还是发生了,袋子底破了,哑铃砸在人行道上,发出重工业机械般的咣啷一声,引得顾客——主要是推着婴儿车的年轻妈妈们——都望着我,以及我的哑铃,我做出一个"谁把哑铃偷偷放在我袋子里了!"的表情作为回答。路面似乎

---

① 阿多尼斯,希腊神话中俊美的男神。

没被砸坏,不过其中一只哑铃像小坦克一样沉重地滚向布茨商店,我猛地伸出脚挡住它的去路,引得年轻妈妈们一阵欢笑,指着我对她们的孩子说:"看那个笨手笨脚的滑稽家伙!"我一手捡起一只哑铃,轻快地走开了。

我才走了二十码,就不得不在多萝西·帕金斯女装店门外停下喘口气。我靠在商店橱窗上,小姑娘们看到哑铃,都对我笑笑。我认为关键在于要有向前的动量,因此诀窍就是要保持移动,只要我继续移动就没事了。毕竟,只剩下大概一又四分之一英里的路程了。

等我走出商业区,穿过环形马路,来到住宅区后,就终于能够时不时地休息一下而不用被围观了。我调整呼吸,然后拿起哑铃,像狒狒一样垂着胳膊,弯着腰一路小跑,就像在枪战现场,跑到心脏再也承受不了为止。我觉得自己就跟刚刚被抢救过来一样,大汗淋漓,满脸通红,肩膀酸痛,还有点肿胀扭伤的感觉,胳膊像漫画里那样被拉长了,哑铃杠杆上菱形的花纹永久地刻在了我的手心上,仿佛爬虫鳞片花纹。我今天下午还有一节私人辅导课要上,而现在离公寓还很远,于是我只好再次拿起哑铃,弯腰小跑起来。

终于,我到了里士满山坡的南面。里士满山高耸在我面前,山顶已直入低层云霄,看不见了。我努力负重行走了二十五码,然后无力地弯腰靠在墙上休息,感觉像有人踩在了我的肺上,就像"嘭"的一声踩破鼓胀的薯片包装袋那样。我抑制不住地咳嗽起来,空气摩擦着喉管后部,喉咙像火烧一般,让我想要干呕。我咳出一点菠萝汁,嘴里又泛起一股甜腥腥的胆汁味,汗水从脸上倾盆而下,顺着鼻尖滴在人行道上。忽然有只手搭在我的背上,然后一个声音说:"你还好吗?没事吧?"我睁开眼抬头一看,是爱丽丝。

"需要我叫救护……布莱恩?"

"爱丽丝！"呼吸，喘气，"哦……嗨……爱丽丝。"直起身来，呼吸，喘气，"你好吗?"我气喘吁吁，努力淡定地说。

"我很好。我担心的是你。我以为是位老年人心脏病发作了呢……"

"不不，是我。我很好，真的……"

她看见了哑铃，我把哑铃放在两脚之间，以防它们滚到山下砸死小孩。"那是什么?"

"是哑铃……"

"我知道是哑铃。但是你要这个干吗?"

"说来话长。"

"要我帮忙吗?"

"如果你能……"

她捞起一只哑铃，就像抱起一条小狗，然后大步往山上走去。

第二十四章

提问:由其内在固有矛盾双方的冲突致使某个概念转换为其自身的否定,黑格尔将这种趋势定义为?

回答:辩证法。

我让爱丽丝先待在我的房间,听听《勃兰登堡协奏曲》,给我的书架打打分,我自己去冲点咖啡。老实说,卧室并非最理想的状态。虽然我已经检查过诗歌本的内容,以及确保没有乱丢的内裤,但还是不太放心让她一个人待在那儿。水壶里的水烧得很慢,为了转移注意力,我冲进洗手间,洗了把脸,又飞快地刷了牙,去掉嘴里的胆汁味。我回到厨房,发现乔希也在那儿,还擅自倒了点我刚烧好的水。

"你肯定知道你房间里有位美人吧?"

"那是我的朋友,爱丽丝。"

"嗯,哈罗,爱丽丝。我能跟你们一起吗?"

"其实,我们在谈学习上的事,所以……"

"好吧,布莱恩,收到。她走的时候让她来我房间打个招呼吧?你这儿得擦擦。"他指着我的嘴角,那里留下了两条牙膏印。

"祝君好运,我的朋友……"①他说着朝门口走去,"哦,有人打电话找你,叫斯宾赛,好像是?他说让你给他回个电话。"我冲好了咖啡,端起杯子,偷了两块马库斯的饼干,回到卧室。

爱丽丝斜躺在床垫上,无聊地翻着我的《共产党宣言》。我把咖啡递给她,把肮脏的玻璃杯和放了很久结着水垢的瓷杯从床边移开,心中暗暗记住她的头靠在我的枕头上这个画面。

"为什么你的床架在衣橱后面,布莱恩?"

"我想要试试弄成日式布团。"

"好吧。布团。不错。"她看着床边墙上贴着的明信片和照片,"这是你爸爸吗?"

"嗯哼。"

她从墙上撕下照片,看着:"他真帅。"

我脱下厚外套,挂在衣橱门上:"对,他是很帅。"

她仔细打量着我的脸,试图弄明白我怎么没遗传到我爸的这一点,然后皱眉冲我笑笑:"你不打算换身衣服吗?"

我低头看了看我的"汗"衫,它现在可真是名符其实,腋窝下湿了,留下了两块暗色油腻的印记,闻起来有一股落水狗的味道。我害羞地迟疑了一下:"不,不用了,真的。"

"去换了吧。我保证,你脱衣服的时候我是不会自慰的。"

然后,在这最后一句话带来的情色挑逗的气氛中,我转身脱掉了上衣。

"干吗要哑铃呢,大块头?"

"哦,我就是想更健康一点……"

"练肌肉跟健康是两码事——我前一个男朋友身材棒极了,

---

① 原文为法语"Bonne chance, mon ami"。

但他连两百码的路都走不动……"

"就是'那个'很大的那位吗?"

"布莱恩!! 谁告诉你的?"

"你?"

"我说过? 嗯,对,就是他。总之,你的身材还行啊。"

"你这么觉得?"我问道,把汗衫举在胸前,像个害羞的新娘。

"有点瘦,棱角分明——埃贡·席勒①笔下人物的那种身材……"

我转过身来,套上一件干净的汗衫,想要换个话题。

"后来你们的圣诞假期怎么样?"

"哦,那什么,还行。嘿,谢谢你过来住那几天。"

"谢谢你邀请我。那包冷肉你处理好了?"

"当然。明格斯和科尔特兰说非常感谢。"

"你奶奶还好吗?"

"什么? 哦,对,对,她没事了。"

她把我爸的照片重新粘在墙上,小心地回避着我的目光,说道:"后来变得有点……怪怪的,是吧?"

"你是想说,是我变得有点怪怪的吧。我想是因为那是我第一次尝试毒品。"

"不光是那个,对吗? 你表现得有点……奇怪,好像你觉得你要证明些什么。"

"抱歉,我有点紧张。特别是在上流的人……"

"哦,拜托……"她打断我。

---

① 埃贡·席勒(Egon Schiele,1890—1918),奥地利画家,其作品特点是描绘扭曲的人物和肢体。

"怎么了?"

"拜托,别来那一套了,布莱恩。'上流'——多荒唐的一个词。到底什么是'上流'? 那都是你想象出来的,完全没有意义。老天,我真讨厌这种对**阶级**的执迷,特别是在这里,你都还没跟人打招呼,他们就开始表现得比你要'无产阶级',跟你说些什么他们的父亲是扫烟囱的独眼驼背,他们家还在用着室外厕所,从没坐过飞机之类的,都是些不知道真假的废话,而且反正大部分都是假的,我就在想:干吗要跟我说这些? 我应该觉得**有罪**吗? 难道你认为这都是我的错吗,还是你为自己能够逃脱天生的社会角色这种洋洋自得的屁话而感到高兴? 我是说,这些到底有什么意义? 照我说,人就是人,都是凭着自己的天赋、优点和努力起起落落,抱怨自己只有**靠背椅**而没有沙发、只能**喝茶**而不是吃大餐,都只是些借口,都是些自怨自艾,卑鄙的想法……"

她一边说着,巴赫的协奏曲一边逐渐变强,于是我说:"请听今年保守党大会的现场连线!"

"滚走,布莱恩! 这不公平,一点都不公平。**我**就不会以别人的背景来评价他们,我希望他们也能这样礼貌对我。"她在床垫上坐起来,手指着空气,"再说了,那也不是**我的**钱,是我父母的,他们的钱也不是偷了谁的救济金或是在约翰内斯堡开血汗工厂什么的得来的,他们的所得是靠辛苦工作赚来的,非常辛苦……"

"也不是**所有**都是工作赚来的,不是吗?"

"你什么意思?"她反问道。

"我只是说他们也继承了很多遗产,从他们父母那儿……"

"所以……?"

"嗯,这就是……特权啊,不是吗?"

"那,怎么,你认为人们应该像古埃及一样,死后把钱跟他们埋在一起？因为我觉得把钱传给下一代,帮助自己的家庭,给他们买来安全感和自由,这是你唯一真正值得做的事了……"

"这当然没错。我只是说,这也是特权。"

"这当然是特权,他们自己也这么认为,还为此付了他妈好大一笔税,而且他们也在尽可能地回馈社会。但要我说,再没什么要比仇富更势利的了,如果这想法跟某些传统的、学生支持的社会主义思想体系不相符的话,那很抱歉,但这就是我的想法。因为我真他妈讨厌总有人要把纯粹的妒忌伪装成某种美德!"她声音颤抖,满脸通红,停顿了一下,拿起咖啡杯,"当然,我不是说你。"

"当然不是。"我也喝了口咖啡,满嘴苦涩的牙膏味,我们谁都没说话,就听着《勃兰登堡协奏曲》。

"这不是《巡回鉴宝》节目的主题曲吗?"

"正是。虽然专辑封面上不是这样写的。"

她笑了,又在床垫上躺下。"抱歉,发泄一下怒气。"

"不,没关系。某些观点,我倒也同意你。"我说,但我满脑子都想着明格斯和科尔特兰吃意大利面的事儿。

"我是说,我们还是朋友,对吧？布莱恩——看着我。我们还是朋友,嗯?"

"哦,当然,还是朋友。"

"哪怕我是示巴女王①,而你只是个下贱的扫烟囱的?"

"肯定也是。"

"那我们能不能忘了这件事？把它抛在脑后,该怎样还怎样?"

---

① 示巴女王,希伯来圣经记载中统治非洲东部示巴王国的女王,与所罗门王生活年代相同。

"忘了什么?"

"我们刚才……哦,懂了。那就是已经忘了?"

"已经忘了。"

"很好。"她说,"很好。"

"那——今天下午你想不想去看电影什么的?"

"我去不了,一会儿有个试演……"

"好吧——什么剧?"

"亨里克·易卜生的《海达·高布乐》。"

"哪个角色?"

"同名主角海达。"

"你肯定能演好。"

"多谢。希望如此。不过我还是挺担心能不能拿下这个角色的。三年级的那些人都安排好了。如果我能演上那个……"她用伦敦土音说道,"'该死的女仆伯特',就很幸运啦……"

"但今晚的团队练习你会来吧?"

"是今晚?"

"新学期第一次!"

"哦,天哪,我一定得去吗?"

"帕特里克很严格的。他特意让我确定你今晚会去,不然你就要被开除了,他说。"当然他从没说过这些话,但我还是说了。

"好吧,我会去的,训练结束我们去喝一杯。"她走过来拥抱了我一下,我闻到她脖子上的香水味,她在我耳边轻声说道,"还是朋友,对吧?"

"当然。还是朋友。"

我还在回味着跟爱丽丝的对话,忽然听见莫里斯教授说:

"告诉我,布莱恩,你到底为什么在这儿?"

我被问住了。我收回凝视窗外的目光,转向莫里斯教授,他正躺在椅子里,双手交叉放在微微凸起的肚子上。

"呃,因为这是两点钟的私人辅导课?"

"不,我是问你为什么在大学,学英国文学?"

"为了……学习?"

"因为?"

"有……价值?"

"经济价值?"

"不是,那个……"

"个人提升价值?"

"对,我想是的。提升。而且我很享受,当然了。我喜欢教育、学习、知识……"

"'喜欢'?"

"是热爱。我热爱读书。"

"是热爱书的内容,还是只是拥有一堆书的感觉?"

"显然是内容……"

"这么说你对学习是认真的?"

"我想是的。"他什么也没说,又躺回椅子里,胳膊伸向身后,双手十指相扣,打了个哈欠,"你觉得我不是?"

"不知道,布莱。我希望你是认真的。我这么问你是因为这篇论文:《〈奥瑟罗〉中的'傲慢'与'偏见'观念》,真是,嗯,真是差劲。从头到尾,从标题开始,全部很差劲、差劲、差劲……"

"是,嗯,我写得有点匆忙,其实……"

"哦,我知道,看出来了。但它简直太差劲、太乏味、太愚蠢了,我都怀疑是不是你自己写的?"

"好吧。那,你不喜欢哪点?"

他叹了口气,往前坐了一些,用手梳着头发,就跟他要告诉我他想跟我离婚似的。

"好,从头开始。你提起奥瑟罗的方式就像你认识他,还有点担心他的状况。"

"嗯,那很棒啊,对吧?把他视为真实人物。这难道不是实际证明了莎士比亚生动的想象力?"

"又或者是证明你缺乏洞见?奥瑟罗是个**虚构人物**,布莱恩,他是被构造出来、创造出来的。他是一部伟大文学作品里创作出来的一个特别丰富而复杂的人物,但你只会说些什么'就因为他是个黑人他就得过得不顺这真可惜'。我从**这篇玩意**里只看出你说偏执是'不好的'。为什么要告诉我这个?难道你以为我会觉得偏执是'**好的**'吗?那你下一篇想写什么,布莱恩?《哈姆莱特——为什么拉着个脸?》,要不,《论为什么蒙太古家族与凯普莱特家族就是合不来?》①……"

"嗯,不,只不过我对种族偏见有很深的意见。"

"应该有,但又能怎么做呢?给伊阿古②的妈妈打电话,让她管管自己的儿子?事实上,讽刺的是,你把奥瑟罗描述成完美无缺而易受他人影响的'高贵的野蛮人',这个论述本身几乎就可以被看作是种族偏见言论……"

"你觉得我的论文有**种族偏见**?"

"不,不过我确实觉得你的论文很无知,这两者之间并非毫无关系。"

---

① 蒙太古和凯普莱特《罗密欧与朱丽叶》剧中的两大世仇家族。
② 伊阿古,《奥瑟罗》中的反面角色,挑拨奥瑟罗及其妻子之间的关系。

我想说点什么,但又不知道该说些什么,只好坐在那里。我觉得脸红燥热,非常惭愧,好像我是个六岁的孩子刚刚尿了裤子。我想赶紧结束这一切,于是半站起身,手伸到桌子另一边去拿我的论文。"好吧。或许我应该重写……"不过他还没说完呢,于是把论文从我手下抽走了。

"在我看来,这不是个'热爱知识'的人的成果,而是某个只喜欢显示自己热爱知识的人的成果。既没有深刻的见解,也缺乏原创性,连思考的努力都看不到,浅薄、虚伪、才疏学浅、智识幼稚,通篇都只是些常识、闲话、陈词滥调。"他身体前倾,像拎起一只死海鸥一样拈起我的论文,"最糟糕的是,它太让人失望了。我很失望这竟然是你写出来的,更令人失望的是你居然认为它值得我花时间和精力来阅读。"

他停下不说了,而我也想不出该怎么回答,只好望向窗外,等待着这一切结束。但沉默同样让人难过,终于我转过脸来,他看着我的表情似乎能称得上是"慈父般的"。

"布莱恩,今天上午我给一个学生做了关于 W. B. 叶芝的私人辅导——一个很好的女孩子,平易近人,最顶尖的私人女校毕业的——辅导过程中,我却不得不到我的车里取来 RAC 公路地图,以便向她解释北爱尔兰在哪儿。"①我刚想开口,他挥了挥手,"布莱恩,去年我在这间办公室面试你的时候,你还是个满腔热情的年轻人,这不常见,也打动了我。你可能有点不够专心,有点笨拙——我能说你笨拙吗?这评价公允吗?——但至少你没有把教育视为理所当然的事情。很多大学生,特别是在这样的大学里,都把教育看成是由国家资助的三年奶酪红酒派对,住着公寓,开着小

---

① 叶芝是爱尔兰诗人。

车,最后还能找份不错的工作,但我真的认为你不是这样的人……"

"我不是……"

"那是怎么回事?有什么事让你分心了吗?你不开心吗,有点抑郁……?"

老天,我不知道。我不开心吗?抑郁就是这种感觉吗?也许我就是不开心。也许我该告诉他关于爱丽丝的事。恋爱能成为不理智行为的一个好借口吗?对于奥瑟罗来说当然是,但是对我来说呢?

"那么,你有什么想跟我说说的吗?"

我爱上了一位美人,爱得比我曾以为的还要深,深得我都没法思考其他事情了,但她遥不可及,她觉得我说好听点是很可笑,说难听点就是很恶心,所以我觉得我可能有些疯狂了……

"不,没什么。"

"嗯,那我就不知道出了什么问题了,看看你今年目前的成绩——74、64、58、53——看来你真是越学越笨了。但,奇怪的是,这并不是教育的目的……"

第二十五章

提问:在哪里能找到脑桥、弓状束、韦尼克区以及中央沟?
回答:大脑。

这是真的,我越变越笨了。还是说"更笨了"?
不光是差点没选上挑战赛队伍,而且在课堂上也状态不佳。我走进教室坐下的时候还两眼放光,心思机敏,但是大概十分钟之后,哪怕讲的是我真的很感兴趣的东西,比如玄学派诗歌,或是十四行诗形式的发展变化,或是英国小说中中产阶级地位的上升,我也跟在广播里听足球比赛解说一样听不懂了。我刚走进图书馆时,几乎能听见图书馆因为人类知识的沉重和广阔而发出的呻吟声,然后便总是落入以下两种情况:1. 开始想关于性的事情;2. 想上厕所。上课的时候我要不就是睡着了,要不就是因为总在睡觉而没有预先读书,或者从一开始我就读不懂,或者我没找到阅读材料,再不就是我总在环视教室里的姑娘们,而且即使我*真的*听懂了课堂内容,我也不知道该说些什么,我不知道我是同意呢还是不同意。国家出钱让我来学习这美妙的、永恒的、令人惊叹的文学艺术,而我的反应却永远就只有"赞"或者"踩",再没有更名了。那些坐在前排的年轻人都头发闪亮,异常聪明,他们总是头凑在一起,说些什么"难道你不认为从形式上来说,埃兹拉·庞德的语言太过密闭,而不能用结构术语来解读吗?"之类的话,虽然我每个字都听懂了,"解读""形式上""是"甚至"密闭",但以那种顺序连在一起,我还是不懂他们说的是什么意思。

  当我试图读点儿什么的时候也是这样,都在我脑子里混成一团糨糊,雪莱的《勃朗峰》这首重要而深刻的诗歌也变成了"万物永无穷尽的宇宙,从心灵/流过,翻卷着瞬息千里的波浪/时而阴暗,时而什么什么,时而什么什么"①,直到它四分五裂,化作碎片。当然,如果《勃朗峰》是雪莱发行的一首七寸唱片单曲,我一定能一字不落从头背到尾,还能告诉你它在唱片榜上的最高名次。但是因为它是文学,而且其实还挺难理解的,我就毫无头绪了。悲伤的事实就是,我热爱狄更斯、邓恩、济慈、艾略特、福斯特、康拉德、菲茨杰拉德、卡夫卡、王尔德、奥威尔、伊夫林·沃、马维尔、格林、斯特恩、莎士比亚、韦伯斯特、斯威夫特、叶芝、乔伊斯、哈代,我真的非常、非常爱他们。只是他们不爱我。

  是从什么时候开始这样的?为什么所有事情都没有按照它们应该的样子发展?归根究底,大脑也是一种肌肉,我想只要你经常锻炼它,考验它,它就能变成那种精实的、嗡嗡作响的、充满电的一小团白色蛋白质。但其实,我感觉自己的脑袋里满是某种温热潮湿的物质。无用的灰色猪油似的东西,那种用塑料袋包好塞在超市出售的鸡杂的东西。说实话,现在想想,我甚至不确定严格意义上来说大脑是不是肌肉。还是器官?或是组织?或是腺器?我的大脑肯定是个腺器。

---

① "万物"至"阴暗"部分的译文引自江枫译《雪莱诗选》,外语教学与研究出版社,2011年版。

今晚,挑战赛队伍在帕特里克公寓里会面的时候,它最像腺器。这是新年第一次训练,还有一个月我们就要上电视比赛了,因此帕特里克尤其紧张,特别是他还要在训练中加入一个全新的激动人心的玩意儿。整个圣诞假期帕特里克都在制作**抢答器**——把圣诞树小灯和门铃钉在唱片大小的方形胶合板上,装上电池,刷上红色瓷漆,就成了四个新奇玩意。很显然他对这项新发明极为自豪,我都还没来得及跟露西·张打招呼说新年快乐,还没有问问爱丽丝的试演如何,他就让我们坐在沙发上,膝盖上人手一个抢答器。帕特里克坐在旋转办公椅里,手里拿了厚厚一叠资料卡,他调节了一下椅背角度,然后就开始了……

"好,首先是十分的抢答题——哪位十八世纪的首相又被称为'伟大的下院议员'?"

我按了抢答器。"格莱斯顿[①]?"我说。

"不对。"帕特里克说,"还有谁抢答?"

"老皮特[②]?"爱丽丝说。

"回答正确。布莱恩扣五分。我说了是**十八世纪**,对吧?"

"对,你说了……"

"格莱斯顿是十九……"

"是,我知道了……"

"好的。以下哪个国家**没有**海岸线。尼日尔、马里、乍得、苏丹。"我好像知道答案,于是就按了抢答器,说:

"苏丹!"

[①] 格莱斯顿(William Ewart Gladstone,1809—1898),在十九世纪曾四次担任首相职务。

[②] 老皮特,即威廉·皮特(William Pitt,1708—1778),辉格党政治家。因其儿子也叫威廉·皮特,故又以老皮特、小皮特区分。

"不对。"帕特里克说。

露西·张说："除了苏丹,其他国家都没有?"

"回答正确。布莱恩扣十分。好,前庭神经、鼓膜张肌、耳蜗、椭圆囊以及球囊都是哪个器官的部分?"

我不知道,但不由自主地就按了抢答器。

"大脑?"

帕特里克埋怨了一声。

"抱歉,我手滑了……"

"扣十五分……"

"……我知道,失误而已,手滑……"

"……答案是什么,露西?"

"耳朵?"

"正确,就是耳朵。你什么专业的,露西?"

"学医的。"

"你呢,布莱恩,你学什么的?"

"英国文……"

"正是。英国文学。那么,布莱恩,你不觉得露西才更有资格来回答……"

"我肯定她更有资格,不过我刚才说了,我是手滑才按的。这些抢答器一碰就响……"

"那么是我的抢答器的错咯?"

"这个……"

"到时候真正的抢答器,你不觉得它们也是一碰就响吗?"

"应该是的,佩特里克……"

"……因为我用过那些抢答器,各位,我要说,你得对你的答案非常、非常确定才能按下抢答器……"

"那个,我们能继续了吗?"爱丽丝不耐烦地说,"我九点半还要到别的地方去……"

"去哪?"我问道,忽然很焦虑。

"见个人,满意了吗?"她没好气地回道。露西和帕特里克对望了一眼。

"当然。不过我还以为我们结束之后要去喝一杯,仅此而已……"

"今天不行了,《海达·高布乐》又让我去,如果你一定要知道的话。"我有点生气,不小心又按响了抢答器。

"抱歉!"

"其实,我觉得我的抢答器坏了。"露西·张说,帕特里克一把夺过抢答器,仿佛那都是可怜的露西的错一样,然后用他那一大串钥匙上的大瑞士军刀猛戳抢答器。爱丽丝和我小心翼翼地看着对方,我们距离冠军队伍还有很长一段路。

这之后,我就根本什么问题也不回答了,哪怕我其实知道答案,一等到帕特里克赛后总结结束——不要按抢答器按上瘾啦、把答题机会让给那个领域的专家啦、听好问题啦、小心打岔啦——爱丽丝就穿上大衣朝门口走去。出门之前,她大概是想缓和缓和关系,于是说:"哦,顺便说一句,我的一些朋友明晚要开派对,多尔切斯特路十二号,晚上八点开始?欢迎参加。"她对我抱歉地笑笑——至少我觉得是,然后转身走了。

我和露西·张一起走回宿舍,她就住在里士满山更高一点的地方,其实她非常友善。我忽然意识到露西是我在中餐馆以外交谈过的第一个中国人,不过我决定还是不要把这事说出来。我们聊着学医是怎么一回事,她把这事说得很有意思,不过声音也很

239

小,我不得不稍微俯身以便听清她的话,这让我感觉自己有点像菲利普亲王。

"你为什么想当医生?"

"其实是我父母。他们常说当医生是最崇高的抱负。因为,这能真正改变他人的生命质量。"

"那你喜欢吗?"

"非常喜欢。我热爱学医。你呢?文——学怎么样?"

"哦,我挺喜欢的。只是不知道能不能改变任何人的生命质量。"

"你写作吗?"

"不怎么写。我刚刚开始写一点诗歌。"我仍在练习大声说出这句话,不过露西没有嘲笑我,至少没有表现出来,"听起来挺装的,是吗?"

"哦,一点也不啊,为什么?"

"不知道。只是,就像奥威尔说的:英国人对于诗歌的自然反应就是极度尴尬。"

"嗯,我不知道为什么。有人会说诗歌是人类表达的最纯粹的形式。"

"对,不过,你是没读过我的诗。"

她无声地笑了笑,说:"我不介意读一读。它们肯定很棒。"

"我也不介意你在我身上开刀!"我说。我们谁也没有接话,都在琢磨着这话怎么听起来这么下流。

"嗯,希望你不需要开刀!"我们又走了一会儿,试图摆脱那句"在我身上"的评论,但它仍悬浮在我们之间,就像美术馆里的一个屁。

"那——最近解剖了什么有意思的东西吗?"终于,我开口问道。

"心血管系统。"

"好吧。那你喜欢它吗?"我用菲利普亲王的姿势问道。

"是的,很喜欢。"

"那这会是你毕业之后的专业方向吗?"

"应该是外科,我想。虽然还不清楚会是哪个领域。我在心和脑之间犹豫不决。"

"我们不都是这样吗!"我说。在我看来这回答还挺机智的。其实,我在搞清楚这句话到底是什么意思之前就已经脱口而出了,所以现在这句话也悬浮着,挥之不去。然后露西抛出了一个完全不相关的话题。

"爱丽丝挺酷的,是吧?"

"没错。是挺酷的。"完全不相关,对吧?

过了一会儿。"也很美。"

"嗯。"

又过了一会儿。"你俩好像关系挺好。"

"嗯,是的。我想我们关系不错。有时候。"我与露西之间这种新建立的友好亲切之情鼓励了我,也让我惊喜,于是我又说道,"帕特里克真是个怪人,对吧?我想他可能……"不过露西忽然停住脚步,手搭在我的小臂上,轻轻捏了捏。

"布莱恩,我能跟你说件事儿吗?私人的事……"

"当然。"我说,然后想到她可能要说的是……

"我这么说有点尴尬……"她皱着眉说。

她要约我出去!"说吧……"

"好——的……"她说,然后深吸了一口气……

我该说点什么?嗯,不。很明显我应该说不……

"是这么回事儿……"不过我该怎么委婉地拒绝呢,不要伤了她的心……?

"嗯……就是,你跟我说话的时候,总是每个字都发音发得特别清楚,就跟我耳朵很不好使似的。"

"哦,是吗?"

"嗯哼,你微微侧身,点着头,用很简单的单词,好像我的词汇量极其有限似的。我不知道你是因为我是'中国血统'或是美国人还是怎么的,不过我根本就没去过中国,我不会说中文,我甚至不是特别喜欢吃中餐,所以,如果你就跟我说正宗、正规、口头表达的英语,那个,我还是能听得懂的。"

"抱歉,我没意识到我是这么说话的……"

"没事,不光是你,我经常碰到这么跟我说话的。我是说,总是……"

"太尴尬了……"

"别,没事的。就是听起来有点对我俯就屈尊,没别的。"

"其实,我觉得那个词应该是屈尊俯就!"

"不好笑,布莱恩。"

"对,嗯,不好笑。"我们走到里士满公寓门口,"那,明天的派对你会去吗?"

"可能吧。我不擅长派对。"

"不过可能会去?"

"可能。"说完她准备向山上走去。

"对了,我能问你件事吗?"

她停住了,有点紧张:"什么事?"

"大脑——医学上来说,算是肌肉还是腺器?"

"这个嘛,大脑是多种神经组织的集合,这些神经组织作用相似、互有关联,所以严格来说我想大脑应该算是器官。怎么了?"

"就问问。明天见。"

"拜。"然后我目送着她的熊猫背包朝山上移动,渐渐看不见了。

我转过身,正准备跑上前门的台阶,忽然发现暗处有个蜷成一团的身影,倒在门口,头低着,挡住了路。我在台阶中间僵住了,盯着那个人,他双手抱在新剃的头上,抬头看见了我。我刚刚做好要被打劫的准备,只见那个黑影摇摇晃晃地站起身来说道:"哟,那个亚洲妞是谁呀,布莱?"

他走出暗处,我认出了那双机灵锐利的双眼,是斯宾赛·路易斯。

第二十六章

提问:一种纹理细腻的半透明含水石膏,来自海水蒸发后形成的层状沉积,又被称为"佛罗伦萨大理石",经常用于雕塑。请问它是?

回答:雪花石膏。

"斯宾赛,你怎么在这儿?"

"就是想来看看你,没别的。"我跑上楼梯想要拥抱他,他捶着我的肩膀,我们来了一点男孩见面打招呼时常做的那种奇怪小动作,"你以前邀请过我……"

"对,我知道,不过……嘿,你的头发是怎么回事?"

他用手摸摸头,头发几乎剃光了。"逃犯发型——喜欢吗?"他说,我注意到他那浑厚的声音,说明他在火车上已经喝醉了。

"喜欢!对,真是非常……大胆。谁剃的?"

"我。"

"跟人打赌了,还是……?"

"滚开,你这个留着《故园风雨后》发型的。怎么着,我能进去吗?"

"当然。"我开了门,打开门厅的灯,从走廊上的自行车之间挤过去。他还有别处看起来也不一样了,眼皮耷拉下来,很疲倦的样子,眼下泛着一片紫色,像是瘀青。天气很冷,但他只穿了一件很破的旧哈林顿夹克,还是上学时候穿的。行李只有一个塑料袋,据我看里面只装了两罐啤酒。

"我早上打电话了,某个上流腔调的家伙接的。"我们走上楼梯时,他说。

"是我室友,乔希。乔希和马库斯。"

"他们怎么样?"

"哦,挺好的。不是你的类型。"

"那是你的类型?"

"其实我觉得他们谁的类型都不是。"到了我的卧室门口,我打开门。

"哟——这就是事发现场了?不错……"

我脱掉外套,随意地扔在哑铃上,趁斯宾塞还没发现。

"请随便。喝茶吗,咖啡,还是别的?"

"有酒吗?"

"可能还有点自酿啤酒?"

"自酿?"

"马库斯和乔希的,其实。"

"味道怎么样?"

"有点尿味?"

"但含有酒精?"

"嗯哼。"

"拿来。"

然后,我不情愿地让他一个人留在我的房间里,自己冲到厨房拿啤酒。我也要喝一点。斯宾赛的不请自来让我惊魂未定,他显然是个奇怪又刻薄的人,而我这辈子也从来没想过有一天我见到他会不开心。而且,我还有点焦虑,我可能把诗歌本放在桌上了,摊开在我最近在写的一首色情十四行诗那页。第一行就写着"雪花石膏般的胸部",如果斯宾赛读到了,那我就永远别想消停了。

忽然,我听到房间里传来《勃兰登堡协奏曲》,声音很大,我赶紧抓起啤酒杯,回到房间,只见他坐在桌前,嘴里叼着烟,一手拿着巴赫专辑的封套,一手是《共产党宣言》。

"你最近成了什么了,共产主义者还是社会主义者?"

"应该是社会主义者。"我说,关小了音量。

"好吧。那这俩有什么区别?"我知道他明知两者的区别,这么说只是为了取笑我。不过我还是告诉他了。

"共产主义者反对私有财产以及生产工具私有制的观念,而社会主义则致力于……"

"你的床垫怎么在地上?"

"那是日式布团。"

"好吧。布团。是那个亚洲妞教你的?"

"'亚洲妞'——种族歧视加性别偏见!"我说,把"雪花石膏般的胸部"那首诗悄悄塞进书桌抽屉里,"其实露西是明尼阿波利斯人。她有中国血统不代表她就是中国人。"

"老天,你说得没错,这酒真是一股尿味。咱们能去酒吧什么的吗?"

"你不觉得现在有点晚了吗?"

"还有半个小时呢。"

"我还得读读明早上课的材料。"

"读什么?"

"蒲柏的《劫发记》。"

"听着挺下流。① 明早再读吧,嗯?"

"这……"

"来吧,就喝一杯?"

我当然知道我不应该去。不过房间忽然变得狭小又晃眼,大醉一场似乎成了迫切需要,于是我就答应了,我们去了酒吧。

我们去了"飞翔的荷兰人",酒吧里人还很多。我在吧台前等着的时候,朝斯宾赛那里望了望,他眯着通红的双眼环视四周,一边烦躁地抽着烟。我自己买了一品脱啤酒,给他买了一品脱和一杯伏特加。

"这么说,是间学生酒吧了,对吧?"他问。

"不清楚。可能是吧。去找找座位?"

我们把酒杯高举过头顶,挤过人群,在后面找到一张桌子坐下,沉默了一会儿,我说:"那——家里都怎么样?"

"哦——很好。好极了。"

"你怎么想起上这儿来了?"

"你请我来的啊。随时欢迎,记得吗?"

"当然。"

他沉默了一会儿,好像下了决心,然后非常漫不经心地说:"而且我刚才说了——我是个逃犯,嘿。"

"什么意思?"

"嗯,简单说就是我惹上麻烦了。跟法律系统。"

我笑了,然后回复常态,说:"什么原因? 不会又是打架

---

① 《劫发记》原文为"The Rape of the Lock",其中"rape"一词在十七世纪英语中意为"劫掠",今意为"强奸",故斯宾塞认为"下流"。

了吧……"

"不,我被发现了。欺骗救济金。"

"开什么玩笑……"

"不,布莱,我没开玩笑。"他疲倦地说。

"怎么会?"

"不知道——有人把我给卖了,我猜。嘿,不是你吧,嗯?"

"是啊,斯宾赛,就是我。那之后会怎么样?"

"不知道,我怎么知道?应该要看地方法官怎么判了吧。"

"你要上法庭?"

"哦,没错。显然他们决定要严厉查处,所以我下个月得上法庭了。是不是好消息?"

"那你准备怎么说?"

"法庭上?还没想好。我猜我可能会说是上帝指使我这么干的。"

"那你还在加油站工作吗?"

"嗯,不干了,其实。"

"为什么?"

"因为我被抓了个现行。"

"什么现行?"

他喝了一大口伏特加。"我把手伸进收款机里了。"

"开什么玩笑!"

"布莱恩,你干吗一直问我是不是在开玩笑?难道你认为我会觉得这种事好笑?"

"不,我只是说……"

"他们在收款机顶上装了个监视器,然后发现我每晚工作结束后从收款机里拿现金。"

"拿了多少?"

"不清楚,五镑十镑的,偶尔糖果薯片什么的钱也没放进收款机里。"

"那他们也要告你吗?"

"不,他们告不了,因为我不是登记员工。不过,简单说就是老板不太高兴。他扣了我一大笔薪水,告诉我要是再让他看到我就打断我的腿……"

"他觉得你拿了多少?"

"几百块?"

"那你究竟拿了多少?"

斯宾赛喷出一口烟:"也差不多几百块。"

"真见鬼,斯宾赛……"

"他们一小时才付我他妈的一镑八十便士,布莱恩,他们还要指望他妈的什么?"

"我懂,我懂!"

"总之呢,你可是个*共产主义者*啊,我还以为你不赞成私有制。"

"我是不赞成,不过马克思说的是生产工具,而不是加油站收款机里的东西。再说了,我也不是*反对*,我是个社会主义者。我只是觉得,嗯,真可惜,就这样。你父母怎么说?"

"哦,他们为我感到非常、非常骄傲。"他一口气喝了大概半品脱的酒,"总之,重点是我这次可是彻底、绝对的完蛋了。"

"但,你还能再找份工作的,对吧?"

"哦,当然啦——没文凭、没工作,还有犯罪记录的小偷。在如今这个竞争激烈的就业市场,我还真他妈的是个宝贝呢。再来一品脱?"

"半品脱吧。"

"嗯,你去买吧,我有点拮据,经济方面。"

于是我又去吧台买了酒,打消了今晚有可能读读《劫发记》的念头。

不用说,我们又是最后一批离开酒吧的人。酒吧宣布最后一轮点单之后,斯宾赛自动揽下了把别人酒杯里剩下的酒倒进我们的杯子的任务,这种事我大概十六岁之后就没再干过了。因此,等我们回到里士满公寓的时候,我们俩都已经酩酊大醉。回到屋里,我们又喝完了杯子里浑浊的自酿啤酒,又打开斯宾赛"行李"里那两罐金牌特酿啤酒,他的塑料袋里还有一份《每日镜报》和吃了一半的肉馅饼。我把新年跟爱丽丝的事情都对他和盘托出,还说了在厨房遇到她妈妈没穿衣服的事,当然是我的版本,斯宾赛的眉头松开了一点,第一次笑了,真正的、大方的笑脸,不是冷笑也不是窃笑。

然后我起身去换唱片,放上了《体内踢打》,凯特·布什不同凡响又富有挑战性的首张专辑,他又恢复了老样子,听《男人眼中的孩子气》这首歌时从头笑到尾,取笑我的专辑收藏和墙上的明信片。为了让他分心,我换上了他给我做的那盘磁带,《布莱的大学精选》,我们一起醉醺醺地倒在床垫上,盯着天花板上的裂缝,一边听着吉尔·斯考特-赫仑唱的《瓶子》①,一边把头扭来扭去。

"你知道这里面有你,对吧?"

"什么里面?"

---

① 吉尔·斯考特-赫仑(Gil Scott-Heron,1949—2011),美国黑人灵魂及爵士歌手。

"这首歌——听……"他爬到音响旁边,按下暂停键,倒带,"仔细听好……"歌曲开始,是现场版的录音,前十六个小节只是电风琴和鼓点,然后是一段爵士长笛,吉尔·斯考特-赫仑说了些什么,我没太听清。

"听到了吗?"斯宾赛兴奋地说。

"没有……"

"再听,聋子,好好听。"他按下倒带,暂停,播放,把音量调到最大,这回我听到吉尔·斯考特-赫仑的话了,很清楚:"长笛演奏:布莱恩·杰克逊!"然后是一阵掌声。

"听到了?"

"听到了!"

"是你!"

"长笛演奏,布莱恩·杰克逊!"

"再来……"

又来了——"……长笛演奏:布莱恩·杰克逊。"

"太棒了,我以前从来没听到过。"

"那是因为你从来就没听我给你录的磁带,你这**没文化的浑蛋**。"他又爬回床垫上,仰面躺着,我们听了一会儿音乐,我觉得我其实还是挺喜欢爵士乐的,或是灵魂乐、放克、随便什么,决心以后要多多发掘黑人音乐。

"这么说,那个爱丽丝就是你看上的人了?"终于,斯宾赛开口了。

"我不是*看上*她,斯宾,我*爱*她……"

"你爱她……"

"我爱——她……"

"你爱——她……"

"我绝对、完全、彻底地爱她,全心全意……"

"我还以为你爱简妮特·帕克斯,你这负心的贱人……"

"比起爱丽丝·哈宾森,简妮特·帕克斯根本就是粗人。'我不爱简妮特,我爱的是爱丽丝/谁要将白鸽与乌鸦相比?'"①

"你说啥?"

"《仲夏夜之梦》,第二幕,第三场。"

"杰克逊,你可真是个笨蛋。那我什么时候能见见她,这个爱丽丝?"

"也许吧。明晚有个派对,如果那时你还在的话。"

"要我帮你说句好话吗,哥们?"

"没用的,哥们。我说了,她是女神。你那边怎么样?"

"我没怎么样,哥们。你懂的,我就是个机器人。"

"你肯定爱上谁了……"

"只有你,哥们,只有你……"

"嗯,我也爱你,哥们,但不是肉体的、浪漫的那种爱,对吧?"

"哦,是的,必须是肉体的。要不你以为我干吗大老远跑来?因为我想要你。吻我吧,大块头。"斯宾赛跳到我身上,坐在我胸口,嘴里发出吧唧吧唧的声音,我试着把他推开,我们扭打在一起……

"来吧,布莱恩,放弃吧,你知道你也想要……"

"下去!"

"吻我,吾爱!……"

"斯宾赛!很痛啊!……"

---

① 原文为"我不爱赫米娅,我爱的是海丽娜;谁不愿意把一只乌鸦换一头白鸽呢?",出自莎剧《仲夏夜之梦》。

"别反抗了,亲爱的……"

"走开!你坐到我的钥匙上了,你这疯子……"

有人敲门,马库斯站在门口,穿着鲜红色绒线睡袍,眨着他飞行员眼镜后面那一双鼹鼠似的眼睛。

"布莱恩,已经两点十五分了,你能不能把音乐关了?"

"抱歉,马库斯!"我说着,爬向音响。

"哈——罗——马库斯。"斯宾赛说。

"哈罗。"马库斯喃喃道,推了推鼻梁上的眼镜。

"马库斯这名字挺好,马库斯……"

"这是我最好的朋友,斯宾赛,马库斯!"我说,把所有"斯"字都说得很轻巧。

"小点声,行吗?"

"好的,马库斯,很高兴见到你,马库斯……"然后,等他一关上门,"……拜,马库斯,你这浑蛋……"

"嘘!斯宾赛!"

不过一关上音乐,就感觉没那么有意思了,于是我们一番叮铃咣啷,费力地把铁床架从衣橱后面拿出来,支在床垫旁边。关于谁睡在哪儿,我们争论了一小会儿,最后决定让斯宾赛睡床垫,因为他毕竟是客人,我就和衣躺在光溜溜的铁架子上,盖着一堆大衣和毛巾,头枕着一英寸厚的涤纶枕头,感觉天旋地转,期待着赶快酒醒。

"你准备待多久,斯宾赛?"

"没想好。也许几天?直到我把事情想清楚了?行吗,哥们?"

"当然啦。你想待多久就待多久。朋友就是这时候用的,对吧?"

"谢了,哥们。"

"谢啥。"

过了一会儿,我说:"不过,你还好吧,哥们,嗯?"

"不知道啊,哥们,不知道。不清楚。你呢?"

"我好着呢。"

又过了一会儿,他说:"长笛演奏,布莱恩·杰克逊!"

我说:"长笛演奏,布莱恩·杰克逊……"

他说:"然后观众就疯了……"

然后我们都睡着了。

第二十七章

提问:"卡柳美",一种北美洲原住民文化中的重要仪式器具,又被称为什么?

回答:和平烟斗。

清晨四点半左右,我吐了。

万幸的是,我及时跌跌撞撞地冲进了走廊尽头的洗手间,不过等我从洗脸池上抬起头,看着镜中的自己:湿漉漉的嘴唇,脸色苍白,还在微微颤抖着,我差点又吐了,因为我看见自己一侧脸颊上长满了菱形鳞片,显然在夜里我变成了某种古怪又可怕的人形蜥蜴。我捂住嘴不让自己喊出声来,然后忽然想到那只是铁丝床架在我脸上压出的花纹,于是我就又回到床上去了。

八点十五分,闹钟响了,像在我耳朵里插进了碎冰锥,我躺着,听见雨点打在窗户上。

虽然我以前也曾经宿醉过——是经常宿醉,不过这次却感觉不一样,几乎如同幻觉。仿佛我的整个神经系统都被重新调校过了,即使最轻微的感觉——屋外的雨水、台灯的光线、滚落到床架下的特酿啤酒空罐散发的气味——都被怪诞地放大。每一条神经末梢似乎都在不安地活动、抽搐着,甚至那些体内神经也是,只要我安静地躺着，集中精神，就能真切地感受到五脏六腑的位置和形状，肺部发出潮湿的怒吼，汗如雨下精疲力竭的黄灰色肝脏瘫靠在脊柱上，肾脏充血、疼痛、变成青紫色，痉挛的小肠也火辣辣的。我试着移动身体，想要把最后这个画面从脑海中抹去，但是头发摩擦枕套的声音也被无限放大了，我只好一动不动地躺着，看着几英尺开外的斯宾赛，他的嘴巴微微张开，在我的枕头上留下了一片潮湿的口水印。我们离得很近，我都能闻到他的口气，臭烘烘的热气。天哪，我都忘了他的光头，他看起来真像个法西斯分子，英俊而有魅力的法西斯，不过从历史上看来，这一类法西斯才是最坏的。如果今晚大家看到我跟他一起出现在派对上，然后以为我的朋友是个法西斯，那该怎么办？也许他今晚就不在这儿了。也许他就快回家了。也许那才是最好的办法。

　　起身坐在床架边简直成了一项艰巨的任务，而且我真的听到了胃里的东西翻滚再落下的声音，就像装满温热冒泡的蛋奶沙司的薄塑料垃圾袋。换下昨晚旧衣服的念头听起来更是天方夜谭了，所以我也没换，我甚至不确定我能不能系好鞋带而不吐在鞋上，但我还是做到了。然后我披上外套，趁斯宾赛还在熟睡，出门朝山上的英文系走去。天上飘着细雨，风很大，我还指望着能在路上读读《劫发记》，简直可笑。雨水打湿了书页，而且，能做到走路不摔跤已经是我的神经系统的极限了。

　　进教学楼之前，我靠在墙上，双手搓着脸，想要让脸上带点除了灰色以外的颜色。这时我看到丽贝卡大步从门口走出来。有一瞬间，我以为她看见我但又假装没看见地走开，但这不可能，因为那意味着她已经开始不理我了。

　　"丽贝卡！"我喊道，但她只是大踏步地往前走着，黑色塑胶外套的领子竖起，低头走在雨中，"丽贝卡……？"我抑制住那一袋翻腾的蛋奶沙司,尽量保持头部僵直地跑起来。

"丽贝卡,是布莱恩啊!"

"是嘛。哈罗,杰克逊。"她面无表情地说道。

"你好吗?"

"挺好。"

我们走了一段。

"课还好吗?"我问。

"嗯哼。"

"什么课?"

"你是真想知道还是只是在没话找话说?"

"只是找话说。"

我仿佛看到了一丝笑容,但也可能是我幻想出来的,因为她接着说:"你不是该去上课了吗?"

"嗯,我本来要去的,但现在不确定我这样还能不能上得了……"

"什么课?"

"你是真想知道还是只是……?"

"顺便说一句,你看起来像狗屎。"

"我感觉起来也像。"

"很好。我很欣慰。"

她似乎满怀敌意。当然她总是充满敌意,但今天特别地没好气。我们又走了一段,我跟在她后面,寻思着她那双短腿怎么能走得比我快这么多。

"贝贝,你还在生我的气吗,还是怎么着?"

"'贝贝'?'贝贝'是他妈的哪位?"

"丽贝卡,我是说。那个,生气吗?"

"不是生气。只是……失望。"

"天哪,就连你也……"她注视着我的眼睛,这还是头一次,"最近我似乎让所有人都失望了。也不晓得是怎么回事。我非常努力不想让大家失望,我真的很努力。"听到这话,她停下脚步,我们在雨中站了一会儿,她上下打量着我。

"你自己知道自己脸色发灰,对吧?"

"我知道。"

"嘴角上有点白色的东西。"

我用衣领擦了擦嘴,说:"是牙膏。"虽然我也不知道到底是不是,"那什么,早饭吃了吗?"

"那你的课怎么办?"

我想起了我的新年计划,每一节课都要上。但现在丽贝卡似乎比计划更重要,于是我说:"估计我要逃课了。"她想了一会儿,然后说:"跟我来。"我们又朝山下走去。

特选早餐油腻腻的热气让咖啡馆的窗户上起了雾,水汽在冷玻璃上凝结成水珠,顺着玻璃往下流,在我们的红色胶木桌上积成一摊。丽贝卡和我坐在卡座里,她要了一杯茶,我要了牛奶咖啡、一罐可乐、棕酱脆皮培根卷,还有一根玛氏巧克力棒。丽贝卡用手指在窗户的雾气上随意画着,一边听着我说:"……他骗取救济金被发现了,我个人认为这事很无耻。我是说,要是你想一想,那些大企业通过避税来骗钱,但都没人有任何表示……"

"……唔……"

"……我是说,每周只有少得可怜的二十三镑,这算什么?谁也没法儿靠这点钱生活。他们还能指望大家怎么做,没有合适的工作机会的话……?"

"嗯哼……"

"……我真想看看某些托利党浑蛋怎么能靠这点钱生活下来。总之,我担心他要向我借钱,我现在可没钱借给他,那点助学金根本不够……"

……说到这里我停了下来,因为我发现爱丽丝在窗户的雾气上反着写下"救命!"两个字。

"抱歉,我说的有点无聊了,对吧?"

"嗯,杰克逊,你了解我的,通常我是最喜欢一大早就来讨论托利党的社会政策的,只是,嗯,只是现在它并不是主要问题,对吗?"

"对,我也觉得不是。"我深吸一口气,"那天晚上,真对不起。"

"你真的知道你是在为什么道歉吗?"

我知道吗?"不,其实不知道。"

"那就不能算是个道歉,对吧?"

"对,不能算。"回想起那天晚上,我觉得有点像周五晚上喝醉了在酒吧外面打架然后被抓了一样;当时觉得既刺激又生动,还有点吓人,但事后回想起来,其实不太清楚究竟谁对谁做了什么,甚至是谁先动手的。我琢磨着要不要跟丽贝卡说说这个类比,但大概没人会喜欢把亲吻比作酒吧斗殴吧,所以我只说:"我想,那就是跟,那个,往常一样。"

"什么往常?"

"就是,我很差劲。"

"哎哟,嗯,我比你还差……"

"我比你差劲多了。"

"你才没有……"

"我有……"

"不,你没有……"

"我有,我简直糟糕透顶……"

"好了,杰克逊,我们别在这个问题上辩论不休了,好吗?"她喝了口茶,好像还嚼了嚼,然后说道,"就这么回事儿,我有点喝多了,搞错了,那话怎么说的来着?'误解了信号'。我不是特别生你的气,只是挺尴尬的。我一般不会让我自己这么……"她微微苦笑了一下,"……脆弱的,是该用这个词吧?"然后她舔了舔指尖,把我盘中的脆皮培根卷碎屑刮干净,"我相信我能再次学会恋爱的。"

对话明显开始往私人方向发展,这引起了我的好奇心,于是我向前探了探身,头斜靠在潮湿的窗户上,想要传达出一丝渴望的关切态度,我用低沉的声音问道:"那么,你过去有没有过,就是,情感上的,低落的时候?"

丽贝卡的动作停住了,水杯举在嘴边,转头朝两边看了看:"不好意思,你在跟我说话?"

"我这么问是有理由的,是吧?"

"这他妈关你什么事。那你想要我怎么说?因为爸爸不给我买小马驹?我就是喝多了,想要一点,身体,怎么说,身体接触,我暗示了,然后被拒绝了。没什么大不了的。就算是所有人在这个鬼地方都他妈的容易情绪失控,并不代表我也得……"

"我觉得你脏话说得有点多……"

"扯淡……"

"要是你一直说脏话,那你就降低了那些脏话的有效性……"

"你以为你是谁?玛丽·他妈的·波平斯①?"她说,同时也微

---

① 玛丽·波平斯(Mary Poppins),著名系列儿童小说中的同名女主角,来到人间帮助并教导孩子的魔法保姆。

笑起来,这基本达到了我的预期。她又喝了口茶,望着窗外,随口说道,"总之,要是你想知道,我上一次的恋爱是在堕胎诊所画上句号的,所以……嗯……反正,对这些事情我不像有些人一样能够那么轻松自由地面对。就这么回事。"

对此我不知该如何反应。或者说,我知道从政治的立场上该怎么回应,但就是不知道作为一个人来说我应该怎么做。我不知道该摆出什么表情。也许不应该太严峻,不应该太小题大做。

"他是谁?"

"我家那边的某个人,我不该跟他鬼混的某个人,你不认识。"她说,一边在我揉成团的餐巾纸上戳着洞。

"那他跟你分手就是因为你……"

"不,当然不是。嗯,不是立刻。完全不是。情况很复杂……"她叹了口气,瞥了我一眼,又去戳那团餐巾纸,"一个叫戈登的家伙,我预科的时候开始跟他在一起,初恋的真爱之类的屁话。我们约会了六个月,那年夏天我们准备高考①之后坐火车周游欧洲,然后间隔一年,在国外住上一年,看看我们之间发展得如何,看看我们想不想,那什么,随便怎么样。所以我们就出发去欧洲了,参观景点,睡长椅,年轻情侣的那种梦幻之旅,在西班牙玩到一半的时候,我发现我怀孕了,我们长谈了一番,做出决定,然后直接回国,解决了问题。他当时说会和我一起经历这一切,会在我身边。他确实说到做到,不过只坚持了一周半。所以。就是这样。"

"那你,那个,爱他吗?"她皱起眉头,噘着嘴,但没有回答,只是望着窗外,然后又转过头看着那团餐巾纸。我不知道该说些什么,不过又觉得应该说点什么,"我觉得你当时的选择是对的。"

---

① 原文为Highers,即苏格兰地区的大学入学考试。

丽贝卡盯着我:"布莱恩,我知道我的选择是对的,我不是在征求你的同意……"

"对,我知道……"

"……而且也没必要用那种愚蠢的声音说话……"

"什么声音?"

"你知道什么声音。那个什么,堕胎,是常有的事,比你了解的要常见……"

"我知道……"

"……我们也不会为了这事就哭成一团,不会抱着一本《钟形罩》①蜷缩在角落。大多数女人就这么挺过来了……"

"肯定是这样……"

"……所以我们换个话题,好吗?"

"好的。"

"那是玛氏巧克力棒吗?"她问。我忽然有点紧张,因为我忘了我们是不是应该抵制玛氏巧克力棒。

"嗯哼。"

"给我。"我顺从地递给她,她接过咬了一口,嚼了一会儿,"为什么你吃的喝的东西都是棕色的?我还从来没见过这么多棕色的食物。偶尔吃一两片水果蔬菜不会把你怎么样,知道吧……"

"这话说得跟我妈似的。"我说。

"那她真是位明智的女士。你应该听她的话。也该听我的。"她又咬了一口,"那,你见过她了吗?"她一边嚼着一边说。

"谁?我妈?"

---

① 《钟形罩》,美国女诗人西尔维娅·普拉斯(Sylvia Plath,1932—1963)发表的自传体小说,探讨了女性在男权社会孤独与挣扎的成长过程。

"不,不是你妈……"

"那是谁?"

"你知道我说的是谁。法拉·他妈的·弗西①。"

"哦,见过几次。"

她又咬了一口玛氏巧克力棒,然后把它从桌子那边扔给我,粘的那头先落了地。"那你还……喜欢她吗?"

我察觉到自己可能面临被勺子插眼睛的危险,于是非常小心地组织着措辞,简单地说:"我想是的。"

"那你觉得她对你什么感觉?"

"我觉得她认为我……挺有意思的。"

她看着我,想要说点什么,然后望向窗外,又开始在窗户雾气上画笑脸:"**有意思**,嗯?你能这么坚持不懈也是挺感人的,我猜。回应冷淡却还是锲而不舍。非常……**勇敢**。"她噘着嘴说。

"对,嗯,在这件事上我似乎也没有别的选择,老实说。"

"哦,不,总是有选择的,布莱恩。你总可以选择要不要做一个十足的**笨蛋**。"

中午回到宿舍的时候,我看见马库斯正从门口出来,锁上前门。我弯腰躲在墙后,甚至考虑要不要逃跑,不过我还不能自如地控制双腿,而且他也已经看见我了,正站在台阶上等着我,一只手里仿佛拿着看不见的棍子在敲着另一只手的手掌。

"嗨,马库斯!"

"哈罗,布莱恩。"

---

① 法拉·弗西(Farrah Fawcett,1974—2009),美国女演员,她的经典造型就是一头金色卷发。此处指爱丽丝。

我试图绕到他身后,到门口躲雨,但他动也不动。

"昨晚真抱歉,马库斯。"我说,你这趾高气昂的小人……

"你知道学校宿舍不准留宿外人,对吧?"

"对,我知道……"我说,把他脸上的飞行员眼镜摘掉……

"我是说,乔希和我也会想请人来住一住,但我们没有,因为我们遵守学校的规章……"

"我知道,马库斯……"我说,把眼镜从横梁那儿掰成两截……

"那他还要在这儿待多久?"

"不知道。再待几天?等他把事情想清楚了……"然后把断成两截的眼镜扔在地上,用脚把玻璃碾碎……

"我看那可得不止几天啊……"

我抬头看看我卧室的窗户,担心斯宾赛还躺在床上,听着我们的对话,于是我压低声音说道:"明天?他明天就走。"

马库斯想了想,终于觉得可以接受。"好的,明天。不能再晚了。"他说,然后从我身边走过。我用脚猛踹他的腰部,他滚下楼梯,死了。

"祝你有愉快的一天,嗯?"我说。

在中午阴沉的光线里,我看见卧室乱成一团,床架、唱片封面、外套、床垫、被子、湿毛巾,散发出一股翻腾着的氨气和酒精的刺鼻味道,让人几乎感觉如果在这里点根烟,卧室就会在我面前爆炸,于是我不顾外面还在下雨,打开了窗户,开灯看看斯宾赛是不是还裹着被子躺在哪里。他不在。桌上有张便条,一张横格 A4 纸上胡乱写着:

"去酒吧了,待会儿见。"

壁炉上的闹钟显示现在是十一点五十五分。闹钟旁边放着我昨晚从口袋里掏出来的零钱。我记得应该一共大概是四镑五十五便士,不过我还是数了数,以防万一。

四镑五十。

我不知道哪件事让我更难过些,是斯宾赛在中午之前就去了酒吧,还是我竟然怀疑他是不是偷了我的钱。

第二十八章

提问：一个希腊-罗马传统节日，最初只限女性参加，后来也允许男性参加，最终据称因其狂欢性质，于公元前186年被罗马元老院禁止，请问这个节日是？

回答：酒神节。

按照经验来说，如果一个派对上开始播放音乐剧中的歌曲，那么这个派对肯定是有点问题了。

我和斯宾赛来到多尔切斯特路十二号门口的时候，能很清楚地听到客厅的音响正大声播放着音乐剧《西区故事》①里的《去你的！克拉基警官》这首歌，几个男声正夸张地一字不落地跟着唱，虽然我跟任何人一样喜欢百老汇音乐剧，但这种事情还是要分特定时间场合的。而且，我身边的"任何人"是斯宾赛，他不是个音乐剧迷，正怀疑地看着我。

"你确定要去吗？"

"如果他们开始放《星光列车》，我们就走，行吧？"然后门开了

---

① 《西区故事》，美国音乐剧作品，讲述了纽约曼哈顿西区某社区两大帮派"喷射帮"和"鲨鱼帮"之间冲突背景下的爱情故事。

道缝,是猫眼女孩艾琳。

"嗨,艾琳。"我提高了嗓门儿说。

"哈罗,布莱恩。"她叹道。

谁都没动。我看到她的目光扫了一眼斯宾赛新剃的头。

"我朋友,斯宾赛!"

"都好呀?"斯宾赛说。

"嗯。"艾琳说,显然不确定是不是都好。我举起手里的酒瓶和四罐啤酒作为诱惑,终于她打开了门。

"厨房在那边。"艾琳说,然后又回到了艰险的纽约西区。那些极具男子气概、精明混世的"喷射帮"由一些瘦高、爱玩闹又过度兴奋的戏剧系男生扮演着。艾琳把《西区故事》从音响里拿出来,放上了《斯莱和斯通一家》,干得漂亮。"哦!下一首是《我好漂亮》!"一位"喷射帮"成员没好气地哀号道。我看见"鲨鱼帮"的斯宾赛摇了摇头,用手摸了摸原本该长头发的地方,我确信自己带了一把拉了枪栓、上了膛的霰弹枪来到派对上。

和丽贝卡吃完早饭回到家,我检查了一下斯宾赛有没有偷拿我的钱,然后想在诗歌笔记本上写上几句。我翻开新的一页,在"雪花石膏一样的胸部"背面写下:

油和雾气凝结在

咖啡店的

玻璃窗上。特色早餐

……然后我就倦了,觉得今天写得差不多了。我实在没什么劲儿,于是躺在床垫上,想读一读《古舟子咏》①,刚读到第一句

---

① 柯勒律治的长诗。

"他是一位年迈的……"就感觉暖气的热力袭来,陷入了沉沉梦乡。

我在阴沉的午后醒来,穿戴整齐,浑身出汗,嘴里黏黏的。斯宾赛坐在桌前,腿跷在书桌上,读着柯勒律治。

"怎么样,睡美人?"

"几点了?"

"大概四点?"又来了,那种非常熟悉的浪费了一整天大好时光的悔恨和悲痛,我生命中的大部分时间都这么溜走了,特别是那些悠长的假期,我的青葱岁月,那些本该充满诗情画意的漫长炎热夏日,结果都浪费在这样一种轮回中:宿醉后的麻木状态、在百货商店闲逛、午睡后的头疼、放下床帘把成人录像看第十五遍、喝醉之后吵架骂人、外卖食物、时醒时睡,然后又是宿醉、百货商店。我不是已经下定决心要改变这一切了吗?现在这些不是应该都不再发生了吗?我已经十九岁了,不能再让生命这样从指间溜走了。我怎么会又故态复萌?我认定这是斯宾赛的错,于是气呼呼地坐起来。

"谁给你开的门?"

"一个穿着天鹅绒马甲的长发浑蛋。"

"乔希?"

"'乔希',他可不太友好。"

"那你态度友好吗?"

"也没有。怎么,我应该友好一点吗?"

"嗯,我还是要继续和他住在一起的……"斯宾赛什么也没说,把柯勒律治扔回桌上,我闻到一股啤酒、香烟和汗水的混合味道,"你去哪儿了?"

"去酒吧。看报纸。逛商店。"

"买什么了吗?"

"没钱拿什么买?"那你拿什么买的啤酒和香烟？我想着,但没敢说,只说:

"这城市挺漂亮的,是吧?"

"嗯,还不错。"他双手在脸上搓着,"那……现在干吗?"

"嗯,今晚有个派对,应该挺酷的,不过在去之前我真的该做些作业了……"

"别,做什么作业!"

"斯宾赛,我真的……"

"行吧,那我就坐着读点书。"

不过我得尽早离开这间屋子,于是说:"……要不我们去看电影?"

于是我们就去看电影了,五点十五分的《莫扎特传》,在我看来真是一部对于天才人性的精彩的探索,而斯宾赛整场都睡过去了。

我们来到酒吧的时候,又和往常一样精神振奋了。关于应该在自动唱机上播放点什么音乐,我们争论了一阵,投入五十便士,然后坐在卡座里说笑。斯宾赛告诉我托恩加入了地方自卫队。

"开什么玩笑……"

"没开玩笑……"

"但他是个*疯子*……"

"没关系。他们更喜欢疯子……"

"那他们会给他*全副武装*起来?"

"迟早会的。"

"太太太太……冒险了。"我们异口同声道。我发现自己已经好几年没说过"太太太太……冒险了"。斯宾赛说:"当然了,一开始他们会训练他坐在敌人胸口上对着敌人的脸放屁……"

"……要不就是从后面偷偷赶上,用他的指关节在他们头上使劲蹭来蹭去。"

"……还要顺走他们的音响……"

"……真他妈见鬼——托恩中士……"

"……终极震慑……"

"自由世界还安然沉睡呢。"斯宾赛喝了一大口啤酒,补充道,"我跟你说,最好笑的是,他要我跟他一起参军。肯定是觉得我的生活里需要点纪律秩序什么的。"

"动心了吗?"

"当然啦。周末跟一群托利党枪迷们在索尔兹伯里平原上一个臭气熏天的帐篷里度过。那正是我需要的惩罚。"

这是个不动声色插入话题的好时机,我继续笑着说:"那,你有没有考虑过再回来上学……"

不过还是被斯宾赛发现了,他说:"滚,布莱……"他并不是很生气,但也不是很友善,只是有点厌烦,"反正,大学都是为中产阶级服务的国家机构。"

"那我算怎么回事?我又不是中产阶级。"

"你是中产……"

"我不是……"

"你就是……"

"我妈挣的可比你父母少多了……"

"这不光是钱的事儿。是一种态度。"

"其实,严格来说,应该是取决于谁拥有生产方式……"

"胡扯。就是态度。你妈就是把你送到煤矿井里去,你上来的时候也能是个中产阶级。你说的话、读的书、你刚才逼我看的电影、你参加学校旅行的样子、把钱花在买教育书籍和明信片上而不是香烟和街机游戏、你在炸鱼薯条店里要黑胡椒的样子……"

"我可从来没干过那事……"

"你做过,布莱!我在场。"

其实,据我对这件事的记忆,事实是,我没有要黑胡椒,我选了黑胡椒,因为他们提供黑胡椒,不过我不想在这点上再纠缠下去。"所以你觉得只是因为有人喜欢读书或者喜欢学点什么,更喜欢黑胡椒,或者喜欢红酒不喜欢啤酒,他们就是中产阶级了?"

"对,差不多吧……"

"因为这种想法会让人觉得有点刻板……"

"听着,布莱恩,说实在的,虽然你自称是社会主义者,但如果在俄国革命时期,列宁给你一个任务让你去杀了沙皇一家,你也不会做的。知道为什么吗?因为你肯定在忙着勾搭沙皇的女儿……"

喝完第三品脱的酒,今早残余的宿醉感也消失了。我又一次为啤酒的复原和治疗效力感到震惊。显然,这个派对是我跟爱丽丝进一步发展的大好机会,我苦思冥想了很久要怎么实现这个目标,最终决定秘诀就是要既迷人又淡定。这就是今晚的口号。迷人。淡定。所以我不能喝得太醉,这点很重要。晚饭我们每人吃了三包薯片,还吃了点烤花生米,补充蛋白质。然后就去了派对。

等我们到了多尔切斯特路十二号,派对显然已经进行到了关键阶段。哪怕只是匆匆瞟一眼厨房,我也知道来的人大多都是剧团出身——《酒神的女祭司》合唱团的大部分人都来了,正七嘴八舌地说着话,还有那个叫尼尔什么来着的,是上个学期备受赞誉的现代版《理查三世》中的明星,正靠着冰箱站着,亲切地跟白金汉公爵①聊天,还有安提戈涅②,她是派对的主人之一,正把芝士味的玉米条倒进大碗里。还没见到爱丽丝,我莫名地开始紧张起来,我不知道是紧张斯宾赛会怎么看爱丽丝,还是爱丽丝会怎么想斯宾赛。

忽然,她出现在视野中,就站在厨房门口,跟理查三世说着话。她还没有看见我,于是我迷人又淡定地靠着水槽,看着她。她的头发以一种凌乱的造型束在脑后,穿着一条紧身衣材质的修身黑色长袖晚礼裙,领口开得很低,露出她完美的乳沟,让我想起凯特·布什在转战录音室专辑之前的那些早期舞台造型。说实在的,她简直是个完美替身,就连腋下渐渐印出的深色月牙形汗渍也那么像。

"那就是爱丽丝。"我对斯宾赛小声说。

"就是那个有着雪花石膏般的胸部的?"斯宾赛说,还没等我开口,爱丽丝就朝水槽冲来,大声叫着:"盐!盐!盐!……"

"哈罗,爱丽丝。"我说,迷人又淡定。

"看到盐在哪儿了吗?有人把红酒洒在凯茜的阿富汗地毯上了……"

"这是我在家最好的哥们,斯宾赛……"

"很高兴见到你,斯宾赛。我要拿条抹布,让开点儿,布莱恩!"她说着把我们从水槽边推开。从她的领口上方一瞥,我不禁

---

① 历史上第二任白金汉公爵曾支持理查三世篡位,理查即位后他又谋反,后被处决,爵位也被剥夺。
② 安提戈涅,希腊神话中忒拜国王俄狄浦斯的女儿,古希腊悲剧作家索福克勒斯剧作《安提戈涅》的主角。

注意到了四分之一英寸大小的黑色蕾丝文胸……

"盐在这儿!"安提戈涅喊道,爱丽丝拿着湿抹布又跑出了厨房。

"那就是爱丽丝。"我说。

"嗯,你们之间还真是火花四射啊,布莱……"

"你这么觉得?"

"当然,从她告诉你别挡道的样子就能看出来。"

我叫他滚开,然后我们走出厨房。

在门厅我们遇到了帕特里克和露西,他们是同时来的,手里都拿着同样的一升装橙汁,看起来怪怪的,但我认为那是巧合。我忽然有点焦虑,因为我还没告诉斯宾赛关于挑战赛的事情,但又安慰自己说这种事情是不会在闲聊的时候提到的,于是我轻松地介绍了他们。

"那你是怎么认识布莱的?"斯宾赛非常礼貌地问道。

"他和我们是一个队伍的。"帕特里克说。

"什么队伍?"斯宾赛问,喝了一大口啤酒。

"《大学挑战赛》队伍。"帕特里克说,然后他灵巧地后退一步,正好躲开了喷出的啤酒……

"开什么玩笑。"斯宾赛用手背擦了擦嘴,说道。

"没开玩笑。"我疲倦地说,"我们三个和爱丽丝都是队里的……"

"你没跟我说过。"

"还没来得及。"我说,同时朝帕特里克和露西充满歉意地笑笑。

"真见鬼,布莱恩·杰克逊参加《大学挑战赛》……"

"没错。"

"虽然严格来说布莱恩一开始只是候补……"帕特里克补充

道,"如果不是因为另一位成员得了肝炎的话……"

"真的要上电视……"斯宾赛笑着说。

"嗯哼。"

"什么时候?"

"还有三周。"

"跟班伯·加斯科因一起……"

"是的,跟他一起。"

"你觉得这很好笑吗?"帕特里克露出一个紧绷的笑容。

"不,不,抱歉,我没觉得好笑,只是,嗯,我觉得……太棒了。干得好,布莱,哥们。你知道我有多——喜欢这个节目……"然后他又开始笑个不停。

帕特里克哼了一声,说:"好的,我要去拿杯喝的了……"他把纸盒橙汁夹在胳膊底下,往厨房走去,露西跟在后面,尴尬地笑笑。等他们走了,我说:"真有你的,斯宾赛……"

"怎么了,我又干什么了?"

"你刚刚当面取笑他们,你干这个了。"

"我没有。"

"不,你有。"

"好吧,抱歉,布莱,不过我一直想知道到底是什么样的书呆子、什么样古怪又抑郁的疯子才会想去参加那个节目,原来就是你这样的,布莱恩,就是你……"他又笑了起来,于是我也笑了,叫他滚开,他也叫我滚开,我又叫他滚开,然后我开始思考好朋友之间这么频繁地叫对方滚开是不是正常。

我们想上楼看看,然后来到一间卧室门口,门把手上贴着"不准入内"的标示。我们进去了,房间里有七八个人在地板上围坐成一圈,传递着一根卷烟,伴随着范·莫里森的早期音乐,听指甲肮脏的克里斯继续讲述他"不带卫生纸穿越旁遮普①"的史诗旅途。挽着克里斯胳膊的是他的女朋友,一个牙齿突出、长发的缩小版克里斯,我记得她叫露丝。"来,我们走吧。"我对斯宾赛小声说道。但克里斯听到我的声音了,他转过头来:"你好啊,布莱!"

"嗨,克里斯！克里斯跟我是一个讨论小组的。克里斯,这是我在家最好的朋友,斯宾赛……"

"*嗨,斯宾赛！*"克里斯说。

"……这是露丝……"我说。

"其实,我叫玛丽。"玛丽说,然后转过身来摇了摇斯宾赛的手指,"嗨,斯宾赛,很高兴见到你……"她往旁边移了移,拍拍地板,让我们,不,逼我们加入。

克里斯把烟传给一个身材娇小的翘鼻子姑娘,她的一头金发用发箍拢在脑后。她靠着床坐着,腿收在身下。我不知道她叫什么,不过认出她演过理查三世的第一任妻子安妮小姐,还隐约记得有个传言说她在现实生活中其实也是一位贵族小姐,以后会继承什罗普郡的一大块地方。她接过烟,像个君主一样抽了一口,然后递给我们。"要吗？"

"谢了。"斯宾赛说,然后猛吸了几口,这有点奇怪,因为他平时只是抽烟喝酒,对抽大麻的人通常都嗤之以鼻,"那个,你们在说什么？"他问道。

"印度！"大家异口同声道。

"你去过吗,斯宾赛？"克里斯问。

"不不,没去过……"他憋住呼吸。

"以前你有没有花一年时间出国游学？"那个叫玛丽还是露丝

---

① 印度西北部地区。

的问道。

"好像……没有。"他说着,慢慢吐出烟圈。

"那你现在在哪上学?"克里斯问。

"我没在上学。"斯宾赛说。

"暂时没有!"我赶紧补充道,斯宾赛看了我一眼,露出一个鳄鱼式的笑容,然后又深吸了一口卷烟,把烟递给我。我接过放进嘴里,咳了咳,拿出来,又传给了别人。一时间没人说话,大家都坐着,听着范·莫里森和我的咳嗽。安妮小姐忽然跪坐起身,急急说道:

"我知道了!我们来玩'如果那个人是'的游戏吧……"

"怎么玩?"斯宾赛说,缓缓地呼着气。

"嗯,我们先选出一个人,然后其他人走出房间,然后那个人——不,不对,应该是我们先选出一个人走出房间,然后房间里剩下的人再选出另一个人,外面的人回来,然后对每个人逐个提问,比如,'如果那个人是一种天气,那会是哪种天气?'然后问到的人就得回答,比如,'这个人……'——就是说我们私下选出的人——'像晴天!'或者'雷雨天!'之类的,他必须要根据别人对这个人的描述来找出那个人,然后走出房间的人再问下一个人'如果那个人是一种鱼,或是某种水族生物,会是什么鱼或水族生物?'然后那个人……"然后她缓慢又费力地解释"如果那个人是"的游戏规则解释了大概两三天,我趁此时间看着斯宾赛,他半张着嘴坐着,无声微笑,看起来茫然又困惑。然后我听见一声响,低头一看,我把手里的啤酒罐挤扁了。我决定我们得离开这里……

"来吧,斯宾赛,我们去拿点喝的。"我说,拉着他的胳膊把他拽起来。

"哦,你不想玩游戏吗?"那个叫露丝还是玛丽的叹道。

"过会儿吧。得拿点喝的去。"我说着举起了满满的啤酒罐,把斯宾赛朝门口推搡,关上门,谢天谢地,我们终于出来了,然后我们往楼下走去。

"我还想玩呢!"斯宾赛在我身后傻笑道。我回头一看,他正靠着墙找平衡,晕晕乎乎地笑着,于是我假装要去洗手间,就指了指楼梯间的门,然后躲了进去。

在卫生间里我靠着洗手池站着,看着镜中自己愚蠢得像煮熟了的火腿一样的脸,思考着为什么斯宾赛要毁了这一切。我爱斯宾赛,但我很讨厌他这个样子,喝醉之后变得很刻薄的样子。喝醉之后变得伤感没有什么问题,但刻薄就很可怕了。不是说他会变得暴力,通常情况下他不会变得暴力,除非是被激怒,但我也得让他别再喝了,除了从他手里夺下酒瓶之外,我不知道还能有什么别的方法。我想我们也可以就这样走掉,但如果今晚见不到爱丽丝,下次集合训练又得再等一周,我实在等不了那么久。说实话,有斯宾赛在身边,真是很难做到既迷人又淡定。

最糟糕的是,我还得想个办法告诉他让他明天就回去。当然了,我在洗手间里锁着门的时候还不需要面对这一切,但这时传来一阵急促的敲门声,于是我去冲厕所,发现在我之前上厕所的人尿在了黑色的塑料马桶座圈上,弄得到处都是。我想了想要不要把它擦干净,甚至都扯了一团卫生纸拿在手里,但又觉得擦掉别人的尿实在是太卑微、太丢脸了,那正是我要摆脱的行为,而且这也完全不是我的责任。记住——迷人,淡定。我冲了厕所就离开了。

门口排着的是爱丽丝。

她站在走廊里,跟斯宾赛说着话,大声笑着。

"哈罗,布莱恩!"她轻快地打着招呼。

"不是我尿在马桶座圈上的。"我说,迷人,淡定。

"嗯,布莱恩,我真是……**很高兴知道**。"她说着,走进卫生间,关上了门。

第二十九章

提问:在1594年的哪部戏剧中,老朋友普洛丢斯和凡伦丁为了美丽的西尔维娅而发生争执?

回答:《维洛那二绅士》。

"那什么,你们刚才说话呢?"我问斯宾赛。

"嗯哼。"

"她人不错,对吧?"

"嗯,看上去挺好的。很性感……"他瞟了一眼洗手间的门,说道。

"而且也挺有趣的?"

"嗯,布莱,我们只聊了五分钟而已,我的确是没觉得无聊。她穿着那紧身衣就不会让人觉得无聊……"

"那你们聊什么了?她说了什么话没有?关于我的……?"

"布莱,冷静点好吗?她显然是喜欢你的,别逼得太紧……"

"你这么觉得?"

"我肯定。"

"好吧,我去厨房。你来吗……?"

"不,我等着。"他朝洗手间点了点头。我往楼下走去,楼梯下到一半我才意识到他说"我等着"是什么意思?"我等着上厕所?"还是"我等着爱丽丝?"

一个想法莫名出现在我脑中,并且在不可否认的现实面前愈加可信:斯宾赛在跟她搭讪。他这么大费周章就是为了要引诱她。他听我谈起她,就自己心想:听起来不错,我也要来试试看。毕竟,这也不是第一次了——又是一次简妮特·帕克斯式的惨败。我喜欢的姑娘总是喜欢斯宾赛·路易斯,而他那毫不在意的样子让他更有吸引力。为什么会这样?他有什么是我没有的?他很帅,我猜。即使作为直男,我也能公平公正地说他很帅,很神秘,狂傲不羁,不负责任,而且不是特别爱干净,女人总是装作不喜欢这些,但显然她们是喜欢的。好吧,就算他不时髦,但他很酷,在爱丽丝·哈宾森眼中,酷要比时髦更好,就像剪刀赢了布一样确定。当然了,现在我都看明白了,再明白不过,那个浑蛋正跟我装希斯克利夫①。就在我这么想着的当儿,我敢说他正在用手剥下她的紧身裙,然后……

"你是怎么回事,笑面神?"

丽贝卡站在楼梯底部。

"哦,嗨,丽贝卡。你怎么在这儿?"

"我不是撞门进来的,那个,有人邀请我来的。"

"谁邀请你的?"

"其实是可爱的爱丽丝。"她说着从塑胶外套口袋里掏出自己的小瓶威士忌。

"真的?"

---

① 英国小说《呼啸山庄》中的男主角,本为山庄收养的孤儿,却遭到排挤被迫出走,重返山庄后即展开一系列复仇行动。

"嗯哼。"她喝了一口威士忌,"别跟别人说,我觉得她有点喜欢我。"

"但我以为你不喜欢她?"

"哎呀,她还好啦,对她了解多了以后。"她笑着拿威士忌酒瓶戳着我胸前,我这才发现她已经很醉了,不是那种阴沉沮丧的醉态,而是活泼顽皮,这是个好现象,我想,不过还是有点奇怪,有点令人不安,就像看见斯大林在玩滑板,"怎么,你觉得我是个**伪君子**?你觉得我该走了吗,布莱恩?"

"不,怎么会,很高兴见到你。我只是以为你不喜欢这种派对。"

"啊,嗯,你懂我的,我最喜欢看两百个喝醉了的剧团学生大合唱的场面了。"她冲躺椅点点头,理查三世,那个叫尼尔什么来着的多面手不知从哪儿弄来一只木吉他,开始弹奏西蒙和加芬克尔的《拳击手》。

四十五分钟后,"啦啦啦"的合唱还在继续。已经远远超出尾声淡出的效果,变成了别的什么东西,一种让人恍惚的咒语、和声之类的,而且大概还会再持续个好几天。丽贝卡和我倒不太介意,我们挤在房间另一角落的沙发上,笑着,威士忌酒瓶在我们手里传来传去。

"哎呀,我真他妈不敢相信,尼尔·麦金泰尔那个傻瓜居然找了个**铃鼓**来……"

"他从哪儿弄来的?……"

"从他自己那他妈的**屁股**上,可能……"她说,喝了口威士忌,"你觉得他们还有个完吗?"

"我觉得,只要他们不唱《嘿,裘德》就还好。"

"要是他们唱了,我一定会拿把钳子修理修理那该死的吉他的,说到做到。"

现在,派对人数达到了临界点,屋里所有的房间都在呻吟,大家都奋力挤在躺椅上,好像那是十九世纪法国现实主义画家杰利柯笔下的《梅杜萨之筏》一样。① 我应该起身去拿杯喝的了,但丽贝卡和我占据着最好的位置,被另外六个人挤在双人沙发的中间,而且我发现各处的酒都喝光了,大家都不停地匆匆跑到躺椅这里,翻找酒瓶,放在灯下看看,要不就是查看丢弃的啤酒罐边缘上有没有烟灰。我也不想走开,因为丽贝卡喝醉了之后变得非常好玩,还似乎有点挑逗的意味,把她那带着威士忌的气息吹进我耳朵里,让我的思绪离开《拳击手》还有爱丽丝和斯宾赛,他们俩这时候肯定在一堆衣服上面气喘吁吁地"运动"呢。

"……那个什么,要是我能统治世界——顺便说一句,我真的有这打算——我要做的第一件事就是严禁木吉他——好吧,不是禁止,但至少要严格限制,引入执照制度,就像买猎枪或是铲车一样,还要有特别严格的规定,傍晚之后禁止弹奏,海滩上或者篝火旁禁止弹奏,不准弹《斯卡布罗集市》和《美国派》这两首歌,不准有和声,不准两人以上同时演唱……"

"但是立法不是只会让它转入地下发展吗?"

"它就该在地下发展,我的朋友,它就应该在那儿。我还要禁止大麻。我是说,难道这些学生还不够愚蠢兼自恋的吗?没错,我一定要严禁大麻。"

"难道大麻不就是被禁的吗?"我说。

"说得好,我的朋友。反对有效!"然后她喝干了酒瓶里最后

---

① 《梅杜萨之筏》描绘的是沉船之后人们挤在木筏上逃生的场景。

一点威士忌,"只有,酒精,酒精,和尼古丁,才是最合适的毒品。你脚边的啤酒罐里还有酒吗?"

"只有些烟头……"

"那放那儿吧。"然后她发现我在冲她笑着,"有什么好笑的?"

"你……"

"我有什么好笑的,先生?"

"你的想法。你觉得你会变得成熟吗?那个,随着年龄的增长?"

"绝对*没门*!我跟你说件事,布莱恩·杰克逊。你知道他们告诉你的那堆废话,什么三十岁前你肯定会是个左翼分子,然后你一定会忽然意识到自己思想的错误,就完全转为右翼?滚他妈的蛋!如果我们到2000年,也就是十四年之后,还是朋友的话,我希望我们还会是朋友,布莱恩,老伙计,总之,如果我们还是朋友,如果那时我在税收或移民或种族隔离或工会问题上的政治、伦理、道德观念有任何改变或者妥协的话,或者要是我不再游行、不再参加集会、变得哪怕有一丁点右翼,那么我允许你给我一枪。"她敲了敲额头中间,"就冲这儿。"

"好的,我会的。"

"一定要,一定。"她慢慢地眨眨眼,舔了舔嘴唇,拿起空酒瓶又喝了一口,然后说,"嘿,听着,今天早上气氛有点沉重,抱歉。"

"你指什么?"

"你知道我指什么——那些西尔维娅·普拉斯什么之类的话。"

"哦,没关系……"

"我是说,我仍然觉得你是个十足的浑蛋什么的,但我很抱歉故意跟你过不去。"

"为什么我就是个十足的……?"

"你知道为什么……"

"不知道,说下去啊,告诉我……"

她侧过脸,从厚重的黑色眼皮底下冲我笑笑:"因为你在有机会的时候没能跟我做完。"

"啊,嗯……"那一瞬间我想吻她,但有太多人在看着了,而且爱丽丝还在楼上,我只好说,"……要不……下次什么时候?"

"哦,不,恐怕你是错过了。只有一次机会,伙计……"她用头撞了一下我的肩,"只有、一次、机会……"我们就坐着,也不看对方,直到丽贝卡说,"你的朋友在哪儿?"

"斯宾赛? 不知道,可能在楼上吧。"

"我还以为他是有点精神崩溃什么的呢……"

"对,嗯,爱丽丝在帮他渡过难关。"

"那我还能见到他吗?"

要我说的话,丽贝卡和斯宾赛大概不会合得来,结果一定是灾难性的,不过我现在确定也想知道他在哪儿、在做什么、手伸到爱丽丝的上衣哪里了,于是我说:"要是你想见的话就能。"我们奋力挤出沙发,去找他们。

我们查看了每间房间,最后在顶楼一间又小又挤的卧室里找到了他们,两人站在角落里,中间只有两英寸的距离。他们周围的人都在跳舞,或者说没能跳成舞,因为空间不够,但大家都在跟着鲍勃·马利的《出埃及记》摇头晃脑,爱丽丝也在抖着肩膀,有点跟不上节奏,她咬着下唇,好吧,他们没有接吻,只是在"说话",但鉴于两人离得那么近,也已经差不多了。斯宾赛脸上带着那种魅力男孩的歪头表情,就跟他是"方兹"①似的。爱丽丝瞪大眼睛出

---

① 喜剧《幸福时光》中的角色,是个深受女孩喜欢的男孩。

神地看着他,胳膊抱在胸前,像是在给《乡村少妇》的角色试镜,把乳沟都推到下巴底下了,生怕他看不到。

"他在那儿,角落里。"我说。

"那个小寸头?"丽贝卡说。

"他不是法西斯分子。"我说,虽然我不知道自己为什么要帮他说话,他有可能正是法西斯分子,或者也差不多了。

"挺帅的,是吧?"

"哦,好吧,嗯,是,对,谢谢你的评论,丽贝卡。"我说。

"哎,闭嘴,你这傻瓜,在那方面你又没什么可担心的。"她是在讽刺我吗?我不知道,我也没法专心,因为现在爱丽丝开始用**手摸斯宾赛的脑袋**,她傻笑着,带着一种充满怜爱而又女孩子气的、"哦,摸起来绒绒的"的神情,正把手移开。斯宾塞微微低下头,又把她的手放在自己头上,摆出他那方兹式的歪头傻笑,说着:不,继续,摸摸看,摸摸看。接下来他还会给她展示那次打架中留下的伤疤。真有心计啊,我心想,剃了头让你的朋友以为你遇到危机碰到难关了,但其实只是骗美女摸你脑袋的小伎俩。我盘算着我要花多长时间下楼在洗碗盆里放满冷水再端上来浇在他们头上。这时,谢天谢地,帕特里克·沃茨走过去帮我完成了这件事,他跟他们说上了话。

"……哎,听见我说话了吗,怪胎?"丽贝卡说。

"嗯哼。"

"那你还要不要把我介绍给他啦?"

"当然,走。只是别跟他上床,行吗?"

"哎哟,关你什么事?"她说,我们走了过去。

"……帕特里克是我们的队长!"我们走过去的时候,爱丽丝正自豪地介绍道。

"嗯,我听说了。"斯宾赛说,没有看着帕特里克。

"哦,嗨,丽贝卡!"爱丽丝说着拥抱了她,真奇怪。丽贝卡也回抱了她,不过把头搭在她肩上冲着我做了个鬼脸。

"斯宾赛,这是我的好朋友丽贝卡。"我大声喊着,为了盖过音乐声。他们握了握手。

"传说中的斯宾赛。终于见到你了,很高兴。"丽贝卡说,"布莱恩经常提起你。"

"好吧!"斯宾赛说。然后没人说话,我们五个就这么站着,轻轻地点着头,然后,不知怎么地,我忽然大声说:

"嘿,你应该跟丽贝卡说说你的**法律问题**,斯宾赛!"

我不知道自己为什么要说这个,但就这么说出来了。我想,不,我肯定,我这是友好的表现,是乐于助人,也是为了要打破僵局,总之我就是说了。片刻沉默之后,斯宾赛笑着问道:"为什么?"

"因为她是律师。"

"我是**学**法律的,不是一回事⋯⋯"

"对,不过⋯⋯"

"那你有什么法律问题?"帕特里克很感兴趣地问道。

"斯宾赛骗取救济金被发现了⋯⋯"我说。

"开什么**玩笑**⋯⋯"爱丽丝说,她忽然变得正义又左翼起来,捏捏斯宾赛的胳膊,"⋯⋯那些**浑蛋**。你真可怜⋯⋯"

"干得漂亮,布莱恩⋯⋯"斯宾赛假笑着挤出这句话。

"嗯,如果你没做过,我相信你会没事的。"帕特里克淡漠地说。

"但他**确实做过**。"我说,只是为了澄清事实。

"就是说你有份工作咯?"帕特里克说。

"只是拿现金。加油站。"斯宾赛含糊地说。

"不过他被发现⋯⋯"斯宾赛的眼神朝我扫来,我住了口。

"嗯,那……"帕特里克轻笑了一下,耸了耸肩,"我只能说,祝你好运了,伙计。"

斯宾赛一直怒视着我,丽贝卡问帕特里克道:"那如果外面没有工作机会呢?"

"嗯,显然外边是有工作的……"

"不,没有工作……"

"我想你会发现……"

"有四百万人失业!"丽贝卡脾气上来了。

"三百万。而且他显然并不是其中之一,对吧?这才是问题关键。如果他能做现金工作,那他显然是找到了一份工作的,但似乎薪水不够支持他那种生活的开销,所以他决定要从国家那儿弄点钱来"——他是不是一直要用"他"来称呼他?——"国家想要拿回点被偷走的东西,你也不能苛责。毕竟,那是*我的*钱……"

鲍勃·马利唱着《女人别哭》,我看见斯宾赛灌下口啤酒,眼神直勾勾地怒视着帕特里克。我和他的目光接触了一秒,然后又转头看着丽贝卡,她满脸通红,正用手指挑衅地戳着帕特里克胸前,试图撕裂他仍在跳动的心脏。

"根本不是*你*的钱,你又不交税!"丽贝卡说。

"是,但我们会交的,我们都会,而且是很大的一笔税。就算是我老派吧,但我想我还是有权利要求那笔钱不要流到那些并非真正失业的'失业'者手中的吧……"

"……哪怕薪水不够吃饭的?"

"那不是我的问题!如果想要更好的工作,有的是办法,参加青年就业计划①,或者考点证书,骑上车去找……"帕特里克的下

---

① 青年就业计划,英国政府帮助 16—18 岁青少年入职的计划。

一句话却变成"谁来把他拉开!"因为斯宾赛忽然上前一步,胳膊死死抵在帕特里克的下巴下面,把他靠着墙抬了起来。虽然我目睹斯宾赛打架大概有七八次了,但我还是大吃一惊,就像忽然发现他还会跳踢踏舞一样。眼下的一切都发生得太快太突然了,一时间我们之外的其他人都没看见发生了什么,他们还在跟着《女人别哭》的节奏摇头晃脑。但帕特里克开始两腿乱蹬,捶着石膏板的墙壁,而斯宾赛用身体抵着帕特里克,另一只手按在他脸上,挤压着帕特里克的脸颊。

"行了,伙计,别闹了……"我说。

"好的。第一个问题,'他'是谁?"斯宾赛从牙缝间挤出这句话,他的脸离帕特里克的脸只有几英寸的距离。

"你什么意思?"帕特里克口齿不清地说。

"你一直在说'他'——'他'是谁?"

"当然是,你……"

"……先放开他。"我说。

"那我叫什么名字?"

"什么?"

"……好了,赶快,住手……"

"我的**名字**,我叫什么**名字**,你这装腔作势的小人……?"斯宾赛说,同时捏着帕特里克的脸以示强调,并把他的头重重地按在墙上。唱片播完了,发出刮擦声。房间里的人纷纷回过头来看发生了什么。帕特里克的脸红得发亮,紧咬着牙齿,脚趾拼命往地上勾,他一边呛着口水和橙汁,一边气急败坏地说:"我……记不……得……了……"

"住手,你们俩!"门口有人喊道,那里渐渐聚集了一群人。"要报警了!"又有人叫着。不过斯宾赛充耳不闻,他把额头顶在帕特里克的额头上,我听见他小声说:"听着,我的名字是斯宾赛,帕特里克,要是你想给我点什么职业建议,也得放尊重点儿,当着我的面说,你这个不要脸的……"

忽然又是一阵骚动,帕特里克挣脱出一只手来,抡圆了朝斯宾赛耳边挥去,给了他一记声音很大但效果不佳的耳光,但也足以让斯宾赛放开了他的喉咙。帕特里克忽然火力全开,胳膊和腿一起疯狂地乱挥乱踹,一边发出吼声,一边吐着口水,像个气炸了的孩子。人群尖叫着,跌跌撞撞地后退出狭小的房间,一片混乱中我看到爱丽丝抓着斯宾赛的胳膊,想要把他拉开,就像电影海报上的女主角。但他甩开了她,她向后跌去,头撞在窗框上,发出很响的一声。她脸色阴沉,手捂在脑后看看有没有流血。我想要穿过房间去看看她有没有事,但帕特里克还在狂乱地挥舞着胳膊,攻击斯宾赛。斯宾赛蹲在地上躲避着,直到他瞄准机会,站起身,一手抵在帕特里克胸前把他推远,另一只胳膊向后展开,然后把全身的力气都集中在拳头上,挥向帕特里克脑袋的一侧,一声清脆而湿润的巨响,就像一块肉拍在了木板上,帕特里克被打得原地旋转了一圈、两圈,最后脸朝下倒在地板上。

几秒钟的安静之后,人群忽然向帕特里克冲去,他翻了个身躺着,试探着用手摸了摸自己的鼻子和嘴,看看有没有流血,结果发现流了不少。"哦,天哪,"他咕哝着说,"哦,天哪。"我觉得他就要哭出来了。露西·张从人群里挤进来,手托着帕特里克的头扶他坐起来。然后我只看到了三个人。

丽贝卡站在房间中间,手捂着嘴,不知道是要哭还是要笑。

爱丽丝靠着窗框站着,张大了嘴看着斯宾赛,一边揉着后脑勺。

斯宾赛已经转过身去,喘着粗气,伸开手掌检查有没有伤到关节。他抬头看见我,从牙缝里挤出一句:"我们走吧,好吗?"

楼下,大家正合唱着《来自朋友们的一点帮助》。

第 三 十 章

提问:睑缘炎、睑外翻、隐斜视最终都将导致什么结果?
回答:视物不清。

我们沉默地走过连排屋前的街道,斯宾赛走在我身后。我能听见他踩在潮湿的人行道上的脚步声,但我实在太生气、太尴尬、太醉了,迷迷糊糊的,没法儿跟他说话。我低头大步走着。

"派对很棒啊!"终于,斯宾赛开口了。

我没理他,步伐沉重地走在前面。

"我挺喜欢爱丽丝。"

"对,我发现了!"我头也不回地说。

我们又沉默地走了一段。

"这样吧,布莱!玩个'如果这人是……'的游戏吧?"

我加快步伐。

"喂,布莱,你有什么要跟我说的,现在就说。我们这样真是太他妈蠢了……"

"那我要是不说呢?你连我也要揍吗?"

"这建议倒是不错。"他喘着气说道,"好吧,哥们,"他说,"我明白你的意思了,现在就听我说,行吗?"但我还是没停下脚步。

"求你了?"他说。这个词可不是轻易能从他嘴里说出来的,而且他听上去就像坏脾气的孩子被迫说了不情愿的话,不过我还是停了下来,转过身听着。

"好吧,布莱恩。我非常抱歉……揍了……你们《大学挑战赛》的队长……"但他话还没说完就自己笑起来,于是我又转过身去走开了。过了一会儿,我听见他从后面跑着追上我,可能我也有点让步了。然后他站在我前面,脸色阴沉,快速倒退着走。"那你想让我怎么做,布莱?就站在那儿听他说吗?他压根儿就没把我放在眼里……"

"那你就揍他?"

"对……"

"因为你不同意他的话?"

"不,不只是那样……"

"你也没想过也许可以跟他争论一番,冷静一点,理智一点,陈述一下你的观点?"

"我的观点跟这有什么关系?他就是想让我看起来像个傻……"

"……所以你就采取暴力手段!"

"我没有采取。暴力本来就是我的第一选择。"

"哦,是啊,真酷,你真是条硬汉,斯宾赛……"

"嗯,你也没有站出来用你的方式帮我啊,是吧?还是你怕他把你从队伍里踢出去?"

"我当然是站在你这边的!"

"不,你没有,你只是在你女朋友们面前卖弄你那爆棚的社会良心。要不是你挑起这个话头……"

"那你想让我怎么做,为了帮你,把他的胳膊扭到身后?他们也是我的**朋友**,斯宾赛……"

"那个傻帽?朋友?真他妈见鬼,布莱恩,这比我想得还糟。他压根没把你放在眼里。"

"不是的。"

"就是,布莱,我明眼看见的。他就是个十足的浑球,他活该……"

"嗯……至少他没勾搭我喜欢的姑娘……"

"喔,喔,等一下。"他一手抵在我胸前,让我停下,就跟他揍帕特里克之前的姿势一样,我不知道他能不能感觉到我的心脏跳得有多快,"你觉得我在勾搭**爱丽丝**?你真的这么认为?"

"嗯,在我看来确实是这样,斯宾赛……什么**摸摸头**之类的……"我把手放在他头上,不过他猛地举起另一只手,牢牢抓住我的手腕。

"你知道吗,布莱,对于一个应该是**受过教育**的人,你有时候还真他妈**蠢**得可以……"

"别这么样跟我说话……"我说,使劲把手抽出来。

"怎么样?"

"就这么样,你一直就这么样跟我说话!这是怎么回事,斯宾赛,你这种想要……毁掉一切的样子?我很抱歉你现在事事不顺,我很抱歉你为此难过,不过你还是能够做点什么的,斯宾赛,做点什么实际的事,但你就是不做,因为你现在这样显然容易多了,整天鬼混、把事情搞砸、冷嘲热讽、嘲笑那些为了自己的生活真的在做些什么的人……"

"怎么,像你这样的,你是说?"他讥笑道。

"你只是嫉妒,斯宾赛,你一直嫉妒我,就因为我努力,因为我更聪明,有学历……"

"喔,等等,更聪明?你好意思说,你这自大狂?我刚认识你的时候,你他妈的连鞋带都不会系呢!还是我教你系的。直到十五岁你还得在帆布鞋上写上'左''右'!你每次一踢球保准得哭,软弱的白痴。要是你那么聪明,怎么会不知道别人是怎么在背后说你的,他们怎么嘲笑你的?自从你爸去世以后,这么多年一直是我在为你撑腰⋯⋯"

"关我爸什么事?"

"这得你告诉我,布莱恩⋯⋯你告诉我啊。"

"别提我爸,行吗!"我喊道。

"要不怎么样?你要干吗,哭吗?"

"滚,斯宾赛,你太他妈⋯⋯欺负人了。"不过我感到眼底发热,胃因为惊恐而抽紧了,忽然我觉得我得离他远远的,于是我转过身,朝我们刚刚来的路往回走去。

"你去哪儿?"他在我身后喊道。

"不知道!"

"你在逃避,布莱恩?是吗?"

"是,随你怎么想。"

"那我怎么回宿舍?"

"不知道,斯宾赛。不关我事。"

然后我听见他很小声地、几乎自言自语地说道:"那你走吧。滚吧。"我停下,转过身,以为会看到他咧着嘴冷笑,不过他没有。他直直地站在不远处的路灯下,头微微昂起,双眼紧闭,手腕抵在额头上,手指使劲蜷着。

他看起来像个十岁的孩子。我有种感觉,自己应该走到他面前,至少走近一点,但我只是冲着他大喊:"你得走了,斯宾赛!明早就回去。不能再继续住在宿舍了。规定不允许。"

他睁开眼睛,两眼通红又泛着泪光,疲倦的目光直视着我。

"就是因为这个你才想让我走的,布莱恩?因为规定不允许?"

"是的,原因之一。"

"好。嗯,那我走。"

"好。"

"很抱歉,要是我……让你难堪了。在你的朋友们面前。"

"你没让我难堪,我只是……不想你老在我身边。没别的。"

我转过身去,头也不回地快步走开。终于有一次能反抗他,我肯定——我相信自己应该要感觉良好、扬眉吐气、态度强势,但不知为何,我没有。我只是觉得燥热、空虚、愚蠢、难过,我不知道该往哪儿去。

我不知道自己又走了多久。我隐约记得宿舍的钥匙在我这儿,因此明智的做法应该是回宿舍,给斯宾赛开门。不过他也可以把马库斯或者乔希吵醒来开门。毕竟,我也不是我兄弟的看守①。我会留给他充足的时间找到回宿舍的路,上床睡觉。也给自己一个机会醒醒酒,理清思路,然后悄悄溜回去,早上再来处理这一切。但是大概一个小时以后,细雨开始变大。最终,虽然我不是有意为之,起码我没这样打算,但我发现自己站在了爱丽丝和丽贝卡宿舍楼的大门外。

宿舍大门凌晨一点钟就锁上了,除了有钥匙的人,谁也进不去。于是我不得不开始攀爬历史悠久的铸铁围栏。我成功攀上了栏杆,翻了过去,既没有引起警报,也没扎着自己。不过,翻过去以

---

① 此句典出《圣经·创世记》中,该隐谋杀了自己的兄弟亚伯后,耶和华问该隐亚伯在哪里,该隐回答:"我不知道。我岂是看守我兄弟的吗?"

后,光滑的布洛克鞋鞋底就立刻打滑,我一路滑下泥泞的长满树的斜坡,最后躺在了一丛杜鹃花下面。我用潮湿的落叶擦掉手上的烂泥,蹲在花丛下,等着看有没有人沿着碎石子路走到宿舍楼门口来。

树叶上滴下冰冷的水珠,顺着我的脖颈往下流。烂泥里的水分开始渗进麂皮布洛克鞋,我的双脚感觉就像被裹在冰冷潮湿的纸板里。就在我几乎放弃、准备回家的时候,终于看到有人从大路朝门口走去。我从花丛底下钻出来,跟在他们身后。他们打开了楼门,我大喊一声"等一等",他们都停下来,转过身。

"别关门!"某个我不认识的人怀疑地打量着我,"忘带钥匙了!真不敢相信!还是在这么个晚上!"他看了看我的鞋和裤子,上面一块一块沾着混合了泥水的落叶。"我摔了一跤!天哪,都湿透了!"但他还是没动,于是我用泥泞麻木的手指从钱包里翻出学生证给他看——相信我,我是学生——这似乎起了作用,他开门让我进来了。

我拖着潮湿的脚步走过黑暗的走廊,镶木地板上留下一条腐烂落叶的痕迹。我走到爱丽丝的房间门口,门缝下透出一丝橘黄色的灯光,我知道她还没睡。我把耳朵贴在门上,能听见音乐声——琼妮在唱着《追求与求婚》专辑中的《帮帮我》这首歌——我几乎能透过厚重的木门感受到屋内的温暖和灯光,急切地想要进入门的另一边。我轻轻敲了敲门。可能太轻了,她什么也没听见,于是我又敲了敲,小声叫着她的名字。

"谁?"

"是布莱恩。"我小声说。

"布莱恩?"她打开门,"哦,天哪,布莱恩,看你这一身!"她拉着我的手把我拽进屋里。

她把我带到房间正中央,用一种爱德华时期的管家那种温和但严格的态度开始发号施令——"别坐下,什么也别碰,直到你把身上晾干了,年轻人!"——她开始在抽屉里翻箱倒柜,扯出一件松松垮垮的绿色手织毛衣,一条宽松的运动裤,一双登山袜,"拿着,你还需要这个。"她解开身上的白色绒线睡袍,脱下来扔给我。她里面穿着一件很旧的灰色 T 恤,T 恤缩水了,下摆只到腰部,上面印着躺在狗屋里的史努比,图案都开裂了,模糊不清,就像中世纪的壁画。她下身穿着一条宽松的铁灰色灯笼短裤,一双黑色男士长袜,袜口卷在脚踝上。忽然我觉得,这无疑是我这辈子见过的最性感、最情色的画面了。

"瞧你,手都在抖。"

"是吗?"我说,一开口才发现我的牙齿也在打战。

"来吧,把这身脱了,要不会得肺炎的。"她伸出手,严厉地说。要脱衣服,我有点紧张。一方面是因为哑铃塑身还没机会达到效果,另一方面是因为我今天穿了一件老式背心,看起来肯定有点战争孤儿的感觉。不过我隐约记得我的内裤状况还不错,而且我冷极了,只好妥协。我开始脱衣服,她就站在我身边,发现我的手已经抖得解不开衬衫纽扣了。

"我来吧。"她说着开始从上到下解我的纽扣,"你怎么没跟斯宾赛一起?"

"我们吵—吵—吵了一架。"

"那他现在在哪?"她怎么还在问斯宾赛的事?

"不知道——可能回宿舍了吧。"纽扣解完了,她后退了几步,让我脱掉衬衫,"刚才那些事,我真抱歉……"

"什么?"

"你知道——斯宾赛,打一打架……"

"哦,天哪,别担心那些。其实我看得挺开心的。我是说,通常我是不会原谅暴力行为的,但在帕特里克这件事上我准备破一次例。哇,你的朋友斯宾赛真会打架,不是吗?"她回忆起这件事的时候,双眼都在放光,"我知道我不该这么说,不过我确实觉得男人打架这事还是挺激动人心的,有一种吸引力,那个,就像古罗马角斗士一样。"我现在坐在她书桌沿上解开浸透了泥水的鞋带,尽量不让桌上蹭上泥巴,"我曾经跟一个业余拳击手约会过一阵,我很喜欢看他训练比赛。那之后我们通常会来一场最震撼的、动物般的床上运动。那些血啊、伤疤啊什么的,又好看又**性感**。事后枕头上的血……"她站在那儿,手里拿着我烂泥一样的鞋子,回想起这些,不自觉地带着情欲颤抖了一下,我开始战战兢兢地剥下潮湿的裤子,"当然了,在卧室和拳击场上之外,我们实在没什么共同语言,所以从一开始就注定不能长久。如果你只是喜欢看他们赤裸着上身把别人打晕,那这段关系其实基础不牢,对吧?你跟人打过架吗,布莱恩?"

我这时只穿着内裤背心站着,因此可以想见,答案很明显:"我?天哪,不,没有。"

"或者被人打过……?"

"哦,一两次吧——那种操场上的玩闹啦、酒吧里动手之类的。谢天谢地,我的钻到桌下技能可是达到了黑带水平。"她笑了,接过我的衣服,视线转向一边,抖了抖衣服,然后整齐地叠好。

"那他没伤着你吧?"我说。

"什么?"

"斯宾赛,打架的时候。"

"嗯?"

"我看见他把你推到墙上……"

"哦,没什么,就是有点撞到了头。怎么,你能看见有瘀伤?"她说着转过身来,一只手把头顶的头发分开,我站在她身后,把头发拨向一边,但没怎么看,只是闻了闻。她身上散发着一股混合了红酒、干净棉布、温热皮肤以及蒂沐蝶洗发水的味道。我有一种抑制不住的冲动想要亲吻她的头顶,那一小块凸起的瘀伤部位。这个吻还有个借口。我现在就可以低下头,亲吻那里,然后说些"好了,亲亲就好了!"之类的话,不过我还是有些自尊的,所以我只是把手指轻柔地放在红肿的地方。

"什么感觉?"她问。爱丽丝,你是绝对想不到的……

"只是有点擦伤了。"我说,"不碍事。"

"那就好。"她说,然后把我的衣服放在暖气上。我仍然穿着背心内裤站着,低头瞄了一眼我的平角内裤,那形状看起来就像我私藏了什么益智玩具一样,于是我赶紧套上运动裤和旧毛衣,衣服上还残留着她的气味。"我有点威士忌,要来点吗?"她问。

"当然。"我说,然后坐在她床上,看着她在水池里洗了两只茶杯。台灯光线下,我注意到她大腿根部的雪白肌肤,有点凹陷,像是揉好的面团,每当她转身,侧面对着光线,我看见了——或者说以为自己看见了——一些浅棕色的毛发从内裤里露出来,内裤贴在微微凸起的柔软小腹上。

"那你准备怎么办?"

我接口道:"什么怎么办?"

"你的朋友,斯宾赛。"她又来了——斯宾赛、斯宾赛、斯宾赛……

"不知道——早上再找他谈,可能。"

"那你刚才下着雨乱走什么?"

"我就是想给他几小时让他睡觉。我一会儿就回去……"我说着,假装又开始发抖。

她递给我茶杯,里面倒了一英寸深的威士忌,"嗯,今晚你不能再出门了。你得睡在这儿了……"

这种时候我得表示反对:"哦,真的,没事,我要回去……"其实我现在已经暖和过来了,但还是故意试图让牙齿打战,这比想象中要难做到,所以我也不勉强,只是轻声说:"我喝了这杯就走。"

"布莱恩,你不能再出去了,看看你那双鞋……!"彻底毁了的麂皮布洛克鞋在暖气上像热馅饼一样冒着气,还能听见雨点重重敲击在玻璃窗上的声音。"我**不能**让你走。你今晚得跟我睡了。"床是单人的。很窄。非常窄。窄得像窗台。

"哦,那好吧,"我说,"……如果你坚持这么认为的话。"

第三十一章

提问：莱顿瓶是1746年由荷兰物理学家彼得·范·穆森布洛克偶然发现的，而1745年德国发明家克拉斯特主教也有同样的发现，请问，莱顿瓶是用来储存什么的密封瓶？

回答：静电。

有些事情，人们会以为像我这样的十九岁男人肯定已经经历过了。比如，或许你会猜想，十九岁的我应该已经坐过飞机，或者是骑过摩托车、开过车、射过门、抽完一整根香烟。莫扎特十九岁的时候已经写出好几部交响曲和歌剧了，还为欧洲皇室演奏过。济慈十九岁时已经写了《恩底弥翁》。就连凯特·布什也已经录过两张专辑了，而我连罐头玉米粒都没吃过。

但是，我要说这些我都不在乎，因为今晚我要玩儿次大的。今晚，我将要生平第一次与另一个人同床共枕一整夜。

好吧，我应该说清楚点儿。去年夏天，在肯维岛，我跟斯宾赛还有托恩共用过单人帐篷，特别温馨。我爸去世后的头几晚，我都是跟我妈睡的。葬礼之后，爱尔兰的表妹蒂娜跟我挤过我的单人床。不过最后那次也不能算，因为除了那时忧郁的氛围以及近亲间的禁忌以外，蒂娜表妹当时是个(现在也是)相当暴力的人。准确地说，应该是我这辈子还从来没有在成年以后跟既不是我亲戚并且我也不怕她的异性整晚躺在一张床上过。

我们又磨蹭了大约一个小时，喝威士忌，并排坐在床沿上，聊天，听着《挂毯》和"除了姑娘"乐队的新专辑。一想到我整晚都可以留在这里，我就放松了些，我们开始找点乐子，真正的乐趣，又说起派对、打架、帕特里克努力想要记起斯宾赛的名字时候的表情。她盘腿坐在我身边，为了得体而把 T 恤往下拉，遮住肚子，不过她一不注意，我还是能看见她粉白相间的大腿内侧，以及大腿根部的阴影中的凹陷。

"对了，"她说，"告诉你件事。"

"什么事？"我说。我猜是*我爱上斯宾赛了*之类的。

"今晚我收到一个好消息。"她煞有介事地说。

"说吧……"

"我……要……演……*海达·高布乐*了！"

"恭喜！真是好消息！"老实说，我心里盼着她拿不到这个角色，因为那意味着她又总是要去排练，而且，跟大多数演员一样，她会把这个角色演得非常*无趣*。不过，不得不说我在虚情假意这方面还是颇有天赋。"太棒了！同名主角海达！你肯定能演得很棒！我*真*开心！"我说着拥抱了她，亲吻她的脸颊。反正，我为何不趁机占点儿便宜呢，"嘿，你还是会参加《大学挑战赛》的，对吧？"

"当然。我查过了，日期没有冲突，哪怕我们进了第二轮……"

"我们会进的。"

"会进的。"

然后我们聊起处理海达·高布乐这个角色的种种挑战，又讲

了大概一个小时。这倒不容易,因为老实说我从没读过这部作品。于是我走神了,就这么看她看了一会儿,直到听见她说:

"……而且最棒的是,尼尔·麦金泰尔要扮演埃勒·乐务博格……"

"尼尔是谁?"

"就是——上学期演理查三世演得很好的那个?"

"哦,他呀!"我说,意思是"哦,那个拿着铃鼓的傻瓜啊"。尼尔·麦金泰尔是那种演员浑蛋,上学期大部分时间都在学生酒吧里拄着拐杖招摇过市,声称是在"进入角色"。好多次我都想把他的拐杖踢掉,不过爱丽丝显然对于即将到来的排演充满热情,她变得非常激动、活跃,挥着手臂,咬着嘴唇,手掌按在额头上。事实上,她几乎开始一幕接着一幕地预演整部剧本,所以我努力保持清醒,在她看不见的时候才使劲眨眨眼,偶尔也偷偷瞟几眼她T恤上模糊的史努比随着动作起起伏伏,或者是她大腿内侧洁白的皮肤,暗暗记在心里。

终于,等到海达把她心爱的乐务博格的手稿抛进火堆里,到舞台后面自杀了之后,爱丽丝说:"天哪,尿憋死我了。"然后蹑手蹑脚地穿过走廊走向公共卫生间。她一走,我就偷偷拿起她的"冷蓝"牌腋下止汗剂,自己用了一点。还把她床头的收音机闹钟悄悄调了个角度,希望她不要看见已经快凌晨三点钟,就立马觉得困了。不过,她一回来就打了个哈欠说"该睡觉了",然后站在洗脸池边开始刷牙。

"你只能用我的牙刷了。"她满嘴泡沫地说,"希望你不介意。"

"你要不介意,我也不介意。"

"那,给你。"她把牙刷递给我。我拿到水龙头下冲洗,但没有冲得很干净,然后我们并肩站在水池前,我刷牙,她用一种蓝色的洗面奶卸妆。中间还发生了个好玩的小插曲,她手伸过水池去拿棉片的时候,我不小心把水吐到她手上了,我们在镜中对望了一眼,她一边快速冲掉手腕上薄荷味的泡沫,一边露出灿烂的笑容。我忽然觉得这一刻带有一点居家的温馨感觉,仿佛我们刚刚以愉快美满的晚餐招待了一众好友,正准备上床休息,不过我没把这个想法说出口,因为我还没蠢到那个地步。

我用一种不太挑逗的方式脱掉绿色毛衣和运动裤,考虑要不要穿着登山袜,那样会舒服一点,但短裤配袜子不太好看,于是我把登山袜也脱了,放在床边,以往万一。

"你要靠墙睡还是……?"她说。

"随便……"

"那我靠墙睡了,行吗?"

"好的!"

"床边放了杯水没有?"

"放了。"她钻进手工拼缝鸭绒被,我也躺了进去。

一开始,我们都没有碰到对方,没有故意碰到,床实在太小了,我们好一阵扭动。最后,我们采取了一个看似可行的姿势,两人像引号一样并排蜷曲起身体,我不敢碰到她,仿佛她是条带电轨道。某种意义上来说,她确实是。

"舒服吗?"她说。

"嗯哼。"

"网肮,布莱恩。"

什么?"'网肮?'"

"我爸以前老这样说,就是,晚安的意思?"

"你也网肮,爱丽丝。"

"关灯吧,麻烦?"

"你是说'咣当'?"我说,要我说,能在凌晨三点四十二分想出这个回答,还挺机智的。不过她什么也没说,也没出声,我就关了灯。那一刻我在想,关灯会不会成为某种催化剂,能让我们放弃自持,释放出对彼此热烈的隐秘欲望,不过没有,关灯只是让屋里黑了下来。我们保持着引号的姿势,不碰到对方,很快我就发现,想要保持僵硬不碰到她,所需要的绷紧肌肉的力量就跟要整晚双臂伸直举着椅子差不多,实在无法维持。所以我微微放松了些,然后我的大腿就挨到了她左边臀部的温热曲线,不过她没有挪动,也没肘击我的肚子,所以我想应该是没事。

然后我发现我不知道胳膊该怎么放。压在身下的右臂开始有点刺痛,我把胳膊从身下抽出,戳到了爱丽丝的后腰。

"噢!"

"抱歉!"

"没事。"

但现在,我的胳膊以奇怪的角度摆在我面前,像个被遗弃的木偶。我试图回想自己一个人——即我有生以来的全部时光——睡觉时胳膊都是怎么放的。我试着把这些奇怪的没见过的多余身体部分叠放在胸前,感觉也不太对。这时爱丽丝稍稍往墙边挪了挪,把被子也拽了过去,于是我的后背就暴露在床边了,一阵气流顺着腿直吹到内裤上。我可以把被子拽回来,但那似乎有点粗鲁,我也可以就冒险往里凑一点儿,于是也就这么做了。所以我现在全身紧绷地蜷着,紧贴着她的后背,好极了,似乎有个术语叫"搂抱式"。我能感觉到她的身体随呼吸起伏,也试着调整我的呼吸与她同步,希望能让自己睡着。但那不太可能,因为很明显我的心脏跳得实在太快了,像条猎犬。

这时她的头发伸进了我嘴里。我试图活动脸上的几块肌肉想要把头发弄走,但没成功。于是我又尽量把头往后仰,但头发还在那里,都伸进鼻孔里了。我的胳膊还叠在胸前,贴在爱丽丝背上,所以我得身体后仰,抽出胳膊,把头发拨走,但这样我的左胳膊就伸出被子了,很冷,我也不知道该把它放哪儿,右胳膊又开始刺痛,如果不是抽筋,那就是心脏病快犯了,腋下止汗剂此刻闻起来相当地"冷蓝",我的内裤又露在被子外面被气流吹着了,双脚也很冷,我考虑着要不要伸手去拿登山袜……

"你真是不安生,嗯?"爱丽丝喃喃道。

"抱歉。不知道胳膊该放哪儿!"

"放这……"然后她做了一个令人难以置信的动作。她伸过手来,抓起我的胳膊,紧紧地放在她的肋下,还是放在T恤底下,因此我的手贴在她肚子那里温热的皮肤上,我觉得小臂甚至感受到了她的胸部曲线。

"好一点?"

"好多了。"

"困吗?"她问。这问题挺奇怪的,尤其是她的右胸还蹭着我的手腕。

"不……太困。"我说。

"我也不困。跟我说话吧。"

"说什么?"

"随便。"

"好吧。"我决定迎难而上,"你觉得斯宾赛怎么样?"

"我挺喜欢他的。"

"你觉得他不错?"

"是啊!挺结实的,有点爱惹事……"她带着广播四台的伦敦腔说着,"……酷酷的,但我觉得他还不错。而且他显然很爱你。"

"嗯,这我不确定……"我说。

"是的,他当然爱你。你真该听听他是怎么夸你的。"

"我以为他刚刚在勾搭你……"

"老天,当然不是!正相反……"她说。这是什么意思?

"怎么说?"我问。

她犹豫了一下,半转过头来,说:"嗯……他好像觉得你……对我有意思。"

"斯宾赛这么说的?今晚,跟你说的?"

"嗯哼。"

原来是这样。都给说出来了。我不知道该怎么回答,也不知道该望向哪里,于是我翻身仰面躺着,叹了口气:"嗯,多谢你啊斯宾赛,真是太谢谢你了……"

"我觉得他没有恶意。"

"怎么,他还说什么了?"

"嗯,他当时有点喝多了,不过他说你人非常好,嗯,他的原话是你有时也挺浑蛋的,不过你很忠诚,很规矩,现在像你这样的人可不多了,如果我还有点头脑的话,我应该……跟你约会。"

"这都是斯宾赛说的?"

"嗯哼。"我眼前闪过斯宾赛站在路灯下的画面,他在细雨中双眼紧闭,手腕按在额头上,而我与他分道扬镳。

"想什么呢?"爱丽丝说着,又翻过身去。

"呃,不知道,老实说。"

"这么说是真的咯,嗯?我是说,我隐约觉得有可能是真的。"

"我有这么明显吗?"

"嗯,我好像有几次发现你总是看我。然后还有上次晚餐……"

"哦,天哪,那次太尴尬了……"

"哦,不。那次挺好的,只是……"

"什么?"

她沉默了一会儿,深深地叹了口气,轻柔地捏了捏我的手,是准备告诉你仓鼠死了的那种轻柔。我准备好了听到"我们还是做朋友吧"之类的一番话。不过她翻过身来看着我,把头发撩到耳后,在收音机闹钟一闪一闪的橙色光亮中,我只能模模糊糊看清她的脸。

"我不知道,布莱恩。我真的是个灾星,你知道的。"

"不,你不是……"

"我确实是,真的。每一段恋爱关系总要以有人受伤结束……"

"我不介意……"

"你会介意的,如果受伤的是你的话。我是说,你知道我这人……"

"我知道,你说过。但我也说过,没关系,试过才更好,不是吗?我是说,尝试一下,看看我们怎么样,不是更好吗?当然了,这由你决定,因为你可能不喜欢我这样……"

"嗯,我已经考虑过了。但这完全跟你无关。我现在真的没时间恋爱,演海达呀,挑战赛呀,所有这些。我特别重视独立空间……"

"嗯,我也特别重视独立空间!"我说,虽然这显然是弥天大谎。我要独立空间干吗?你知道什么叫"独立"吗?"独立"就是半夜里盯着天花板,指甲嵌进手心的肉里。"独立"就是发现自己一整天只跟卖酒的人说过话。"独立"就是周六下午在汉堡王一楼吃着特价套餐。爱丽丝口中的"独立"则是完全不同的一回事。

她的"独立"是那些特别自信、忙碌、受欢迎、有魅力而永远不会感到庸常的"孤独"的人才能享有的奢侈品。

别弄错了,孤独绝对是最糟糕的事情。如果跟别人说你酗酒,或者饮食紊乱,甚至是你父亲在你很小的时候就去世了,你都几乎能看见他们眼里放光,露出那种沉迷而夸张的悲痛表情,因为你有个实际的问题,让他们能够参与进来,能够谈论、分析、探讨,甚至治疗。但是告诉别人你很孤独,当然他们也会**表现**出同情,但仔细观察,你会发现他们一只手伸向背后,摸索着门把手,时刻准备逃跑,就像孤独本身会传染一样。感到孤独就是这么的平庸、可耻、单调、无趣以及丑陋。

嗯,我这辈子一直像一条蛇那样孤独,我已经受够了。我想成为小团队的一员,有个伴,我俩走进房间的时候我想要听到那种混合着嫉妒、崇敬以及放心的低语——"**谢天谢地**,我们没事了,他们来了"——同时我们还有点可怕、有点吓人,如剃刀一般锋利,就像《夜色温柔》里的迪克和妮可·丹弗,光芒四射,在性上彼此吸引,像是伯顿和泰勒,或是阿瑟·米勒和玛丽莲·梦露,但关系更为稳固、理智、恒久,没有精神崩溃、出轨,或是离婚。当然,这一切我都说不出口,因为此刻除了拎出把斧子之外,没有什么比这些想法更能吓坏她的了。而且我肯定也不能用"孤独"这个词,因为通常那会让人感觉不太舒服。所以我该说些什么呢?我深吸了一口气,轻叹一声,手放在额头上,终于开口了:

"我只知道你真的不同凡人,爱丽丝,当然你美极了,但那不是最重要的,我只是喜欢跟你在一起,一起打发时间,我觉得,我真的觉得我们应该……"然后我停顿了一下,抓住机会。我亲吻了爱丽丝·哈宾森。

我亲吻着她,真正的亲吻,吻在嘴上的那种。她的嘴唇很暖,但一开始有点干,还有点开裂,我能感觉到她的下唇有一小块坚硬突出的死皮。头几秒钟内,我考虑着要不要把它咬下来,但又觉得咬会不会有点太过于挑逗大胆了。或许我可以吻掉它,这可能吗?能把死皮吻掉吗?要怎么做?我正准备尝试,爱丽丝把头后仰着躲开,我以为自己又搞砸了,但她只是笑了笑,伸手把嘴唇上那小块死皮撕了下来,扔在床边地上,然后用手背蹭蹭嘴唇,看有没有流血,又舔了舔嘴唇,我们又亲吻起来。天堂般的快乐。

关于亲吻,显然我不是行家,但我相信这是个**不错**的吻,跟丽贝卡·爱泼斯坦那次很不一样。丽贝卡人很好,也很有趣,但吻她的时候总感觉棱角分明。爱丽丝的嘴唇就完全没有棱角,只是温热柔软,除了我们之间某人——可能是我——略微带点薄荷味的热热的口气,这几乎就像天堂一样。我也差点就要到达天堂的境界了,如果不是因为忽然不知道舌头该怎么放的话。忽然之间,舌头似乎变成巨大无比的一坨肉,就像肉店里常见的那种塑料压缩包装的东西。这时该用上舌头吗?然后,作为答案,我感到她的舌头试探性地碰了碰我的牙齿。她抓着我的手在 T 恤上移动,躺在狗屋里的史努比,然后又伸到 T 恤底下,在那之后我得承认我的记忆都有点模糊了。

第三十二章

提问:他是脱逃术和消失术大师,是匈牙利拉比的儿子,请问,埃里克·怀什更为人所知的名字是?

回答:哈里·胡迪尼。

第二天一早,我们又亲吻了一阵,不过没有昨晚那么激情燃烧,因为天光大亮,她能看清楚自己吻的是谁了。而且,爱丽丝九点十五分有一场面具表演,所以刚过八点,我就拎着自己沾满泥巴的鞋朝门口走去。

"你确定不用我陪你一起出去吗?"

"不不,没事……"

"确定?"

"我还得整理整理东西,洗个澡什么的……"我倒是很想为这个能再多逗留一会儿,莫名感觉这是我应得的,但那是公共浴室,显然不太方便,而且,我得记住,要淡定,淡定……

"嗯,多谢收留我。"我想要摆个帅气的姿势,但没成功,于是我俯身吻了吻她。她转头转得有点太迅速,一时间我在想我是不是应该觉得被冒犯了,不过她立刻给出了一个完全合理的解释:"抱歉,口气不佳!"

"不会啊。"我说,虽然她的口气确实挺难闻的。不过我不介意。她就是喷火我也不介意。

"你就是喷火我也不介意。"我说。

她半信半疑地"嗯"了一声,然后愉快地转转眼睛,说道:"对,嗯,你快走吧,趁没人看见。还有,布莱恩?"

"嗯?"

"别跟别人说。答应我?"

"当然。"

"我们的秘密……"

"肯定。"

"一点也不说?"

"答应你。"

"好——准备好了?"然后她打开门,看了看走廊没人,然后充满爱意地把我往门外一推,就像把不情愿的伞兵推出飞机一样,我转过身去,正好看见她美丽的脸庞消失在门后。是笑着的,我肯定。

我坐在走廊的暖气上,把烂了的鞋相互敲了敲,泥块落得满地都是。

我晕乎乎地往宿舍飘去。在过去的二十四小时内我只吃了点薯片和花生,现在饿极了,而且我在吻爱丽丝的时候,脖子上有块肌肉拉伤了,我想这是件好事。还有那种熬了夜之后头晕、空虚、磕药一般的感觉,我现在几乎完全靠着肾上腺素、狂喜以及另一个人的唾液支撑着。我在停车场停了下来,买了一罐芬达、一条玛氏巧克力棒和一块薄荷巧克力作为早餐,感觉好了一点。

这是个凉爽美好的冬日早晨,一群小学生被父母牵着朝学校慢悠悠地走去。我站在人行横道边上吃着巧克力,看见身边一个小女孩正好奇地望着我仍然沾满了泥点的鞋和裤子,我看起来就像被丢进牛奶巧克力里蘸过一样。这让我想起小孩子喜欢的那种古怪图画书上的画面,于是我冲小女孩笑笑,弯下腰,用一种 J. D. 塞林格式的口吻大声说道:"我真的被丢进牛奶巧克力里蘸了一下!"

不过我说出口的话和我脑中想的有点不一样,听起来就像有史以来对小孩子说过的最奇怪、最吓人的话。她妈妈好像也这么觉得,她瞪了我一眼,仿佛我就是捕童者①,没等信号灯变绿,就拉起她的孩子匆匆过了马路。我耸了耸肩,把这件事抛在脑后,因为我已经决定不要让任何事情毁了这个早晨,因为我想要保持住这种微微晕眩的狂喜感,不过还有件事让我烦恼,那件事我没法抛在脑后。

斯宾赛。我要怎么跟斯宾赛说呢?道歉,或许。不过不能太严肃,我才不会大张旗鼓。我只会说,嘿,昨晚抱歉啦,可能事情有点失控了,哥们。然后我们就会对此一笑而过。然后我要告诉他爱丽丝和我是怎么做爱的,不过我不会那么说,我会说我们"推倒了对方",然后一切都会恢复正常。当然了,要是他还能今天离开就最好了,不过我要努把力,翘课把事情解决,然后送他去火车站。

不过等我回到里士满公寓,却发现他不在屋里。事实上,房间看起来跟我们昨天下午离开的时候一模一样——床架、乱成一团的被子、湿冷的毛巾,混合着氨水、特酿啤酒、液化气的味道。我想了想他有没有落下什么东西,然后记起他本来就没带什么东西来,只有一个塑料袋,里面装着三天前的《每日镜报》和过期的肉馅

---

① 捕童者,电影《飞天万能车》中来自另一个世界专门掳掠小孩子的反派角色。

饼,还放在我的书桌边上。我紧张地拿起塑料袋,来到厨房,乔希和马库斯正在吃水煮蛋,查看《泰晤士报》上的股价。

"昨晚你们谁见到斯宾赛了?"

"没,好像没看见。"乔希说。

"他不是跟你在一起吗?"马库斯嘟囔着说。

"没有,我们在派对上分开了。我还以为他自己回来了。"

"怎么回事?那你去哪儿了,你这半途溜走的贱人?"乔希斜眼瞧着我。

"到朋友那过夜了。我朋友爱丽丝那儿。"我说,然后才想起我不该跟别人说这个的。

"谁?!!"他们异口同声道。

"嗯,你们知道是怎么回事儿,这事儿要不就成了,要不就不成!"我说,把斯宾赛的东西扔进垃圾箱,然后走了。当然我其实没"成",我从来就没"成"过,以后也"成"不了了,现在我甚至都不知道"这事儿"到底是指什么,不过没有理由不让别人以为我"成"了,哪怕只是很短暂的一会儿。

第四回合

　　罗丝玛丽站起来身子,接着又弯下腰来,对他说出自己内心最真切的话语:
　　"噢,我们多么像两个演员——你和我。"

——菲茨杰拉德,《夜色温柔》

第三十三章

提问：谢尔盖·爱森斯坦在1926年于《左翼艺术战线》上发表了一篇文章，提出了一种全新的电影技法，不注重静态的线性逻辑的情节展开，而是以风格化的图像并置为主要手段。爱森斯坦将这种新的电影技法称为？

回答：杂耍蒙太奇。

有这么一种常规桥段，尤其在主流美国电影里经常出现，男女主角在一串长时间的无对白蒙太奇镜头中相爱了，还一定会配上曼妙的背景音乐，通常是萨克斯风独奏。我不明白为什么恋爱非得处理成无对白的——大概只有不是一见钟情的情侣才会做些诸如分享最私密的想法、秘密以及欲望这样的琐事吧。不过，这一长串镜头也表现了年轻恋人们应该要做的种种趣事——吃爆米花看电影、背起对方、在公园长椅上亲吻、试戴卡通帽、躺在堆满泡沫的浴缸里喝酒、跳进泳池、晚上牵着手回家时指认出不同星座的位置，之类之类。

嗯，至于爱丽丝和我，在过去的一周里我们完全不是这样。事实上，我没有听到她的任何音讯，这倒是不太要紧，因为我的新口号是冷静、淡定。而且我还要特别注意不要侵犯了她宝贵的独立自由,特别是最近她还在忙着排演海达·高布乐。我真的不介意她音信全无。其实,我只是一周内给她打了,大概,五六次电话吧,我也没留言,所以巧妙之处就是,在爱丽丝看来,我其实从没给她打过电话!虽然,有一次情况有点棘手,丽贝卡·爱泼斯坦接了电话,我不得不在电话里稍微改变了一下声音,大概是蒙混过关了。

  与此同时,我一直在听凯特·布什中期的歌,并把我的感受都写进了一首诗里,诗是为三天后的情人节准备的,也就是挑战赛的前一天。我当然知道情人节其实不过就是一种投机促销的市场营销手段,但曾经有一段时间,情人节对我来说特别重要,我总要寄出一堆《读者文摘》式的信。但我已经长大了,感情更为收敛,因此现在只给妈妈和爱丽丝各寄一张卡片就够了。当然,若真是要对爱丽丝保持冷静淡定的话,应该连她那张也不寄,但我不想让她以为我已经对她失去兴趣,或者更糟的是,让她以为我们之间只有性。

  至于这首诗,目前进展不错,但我还没决定用哪种诗歌形式比较合适,我已经试过了彼得拉克十四行诗、伊丽莎白十四行诗、押韵双行诗、亚历山大体、俳句以及无韵诗,最后觉得倒不如打油诗。

  爱丽丝、古寺、酒肆、阴私、坏心思……①

  我后来发现,帕特里克的鼻子其实一点事儿也没有,倒不是说它没红、没肿、没变形,当然这让他那机动警察般帅气的外形暂时大打折扣。他的脸颊上也留了道伤疤,但程度正好,我觉得看起来又酷又硬汉,但我没跟他说。

---

① 原文为"Alice,palace,chalice,phallus,malice…"(爱丽丝、宫殿、酒杯、阳具、恶意),基本押韵。

"疼吗?"我问。

"这样子看起来疼吗?"他阴着脸说。

"有点。"

"嗯,确实疼。说实话,还挺疼的。"为了证明这一点,他还摸了摸鼻子以感受疼痛,然后脸夸张地抽搐了一下。我们在他整洁的军队风格的厨房里煮茶,等着其他人来参加上电视之前的最后一次排练。"你应该知道这到下周也还好不了吧?电视直播的时候?上百万的观众都要看到了?"

"也不至于上百万的观众,帕特里克。总之,我想他们会拿化妆品什么的给你遮住的。"

"嗯,希望如此吧,布莱恩,起码我们家一家人都要来演播厅,我可不想跟他们解释,某个伦敦光头仔只是因为不同意我的政治观点就对我动手了。"

"那不是他动手的唯一原因,不是吗?"

"他动手是因为他就是个不该被放出来的野兽。我没告他算他走运。"

"告也没用。反正他也没钱。"

"怪不得没钱。一点也不奇怪,他找不到正经工作……"

"其实,他很聪……"

"……要是他总是这样,那可难说……"

"哎,你当时也有点……"

"有点怎样?"

我考虑了一下要不要告诉他——自负、无知、讨厌、粗鲁、高人一等——但决定还是不说了,因为话说回来确实是我最好的朋友打了他,因此我只是说:"怎么都好啦,我给你带了这个——和解礼物,代表斯宾赛跟你道歉……"我把礼物递给他,是一大板吉百利水果果仁巧克力,奶奶给我的圣诞礼物中剩下来的。我这个举动有点没原则,因为斯宾赛是肯定、绝对不会想要道歉的。那一瞬间我想象着把这一大板水果果仁巧克力重重地砸在帕特里克那高傲的右翼分子鼻梁上,幻想着那碎裂的巨响会多么令人满意。但我只是把巧克力礼貌地递给他,因为我们毕竟还是队友。帕特里克嘟囔了声"多谢",就把巧克力藏在了壁橱的最上层,这样他就不用跟别人分享了。

门铃响了。"如果是露西,布莱恩,那你应该向她道歉。老实说,我觉得那件事把她吓坏了。"我跑下楼,门口站着露西和她的熊猫。

"哈罗,布莱恩!"她朗声道。

"露西,我想说,我真的非常非常抱歉,关于那天打架的事……"

"哦,没事。我这周还准备给你打电话问问……"

爱丽丝!爱丽丝出现在露西身后。

"嗨,爱丽丝!"我说。

"哈罗,布莱恩。"她说着给了我一个神秘的微笑,因为毕竟我们之间有个秘密。

训练平淡无事地过去了。还不知道我们的对手是谁,主办方喜欢对此保密,直到录影的那天才能知道。但帕特里克说即使是牛剑或是公开大学也不要惊慌失措。"他们其实被**大大**高估了。"他说。然后我们说了很多实际安排,要去曲棍球队借一辆面包车,在学生会张贴海报,看看有没有人想去给我们加油的。如果想去的人足够多,帕特里克一个念经济系的高大的右翼朋友自愿帮忙,到时候会开车把啦啦队送到曼彻斯特去。"要是你们知道有谁想去的话,让他们到学生会去填张表。"

爱丽丝要邀请《海达·高布乐》剧组的成员,露西有些学医的同学,我能想到邀请的唯一一个就是丽贝卡了。我不太确定她到时候会不会去喝倒彩,或是给我们的对手加油,但我决定还是先请她去。

"那么……"帕特里克看了一眼他打出来的便签,说,"最后一件事,我们得选一个吉祥物!"

我没有什么能称得上是吉祥物的东西,帕特里克更是没有柔软或是有趣的东西,因此,最后我们抛硬币,在爱丽丝最喜欢的名叫艾迪的旧泰迪熊和露西的解剖骨架的头骨之间选一个。爱丽丝机智地建议给头骨围上学校的围巾,给它取名郁利克①。

我们选了艾迪。

训练结束后,我在街上小跑着追上了爱丽丝,她得立刻赶去排演。

"那你明天什么安排……?"

"排演……"

"白天呢?"

"嗯,我得交一篇论文,所以……"

"想看电影吗?"

"电影?"她停住脚步,左右张望看看有没有被人看见,然后说,"好吧。看电影。"我们定好时间,然后我跳着回家,加紧完成那首诗。

第二天下午,她放弃了论文来陪我一个人,我们一起去看电

---

① 郁利克,《哈姆莱特》中国王的弄臣,剧中他的头骨被挖出,引发哈姆莱特的感慨。

影。电影院当然不是最好的选择,因为没什么说话的机会,甚至也不能怎么看着她。而且,她想去欧迪翁影院看《回到未来》,她说那肯定"很好笑,很有意思",但我有更需要脑力的选择。于是我们就去了艺术剧院看周二下午两场连映的具有划时代意义的早期默片,是达利和布努埃尔1929年创作的超现实主义杰作《一条安达鲁狗》,以及爱森斯坦1925年导演的备受争议的苏联影片《战舰波将金号》。

我们先在小店里买了一堆甜食,因为我认为电影院卖的甜食实在令人发指。我们坐在放映厅中间靠过道的位置,整个厅里算上我们一共只有六个人。灯灭了,一种被抑制的欲望如轻微电流贯穿我们全身,几乎能够触碰到。还有泡了水的烟头和凝固的果汁的味道,一种冷冷的有如病毒感染的微妙感觉。首先放映《一条安达鲁狗》。在那一连串吓人的镜头——包括割裂眼球以及钢琴上腐烂的驴子——期间,爱丽丝都缩在座位里,双手遮住眼睛,我大喇喇地把胳膊搭在她身后的座位靠背上,仿佛在保护她免受达利和布努埃尔对于潜意识活动的怪异领悟的困扰。

灯亮了。中场休息时我们吃掉了一大袋巧克力花生,喝着饮料,讨论超现实主义以及它与潜意识的关系。爱丽丝对此没什么好感。"它让我发冷。又丑又怪异,没法儿打动我、让我投入情感,就这么回事……"

"它本来就没有想要让你投入情感,不是那种常见的产生共鸣的方式。超现实主义就是要追求奇怪而令人紧张的效果。我觉得它非常调动情绪,只是一般我们都会对此感到焦虑、厌……"当然,讽刺的是,跟超现实主义者不同,我只希望爱丽丝对我能以常见的方式投入情感、产生共鸣,而**不要**感到焦虑和厌恶。

然后灯又灭了,开始放映《战舰波将金号》,气氛又活跃起来。

到了著名的"奥德萨阶梯"那一段,我不停地偷偷看她,直到她冲我笑笑。我俯身亲吻了她。谢天谢地,她也回吻了我,时间还不断,太棒了。橘子味和奶制品的味道掺合在一起,因为她已经开始吃果汁软糖了,而我还在吃巧克力花生。我没法尽情放开,因为有一粒花生卡在了智齿后面,我也不想让亲吻发展得太热烈或太深入,以免她把花生弄开。最后我倒不需要担心这个,因为爱丽丝很快就移开了嘴唇,小声说:"我觉得我还是看电影吧。我想知道这些水手后来怎么了。"我们又转回《战舰波将金号》。

我们离开电影院的时候,天已经黑了。吃了太多甜食,还有那个热吻,都让我觉得有点恶心,但她挽着我的胳膊,一同穿过市中心往回走,我们带着一种革命的热忱谈论着爱森斯坦。"他真不愧是现代电影叙事技巧之父。"我说。等我终于把那些枯燥的鬼话都说了一遍,我问:"咖啡还是燕麦饼?要不去酒吧?或者去我那儿?你那儿也行?"

"还是不了。我得准备台词了。"

"我可以考你?"我提议道,虽然有种感觉告诉我其实我已经考验得她够了。

"其实,我还是自己回去吧。"她说。然后我失望地发现我们正往她的宿舍楼走去,我们今天的恋爱蒙太奇就要到此结束了。

走过环路的时候,我们路过了长途大巴站,我看见了一样东西,心生一计。

"跟我过来一下……"

"干吗?"

"我有个主意。很好玩的,我保证。"我稍稍抓紧了她的胳膊让她没法儿逃跑,我们走向大巴站灰色的柴油烟雾,走向自助照相间。

"你要干吗?"

"我们照张相吧。"我说着,一边在兜里找零钱。

"我们俩?"

"嗯哼。"

"到底要干吗?"她说,有点想要走开。我抓得更紧了。

"当作纪念嘛。"我说,这个词有点不对,"纪念",名词,来自法语动词"souvenir",本意是记住,"那什么,为了好玩啊!"

"不行。"她回答坚决。我思考着在不使用沾了麻醉剂的手帕的情况下,怎么才能让她进来。

"哦,来吧……"

"不!"

"为什么?"

"因为我的样子太糟糕了!"她说。当然了,她的意思其实是"你的样子太糟糕了……"

"胡说,你看起来很好——来吧,很好玩的。"我说,又拉着她的手穿过车站前院;很好玩的、很好玩的、很好玩的……我拉开浸满柴油和尼古丁污渍的橙色尼龙帘子,我们一同挤进照相间,愉快地鼓捣了一会儿,调整座椅高度,想好我们应该怎么坐。最终,爱丽丝坐在我腿上,不过又立马站起来,好让我把裤兜里的钥匙和零钱拿出来,然后才又坐下,双腿垂在我腿上,胳膊缠住我的脖子。她现在很合作,似乎觉得这终究还是好玩的,于是我凑近机器,塞了五十便士进去。

照第一张的时候,我正好伸手把眼前的一撮刘海拨开。

第二张,我取下了眼镜,把脸颊往里吸,噘着嘴,摆出那种男模常见的舌头抵着腮帮子的造型,因为很好玩。

第三张,我露出一个轻松而愉快的笑容,头微微仰起,张着嘴。

第四张,我吻了爱丽丝的脸颊。

等待照片出来的时间仿佛有好几个小时。我们沉默地站在车站里,呼吸着柴油尾气,听着车站广播。五点四十五分前往杜伦的车就要开车了。

"去过杜伦吗?"我问。

"没有。"她说,"你呢?"

"也没有。"我说,"不过我倒是想去。有座挺棒的大教堂。"汽车轰隆隆地从我们身边驶过,喷出尾气,我闪过一个想要葬身车轮下的念头。终于,机器呼呼地转了一阵,咔嗒一声,吐出了我们那一条照片,上面还沾着显影液,黏糊糊的,一股氨气的味道。

有些原始部落相信,照相会偷走人的一部分灵魂,看着这一串照片,我不禁觉得他们说的或许有些道理。第一张照片里,我的手和头发遮住了大半张脸,唯一能看清的就是我嘴角边的粉刺,还有布满舌苔的肥大舌头猥琐地耷拉在外面,就跟有人刚给了我一拳似的。第二张,"男模滑稽照",可能是我这辈子见过的最诡异抑郁的东西了,爱丽丝的一只眼睛——只有一只眼睛——还翻了个白眼,更加强了那诡异的效果。取名为"笑!"的第三张照片,光线太强,曝光过度,透过我蓬乱的鼻毛从鼻孔里甚至能望见头骨的黑暗中心,或是顺着上颚的粉色条纹,越过短粗的银灰色臼齿填充物一直看到我的喉头。最后,第四张,我噘着嘴亲吻爱丽丝,跟鳕鱼似的,而爱丽丝则蹙紧眉头,双目紧闭。

选一张放在钱包里吧。

"哦,天哪。"我说。

"挺好的。"爱丽丝淡淡地说。

"你想要哪两张?"

"哦,我不用了。你留着吧,当作纪念品。"又是这个词,纪念品,名词,来自法语动词记住,"抱歉,布莱,我得赶紧走了。"然后她确实这么做了。她跑开了。

那天晚上,我坐在宿舍里给情诗最后润色,看着贴在书桌边墙上的那一条照片——我吻着爱丽丝,她皱着眉——提醒我这次约会还不算圆满成功。我当然不会把它一直放在心上,但我急切地想要再跟她说说话,不然就睡不着觉。于是我披上大衣去了学生酒吧,希望能在她排演结束之后偶遇她。

当然,她并不在酒吧里。我到了那里的时候,唯一认识的就是丽贝卡·爱泼斯坦,跟她那脾气火暴的小团体在一起。她似乎很高兴见到我,还让她的同伙们在长椅上挪出点儿位置,以便我能够挤到她身边,但桌上只剩下空酒瓶了,她整晚都在轮流喝着啤酒和威士忌,看起来早已醉醺醺的了。

"你看过爱森斯坦的《战舰波将金号》吗?"我说,一边还留意张望爱丽丝有没有来。

"没看过。怎么了,我应该看看吗?"

"绝对的。很棒的片子。艺术剧院这周在放映。"

"好啊,我们去看吧? 我明天下午可以逃课……"

"嗯,其实我今天下午去看过了。"

"自己去的?"

"不。跟爱丽丝一起。"我小心翼翼地说。但丽贝卡哪怕在一公里以外也能察觉到这种事情,立马抓住不放,"哎,你们俩最近可真要好啊,对吧? 有什么要跟我坦白的吗?"

"我们就是一起打发时间,没什么。"

"这样啊?"丽贝卡将信将疑地说道。虽然她嘴里还叼着一根烟,手上却已经开始卷另一根了。我就像在看着别人给子弹上膛。

"这……样(舔了舔瑞兹拉烟卷纸)……啊?嗯,杰克逊,你可真懂得怎么带女孩出去玩啊,是吧?下午去看苏联经典宣传片,然后可能还去卢意奇吃了大虾冷盘、半只烤鸡,再喝上两品脱的蓝布鲁斯科白葡萄酒。真奢侈。我只希望,在经历了这么魔幻的一天之后,她至少还能让你稍微摸摸胸……"

明智的做法当然是不要接话。

"其实,我们差不多是在约会了。"我说。

丽贝卡瞪大了眼睛,自己笑了。她把新卷的烟点着,然后才开口。

"最近吗?"她平静地说,拿掉粘在嘴唇上的烟草,"那我怎么没在宿舍楼里看到你们在一起?"

"我们很小心。想慢慢来。"我底气不足。

"好吧。好吧。所以这周打电话来找她的是你咯?"

"不是我!"

"你确定?"

"当然!"

"因为听起来可真像你……"

"……嗯……"

"……捏着嗓子……"

"……嗯,不是的……"

"那你上过她了吗?"她低吟道,烟卷垂在弯曲的手指间。

"什么?"

"你们有过**性生活**了吗?你懂的——交合,交媾,求欢。别装了,你肯定至少听说过吧。毕竟,你可是要去《大学挑战赛》的人啊——要是被问到这个问题可怎么办?'来自海滨绍森德、英文专业的杰克逊,请问性生活**到底**是什么?'嗯……唔……我能跟队友讨论一下吗,班伯?爱丽丝,到底什么是性生……"

"我知道那是什么意思,丽贝卡……"

"所以,你们做过没有,还是说你要留到结婚那天?或者她很担心你的性生活历史?毕竟这年头可真得多加小心。哦,不过我记得你好像还没有过这种历史……"

我没过脑子就冲口而出:"是啊,嗯,当然不能跟你比咯,我的历史至少还能见人,丽贝卡。"

她把烟从嘴里拿出来,手放在桌沿上,沉默了片刻。

"说得好,杰克逊,说得好。"她喝下最后一口酒,皱了皱眉,"说得妙,杰克逊!"然后我们谁也没说话。

"我不是故意……"

"……不,没关系……"

"……我不是指……"

"我知道你不是。"

我决定还是先走。

"那么录影你要来吗?"我说,一边穿上大衣。

"什么录影?"

"大学挑战……"

"什么时候?"

"后天。"

"去不了。我有导修课……"

"……二楼公告栏那里有张表,要是……"

"……我知道……"

"……填上名字就……"

"……再说吧……"

"……我真的真的很想你去……"

"为什么?"

"……就是想。那,到时候见了?"

"哎,嗯,可能吧。"

我在爱丽丝的宿舍楼外游荡,希望能碰巧见到她。我还把情人节卡片带上了。在她的信箱前犹豫了一会儿,深呼吸,然后丢了进去。然后我又待了一会儿,假装看着公告栏,希望能遇上她回来。不过我也不想今晚第二次撞见丽贝卡,所以等了一会儿就回家了,到家时乔希正在往我门上贴留言条。

"啊,你回来了,恋爱中的少年。有你的口信。一个叫……"爱丽丝?"……叫……托恩的人。他让你赶紧给他打电话。"

"是吗?"我说。托恩到底想干吗?难道他也想来待几天?我可不能让托恩也来,起码明天情人节不行,还有挑战赛什么的。我看了看表。十一点半。然后我拿起了走廊上的付费电话。

"嗨,托恩!"我欢快地说。

"你好啊,布莱……"

"没吵醒你吧?我收到口信让给你打电话。"

"嗯,对……"

"你要过来吗,托恩?你要是想来的话,现在好像有点不太方……"

"我不想去你那儿,布莱。我想知道你准备什么时候回来呢?"

"嗯……估计复活节之前都不回了。"

"不,我是说回来看看斯宾赛。"

"怎么,斯宾赛怎么了?"

"你没听说?"

我把听筒紧紧贴在耳朵上,靠着墙站着。
"听说什么?"
托恩对着话筒叹了口气,说道:"出了点意外。"

第三十四章

提问:在谁的婚宴上,"葬礼中剩下来的残羹冷炙,正好宴请婚筵上的宾客"①?

回答:《哈姆莱特》中乔特鲁德与克劳狄斯的婚礼。

情人节一大早我就往绍森德赶,邮差还没来就走了,大概中午时分回到了阿彻街的小楼房里。在范彻支街换乘火车的时候我就特别想上厕所,但火车上的厕所一直堵得很厉害,我只好忍着,现在肾脏都一抽一抽地疼。我跑上楼梯,冲进厕所,失声尖叫道:

"老!天!爷!"

浴缸里有个男人,正在往头上抹洗发水。他也尖叫起来……

"搞什么鬼!"

然后妈妈一边往身上裹着睡袍,一边从她的卧室里出来,我看见她身后的床铺还没收拾,乱糟糟的,红白色的男式短裤挂在床头板上,男式长裤张着嘴躺在地上,气泡酒的酒瓶……

"布莱恩!你怎么突然回来了!"妈妈大喊道。她的睡袍还没穿整齐,因此我把脸转向一边,看见浴缸里的男人站了起来,一只

---

① 此处引用人民文学出版社朱生豪《哈姆莱特》译文。

手把眼睛上的洗发水泡沫抹掉,另一只手把洗脸毛巾捂在裆部。

"到底怎么回事!"我说。

"我正想要洗个澡!"戴斯叔叔怒吼道。

"下楼等着!"妈妈厉声说。

"我要上厕所!"我说,我真的需要,马上。

"布莱恩——下!楼!等!着!"她声音更大了,紧抓着睡袍,指着楼梯。我长大以后就再没听见她这么大声嚷嚷过,忽然觉得自己又成了小孩子,于是我下了楼,打开后门,在花园角落小了个便。

我在厨房里等着水烧开,听见戴斯叔叔和妈妈偷偷下楼,在玄关里悄悄低语了一阵,就跟两个十几岁的孩子似的。我好像听见他们说"迟点给你打电话",然后是亲吻的声音,我妈**亲吻**戴斯叔叔的声音,然后前门关上了。我好像又听见划擦火柴的声音,妈妈吸了口烟,缓缓吐出,然后她站在我身后的门口,穿着粉蓝色运动衣,一手拿着烟使劲吸着,另一只手端着一杯气泡酒,杯子油乎乎的。

水还没烧好。

终于,妈妈开口了:"我以为你会直接去医院?"

"我错过了午餐探访时间。我等会再去。"

"我没想到你会回家。"

"不,嗯,你显然没有。那——戴斯叔叔家的浴缸坏了吗?"

"别用这种口气说话,布莱恩……"

"哪种口气?"

"你知道哪种口气。"她喝完剩下的酒,烧水壶开关终于跳起了,"你准备冲咖啡吗?"

"似乎是。"

"给我也冲一杯。然后到客厅来。我们得谈谈。"

哦,天哪。我的心往下一沉。我们得谈谈,开诚布公,一对一交心地谈谈。成年人之间的对话。直到目前为止,我都成功地避开了这种谈话。我爸还没来得及发表"当一个男人和一个女人真心相爱"的教诲就去世了,我妈肯定要么是觉得这事永远也不会跟我有什么关系,要么就是认为我能突发奇想地自己学会生理之爱的奇特奥秘,我想我确实也是,就在利特伍德后巷的垃圾桶旁边这么勉强学会了。但这次谈话是逃不了了。我从杯架上取下两只杯子,舀了几勺咖啡粉,试图弄明白自己在想什么。我努力搜寻对于情人节午后一点钟戴斯叔叔躺在我们家浴缸里这件事能有什么清白的解释,但想不出来,脑子里全是最显而易见的原因,而这最显而易见的原因……我不敢想象。戴斯叔叔和妈妈。隔了三户人家的戴斯叔叔和妈妈在光天化日之下同床共枕,戴斯叔叔和妈妈在……

水烧好了。

妈妈在客厅,吸着乐富门烟,透过纱帘往外望着。我把咖啡递给她,闷闷地坐在沙发上,一言不发,忽然想到男人听到妻子说要跟自己离婚时是不是就是这种感觉。

我看见壁炉台上放着我寄来的情人节卡片,印着夏卡尔图案的明信片。"你收到了一张卡片!"

"什么?哦,对。非常感谢,亲爱的。很好看。"

"你怎么知道是我寄的?"我问,徒劳地试图故作轻松。

"嗯,你在上面写了'致妈妈',所以……"她笑了笑,又转身望向窗外,对着窗户玻璃大口喷着烟,把纱帘吹得微微飘动。终于,她说:"布莱恩,戴斯叔叔和我正在……"她差点要把"外遇"说出口,但突然改口说,"……谈恋爱。"

"多久了？"

"有一阵了。去年十月开始。"

"你是说我走了以后？"

"差不多吧。有一天晚上他来陪我吃咖喱,然后一件事接着另一件事,就……嗯,我准备告诉你的,布莱恩,圣诞节的时候,但你经常不在家待着,我又不想在电话里说这事……"

"嗯,对,可以理解。"我喃喃道,"那你们是……认真的？"

"我想是的。嗯……"然后她又吸了口烟,噘着嘴吐出烟圈,说道,"……其实,我们已经考虑要结婚了。"

"什么？"

"他向我求婚了。"

"戴斯叔叔？"

"对。"

"跟他结婚？"

"布莱恩……"

"你答应了吗？"

"……我知道你们不太处得来,我知道你不喜欢他,但我喜欢,我很喜欢戴斯。他是个好人,他也喜欢我,他能让我开心。我已经四十一岁了,布莱恩,我知道你会觉得这似乎已经迈入老年了——有时候也真感觉是老年了——但有一天你也会到四十一岁的,比你想象得要快。不管怎么说,我仍然,嗯,仍然觉得**孤单**,布莱恩,我还是时不时地想要有个人陪,有人……"她吸了口烟,看着地板,"……嗯,我很抱歉,但你爸已经去世很久了,布莱恩,戴斯和我没做错什么。我不会让自己觉得好像做了什么错事……"

但我仍在消化着这一切。"这么说你**要**跟他结婚咯？"

"应该……"

"你还拿不定主意?"

"要!对,我要跟他结婚!"

"什么时候?"

"今年晚些时候吧。我们不急。"

"然后怎么办?"

"他要搬过来跟我住。我们想着……"她停顿了一下,又紧张起来,我想不到她还能有什么惊天消息要告诉我,"……我们想着要在家经营小旅馆。"

我想我笑出声了。不是因为我觉得这想法或是所有这一切很好笑,只是因为我不知道怎样才是合适的反应。

"开什么玩笑。"

"不,没开玩笑。"

"小旅馆?"

"嗯哼。"

"不过家里没有多余的房间了啊?"

"我们不接待家庭住宿——只接待单身旅客,或是情侣、商人之类的。戴斯会整修一下阁楼,"——她紧张地瞟了我一眼,然后又望着纱帘——"还有你的房间。我想我们可能要把你的房间腾出来。"

"那我的东西呢?"

"也许你可以把它们带走?"

"你要把我赶出家门!"

"不是赶出家门,只是——请你把自己的东西拿走。"

"拿到学校去?"

"对!要么拿走,要么扔了。就只是一堆书啊,连环画啊,飞机模型啊,布莱,你都再也用不着了。毕竟你已经长大了……"

"所以就是要把我赶出家门咯?"

"别傻了,当然不是。你要是想的话,假期还是可以回来待着,暑假也行……"

"那不正是旅游高峰时段吗?"

"布莱恩……"

"嗯,这对你和戴斯叔叔挺好的,妈,那你们准备每晚收费多少钱?"我听见了自己的声音,尖尖的,虚情假意。

"别这样,好吗,布莱恩……"妈妈说。

"嗯,那你要我怎么样?我是说,我刚刚才被赶出自己的家门……"

她转过身来面对着我,用手上的烟指着我吼道:"这里已经不是你的家了,布莱恩!"

"哦,真的吗!"

"对,很抱歉,但不是了。圣诞节的时候,你在这儿只待了,大概,一周?一周,就这样你还迫不及待想要回学校去。你周末也不回来,好几周都不打电话,当然更不会写信啦,所以,对,其实这里已经不是你的家了。这是我的家。这是我自己住的房子,只有我一个人,每一天,日复一日,自从你爸去世以后,每天晚上我就一个人睡在这房子里,就在那个,那个沙发上,我每天晚上就一个人坐在那里,看电视,或者就盯着墙,而你在学校。即便你肯屈尊回家了,你也是要么跟朋友出去,要么躲在自己屋里,因为你显然不愿意跟我,你自己的母亲,说话。你知道这种生活是什么滋味吗,布莱恩,自己一个人待在这里,年复一年,看不到头……?"她的声音哑了,用手紧捂住脸,抽泣起来,我又一次意识到自己完全不知道该怎么办。

"嘿,别这样,妈……"我说,但她只是冲我摆了摆手,让我走开。

"……妈,不要这么……"

"让我自己静静。走开……"

如果我装作没听到这一番话呢?毕竟客厅的门还开着。我可以就这么走了,过一个小时再回来,让她静静,走吧。再说了,是她让我走的,她想要我走,对吧?

"哎,妈,求你了,别哭了。我真不喜欢你这么……"我说不下去了,因为我发现我自己也哭了起来,我走过去,紧紧地抱住她。

第三十五章

提问：丹麦奥尔堡附近的林霍尔姆岛上的环形巨石阵说明这里曾是哪种古代仪式的场所？

回答：维京葬礼。

我和托恩下午两点十五分在海边的"黑暗王子"酒吧碰头。店里没什么人，只有几个患了肺结核的老头在慢慢呷着最后几口温啤酒，翻着边角卷起的《太阳报》。但我还是找了好一会儿才看见托恩，因为我还在寻找浅蓝色牛仔装，而不是他今天穿的深灰色单扣西装、白色袜子、浅灰色懒人鞋。

"真见鬼，托恩，你的头发怎么了？"维京人的外形不见了，他剪了个整齐的侧背发型，分缝稍稍有点偏左。托恩，穿着西装，梳着背头。

"就是剪了。"我想去揉揉他的头发，但他把我的手隔开，没跟我闹着玩儿。我想营造点轻松的气氛，于是说："那你用发胶吗？"

"用了一点。怎么了？"他说，然后喝了一口面前的半品脱啤酒。我不记得以前见过托恩用半品脱的杯子，这呈现出一种有趣的大小比例，让他显得像个巨人。

"再来一杯吗？"我问。

"不用了……"

"再来半杯？……"

"不喝了……"

"来吧,别这么怂……"我故作轻松地鼓动他。

"不能喝了。我还得回去上班。"他说。

"喝一杯的时间还是有……"

"我不想再喝半杯了,懂了?"他打断我的话。于是我去给自己买了一品脱,然后回来坐下。

"哎——工作怎么样?"

"挺好。我现在在店面里工作了,所以要……"他半带歉意地拉了拉细长的西服翻领。

"哪个部门?"

"音响部门。"

"太棒了!"

"是啊,嗯。还行吧。还有回扣,所以……"

"斯宾赛跟我说你参加了自卫队。"

"他说了? 可够你取笑的了,是吧?"

"不,当然没有……"

"我想你不会赞同。"

"我可没说,对吧? 我是说,虽然我是个片面限武论者,而且我认为我们应该减少国防开销,把那份钱用于社会福利,但我还是能够理解需要某种形式的……"但托恩只是盯着他的表,一点也不感兴趣,"那你见过斯宾赛了吗?"我说。

"我当然见过斯宾赛了。"他厉声说。于是我接受了这个现实:至少今天我是没法说些不会惹人生气的话了。

"他怎么样?"我问。

"嗯,作为一个从福睿斯汽车挡风玻璃摔出来的人,他其实还是挺不错的。"

"到底怎么回事,托恩?"

"不知道。我们跟往常一样去了'星期五'酒吧,酒吧关门之后他还想去'伦敦'酒吧,或者去夜店什么的继续喝酒,我说不行,因为第二天我还得上班,他好像挺生气的,但他还是去了,开了他爸的车。两天之后,他妈妈给我打电话说他进医院了我才知道。"

"有别人受伤吗?"

"没……"

"嗯,那还算好……"

"……只有我们的哥们斯宾赛受伤了。"他冷冷补充道。

"我不是说……我只是说……那他惹上什么麻烦没有? 我是说,法律麻烦?"

"嗯,他超速了,而且他只有临时驾照,那也不是他的车,他也没买保险,所以,嗯,从法律角度来看,事情不妙。"

"那他……感觉怎么样?"

"我不知道,布莱恩,你自己问他吧,好吗? 我得回去上班了。"他急躁地把酒喝完,从口袋里掏出一包薄荷糖,扔进嘴里一颗,也没问我要不要。

我们走出酒吧,朝码头走去。风把雨丝从河口吹过来,托恩把外套细长的翻领立起来,以保护衬衫和领带不被淋湿,我们一起往高街走去。

"那你今晚会留在这里吗?"他问,虽然明显并不关心我留不留在这里。

"不,恐怕不行。"我想着要不要告诉他我明天要去《大学挑战赛》,但决定还是不要说了,"明天有导修课,第一节,所以我晚点就回去。不过我想我复活节会回来,所以……到时候见了?"

"好,嗯,随便吧。"

"托恩——我是怎么着你了,嗯,惹着你了?"

他哼了一声:"你怎么会这么想?"

"是不是斯宾赛说了什么?"他没回答,"他说什么了,托恩?"

托恩没看我,说道:"斯宾赛跟我说了他去看你。听起来好像你对他不够哥们,布莱。事实上,听起来好像你表现得很浑蛋。就是这样。"

"怎么,他怎么说的?"

"……那不重要……"

"我当时不能再让他住下去了,托恩,那是违反规定的……"

"哦,好吧,如果是违反规定的话,布莱……"

"是他先动手打人的,托恩……"

"听着,我没兴趣,布莱,这是你跟斯宾赛之间的事。"

"这么说他喝得大醉开车撞到树上也是我的错咯?"

"我可没这么说。赶紧处理了这事,布莱恩,好吗?"然后托恩大步往前走去,在雨中低着头,然后他停住脚步,半转过身,"在这件事情上可别太浑蛋了。嗯?"然后他又转身匆匆赶去工作了。我琢磨着以后还能不能再见到他了。

第三十六章

提问：由弗莱德里克·赛特内尔1806年首次分离出来，从罂粟花未成熟的种子中提取的麻醉性镇痛剂的俗称是？

回答：吗啡。

1979年五月的一个早晨，爸爸去世后的第四天。窗帘还没拉开，我穿着校服躺在沙发上看周六早间电视节目。当然啦，我不是一定要穿校服，但我喜欢一年到头都穿着它，因为那样更简单，而且我也不知道还有什么别的能穿，周末的特例就是不用打领带。

亲戚们都回家了，家里只剩我和妈妈。妈妈状态不好，开始每天睡得很晚，然后穿着睡袍在屋里轻声走来走去，到处留下用过的马克杯和烟头，要不就是整个下午都蜷在沙发上睡觉，一直睡到晚上。整栋房子呈现出一种闷热、灰暗、黏腻的面貌，但我俩谁都没那个劲儿或那个念头去把窗帘拉开、打开窗户、把烟灰缸倒干净、关上电视、洗盘子、做点罐头意面以外的饭菜。冰箱里还塞满了吃剩的蛋糕、薄膜缠好的香肠卷，还有守夜时剩下的好几瓶气都跑没了的可乐。我早餐吃的是洋葱奶酪味的薯片。这大概就是最糟的时候了。

门铃响了，我以为是哪位邻居不请自来看看妈妈怎么样。她去开了门,我听到门厅里传来我不认识的声音,然后妈妈打开客厅的门,出于礼貌紧紧抓着睡袍,用那种对待重要客人的正式声音说话。

"有人来看你了,布莱恩!"

她让到一边,斯宾赛·路易斯走了进来。

"还好吗,布莱?"

我在沙发上坐起来。"你好吗,斯宾赛?"

"你干吗呢?"

"没干吗。"

"喝可乐吗,斯宾赛?"妈妈问道。

"好的,谢谢,杰克逊太太。"

妈妈小心翼翼地出去了,斯宾赛走过来坐在我身边。

再怎么强调斯宾赛·路易斯来看望我的意义也不过分。我们那时还不是哥们什么的,之前都没怎么说过话——或许只是在球场上对骂过几句,在雪糕车前排队的时候相互点点头。没有任何理由能够解释为什么像斯宾赛·路易斯这么酷、这么受欢迎、这么硬汉的人会来看望我这么一个周六还穿着校服的怪人。但他来了,就坐在沙发上。

"你看什么呢?"

"《易物店》①。"

"我真讨厌《易物店》。"他说。

"嗯,我也是。"我嘲讽地嗤之以鼻,虽然我其实还挺喜欢看的。我们沉默地坐了一会儿,然后他说:"我刚才不小心叫你妈妈'杰克逊太太'了,你觉得她会介意吗?"

---

① 《易物店》,英国儿童电视节目。

"不，她不会的。"我说。

除了这句话，他再也没提爸爸去世的事，也没问葬礼的情况或是"我感觉如何"，谢天谢地，因为那样会很尴尬——我们毕竟还都是十二岁的男孩。他只是坐着，喝着没气的可乐，跟我一起看电视。他告诉我哪些乐队很烂，哪些乐队很好，我相信他，同意他说的每一句话。感觉就像电影明星来看望我了，或者比明星更厉害，像韩·索罗①来了。这让人感受到十足的善意。

斯宾赛的左腿骨折了三处，右腿两处。他的锁骨也断了，那里尤其疼，因为锁骨没法上石膏，所以他上半身都动不了了。他的胳膊好像没事，虽然手掌和小臂都给碎玻璃划破了几处。万幸没伤到脊柱或是头骨，但他撞到方向盘，断了六根肋骨。这让他呼吸的时候也很疼，不借助药物根本没法睡觉，因此他要吃一大堆药。他的鼻梁也折了，又红又肿，右边眉毛裂了个大口子，缝了六针。右眼也是深深的紫黑色，肿得只能睁开一半。他头顶上全是碎裂的挡风玻璃留下的深红色伤疤，在寸头下还能看得很清楚。他的左耳缝针更多，碎玻璃几乎把耳垂都给割掉了。

"除了这些呢？"

"除了这些我其实感觉还挺不错。"斯宾赛说，我们都笑了一会儿，然后又陷入沉默。

"你觉得我看起来强硬！那你真应该看看那棵树！"他说，或许不是第一次这么说了，我们又笑了，斯宾赛一边窃笑，一边因为肋骨和锁骨的疼痛皱起了眉头。当然，他吃了药了。他也不知道到底吃了什么药，但肯定比阿司匹林要强劲，他觉得可能是某种镇

---

① 韩·索罗，电影《星球大战》正传三部曲中的主要人物之一。

静剂。药似乎起了点作用,因为他嘴角边挂着一丝不同寻常的沉郁的笑容。倒不是很让人担心,不是杰克·尼科尔森在《飞越疯人院》结尾时的那种笑,只是有点奇怪的稍稍不合时宜的笑意。他通常说话都非常尖锐直接,今天有点无力,像有只手捂在他嘴上一样。

"不过,好消息就是我骗取救济金的庭审推迟了……"

"那很好啊。"

"对,几乎觉得这一切都是值得的。你有烟吗?"

"斯宾赛——我不抽烟。"

"我真是想烟想死了,还有啤酒。"

"这可是医院,斯宾赛……"

"我知道,不过……"

"吃的东西怎么样?"我问。

"太不可口了。"

"护士呢?"

"太不可口了。"

我笑了,还特意笑出声来,因为我现在在他视线之外,而他不怎么能转头。"那这些……"我指指他腿上的石膏、手上的纱布……"会有什么,那个,法律……后果吗?"

"还不知道,可能会吧。"

"真见鬼,斯宾赛……"

"没事,布莱,别说了……"

"……嗯,你要知道有些事……"

"你这么大老远的过来,不会就是为了来教训我的,对吧,布莱?"

"不是,当然不是,但你也得承认……"

345

"……嗯,我知道——别抽烟、别打架、别骗救济金、别酒后驾车、要系安全带、要努力工作、去上夜校、考些证书、按部就班——你有时候真他妈像是活生生的公益宣传片,布莱恩……"

"……抱歉,我……"

"……不是每个人每时每刻都能那么理智,布莱恩……"

"……对,我知道……"

"……我们不能都像你这样……"

"……嘿,我也不是一直那么理智……!"

"……但你知道我什么意思,对吧?"

这些话他都没有嚷嚷出来,因为他没法大声说话,他只能从牙缝里挤出这几句,然后又陷入沉默。有件事我知道我一定得说,但还没找到合适的词语,我正想开口试试,就听到他说:"能给我倒点水吗?"我倒了一塑料杯的水,递给他,他挣扎着坐起身来,我能闻到他温热而带金属气息的呼吸。

"总之……"他叹了口气,头靠回到枕头上,"……爱丽丝怎么样了?"

"哦,挺好的。我那天晚上在她那儿过夜了,嗯……"

"开玩笑——真的吗?"他真诚地笑着,在枕头上转过头来看着我,"那你现在真的在跟她约会啦,嗯?"

"嗯,我们准备慢慢来,"我有点不好意思地说,"非常,非常慢,但是,对,还不错。"

"杰克逊·布莱恩,你可真是匹黑马……"

"对,嗯,走一步看一步吧。"我觉得现在正是完成那项真正成年人之间的交谈的好时机,于是我深呼吸道,"爱丽丝说你帮我说好话了。在派对上。"

"她说了?"他说,没有看我。

"我有时候挺浑蛋的,对吧?"

"不,你没有……"

"我是的,斯宾赛,我就是个十足的浑蛋……"

"布莱,你还好啦……"

"我不想故意想做个浑蛋的,你知道,事情就这么发生了……"

"……我们忘了那事儿吧,嗯?"

"嗯,但还是……"

"好吧,如果这能让你好受点儿,布莱,那没错,你就是个十足的浑蛋。现在我们能忘了这事儿吗?"

"但你感觉怎么样?"

"感觉什么……?"

"……就是,那什么,*情况*。"

"你是说总体上?不知道。老实说,我就觉得非常累。累,还有点害怕,布莱。"他轻声说道,我得从椅子上凑近了才能听清,发现他的眼睛又红又湿。他感觉到我在看他,就用双手遮住脸,手指狠狠地揉着眼睛,缓慢而沉重地呼吸着。我又一次觉得自己只有十二岁,难过,尴尬,不知道该怎么办——表现出善意,可能吧,但要怎么做呢?难道要拥抱他?但我觉得从椅子上站起身来有点难堪,也担心病房里的其他人会看见,所以我坐着没动。

"是挺吓人的,谁说不是呢?"我说,"你知道,生活,这一部分,这就是人们说的……"

"对,也许吧……"

"会好的……"

"会吗?"他说,仍然遮着眼睛,"因为我好像把**所有**事都搞砸了,布莱……"

"胡说！你会没事的,哥们,你肯定会没事的。"我伸出手,搭在他肩膀上捏了捏。这动作既笨拙又不自然,我得从椅子上探出身,再把胳膊伸过去,不过我还是尽可能久地保持着这个姿势,直到他的肩膀不再颤抖。终于,他把手从眼前拿开。

"抱歉——都是因为止痛药。"他说着,用袖口擦了擦眼睛。

不久,我们就没话可说了,虽然我还有的是时间,但我还是站起身来,取下大衣。

"嘿,我得走了,要不就赶不上最后一班火车了。"

"多谢来看我,哥们……"

"乐意之极,哥们……"

"嗯,虽然也不是什么乐事……"

"嗯,对,不过,你懂的……"

"嘿,你不在我的石膏上签名吗?"

"对对,当然要。"我从床头的笔记板上取下圆珠笔,在石膏上找空白处。石膏上写了很多"早日康复",很多我不认识的名字,还有一处"活该,笨蛋"和"齐柏林最牛!",一看就是托恩写的。我想了一会儿,写下"亲爱的斯宾塞。抱歉。感谢。祝摔断腿!① 哈哈！很爱你的,哥们布莱"。

"你写了什么?"

"哦——祝摔断腿……"

"'祝摔断腿'！……"

"你懂的——好运嘛。这是个戏剧界的行话……"

斯宾赛盯着天花板,从牙缝间挤出笑容,然后慢慢说道:"你

---

① "祝摔断腿"这个俗语在英文中是"祝愿好运"的意思,最初在戏剧界使用,祝愿演员演出成功。

呀,布莱恩,你有时候简直是最令人难以置信的浑蛋。"

"是啊,斯宾赛,我知道,哥们。我知道。"

第三十七章

提问：一位三世纪的基督教圣徒，有人认为他是罗马教士及医生，死于罗马皇帝克劳狄二世对基督教徒的迫害，也有人认为他是同样殉道于罗马的特尔尼主教。从十四世纪开始，以他的名字命名的专门为情侣而设的节日开始出现，请问这位圣徒是？

回答：圣瓦伦丁。

每当我听到伊迪斯·琵雅芙唱着"不，我不后悔"——自从来了大学，我听到这首歌的次数远远多于预想——我总是不禁要想"她**到底**在说什么？"，我差不多**每件事**都会后悔。我知道长大成人这事困难重重，有时还很痛苦。我了解成年仪式的惯例做法，我知道"成长小说（bildungsroman）"这个词的字面意义是什么，我知道自己以后不可避免地会想要回顾年少岁月，然后会心地自嘲一笑。但我肯定没有理由对三十秒之前发生的事情感到尴尬和羞愧吧？我不明白生活怎么会像这么一副看不到头的全景图一样摊开在我面前，上面全是缝缝补补的友谊、错失的良机、无聊的对话、虚度的光阴、愚蠢的评价，以及考虑不周毫无笑点的玩笑，像条快死的鱼一样扑腾着。

嗯，不要再这样下去了。我已经决定该是时候结束了。在回宿舍的火车上，我思考着最近这一轮让人难以置信的糟心事，下定决心要改变自己的生活。总的来说，这种决心我一周大概要下个三四十次，通常都是在凌晨两点酩酊大醉的时候，要不就是在第二天早晨的宿醉中。但这次我要来真的了，我以后要**好好**生活。冷静淡定显然不适合我，可能永远也不会适合我，因此，我要坚守智慧、和善以及勇敢的信条专注生活。

火车到站了，我开始了我更智慧、更和善、更勇敢的新生活。我在月台上找到电话亭，看了看我的硬币还够，然后就拨了号。戴斯接起了电话，既然秘密都公开了，我想他没有理由不接。

"哈罗？"他说。

"嗨！戴斯，我是布莱恩！"我伶俐机智地说，然后才反应过来我刚才不小心叫了他戴斯而不是戴斯叔叔，但我不确定这是我更成熟的生活态度的一个表现，还是我对于他和我妈上床的一种弗洛伊德式的反应。

"哦，哈罗。"他说，真奇怪，他仿佛有点怕我，天晓得是为什么，戴斯体重将近九十公斤，而且我又不能在电话线里给他一拳。他停顿片刻，调整了一下听筒，"抱歉啊，那什么，今天白天那么冲你乱吼。当然我们是准备告诉你的，我和你妈妈……"

"戴斯，真的，没事，完全没关系。"我让他宽心，然后瞥见我自己在电话亭玻璃上的影子，像个马戏团小丑一样咧着嘴，"我妈在吗？"我问，这问题确实挺傻，电话就是打到家里的。

"当然。我叫她来。"我听见他把手放在听筒上，传来一阵沙沙声，他含糊地说了些什么，然后妈妈过来接起了电话。

"喂？"她小心地开口，话筒没有完全放在嘴边。

"嗨，妈。"

"哈罗，布莱恩。你已经到宿舍了吗？"她问，咬字过于清晰，说明她喝多了。

"嗯哼。"我说,然后我们都没说话,一瞬间我有挂电话的冲动。但我立刻想起我的新信条,智慧、和善、勇敢,于是我用力吞了下口水,继续说着。

"那个,嗨,我就是想说……"我想说什么?"我就是想说我考虑过了,我为你和戴斯的事真的非常非常开心,我觉得你们结婚挺好的,真的。我觉得这真是个好主意,他是个好人,很抱歉,要是我……嗯,就是消息来得太突然了……"

"哦,布莱恩……"

"旅馆的事也没问题。我复活节假期的时候会回去,收拾好我的东西,然后房间就悉听尊便了。像你说的,只不过是一堆飞机模型而已。我是说,我想说的是,那是件好事。你幸福……我就很高兴。"电话那头没有回应,只听见妈妈的呼吸声,她把听筒从一只手换到另一只手上,"只要你不指望我叫他'爸'就行!"我尽量轻松地说。

"当然不会,布莱恩……"她还想说什么,但忽然改变了主意,就停住了。

"嗯,没别的事了。你明天会来的吧?"

"当然要来——再怎么也不会错过这件事。"

"你确定你的钱够用,火车票什么的?"

"布莱恩,这你就别担心了……"

"票会在门口,写着你的名字……"

"哦,布莱恩?还有件事……"公用电话"哔哔"地响了起来,虽然我兜里还有零钱,但我觉得好像要说的都已经说完了,"得挂电话了,妈,没钱了……"

"布莱恩,还有件事要问你……"

"问吧,快点……"

"戴斯能去吗?"然后电话断了。

我手握着听筒站在电话亭里。其实我一直盼望着爸爸能在现场。当然不是**真的**在,他去世了,当然不能到场了,但在我脑海里,爸爸会一直坐在观众席上,在妈妈身边,笑着,鼓掌,竖起双手大拇指,妈妈肯定知道我是怎么想的,要不她不会问得这么紧张。但现在不是爸爸,而是**戴斯**,某个叫戴斯的家伙,我不太熟悉也不太喜欢的家伙,所以……

我从口袋里掏出硬币,拿起电话,拨号,妈妈立刻接起了电话。

"妈?"

"哦,对,布莱恩,我正准备要问……"

"我听到了,妈。你当然能带戴斯来。"

"哦,好的。"

"我明天再搞定票的事。"

"哦,好的,布莱恩,要是你确定的话……"

"当然。"

"那,拜拜。"

"拜拜。"

我挂上了电话。

我又在电话亭里待了一会儿,站着,想着,嗯,虽然现在为时尚早,但就目前来看,"智慧、和善、勇敢"的信条似乎执行得很好。我想我甚至有可能做了回**好**事。虽然我应该回宿舍想想明天录影该穿什么,再睡个好觉之类的,但我决定要去见见爱丽丝,毕竟今天是情人节,她应该已经读了我的诗了。

第三十八章

提问:亚当·海尔、弗兰克·戈森伯格、皮特·戈森伯格、约翰·梅、艾尔·温申克,以及詹姆斯·克拉克都是1929年2月发生在芝加哥北克拉克街的哪起血腥事件的受害者?

回答:情人节大屠杀。

"那个,爱丽丝,我好好考虑了一下,关于我们的事,嗯,玄学派诗人约翰·邓恩有这么一首好诗,《三倍的傻瓜》,是这么说的:'我知道自己是个双倍傻瓜,因为爱着,更因为在诗中为此哭诉。'①我觉得,嗯,我就有点像这样。我是说我好像表现得有点过头了,不顾你的哭闹把你硬拉进照相间,还有情人节卡片上那首疯狂又拙劣的诗,这类的事,我知道你的独立很重要,我没意见,真的,没意见。我当然很爱你,非常爱你,但那不重要,那不应当成为我们的障碍,因为说到底,我觉得我们还是相处得挺好的,我们还是好朋友,甚至是灵魂伴侣。我在这个世界上最想与你共度时光,真的,虽然我知道我有时候很浑蛋,好吧,其实大多数时候都很浑

---

① 原文为"I am two fools I know/For loving, and for saying so/In whining poetry",来自邓恩的《三倍的傻瓜》("The Triple Foole")一诗。

蛋。嗯,那个,我不傻,我知道你其实现在不喜欢我,但也许你哪天就喜欢了呢,是吧?也许你会慢慢开始喜欢我?也是有可能的,这种事情确实会发生,我有耐心,很多很多的耐心,我不介意等着你。我想要说的就是——我们等等看吧,等等看会发生什么。别太操之过急,就多在一起玩一玩。然后等着,观察,好吗?"

这些差不多就是我见到爱丽丝时想要对她说的。我不知道引用邓恩的诗句合不合适,我有点担心那看起来会不会过于显摆,但我要试试到时候会有什么效果。以上这些话我要原原本本地说出来,不多一个字,看看她是什么反应,但我不准备详细深入地讨论,说完这番话我就要穿上大衣,回到宿舍,好好睡上八个小时。我绝对不会试着吻她。即使她要我留下来,做爱或者什么的,我也要拒绝,因为明天就是挑战赛了。我们都得打起精神。就像拳击手——比赛前不能做爱。

我站在她门外。敲了敲门。

没有回应。

我又敲了敲。智慧、和善、勇敢。智慧、和善、勇敢……

"谁啊?"

"布莱恩。"

"布莱恩!都半夜了!"

"我知道,抱歉。我就想来打个招呼!"

我听见她下了床,一阵窸窸窣窣穿衣服的声音,然后她从门边探出头来,穿着史努比的 T 恤和黑色短裤。

"我都睡着了,布莱……"她说,揉了揉眼睛。

"是吗?天哪,真抱歉。只是我今天遇到了一些事情,想找个人聊聊。"

"就不能等到……"

"不是'找个人'。就是找你。"

她咬着嘴唇,另一只手把 T 恤下摆往下拽了拽。

"哦,那好吧。"她打开了门,我进屋坐在她凌乱的床边,她刚刚睡着的地方摸起来还很温暖。

"嗯——情人节怎么样?"

"哦,还好,还好……"

"收到了什么特别礼物吗?"我故意问道,"今早的邮件?收到什么好东西了吗?……"我希望她能过来坐在我身边。

"有……的,嗯,谢了,布莱恩,那首诗真好。"

她怎么不过来坐在我身边?

"你这么觉得?呼!我还真有点尴尬呢,这是我第一次给别人读我写的东西……"

"嗯,我觉得挺不错的,真的。很……直白,嗯……原生态。情绪上来说。我觉得有点模仿 e. e. 卡明斯,①嗯,也不是**模仿**,是受他启发,我是说,让我想到他。其实,我觉得有些诗句我好像见过……"等一下,她是在说我**抄袭**吗?"……但不管怎么说,真的挺好。谢谢,我很……感动……"

"你觉得这是我寄的!"我轻松地说,"什么诗歌!我可没寄什么诗歌!"我开始口无遮拦了,我知道,但她只是笑笑,搔了搔眉毛,把 T 恤往下拉,兜在光溜溜的膝盖上,像一顶帐篷。我拼命让气氛保持轻松,因为我不禁望向她肩膀后方,注意到她身后的书桌上摆着一大束傲人的红玫瑰,斜插在她从公共厨房拿来的一只陈旧的大铝锅里。当然了,她肯定会在情人节收到别的男人送的礼

---

① e. e. 卡明斯(e. e. Cummings,1894—1962),美国诗人,在诗歌中经常使用单词、语法、句法、格式的变异达到独特的诗歌效果。

物,我要是没想到这一点才叫傻呢,我可不天真,她这么美、又受欢迎、又性感,肯定会收到的。但这束花实在是……俗气。太俗气了,我努力不去看它,而是把注意力放在我纯手工用心自制的真诚的短短诗篇上。但花就放在那儿,占据着她肩后的位置,散发出廉价空气清新剂一样的难闻味道,这他妈一大捆完美的他妈红玫瑰……

"玫瑰真好看!"我说。

"哦,那些啊。"她说,转过身去装作恍然大悟的样子,仿佛花是不知怎么的就自己爬到了她背后,跟勃南森林①似的。

"知道……是谁送的吗?"我轻声说。

"完全不知道!"她说。显然是哪个有钱的浑蛋。那束花的价格抵得上一学期的助学金呢,就这么斜靠在铝锅里。她当然知道是谁送的,因为要是这么舍得花钱还不说名字,意义何在呢?

"嗯——有没有附带的卡片……?"

"不会跟你有关吧,布莱恩?"她忽然说道。

"不不,我想不会的。"

"抱歉!抱歉,抱歉,抱歉,抱歉,抱歉……"她说,然后从椅子上站起来,弯下腰抱住我。我盯着她的背部线条,T恤被拉上来了,我一只手放在她短裤上方的温热皮肤上,顺带发现她的短裤似乎是某种半透明的黑色网状或蕾丝材质的。我们就这么抱了一会儿,我一直盯着那束玫瑰花懒洋洋地搭在铝锅里。

"抱歉……"她在我耳边轻声说道,"我这么打断你真是太不

---

① 勃南森林是来自莎剧《麦克白》中的典故。麦克白从女巫口中得知他不会落败,除非勃南森林会自己移动。后来马尔康征讨麦克白的时候,命令每个士兵前进时折下树枝作为掩护,从远处看来就像勃南森林自己在缓缓移动,两军交战中,麦克白被麦克德夫杀死。

好了,只是我们今晚的排演漫长又艰难,我想我可能还没走出角色……"然后她在我身边坐下,笑着说,"天哪,我刚刚说了什么?这简直是我这辈子说过的最最装腔作势的话……"然后我们都笑了,我寻思着是不是该吻她,但又想起我的新信条。智慧、和善、勇敢。

"那个,我现在真的该睡了,布莱恩。明天可是个大日子……"

"当然,我这就走……"我半起身,然后又坐下,"但是我能先跟你说点事儿吗……"

"好——的。"她小心翼翼地说,又坐在我身边。

"别担心——不是什么吓人的事儿。我只是想说……"我握住她的手,深吸一口气,然后说道,"那个,爱丽丝,我好好考虑了一下,关于我们的事,嗯,玄学派诗人约翰·邓恩有这么一首好诗,《三倍的傻瓜》,是这么说的:'我知道自己是个双倍傻瓜,因为爱着,更因为在诗中为此哭诉。'我觉得,嗯,我就有点像这样。我是说我好像表现得有点过头了,不顾你的哭闹把你硬拉进照相间,还有情人节卡片上那首疯狂又拙劣的诗,这类的事,我知道你的独立很重要,我没意见,真的,没意见。我当然很爱你,非常爱你……"

"布莱恩……"她说。

"……但那不重要,那不应当成为我们的障碍,因为说到底……"

"布莱恩……"她说。

"……等一下,爱丽丝,让我说完……"

"……不,布莱恩,你得停下……"她说着站起身来,走到房间另一角,"不该这样……"

"但是,不是你想的那样,爱丽丝……"

"不,抱歉,布莱恩。我没法儿再这么下去了。我们把这了结了吧……"

奇怪的是,她这话不是对着我说的,而是对着衣橱说的。

"出来吧,尼尔,现在可不好玩了……"

"奇怪,"我想,"她怎么管衣橱叫**尼尔**?那她管柜子叫什么!"我这么想着,她拍了拍这个名叫尼尔的衣橱的门,然后门自己缓缓打开了,就像变戏法一样。

衣橱里有个男人。

他手里抓着自己的裤子。

我没明白。

"布莱恩,这是尼尔。"爱丽丝说。

尼尔从衣橱里钻出来,站在地上。

"尼尔在《海达·高布乐》里演埃勒·乐务博格。"

"哈罗,尼尔。"我说。

"哈罗,布莱恩。"尼尔说。

"我们在……**排练**。"爱丽丝说。

"哦。"我说,好像她解释了一切。

然后,似乎,我跟他握了握手。

最 终 回 合

"你觉得她怎么样?"
"我不想说。"我结结巴巴地说。
"在我耳边说说。"郝薇香小姐弯下了腰。
"我觉得她很骄傲。"我小声答道。
"还有呢?"
"我觉得她很漂亮……"
"……还有呢?"
"我想回家了……"
"……你一会儿就能回去,"郝薇香小姐大声说,"先把这局牌打完……"

——查尔斯·狄更斯,《远大前程》

第三十九章

提问:"从前,有四个孩子:彼得、苏珊、埃德蒙德和露西",这是一位学者、小说家、基督教护教士最著名的作品的开头。请问这部作品是?

回答:《狮子、女巫和魔衣柜》。

在现实中见到名人本尊,最常见的说法当然是他们看起来要比银幕上矮小得多,有点让人失望。但班伯·加斯科因却比我想象中要更高大,他很瘦,总是笑脸迎人,而且出奇的帅,就像C. S.路易斯小说里那位即将带你经历一次惊奇冒险旅程的善良人物,只是更加性感。我们四个人排成一列站在演播厅里,紧张地等待着,他一路走来跟我们依次问好,有点像皇家大汇演。

爱丽丝在躲着我,她站在第一位,因此我听不到她跟班伯说了什么,但我猜她在勾搭他。然后是帕特里克,他简直就是卑躬屈膝、恭敬不已,故意显摆地说着之前见过他,去年的这个时候,表现得就像他们是很熟悉的朋友、就跟他们曾经一起度假一样。班伯很迷人,笑容满面,说着:"对,对,我当然记得你!"其实心里可能想着:"这傻瓜到底是谁?"

然后是露西,她跟平常一样,特别安静和蔼,然后就轮到我了。

问题是我该叫他班伯还是加斯科因先生呢?他走过来,跟我握了握手,然后我说:"很高兴见到您,加斯科因先生。"

"哦,不用,叫我班伯就好。"他说,咧着嘴笑着,双手握着我的手,"你叫什么名字?"

"布莱恩,布莱恩·杰克逊。"我喃喃道。

"……读什么的?"

"英文。"我说。

"什么?"他凑近了一点说。

"英语文学。"我大声说,吐字有点过于清楚了,然后我注意到班伯几乎察觉不到地后退了一点,我猜那是因为他闻到了我嘴里的酒味,发现我可能醉得有点昏头了。

虽然酒牌管理部门已经尽力了①,但事实上,无论多晚,只要你真的特别想喝上一杯,总还是能喝上的。

我离开肯伍德公寓爱丽丝的房间之后,在街上游荡了一会儿,努力试图让自己不再颤抖,平静下来,然后发现我站在了"印度之味"的门口,这是一家咖喱餐厅,同时也是印度式地下酒吧,你几乎可以在这儿喝上一整晚,只要身边十英尺范围内一直有一碟咖喱洋葱就可以了。

刚刚夜半,酒吧里空荡荡的。"一位吗?"唯一一位服务生问道。

"对。"他带我来到餐厅最里面靠近厨房的一个卡座里。我打开菜单,发现"印度之味"还为浪漫约会的情侣提供了特惠情人节菜单,真是心酸的讽刺。虽然套餐物美价廉,但我怀疑自己什么也

---

① 英国法律规定酒吧及餐厅一般在晚间11点后不得再出售酒类。

咽不下去。而且,我也不是来吃东西的。我点了一品脱啤酒,两份炸面包片,一份咖喱洋葱,一杯金汤力酒。

"不要主食吗,先生?"

"等会再说吧。"我说。服务生哀伤地点了点头,仿佛他对有时略显残酷的人心运作方式有着深刻了解,就走开去拿我的酒了。我灌下了啤酒和金汤力,然后听见身后厨房里微波炉"叮"的一声。服务生把重新加热过的咖喱洋葱塞进我支在桌上的手肘之间,我把空玻璃杯递给他。

"再来一品脱啤酒和金酒,不加汤力水了。"哀伤的服务生若有所知地点点头,叹了口气,去取我的酒。

"嗯,不好意思?"——我叫住了他——"金酒请来双份的。"我漫不经心地剥下咖喱洋葱的脆壳,在甜薄荷味的酸奶酱里蘸蘸。服务生端着我的酒回来了,我吸掉啤酒最上面的一英寸,然后把金酒倒进去,用叉子搅了搅,思考着我所知道的一切。

我知道翼龙、无齿翼龙、翼手龙和喙嘴翼龙的区别。我知道大多数英国境内常见鸟类的拉丁语学名。我知道几乎世界上所有国家首都的名字,也知道大多数的国旗。我知道牛津 Magdalen 学院应该读作"莫德林"。我知道所有莎士比亚剧本的剧情,除了《雅典的泰门》,也知道狄更斯的所有小说,除了《巴比纳·拉奇》,我还知道全部的纳尼亚传奇,知道所有这些作品的写作顺序,莎士比亚的作品则知道个大概。我知道凯特·布什每首歌的歌词,包括 B 面歌曲,也知道她每首单曲在排行榜的最高位置。我知道所有法语不规则动词,"各就各位"①一词的起源,胆囊的作用,河迹湖是如何形成的,所有英国君主的顺序,亨利八世的几位妻子以及她

---

① 原文为"Toe the line"。

们的命运,岩浆岩、沉积岩和变质岩的区别,玫瑰战争中所有主要战役的日期,"反照率""逍遥学派"及"曲言法"的意思,人的平均头发数量,怎么用钩针编织,原子裂变和聚变的区别,怎么拼写"脱氧核糖核酸",天上的星座,地上的人口数量,月球的质量,以及人类心脏的运作方式。然而对于那些重要又最基本的事,比如友谊,比如怎么从爸爸去世这件事中恢复过来,或是怎么爱别人,怎么感到幸福快乐,怎么表现得良好、体面、有尊严又快乐,这些事情则似乎完全超越了我的理解范围。我忽然觉得自己一点儿也不聪明,其实我无疑是全世界最无知、傻得最无可救药的一个。

我开始觉得有点忧郁,为了让自己开心起来,我又点了一品脱啤酒和双份金酒,把金酒倒在啤酒里,用叉子搅搅,炸面包片在枊果酸辣酱里蘸蘸,然后我能够记得的下一件事就是第二天早晨六点半穿着衣服醒来。

"布莱恩!布莱恩,醒醒……"

"别烦我……"我说着,拉过被子盖住脸。

"布莱恩,快点,我们来不及了……"有人摇我的肩膀。我拽开了他们的手。

"天还没亮呢。走开。"

"已经早上六点半了,布莱恩。我们要在九点半赶到演播厅去,来不及了。快点,起床……"帕特里克猛地一拉被子,"你没脱衣服就睡觉了?"

"才不是……!"我生气地说,但并没有什么说服力,因为显然我是睡着的,而且穿着衣服,"我晚上感冒了,没什么……"

帕特里克把被子扯走了。

"你还穿着鞋!"

"我的脚也冷!"

"布莱恩——你喝酒了吗?"

"没有……!"

"布莱恩,我还以为我们说好了——比赛前一晚不能喝酒,要早点睡觉……"

"我没喝酒!"我迷糊地说,拖着自己的身体坐起来,听见金酒、啤酒和咖喱洋葱在胃里晃动的声音。

"布莱恩,我都能闻到你呼吸里的酒气!你的床垫怎么在地上?"

"他说那叫日式布团。"乔希站在门口说,只穿着内裤发抖。马库斯也在他身后往里望着,眨着眼睛。

"我只能吵醒你的室友让我进来。"帕特里克解释道。

"哎哟,抱歉,乔希,抱歉,马库斯……"

"真不敢相信——你还醉着呢!"

"我没醉!五分钟——给我五分钟就好!"

"你只有三分钟。我在楼下汽车里等你。"帕特里克说完,怒气冲冲地离开了房间,乔希和马库斯跟在他身后。我叹了口气,用手搓了搓脸,坐在床垫边上。

我想起了爱丽丝。

我打开衣橱,拿出爸爸的棕色灯芯绒外套。

在去曼彻斯特的路上,气氛严肃。我们坐爱丽丝的雪铁龙 2CV 去,我爬进车里的时候,她投给我一个"别生气了"的怜悯的微笑,我假装没看见。薯片袋和破碎的香烟盒在脚下嘎吱作响。车的门把手处只有一截晾衣绳,我猛拉绳子关上车门,这个动作让我打了个嗝,空气从咬紧的牙缝间挤了出来。露西·张医生察觉到,自己做出诊断,给了我一个医院式的微笑,这也是她在学校学到的一部分。我们出发了,我把外套像毯子一样盖在身上,直扯到下巴底下,车子一直不停摇晃,就像游乐场里的旋转车,我努力不去注意。

不用说,帕特里克还是一如既往地准备了几百道问题要在路上问,当作十分有趣的热身活动,题目全都仔细地打在提示卡上,而且他坚持要把题目大声喊出来,以盖过雪铁龙每小时55英里的速度行驶在高速路上时发出的除草机一般的引擎声。我决定一题也不回答,给他们一个教训。度过今天的秘诀就是要保持自尊。骄傲和尊严,那才是关键。还有别呕吐在自己身上。

"关于战争的三道加分题。布伦汉姆战役是哪一年?谁知道?没人知道?露西?"

"17……12年?"露西试探地答道。

"回答错误。1704年。"

"'突出部'在哪里?突出部之役的突出部?① 谁知道?突出部?有人知道吗?突出部?来,好好想想,突出部,突出部之役……"

"荷兰!"我从外套底下没好气地说,因为想让他别再说"突出部"这三个字了。

"是比利时的阿登地区。"帕特里克摇头咂舌道,"第三题。奥斯特里茨战役,又称为三皇会战,是发生在哪些……"

"帕特里克,我能问一句,这有什么实际意义吗?"我在座位上探身说道,"我是说,难道你真觉得这些问题会神奇地出现在实际

---

① 突出部之役,1944年纳粹德国在比利时瓦隆的阿登地区发动的战役,因前线呈凸起状而得名。

答题环节？因为如果不会的话，那就有点无谓浪费大家的时间了，不是吗？"

"布莱恩……"露西把手搭在我的胳膊上说。

"这是在*热身*，布莱恩！"帕特里克尖叫道，从座位上探过身来，面对着我，"为我们中间某些今天早上还不太*清醒*的同志准备的*热身*！"

"我不懂你干吗非要跟我过不去！"我也开始喊了起来，"*你昨晚是几点睡的，爱丽丝*？"她从后视镜里瞪了我一眼，那种酷酷的带着轻蔑态度的女班长的怒视。

"布莱恩，我们晚点再说这个，好吗……？"

"晚点说*什么*？"帕特里克说。

"没什么。"爱丽丝说，"什么也没有……"

"那么今天就是我们四个人咯，爱丽丝，还是你在后备箱里还藏了什么人？"

"什么？"帕特里克说。

"布莱恩，别在*这儿*说了，行吗……？"爱丽丝咬牙切齿道。

"谁*来*给我解释下到底发生了什么……"帕特里克怒吼道。

"好了，大家！好啦！我们……来听点音乐吧，嗯？"和事佬露西说。她一只手友善但坚定地抓着我的胳膊，我几乎仿佛看到了她另一只手拿着皮下注射器。于是我又倒在座位上，把外套盖在头上，想睡一会儿。我们就一遍一遍一遍地听着有点变音了的ABC乐队的《爱情的模样》卡带，一直听到曼彻斯特，听得我差点就要叫出来了。

我不小心把酒气喷到班伯·加斯科因脸上之后不久，他就走开了，回到办公室去看比赛问题，让我们的老朋友朱利安——那个和气的年轻研究员——来告诉我们第一轮的对手是谁。正如我们担心的那样，两个字，牛剑。帕特里克努力挤出一个开怀的笑容，他牙齿打战的声音在演播厅内久久回荡。

对方的四个人悠闲地朝我们走来，就像持枪歹徒。他们统一穿着一样的小西服，打着领带，还都围着学院围巾，戴着眼镜，以进一步恫吓我们。他们队里全是白人男性，所以我想我们起码可以暗自庆幸我们实践了性别平等，队里有两位女性，虽然其中一位是个邪恶、不忠、狡诈兼两面派的女巫。

当然，我们的对手还没能发现爱丽丝的真面目，因此他们都径直朝她走去，围在她身边，像跟她要签名似的。帕特里克徒劳地在外围晃来晃去，急切地想跟他们中的谁握握手，谁都可以。他们的队长诺顿是读古典学的——是个头发松软、肩膀宽阔的自恋的帅哥，那种以为自己到哪儿都最牛的好看的浑蛋——他正握着爱丽丝的手不放。"那么——你一定是吉祥物了！"他拖长了声音淫荡地说，这话在我听来既讨厌又沙文主义，有那么一瞬间我为爱丽丝感到一丝女权主义式的愤怒，不过我又想起昨晚，想起衣橱。而且，爱丽丝好像并不介意，她也笑着，咬着嘴唇，眼睛忽闪忽闪的，甩了甩她刚刚洗过的头发，诺顿也把他光亮的秀发甩到脑后，然后爱丽丝也回应似的甩了甩头发，然后他又甩了甩，她也甩了甩，看起来就像某种野生动物的交配仪式。惭愧地说，我脑海里出现了"卖弄风骚"这几个字，但这个词既基于特定性别又歧视女性，所以我抑制住没说出口，只是站在那群人之外，也没人跟我握手，我就看着。露西·张发现了我，走过来拽着我的胳膊肘把我介绍给派崔奇，他来自萨福伦沃尔登，肤色粉嫩，才十九岁就谢顶了，现代历史专业。我笑了笑，又笑了笑，说话，笑笑，寻思着这儿有没有什么地方能让我躺一会儿的。

不过没时间了,朱利安把我们哄到座位上,开始简短的彩排,只是为了好玩,由他暂替班伯的位置。不用说,帕特里克已经安排好了座位顺序,我被放逐到了最边上,尽量远离他和露西,差不多都快到隔壁演播厅了。爱丽丝坐在我们之间,这要是在二十四小时以前还是挺好的,但现在我只觉得痛苦,我们坐在那儿,沉默茫然地望着前面,朱利安正对我们说着这只是为了好玩、只是个游戏、重要的是要享受这个过程。桌子和抢答器看起来令人意外地拙劣粗糙,像是木工课的成品,我能看见照亮桌前我名字的几个光秃秃的灯泡。要是我愿意,我都能卸下一个来,也许可以比赛结束之后偷一个回去留作纪念,一种大学生式的玩笑。我想跟爱丽丝说说这个想法,但又想起我们不该跟对方说话,于是又难过起来。这时朱利安让我们试试抢答器,就是感受感受。我们照做了,我把头探到胶合板桌前,看着我的名字一亮一暗。杰克逊、杰克逊、杰克逊……

"终于啊!我的名字亮了!"爱丽丝说,当然我没看她,但从声音就能听出她正拼命笑着,"那个,我一直以为唯一能让我的名字亮起来的方法就是改名叫'紧急出口'呢!"她说,但我没笑,我只是用抢答器敲着摩斯密码,短短短,长长长……

"挺奇怪的,是吧?终于坐在这里了。等了这么久……!"

我还是没回答,她伸过手来,把我的手从抢答器上拿开。

"布莱恩,跟我说说话,"爱丽丝说着,这次没笑,然后又小声说,"那个,昨晚我很抱歉,如果你觉得我一直在误导你,那对不起,但我从来没有承诺过什么,布莱恩。我一直都对你很诚实,我一直都非常、非常清楚自己的感受。说话呀,布莱恩?你不跟我说话我真受不了……"

我扭头面对她,她看起来又伤心又美丽,眼圈显得疲倦。"抱歉,爱丽丝,但我无话可说。"她点了点头,好像懂了,我们还没来得及再说些什么,就听见朱利安清了清嗓子,彩排开始了。

"基督教东西教廷的最终分离,又称东西教会大分裂,发生在哪一年?"

我知道答案,于是按了抢答器。

"1517?"

"不对,抱歉,我猜你想成了宗教改革。恐怕要扣五分了。"

"1054年?"头发松软读古典学的诺顿说。

"回答正确。"朱利安说,诺顿笑了,得意地甩了甩他的秀发,"那么,诺顿,加十分。你们队获得回答三道关于罗马众神的加分题的机会……"

当然了,讽刺的是,这些题的答案我其实都知道。

轻松、好玩、只是一个游戏的十五分钟彩排过后,我们以15比115分输了比赛。到了后台,帕特里克气得话都说不出来了。他只是绕着小圈走来走去,拳头一张一握,嘴里发出吱吱的声音,真的是吱吱的声音。

"他们真挺厉害的,对吧?"爱丽丝说。

"他们还好啦,"露西说,"他们只是幸运罢了。要注意派崔奇……"

"……为了这一刻我等了三年,三年……"帕特里克怨气冲天,绕着小圈走来走去。

"……我们就是有点紧张了,没什么,"露西说,"我们得打起精神!放松,开始开心地玩吧!"

我忽然很想喝一杯。这楼里有吧台吗?"或许我们可以去吧台,喝上几杯,放松放松?"我提议道。

帕特里克停下脚步。"你说什么?"他咬牙切齿地说。

"你不觉得这是个好主意吗,嗯?"

"布莱恩,刚刚彩排时你回答了八道抢答题,六道都答错了。害我们扣了三十分……"

"不是吧……"我嘴硬道,"是吗?"我看着露西,想要得到点支持,但她低头盯着自己的鞋。帕特里克转向她。

"露西娅,告诉我,你会说意大利语吗?"①然后,露西有点尴尬地回答:"会,会说一点。"②

然后他又对爱丽丝说:"你呢,爱丽丝,你也会说意大利语吗?"③

"会,会说,但也就是游客水平……"④爱丽丝说。

"他在问我们会不会说意大利……"露西小声说。

"我知道他在问什么,露西!"我打断她。

"那,你会说意大利语吗?"帕特里克问我。

"不,不太会……"

"但是露西会说,爱丽丝会说,我也会说,但你,布莱恩·杰克逊,是你,队伍里唯一一个不会说意大利语的人,却觉得自己有能力回答关于意大利语音乐术语的抢答题……"

"没人抢答,所以我就想试试……"

"这就是你的问题,不是吗,布莱恩?总是试试、试试、试试,什么也不知道就乱试,每次都错,但还是要试,一次又一次,一直错错错错错错错,赢不了比赛,还把我们都拖下水。"他的脸涨成了鲜艳的酒红色,跟他的大学运动衫一个颜色,离我的脸只有几英寸远……

---

① ② ③ ④ 原文为意大利语。

"嘿,大家,别这样,只是个彩排而已。"露西说着,想要挡在我和帕特里克之间,爱丽丝远远站着,手捂在脸上,从指缝间偷看。

"……真不明白一开始我怎么会让你加入队伍的!你这样醉醺醺的,满嘴酒气,显得你好像什么都知道,其实你什么都不知道。在这个队伍里,你完全就是个累赘……"他两手张开,按在我胸前,细小的唾沫星子喷到我脸上,"……还不如我们从街上随便拉个人来呢,就连你那个蠢货哥们斯宾赛都行,你们俩都蠢得跟猪一样。俗话说得好,江山易改,本性……"

我感觉他就这么一直讲个不停,因为我看见他的嘴一直在动,但我没注意听他讲了什么。我只知道他的手拽着我爸爸的褐色灯芯绒外套的翻领,把我提了起来。就在那一刻我下定了决心,就在那一瞬间仿佛有什么东西"啪嗒"一声折断了——不是真的折断了,只是被扯开了——可能是他提到了斯宾赛,也可能是昨晚残留的酒精作祟,但就在那一刻我决定用头撞向帕特里克·沃茨。我稍稍跳起,不是篮球运动员的那种起跳,只是脚尖微微弹起,然后把头尽可能狠狠地撞向他那张喋喋不休的酒红色脸庞的正中央。惭愧地说,我感觉到稍纵即逝但非常强烈的愉悦、满足以及正义复仇的快感,随后剧痛袭来,我眼前一片漆黑。

第四十章

提问:T.S.艾略特的《J.阿尔弗莱德·普鲁弗洛克的情歌》中的诗句是:"正当朝天空慢慢铺展着黄昏……"

回答:"……好似病人麻醉在手术桌上。"①

"作为土生土长的格拉斯哥人,我必须要说我们现在看到的,是对'以头撞人'这个动作基本技巧的典型误解,"丽贝卡·爱泼斯坦说,"以头撞人的要点是要用你额头坚硬的地方尽可能地用力撞向对方鼻子柔软的地方。你刚才那一下,布莱恩,却是用你柔软的鼻子撞向了他坚硬的额头。所以你才会流血,才会昏过去。"

我睁开眼睛,发现自己躺在两张拼在一起的办公桌上。露西·张站在我身边,正把刘海从我眼睛上拨开,伸出三只手指,问:"这是几?"

"我要是答错了,会被扣五分吗?"

她笑了:"这次不会。"

"那答案是三。"

"委内瑞拉的首都是……?"

---

① 此处译文为查良铮译本。

"加拉加斯?"

"答得漂亮,布莱恩先生,"露西说,"你应该没事了。"

我们似乎是在楼上的某层,在《大学挑战赛》的制作办公室里,能看见演播厅的后面,办公室到处散放着参考书,墙上贴着往届冠军的照片。我转过头去,看到丽贝卡坐在我对面的桌上,看起来很漂亮——不是漂亮,因为"漂亮"这个词既反动又性别歧视,而是**迷人**——她穿着一条朴素的黑色紧身长裙,一件黑色牛仔外套,马丁靴来回晃着。

"你还是来啦?"

"哦,对。再怎么也不会错过这场好戏啊。我坐面包车来的,跟一群醉醺醺的青年保守党们一起,他们都围着学院围巾,拿着可笑的泰迪熊。我还付了**三镑**汽油钱,你要是算算就知道那真是**抢钱**,然后我就想,老天,我到底干吗要来?真是**生不如死**!然后我们就到了,在演播厅里逛了逛,及时赶上看见你不省人事地躺在血泊中的样子,我就想,嗯,好了,这绝对值三镑的票价了。"

我低头看了看,我只穿着长裤和已经穿了三十六个小时的背心,裤脚沾上了一点血渍,浑身一股金酒味。事实上,不仅是金酒的味道,而是臭气,我浑身散发着臭气。

"我的衣服呢?"

"我们占了你的便宜,露西和我,在你昏迷的时候。你不介意吧?"

露西脸红了。"爱丽丝在洗手间给你洗衬衫呢,想要在干手机下把它烘干……"

"外套没弄脏吧?"

"外套还好……"

"……那是我爸的外套……"

"没事,真的……"

我颤颤巍巍地侧坐起来,坐在桌边,想象着我能感觉到大脑也跟着移动,撞到头骨内侧。露西举着她化妆包里的小镜子,我深吸了一口气,望向镜中。没我想象的那么糟糕,鼻子好像也没比平时更肿胀变形,虽然鼻孔周围留有一圈深色蜡状物,像红蜡笔画上去的。

"帕特里克怎么样?"我问露西。

"皮都没破。"她说。

"可惜。"我说。

"嘿,够了。"她说,但不怀好意地笑着,然后表情奇怪地说,"但可能有个问题。"

"什么?"

"嗯……我想他们不会让你参加节目了。"

"什么?开什么玩笑!"

"恐怕是这样。"

"为什么?"

"嗯,你的确攻击了我们的队长。"

"我才没有攻击他!我就撞了他一下!而且是他先惹我的,你也看到了,他揪着我的领子把我拎起来!再说了,我才是受害者!我才是受伤的,怎么可能是我攻击他?"

"法官阁下,这就是被告的辩护。"丽贝卡说。

"我知道,布莱恩,但不管怎么说,帕特里克不开心了。他有个朋友,经济系的,准备临时顶替你的位置……"

"这不可能……"

"你也不能怪他,布莱恩,你这么酒气冲天地出现,答错了一大堆题,还想要打歪他的鼻子……"

"但我妈都来了!"

"只不过是个答题游戏,布莱恩。"丽贝卡说,双脚还在晃来晃去。

"但她可是从绍森德大老远赶来的!……"我听见自己的声音有点哽咽,我知道,这对于一个十九岁的男人来说还挺可悲的,但我实在太想上节目了。我眼前忽然闪过我在努力向妈妈解释自己为什么没能上场的画面。就像上学时被提早送回家,这太尴尬、太耻辱了,我简直不敢想。

"朱利安怎么说的?"

"朱利安说听帕特里克的意见。他们现在在一起讨论这事儿。呢……"

露西皱了下眉头,说:"我觉得要是你能保证好好表现,不再像个小孩似的,同意团队合作,不再碰酒,我想,嗯,你还是能上场的……"

"哎,你能帮我这么跟他说说吗,露西?拜托了?"

她叹了口气,看了看表,又望了望门口,然后说:"我看看我能做些什么吧。"她离开房间,剩下我和丽贝卡在制作办公室,面对面坐在两张桌子上,相隔大概十五英尺,都晃着腿,试图忽略那种"我们之间的气氛"。直到这沉默再也不能忍受,丽贝卡朝门口点了点头:

"她挺好的。"

"谁?"

"露西。"

"对。对,她挺好的。真的真的挺好。"

"那你怎么不跟她在一起?"丽贝卡说。

"……什么?"

"……我就是觉得她挺好的,没什么……"

"……因为我不想!……"

"……但你刚才也说她挺好的……"

"……好人多了去了……"

"……在你看来她还不够漂亮,对吧?……"

"……我可没这么说……"

"……不够性感?……"

"……丽贝卡……"

"……其实吧,要我说,你也就相貌平平,伙计……"

"……对,我知道……"

"……穿着沾血的背心坐在那儿……"

"……好吧……"

"……而且血都干了,我必须得说,从这儿都看得出……"

"……谢谢啊,丽贝卡……"

"……那你为什么不想呢,嗯?……"

"……因为可能她不喜欢我!……"

"……你怎么知道?要是你连问都没问?你可是没看见你昏迷那阵她看你的眼神……"

"……胡说……"

"…… 把你的头发从眼睛上拨开什么的,真是感人的一幕……"

"……胡说!……"

"……贴心地给你鼻孔里塞上卫生纸,其实还挺性感的……"

"……丽贝卡!……"

"……是真的!要不是因为我在这儿,她恐怕连你的裤子也得脱了,你还不明白……"

"……胡说！……"

"……那你怎么脸红了？……"

"……我才没有！……"

"……那你怎么不问问她？……"

"……问她什么？……"

"……约她出去啊……"

"……因为我不……"

"……什么？……"

"……我不……"

"……说呀……"

"……喜欢……她……"

"……就跟你也不喜欢我一样？"

"……什么？"

"……你听到了……"

"……丽贝卡，我们能不能……"

"……什么？"

"……迟点再说这个？"

"……为什么不能现在说？"

"因为！"我深吸一口气，很久没这么深呼吸了，"因为我现在在想着别的事情。好吗？"

"好的。"她说，"当然，懂了。"然后她跳下桌子，不太习惯地拉了拉长裙，走过来坐在我身边。

"你穿的是罩衫吗？"我说。

"滚你的罩衫。这是连衣裙。头感觉怎么样了？"

"哦，还行，有点疼。"

她把手伸进外套内侧口袋，掏出一小瓶威士忌来。

"想来点儿药吗?"

"还是别了。"

"来吧,解醉酒?"

"我喝的是另一种酒,金酒。"

"哎哟,那可真是麻烦了,你知道金酒是镇静剂吧,啊?"

"我猜这就是为什么我要喝它。"

"嗯……,自怜又自怨,无敌组合。难怪女人们都觉得你无法抗拒呢。原来你是崔维斯·比克尔①啊。"然后她喝了口酒,又递给我,"相信我,该喝点威士忌。"

"他们会闻到我嘴里的味儿的。"我说,但她又从另一个口袋里掏出一包强劲薄荷糖,"好吧,给我。"我说。她把酒瓶递给我,我喝了一大口,然后吃了颗薄荷糖。让这两种味道融合在一起,我们对望了一眼,笑了,像小学生一样坐在那里,双脚在桌子底下晃来晃去。

"你肯定知道爱丽丝在跟别人约会吧?"我说。

"嗯哼。"

"那个叫尼尔的家伙,上学期演理查三世的那个,总是在学生酒吧扮瘸腿……"

"拄着拐杖的贱人……"

"就是他。我猜你知道的。"

"嗯,我见过他从她的房间里跑出来过几次,所以应该说我略有所知……"

"或者说是有预感?"她不解地看着我,"那个,驼背,理查

---

① 崔维斯·比克尔,马丁·斯科塞斯导演的电影《出租车司机》中的人物。

三世……?①那你怎么不告诉我?"

"这可不关我事,对吧? 这是你的恋爱经历。"

"不,或许不是了。"我必须承认,即使经历了这一切,经历了爱丽丝、撞头、所有这些一团糟,我必须承认我想要亲吻丽贝卡,用舌头把薄荷糖塞进嘴巴某个角落,俯身亲吻她,看看会发生什么。

但那时机已经过去了,我只是看了看手表。

"他们可真够久的。"

"谁?"

"陪审团。"

"要我去看看怎么样了吗?"

"嗯,那太好了。"我说。她跳下桌子,朝门口走去。"给我说点儿好话。"我说。

"那要看看我能不能想出点儿什么好话了。"她说,整了整裙子,然后走了,剩我一个人留在屋里。

我在独处而又没有书读的时候总是有点烦躁不安,特别是现在我只穿着背心坐着。不过,谢天谢地,这间办公室里堆满了书,大多都是参考书,但那也是书,于是我拿起他们给我当枕头的《牛津引语辞典》,就在那时我看见了它。

在桌上。

一块蓝色的笔记板。

板子上有几张打印的 A4 纸。上面写着研究员朱利安的名字,所以我以为那只是他的制作记录。一定是他们把我抬上来的时候他带来的,然后就忘了拿走了。A4 纸上没有什么有趣的东西——只有参赛队员的名单、座次表、工作人员名单之类的东

---

① 预感(hunch)一词也有"驼背、隆起"之意,而理查三世为驼背。

西。但笔记板上面还有个信封,很厚,像装了两副扑克牌。我把信封从笔记板上取了下来。

信封没有封口。或者说只是简单封了下,开口用半英寸的胶水黏在一起。只要我用拇指顺着……

我把信封扔回桌上,仿佛它忽然变得很烫手。

然后我用指尖把信封轻轻往外推了一下。

然后又推了一下,就像在查看什么东西是不是死了那样。

然后我抓着一角,把它拉了回来。

然后我双手捧起信封,放在手心里,看着。

然后我又把它放回桌上,放到我够不着的地方。

然后我又想:"哦,去他妈的。"我拿起信封,打开了它。

第四十一章

提问：詹姆斯·霍格、圣奥古斯汀、让-雅克·卢梭以及托马斯·德昆西都写过哪种文学体裁的作品？

回答：《忏悔录》。

参加普通程度会考的时候，在考化学多选题之前，我得了轻微的肠胃感冒。至少我觉得是这个病，由于它会传染，而我又发烧了——嗯，也不是**发烧**，就是体温上升了一点——我就被安排在老师办公室旁的一间小房间里单独考试，没人监考。因为我就是那种大家都完全信任的学生。

但是我作弊了。

不是你想的那种很严重的作弊。我只是看了看没有人来，就拿出复习指南，在元素周期表里快速地查了一下钾还是镁还是什么元素的化合价，然后把指南收起来。就是这样。

顺便说一句，那次圣诞节前在萨福克，我跟爱丽丝在烛光里玩拼字游戏，我拿到了 E 和 S，但偷偷换成了 Z 和 X，所以才拼出 A-mazed（惊奇）和 Foxed（迷惑）这两个词，得了三倍的分。

以上就是我所有的作弊历史了。那两次我都没有为自己的行为感到骄傲，但除了羞愧以及萨特称之为"不诚"的情绪之外，最糟糕的是有一种"其实没有必要作弊"的感觉萦绕心头。不管作不作弊我总是能赢的,而作弊只会玷污那种胜利感。就像妈妈,或者萨特,可能会说的:"你只是在欺骗自己。"

但这次不是拼字游戏或化学普通程度考试,这次要重要得多。这是《挑战赛》,至少有八个很好的理由说明为什么作弊是合情合理的。1. 这是在上电视。所有人都能看到,斯宾赛、托恩、简妮特·帕克斯、我所有的老师、莫里斯教授、那个叫尼尔·麦金泰尔的浑蛋。2. 而且还有现场观众,妈妈在这儿,即将成为我继父的戴斯、丽贝卡、嬉皮士克里斯、贱人艾琳。3. 为了我的队友,帕特里克和露西,特别是露西,我让她伤心了,她理当获胜。4. 当然还有爱丽丝,她觉得我是个白痴、酒鬼、累赘、傻瓜,但我觉得我还是会爱她。5. 我有可能都不能上场,因此所有这些伦理斗争都只是理论上的。6. 现在出现这个情况也不是因为我的问题,而是朱利安的错,错在给我设下了诱惑。7. 在这种情况下,是个人都会这么做的,每一个人都会。8. 而我也只是个人而已。

这就是我为什么要这么做,严格来说这是作弊,但我更愿意把它想成是机会。我只允许自己看一张卡片,就一张,我发誓。但我得动作快点。我跑到门口,从门缝里左右望了望,一个人也没看见,然后我跑回桌前,从信封里抽出题目卡片。

卡片用橡皮筋扎成两捆,一捆是抢答题,一捆是加分题。我拿起抢答题那一捆卡片,分出大概三分之二,然后把两份卡片都题目朝下放在桌上,以便等会能再照原样放回去。我紧紧闭上眼睛,从三分之一的那一份上拿起一张卡片,举在紧闭的双眼前大概三英寸远的地方。

我能感觉到眼皮上的血管在跳动。

我睁开眼,看到整齐打印的……

"提问:狄更斯小说中的人物菲利普·皮利普的昵称是?"

……我有点生气,因为我知道这题的答案,这太简单了,《远大前程》里的皮普。要是我已经知道答案,那么伦理困境中的挣扎还有什么意义呢?虽然我和上帝——或无论是谁——已经达成了严格的交易:能且只能看一张卡片,我还是抓起了另一张,底下的一张,翻了过来。

嗯,这次好点儿……

"提问:加利福尼亚州被三个美国大洲和一个墨西哥的州郡环绕,请问这些州是?

回答:奥尔良、内华达、亚利桑那,以及墨西哥的巴加(下)加利福尼亚。"

奥尔良、内华达、亚利桑那、巴加加利福尼亚。好的——正好是能显示我很厉害但又不会太过诡异的程度。奥尔良、内华达、亚利桑那、巴加加利福尼亚。但"Baja"应该读"巴加"还是"巴亚"?没关系,回答的时候我也这么问一下。我练习了一下如何表情自然地大声说出"奥尔良,呃,内华达,嗯,亚利桑那?以及巴加……(这里要微笑,因为我的西班牙语有点生疏了)……还是'巴亚'加利福尼亚?"

但如果露西也知道答案怎么办?我觉得她肯定知道。不要紧,只要我们这边能有人比对方快就行了。其实,露西回答更好,因为那样我的良心就安稳了。奥尔良、内华达、亚利桑那、巴加加利福尼亚。赶快,把卡片按照原样放好,在桌上码放整齐,捆上橡皮筋,一圈,两圈,把两捆卡片塞回信封,舔一舔封口,但别太多,就舔封口的一边就行,把信封再夹到笔记板上,笔记板放回一开始的位置,再练习一遍:奥尔良,呃,内华达,嗯,亚利桑那,是不是还有巴加加利福尼亚?……

我走到窗边,望着窗外曼彻斯特的屋顶和烟囱,思考着我接下来该怎么办。首先要向帕特里克道歉,要真诚谦虚,但又不能太谦卑,承认我们俩都失态了,同时还要保持骄傲和尊严。然后要跟爱丽丝达成某种暂时的和解,向她表示,没错,我是很生气,但她跟那个尼尔在一起是个天大的错误,是她的损失。然后我只需要向她证明是她一直看走眼了;有爱丽丝在我身边,我将有型、优雅又谦虚地赢得这场比赛。奥尔良、内华达、亚利桑那、巴加加利福尼亚。

有人敲门,帕特里克表情严肃地进来了,爱丽丝和露西一左一右,她俩都努力憋住不笑。

"帕特里克。"

"布莱恩。"

"之前,对不起了。"

"接受道歉。"然后他清了清喉咙,露西鼓励地戳了戳他的脊背,"嗯,呃,那个,我跟露西还有爱丽丝谈了一会儿,我们都觉得刚刚我们可能都有点失态了,有点太激动了,都怪演播厅里的灯啊什么的,嗯——总之,我们觉得我们都非常希望你继续留在队伍里。"

"谢了,帕特里克。"我说,庄重地微微鞠了个躬。

"多谢,布莱恩。"他也冲我鞠躬。

露西笑着对我眨眨眼,小心翼翼地在腰间对我竖起大拇指,爱丽丝递给我刚刚熨好的干净衬衫和我爸爸的褐色灯芯绒外套。

"好吧,那么,"我说,"我们去给他们点儿颜色瞧瞧吧。"

第四十二章

提问:在 E.M.福斯特的小说《霍华德庄园》中,莱纳德·巴斯特的悲惨结局是怎样的?

回答:书架倒在他身上,他的心脏停止了跳动。

不过,在去给对方一点颜色瞧瞧之前,我们坐下来喝了杯茶,吃了点饼干,我去了趟洗手间,用洗手液洗了洗腋下,感觉好些了。然后我们各自去化妆间化妆。像我这么差的皮肤,化妆是件挺尴尬的事。一位叫简妮特的好心姑娘帮我化妆,但其实也只是在减少损害罢了:遮住痘痕,擦上点粉以防皮脂腺渗出的油光在演播厅的灯光下反光。我们三个都没用太长时间。帕特里克把他的大学运动衫熨了一下,头发牢牢锁定在透明坚固的一层硬壳般的定型剂下面,露西换了一身非常干净整齐的衬衫,扣子全部扣齐,还涂了点口红,用一只蝴蝶发夹把头发夹在脑后。我们在走廊里站着,亲切交谈,露西看起来真美,这让我有些惊讶,我试图找到一个合适的、听上去不会觉得变态的方式告诉她这一点。这时爱丽丝从她的化妆间里出来了。

她穿着一条黑色高领紧身长裙,裙子下摆收口,直到脚踝,虽然她的腿不会出现在镜头前,她还是穿了渔网袜和带扣黑色高跟鞋。她看起来像个电影明星,光芒耀眼,光彩照人,我忽然又有点头晕了。

"你们觉得这有点过分了吗?"她说。

"怎么会?爱丽丝,你看起来非常美。"露西说。朱利安过来叫我们了,手里拿着那邪恶的笔记板,他也多打量了爱丽丝两眼。"好了,女士先生们,准备好了吗?"我们跟着他穿过走廊,朝演播厅走去。我走在爱丽丝后面,就为了看她走路。

我们到演播厅的时候,对方队伍已经坐下了,我们候场的时候能听见他们亲友团的阵阵掌声和叫好声。然后朱利安对我们一点头,该我们走进斗兽场了。我跟在爱丽丝后面,走向我们的座位,同时听见场内观众集体屏住呼吸,工作人员和摄影师也停下手中的活,盯着她,小声议论着,一片赞扬的嗡嗡声夹杂在掌声、叫好声以及欢呼声之中。她稍微拽住点裙子,侧身滑进座位,就像坐进豪华轿车,观众席上真的有人吹了声口哨,从性别政治的角度来说我不认可这种行为,但口哨引得演播厅里的人群爆发出一阵笑声。爱丽丝笑着把我们的吉祥物泰迪熊艾迪举在面前,就像妈妈常说的——"人美,而且*知道自己美*……"

我们在座位上坐好,相互笑着望向对方,等待着兴奋劲儿过去。

"和好?"爱丽丝说。

"和好。"我说,然后我们朝观众席望去,哈宾森夫妇坐在那儿,露丝骄傲地微微挥了挥手。

"真高兴看到他们又穿上衣服的样子!"我说,爱丽丝责备地拍了一下我的手腕。我妈妈就坐在第二排,在丽贝卡后面,她冲我摆动着手指,然后竖起双手大拇指,我也摇了摇手回应她。

"那是你妈妈吗?"爱丽丝问。

"嗯哼。"

"她看起来人很好啊,我想见见她。"

"你会见到的。总有一天。"

"那个留着汤姆·塞立克一样小胡子的人是谁?"

"戴斯叔叔。不是亲叔叔,只是我们都这么叫他。其实,他就要跟我妈结婚了。"

"你妈妈要再婚了?"

"嗯哼。"

"真是个好消息!你怎么没告诉我!"

"嗯,我正准备说的,昨晚,但是……"

"对,哦,对,当然。那个,布莱恩,我跟尼尔,我们不会真的有什么发展的……"

"爱丽丝……"

"我们只是一时冲动,这不意味着你和我就……"但她没说完,因为班伯入场了。人群都鼓掌欢呼起来,爱丽丝握住我的手,用力捏了捏,我的心跳加速,是时候完成这件事了,一了百了。

不过,十八分钟之后,我们就输了。

或者说差不多是输定了。45 比 90,派崔奇,那个面色粉嫩的秃顶小孩,显然是在某个秘密实验室里被改良了基因的不可思议的变种人,因为他一直不停地给出正确答案,在你能想到的所有领域内,一个接着一个。"……教皇庇护三世、圣安德列斯断层、希罗多德、$2^{n-1}(2^n-1)$ 当 n 和 2^n-1 都是质数时、硝酸钾、铬酸钾、硫酸钾……"而且给出这些答案的还是个学现代历史并且看起来像六岁小孩儿的人。说这些是*通识*都不够准确,那就是*知识*,纯浓缩的知识。我认为,派崔奇的脑袋里肯定藏着一个小小的按钮,按一下,他的脸就会打开,露出闪烁着"发光二极管"字样的二极管和微晶片。同时,他们的队长诺顿,来自肯特伯雷读古典学的,根本什么都不用做,只需要用他那调试得低沉温柔的声音把正确答案传达给班伯就行了,然后他就靠在椅背上,伸伸懒腰,玩玩闪亮的秀发,向爱丽丝抛出"待会儿见"的意味深长的眼神。

帕特里克慌了,酒红色运动衫的领子上慢慢出现了一圈汗渍,他开始慌不择路,开始犯错误,糟糕的错误,颤抖的手指猛按抢答器,绝望地想要拉小比分差距。

哔——

"乔治·史蒂芬森?"帕特里克说。

"抱歉,回答错误,扣五分。"

"布鲁内尔?"派崔奇说。

"回答正确!加十分……"

哔——

"托马斯·潘恩的《人权论》?"帕特里克说。

"抱歉,错误,扣五分……"

"潘恩的《理性时代》。"派崔奇说。

"回答正确!再加十分……"

场面就这么一直继续。爱丽丝和我此刻更是帮倒忙。她答错了一道题,错把阿丽莎·马尔科娃女爵说成了玛歌·芳婷女爵,而我则基本没开过口,只是在小组讨论时无论露西说什么都疯狂地点头。其实,如果不是因为了不起的露西·张医生,我们现在都应该是负分了,因为帕特里克每答错一题,她都能安静低调地答对一题。"蜜蜂研究?"——回答正确——"我思故我在?"——回答正确——"韩德尔的《加冕颂歌》?"——回答正确——有一次我甚至发现自己的目光越过爱丽丝望向露西,观众正为她鼓掌,她把光亮的黑发掖在耳后,低调地盯着地板。然后我想到丽贝卡说的,也许我应该约她出去?我以前怎么没想到过?也许这才是答案。也许,如果跟爱丽丝没有可能的话……

我这都在想些什么? 现在比分是65比100,怪男孩派崔奇已经连续答对三道题了,都是关于埃瓦里斯特·迦罗瓦的数学理论还是什么**完全听不懂**的东西。我只是呆呆地坐在那里,盯着我们吉祥物的后脑勺,我们一直在丢分、丢分、丢分。我意识到即使已经准备好了"奥尔良、内华达、亚利桑那、巴加加利福尼亚",我们唯一能够取胜的方法也只有让观众席上的谁,比如丽贝卡·爱泼斯坦,用大威力狙击来复枪把派崔奇给干掉。

随后,一件神奇的事发生了,居然有一道题我知道答案。

"《波菲利娅的情人》一诗中的主角用他情人的头发勒死了对方,请问这是哪位维多利亚时期诗人的叙事诗?"

而且**没人抢答**。除了我没人抢答。我按下抢答器,想张嘴,但嘴像被糨糊粘住了一样,我努力挤出单词。

"罗伯特·布朗宁?"

"回答正确!"

有人鼓掌,真的在**鼓掌**,虽然是我妈妈带头的,但那也是鼓掌,然后我们要尝试回答加分题……

"……关于植物细胞结构!"

爱丽丝和我呻吟了一声,瘫倒在椅子上,又成了多余的人。但没关系,因为我们有露西·张医生,如果有什么植物细胞结构知识是露西·张都不知道的,那么那些知识根本也不值得了解。她不费吹灰之力就解决了这些问题。

"……薄壁组织……厚角组织……还有厚壁组织?"

哦,没错,正是厚壁组织,人群又欢呼起来,因为我们又杀回来了,现在是90比115,我也清醒过来,因为我知道我——不,不是我,而是我们,我们队伍——最终一定能够赢得比赛。

"下一道抢答题,狄更斯小说中的人物菲利普·皮立普……"

知道。

抢答。

"《远大前程》中的皮普。"我自信而清楚地说。

"猜题猜得很准。"班伯说。观众席上传来一阵掌声,甚至还有人吹了声口哨,我猜是丽贝卡,她正在前排面露喜色,我想这可能就是射门进球的感觉吧。但我努力不笑出来。我表现得严肃又自信,脑子全速运转,因为我知道接下来会是什么。"奥尔良,嗯,亚利桑那,呃,内华达和班加——还是班亚?——加利福尼亚?"不过要保持镇定,镇定,先回答完加分题,那足够把我们拉回到同一分数线上,115分,但首先取决于加分题是关于什么的……

"你们的加分题全部是关于威廉·莎士比亚戏剧的开头和结尾诗句。"

"太棒了!"我心想,但没说出口,也没表现出来,"这个我行,我打赌这些我都知道。"我们的对手当然不屑地哼了一声,瘫倒在椅子上,因为他们知道自己也能答对,读古典学的诺顿沮丧地甩了甩头发,但是,不走运的男孩们,被我们抢走了答题权。爱丽丝肯定也很有信心,她瞟了我一眼,点头微笑着,好像在说:"来吧,班伯,放马过来吧,没关系,因为我和布莱恩是灵魂伴侣,我们联手一定能解决你抛给我们的任何问题。"问题来了,第一道加分题……

"哪一部戏剧的开场台词是:'去!回家去,你们这些懒得做事的东西,回家去。今天是放假的日子吗?'"

知道。

"《裘力斯·凯撒》。"我小声对帕特里克说。

"确定?"帕特里克说。

"当然。普通程度会考时考过。"

"《裘力斯·凯撒》。"帕特里克果断地说。

"回答正确!"班伯说,响起零星掌声,不太多,但也够了,然后是下一道问题。

"哪一部戏剧的结束台词是:'我现在就要上船回去禀明政府,用一颗悲哀的心报告这一段悲哀的事故。'"

知道。《奥瑟罗》。

"是不是《哈姆莱特》?"爱丽丝小声对帕特里克说。

"不,我觉得是《奥瑟罗》。"我和蔼但坚定地说。

"露西?"帕特里克说。

"抱歉,不知道。"

"我百分之九十九确定是《哈姆莱特》。"爱丽丝又说。

"布莱恩?"

"我觉得《哈姆莱特》的最后台词说的是什么把尸体抬出去、鸣放起炮来之类的。'悲哀的事故'指的是苔丝狄蒙娜和奥瑟罗的死亡,所以我很确定是《奥瑟罗》,但如果你想说《哈姆莱特》,帕特里克,那就说《哈姆莱特》吧。"

帕特里克又看了看我们俩,爱丽丝和我,做出了选择,他转头对着麦克风说:"是不是……《奥瑟罗》?"

"正是《奥瑟罗》!"观众们都疯狂了。帕特里克从桌下伸过手来,友好地摸了摸我的小臂。露西对我眨了眨眼,爱丽丝看着我,她热情的目光中带着感激、谦虚以及真诚的喜爱,我从没在她脸上见过这种表情。她从桌下伸手摸了摸我的大腿,又捏捏我的手,还用她的拇指蹭了蹭我湿热的掌心,然后把她穿着带扣黑皮鞋的脚伸进我硕大的双脚之间,摩擦着我的脚踝,我们对望了一眼,大概只有一秒钟,但感觉像是永恒,掌声经久不息,我谦虚地笑着。班伯又开口了……

"最后一道加分题。哪一部戏剧的结束台词是'咱们的戏文早完篇/愿诸君欢喜笑融融'?"

知道。

我和爱丽丝还在桌下牵着手,异口同声道:"《第十二夜》!"

"《第十二夜》?"帕特里克说。

"《第十二夜》是正确答案!"班伯说。观众鼓掌,我仍然在桌下暗暗牵着爱丽丝的手,我望向观众席上的丽贝卡,她在座位上坐直了身体,欢呼着,手指放在嘴里吹着口哨,双手举过头顶拍手叫好。妈妈坐在后面一排,双手竖起大拇指,戴斯也在鼓掌,侧着身子,跟妈妈耳语道:"你儿子怎么能知道这么多东西?你肯定特别骄傲!"或是跟我想象中差不多的什么话。在掌声中,我似乎听到爱丽丝说"你简直太厉害了",然后班伯又开口了:

"回答得漂亮!现在两队打成了平手,时间还剩下最后四分钟,还很充足。请准备好,手放在抢答器上,准备下一道十分的抢答题。加利福……"

知道。

我左手还在桌下紧紧牵着爱丽丝的手,右手伸向抢答器,按下,然后朗声说道:"奥尔良、内达华、亚利桑那以及班加——还是读班亚?——加利福尼亚?"

然后我坐在椅子上,等着掌声响起。

但掌声没有响起。

什么也没有。

没有掌声,只有一片可怕的寂静。

我。

我不。

我不懂。

我求助地望向爱丽丝，但她只是直直地盯着我，脸上带着一种古怪不解的僵住的笑容，一开始我以为那是敬畏之情，为我的才智而倾倒的敬畏，但那表情在我眼前渐渐变成了某种非常非常糟糕的画面。我又望向桌子那头，帕特里克和露西脸上也是这种表情，一种带着震惊的……轻蔑。我又望向观众，只看见一排排密集的寂静黑洞，困惑皱紧的眉下面大张着的嘴巴，除了丽贝卡，她身体前倾，双手撑着脑袋。观众席上传来越来越大声的窃窃私语，然后有人开始歇斯底里地大笑起来，然后，一阵痛苦与后悔的痉挛袭上我的心头，感觉就像被抛入太空，我忽然明白过来自己刚才做了什么。

问题还没出现，我就说出了正确答案。

班伯·加斯科因首先打破沉默。

"嗯，实在很了不起，这正是正确答案，不过……"他一手按住耳机，跟控制室商量了一会儿，然后说，"……不过我觉得或许我们还是……应该……暂时……暂停录影？"

爱丽丝在桌下放开了我的手。

尾　声

才疏学浅，实则危险；
若非深饮，就不要尝那灵感之泉：
浅尝会令头脑迷醉，
剧饮才能让人重获清醒。

　　　　　　——亚历山大·蒲柏，《论批评》

我知道好事将近。
但不知何时才会发生，
只是说出口也能让它成真。

——凯特·布什，《云破》，出自《爱的猎犬》专辑

第四十三章

最后一个问题：它是希腊第一大岛，东西轴线全长160英里，首府是伊拉克利翁，请问，哪一个地中海岛屿是首个欧洲文明米诺斯文明的发源地？

回答：克里特。

1986年8月12日

哈罗啊，陌生人！（还是"哈啰？"怎么写？！）

最近怎么样？过了这么久，我敢说你一定很意外吧？没错，信封上的邮戳没错——我确实人生中第一次出国了。这里很热！我还晒黑了，多多少少吧，或者说脱完皮之后应该就会变黑了。果然不出所料，我"第一天晒得太猛"了，好一阵儿都疼得厉害，吃饭也得站着，但现在好多了。（我的皮肤也变好了，但你不用知道这些！！！）在经历了几次惊恐发作之后，我还学会了潜水。这里的食物很棒——很多很多的烤肉，完全没有蔬菜。我今天第一次吃到菲达奶酪。嗯——有点像咸味的包装材料。你还记得我们去卢意奇的那次吗，你穿的那件泡泡裙？

不过随便啦。

我们动身之前收到了你的明信片，真是太惊喜了，我也放心了。自从我们那个小小的，呃，冒险之后，我以为你可能还是有点生我的气。你见到帕特里克了吗？他恢复了吗，还是说仍然不能提我的名字？替我向他问好，然后退后一步，看他的脸怎么变色。

你下学期要演海伦·凯勒，真是个好消息。我猜那肯定是很大的挑战吧。但不管怎样，至少不用背台词了！诺埃尔·科沃德是怎么说的来着，表演这事说到底就是不要撞到家具上。哈哈！抱歉！！！没什么好笑的。严肃认真地说，你真的、真的很棒。你肯定能把海伦演好。也许我也会去看你表演，特别是我错过了你的海达（就像那个懊悔的守门员说过的一样！懂了吗？一个足球笑话！哈哈！）。过了这么久，要是能再见到你就好了。我有好多事要跟你说……

……这时我听见她游完泳上楼来了，不得不停下笔，把国际信笺迅速塞进书里，扑到床上，假装在读《百年孤独》。

最后，我觉得我最对不住的是那个和善的年轻研究员朱利安。为了我的故事成立，我不得不把他也拉下水。

故事是这样的，当时我躺在桌上，不小心把笔记板——他的笔记板，他们把我抬到房间时带来的笔记板——碰到了地上，信封的封口开了，写着问题的卡片散落一地。当然啦，我一想到这些卡片是做什么用的就直接把它们放回了信封，不过显然在我收好它们之前，我应该已经看到了一张卡片上的内容。就是，有点下意识地。

他们对此态度还挺好的，即使他们不得不停止录影，然后让大家回去。我是说,他们没有像盖世太保一样,也没有用台灯照我的眼睛或是严刑逼供,因为我想严格来说我并没有做错什么。总之是没做什么会被指控的事。

当然,他们不得不取消我们队的参赛资格,虽然我坚持说这件事只有我知道,而且完全是我的错误什么的,但他们也不敢冒那个险。所以就这样了。挑战赛结束了。对所有人而言。

我得承认,整件事还是挺尴尬的。尴尬得我都不想跟其他队友一起回去,因为我不确定他们会不会让我上车,我很肯定亲友团的面包车上不会欢迎我。所以我只好跟妈妈一起挤在戴斯的小货车前排回到绍森德。你应该在新闻上看过那种视频片段吧,犯人头上裹着灰色毯子被拉出警察局?嗯,我当时就有点像是那样。我们开出停车场的时候,我看见我的队友都站在爱丽丝的黄色雪铁龙旁边,帕特里克好像在大喊大叫,踢着车轮,露西正试图让他平静下来。爱丽丝还穿着那条黑色长裙,一只手上拿着泰迪熊艾迪,看起来既难过又美丽。我们驶过的时候,我与她四目相对,然后她肯定说了什么"看,他在那儿!"之类的话,因为其他人都转过头来。嗯,在那个情境下,也没法做出什么明显的表示,没有什么能用得上的表情,所以我只能隔着玻璃无声地说:"抱歉。"

不知道他们看到了没有。

帕特里克开始大喊起来,但我听不到他的话。他在四下寻找有什么能扔过来的,爱丽丝缓缓地摇着头。

但我看到露西挥了挥手,我觉得她真是太好了。

趁她傍晚小憩睡下后,我来到面朝大海的阳台,坐在木桌子旁,继续写信。

抱歉。刚才被打断了。我说到哪儿了？对，或许我会去看你演的海伦·凯勒，虽然还挺远的。我就要搬到邓迪①去了。我又申请了一所学校，明年十月开课。还是英语文学，虽然在那边他们只叫"文学"，这让我觉得有点问题。我感觉很好，能重新开始什么的。我对未来充满希望，希望这次能更专注于学业……

我把告诉主办方的故事又对妈妈重复了一遍，我想她相信我了，虽然她当时没说什么。但是第二天凌晨，当我们终于回到绍森德，我回到楼上自己的旧卧室之后，她说那都没关系，无论怎样她都为我感到骄傲，她能这么说真的很好，虽然我不确定她是不是真心的。

然后隔天下午，我给英语系打了个电话，说我因为急病，要请大概一周的假。但消息可能已经传开了，因为莫里森教授都没问我是怎么了，只说他知道了，这个办法不错，我可以想休多久就休多久。所以那一周的大部分时间我都躺在床上，基本都在睡觉和读书，没喝酒，等待着尘埃落定。

但有些尘埃永远也不会落定。两个礼拜之后，我还是没能离开卧室，我决定或许还是干脆不要回去上课算了。所以某天下午，戴斯和我开着他的小货车去了趟宿舍，趁乔希和马库斯不在的时候，把我的东西都拿回来了。然后我又回到床上，一直待在那儿，直到妈妈坚持要让我去看医生，从那以后，事情开始好转了。

那年余下的几个月我又回到老地方——阿什沃斯电器的面包机厂——工作。我觉得他们很欢迎我回来。妈妈和戴斯不得不把他们家庭旅馆生意的盛大开张推迟了六个月，不过他们对此也没

---

① 邓迪，苏格兰城市。

什么意见，戴斯也挺好的。斯宾赛在四月的时候就能下床活动了，他最后被判了个缓刑的巨额罚款。不过我给他在阿什沃斯电器也找了个工作，这样我就能和他多点时间待在一起，也挺好的。我没告诉他到底发生了什么，他也没问，也许这样最好。我偶尔也能见到托恩，但不经常，因为他好像总是要去索尔兹伯里平原参加"秘密行动"。

还有什么？我读了很多书，写了些诗，大部分都很拙劣，还有一些短篇小说和一部广播剧。广播剧是根据《鲁滨孙飘流记》改编的第一人称意识流内心独白，不过改成了现代版的，而且是从"星期五"的视角展开的。我一遍一遍地听着《爱的猎犬》，觉得它大概肯定是凯特最棒的一张专辑。

到了六月，我已经完全走出了阴霾，然后接到了一个电话。

就这样吧，得停笔了。我闻到烤肉味了，这说明晚餐时间快到了！！！

现在回想起来，那还真是段有意思的时光，对吧，爱丽丝？我是说，挺奇怪的。我一直想起这么个隐喻（还是"明喻"？），觉得那段日子就像我小的时候，爸爸给我买了个艾尔菲克斯模型的套装，我就坐在餐桌前，还没拆开包装，就已经准备好所有要用到的工具，所有要用到的胶水、颜料、垫子、光漆，还有一把非常非常锋利的手工刀，然后我告诉自己要严格按照说明书，慢慢来，不要跳过步骤，不要着急，小心翼翼，集中精神，非常非常专心，这样到最后我就能拼出一架完美的飞机模型，柏拉图所说的理式的飞机模型。但是在制作过程中，这里那里总是会开始出现问题——零件掉到桌下啦，颜料弄混啦，应该能转动的螺旋桨碰到胶水给牢牢粘住啦，把颜料涂到本该透明的驾驶室上去啦，想贴印花贴纸时却把贴纸撕坏啦——所以等我把模型拿给爸爸看的时候,成品总是有点——有点不如我一开始预想的那么好。

我想把这个冗长的比喻写成一首诗,但还没想出来。

总之,新学年一切顺利。等我安顿好了就给你写信,然后也许我们可以……

"在给谁写信呢?"她说,夕阳里,她的双眼疲倦地忽闪着。

"给妈妈写。"我说,"游泳游得怎么样?"

"很提神。不过头发里沾上了点东西。"

"要我帮你弄出来吗?"

"好,麻烦了。"她没穿上衣,慢悠悠地走到木桌边,坐在我双脚之间的地板上。

"要不你先穿上件衣服?"我说。

"想挨打吗?"

"别人会看到的!……"

"那又怎么样!天哪,杰克逊,我发誓,我就像是在跟玛丽·他妈的·波平斯一起度假一样……"

"你知道,你真的脏话说得太多了。"

"闭嘴,赶紧看看,行吗?找到什么了吗?"

"嗯。像是油或是沥青什么的。"

"能弄下来吗?"

"不行。"

"可能在淋浴室里比较好弄下来?"

"嗯,可能。"

"那——你也一起来?"

"哦,好的。"

所以我们就是这样了。当然目前还在初期阶段。我们一开始在电话里说的是，旅途中肯定要睡不同的房间，或者至少是一间房里两张单人床，但是这样太贵了，第三晚我们就放弃了这个计划，在一次坦诚的长谈和一整瓶梅塔莎白兰地之后。

　　但是，总之，像我说的，我们就是这样了。事情没有按照我的预料发展，甚至不是我*希望*的，但话说回来，谁又能事事如愿呢？老实说，我也没想过会是她和我在一起。她还是脏话不离口，但她也能常常逗我发笑。虽然这听起来好像没什么，但就在几个月前，笑口常开对我来说还几乎是不可想象的。所以，还好啦。

　　真的，其实，还好啦。

　　每个年轻人都有一堆烦心事，这是成长的必经之路。我十六岁那年，生活里最大的烦恼就是，我恐怕再也没法取得像我的普通程度会考成绩那样优秀、纯粹、崇高而又真实的成就了。我想我现在还是不行。但那已经是很久、很久以前的事了。我已经十九岁了，面对这些事情我想我已经成熟、冷静得多了。